U0856761

穿梭时间的女孩

Timebound

a Novel

Rysa Walker

[美] 瑞萨·沃克 —— 著

钱仪雯 译

浙江出版联合集团
浙江文艺出版社

此书献给埃莉诺和叔叔们

引　子

芝加哥 1893 年 10 月

跑过拐角处时，我的白色小山羊皮靴踩到了裙裾，布料猛地裂开了一道六英寸长的口子。我身后的脚步声停顿了片刻，接着又噔噔地响了起来，步伐比之前还要快。我闪身躲进下一条走廊，心里暗暗诅咒 19 世纪 90 年代束手束脚的时髦服饰。要是穿着平时的 T 恤和牛仔裤，我早该逃出这个倒霉酒店了。如果能抬起腿使出一招狠踢，一定能把那个“好医生”给击得不省人事，我的半边脖子此刻也不至于疼得烧心了。

我穿到走廊的另一侧，拐进左边的岔口，希望追来的医生会理所当然地以为我拐向了更为顺手的右岔口。我跑到第三扇门前停下，抱着侥幸心理转了转门把手。门是锁着的。我将身体紧贴在门上，掏出圆挂件。圆挂件的中央散发着柔软的蓝光，将我给包围了起来。虽然知道他看不到这光亮，可我仍有种暴露了方位的感觉。过去一年里，有多少女人被他带进了这个错综复杂的走廊迷宫呢？她们中现在还有人活着吗？

他起先走进了我对面的走廊，手提灯的淡黄色微光在远处消失了片刻。然而不久后那灯光又出现了，他转身朝着我所在的位置直直地走过来。我试着稳住颤抖的手，集中注意力召唤出圆挂件中的控制界面。然而我的心脏怦怦直跳，被泼了强酸的脖子传来火烧般的刺痛，根本无法冷静下来做任何事。

控制界面摇晃了一下后消失了。我竭力按捺住惊恐情绪，正想再做一次尝试，可身后的门开了。我朝后倒去，却被一只手捂住了嘴巴，将我的尖叫生生摁回了嗓子眼。另一只手伸了过来，拿着一块白色的布，渐渐逼近我的脸。

一切都说得通了。这家酒店里所发生的种种恐怖事件并非只是出自一个疯子之手。亨利·霍尔姆斯医生一定还有一名同伙。而正是由于时研会和这块愚蠢的圆挂件，我径直走进了他们的圈套。

第一章

我不求将日子过得一丝不苟。不信你翻我背包试试，里面估计还躺着一条没吃完的巧克力棒——约莫一年前我们还没从爱荷华州搬来这儿时它就在了。从上幼儿园起至今，我已经转校五次。每个礼拜，我一半时间跟着妈妈过，一半时间跟着爸爸过。住爸爸那儿意味着晚上我得睡沙发，还得跟他共用一间小得不像话的浴室。所以你瞧，我可不是个娇滴滴的人。我挺能应付混乱状况的。

然而世上有些先后次序却颠倒不得。比如先穿袜子再穿鞋子，比如先将吐司从烤面包机里取出来再抹上黄油，反着来可不行。又比如，先有祖父母再有孙子女。

最后一点对大多数人来说是理所当然。我也不例外——至少在去年四月外婆现身之前，我压根没怀疑过这个常识。可就因为这一小小常识的颠倒，我的人生发生了剧变。别说我大惊小怪，碰上彻底抹消自己存在的这种事情，无论对谁来说都称得上人生剧变吧。

在外婆突然现身之前，我已经十年多没见过她了。家中一本老相册中还存着几张我和外婆的合照，相纸已微微泛黄。然而我对外婆的印象只有两个：会在生日和圣诞节时给我寄钱，以及妈妈并不喜欢她。

“母亲总是这样，”出地铁的时候妈妈说，“不打一声招呼突然驾到，还把人唤出来听她说话，根本不管我们有没有别的事要忙。”

我倒是没什么别的事要忙，而且我敢肯定妈妈也是一样。不过我也知道这不是重点。

我们搭乘手扶电梯来到地面，一走出地铁站就是威斯康星大街，凉飕飕的寒风迎面而来。妈妈挥手向一辆出租车示意，可出租车却就近一靠，停在了其他客人的脚边。

“那家餐厅就在几个路口之外，”我说，“走过去的话只需要——”

“高跟鞋弄得我脚疼。”妈妈向四周看了看，没发现有别的出租车，只好作罢，“好吧，凯特，走就走吧。”

“那你一开始为什么要买高跟鞋呢？你不是不在意外婆怎么看你吗？”

妈妈不悦地朝我看了一眼，走上了人行道。“我们抓紧赶路吧，行吗？我可不想迟到。”

我其实并非故意要惹她不高兴。我和妈妈平时相处得很好。可是只要一讲到和她自己的母亲有关的任何话题，妈妈就会变得有点不可理喻。还记得我之前说外婆会在我生日和圣诞节时寄钱来吗？虽然妈妈平时总提倡我自己负责理财，可外婆那些钱都被当作我以后上大学的存款，直接由妈妈代为保管了。

昨晚，妈妈和外婆的通话竟然超过了五分钟。如果我没记错的话，这绝对是项新纪录。虽然只能听到电话这一头妈妈说的话，但我还是猜到了她们谈话的大概：外婆从欧洲回来了，她得了病，想要见见我们。妈妈一开始不同意，可最终还是妥协了。两人的拉锯战随即转向细节问题，最终敲定了用餐地点（某家两人都认可的餐厅）、菜系（素食）、时间（七点半），诸如此类。

我们比约定时间早到了整整十分钟。这家餐厅风格时髦，主要以供应素食为主，外墙上印着大大的蔬菜图案，有点像爸爸常看的烹饪书里的插画。我们走进餐厅，妈妈环顾四周之后终于确定外婆还没到，于是长长地舒了一口气。

我挑了一个面向吧台的位置坐下。吧台后一个帅气的小哥正在混调饮料和奶昔，长发被束到脑后扎了起来，带点忧郁的艺术家气质。当然，作为恋爱对象来说我们的年龄差距有一点点悬殊，但至少一会儿听妈妈和外婆争执不休时，我的眼睛还能找个赏心悦目的画面看看。

几分钟后外婆来了，她与我想象中完全不同。首先，她比照片中要矮，大概跟我差不多高，或许还矮一点儿。她的灰发短得近乎板寸，打扮休闲，穿着宽松的亮色印花衫配黑色针织裤。这可比妈妈强塞给我的这身行头舒适多了，我不由得有些嫉妒。而且，外婆看上去并不像是病了。或许有些疲态吧，可称不上病容。

妈妈显然也这么觉得："你好，母亲。你看起来意外地气色很好啊。"

"别挤兑我，黛博拉。我又没说我撑不过这礼拜了。"外婆的话是对着妈妈说的，眼神却看向我。

"我得见见你，还有我的外孙女。看看你现在都这么大了，还这么漂亮。学校拍的照片完全没把你的可爱展现出来，亲爱的。"她拉开椅子，坐了下来，"我饿了，凯特，这儿的东西好吃吗？"

我一直以为她会管我叫"普鲁登斯"，以至于我迟疑了一两秒才意识到要接过话头。"还不坏，"我答道，"这家的三明治挺好，而且幸好不是全素。鱼类也不错。甜点棒极了。"

外婆笑了笑，将她的包放在了一旁的空椅子上，只留了一串钥匙还留在桌上的餐巾旁。钥匙圈上挂着两把毫不起眼的钥匙，以及一个相当起眼的蓝色圆形挂件。挂件只有薄薄的一片，直径约 3 英寸，散发着亮光，在昏暗的餐厅内显得尤为耀眼。光线照亮了妈妈手中的菜单封皮，餐具表面也映上了蓝色的小光点。这让我回忆起几个月前在蒙哥马利县的游园会上赢得的荧光颈圈，不过眼前的挂件与它相比更为精致明亮。圆形挂件的中心嵌着一个沙漏，虽然平放在餐桌上，里头的细沙仍然不停地在两端之间流动。

妈妈要不就是没注意到这挂件，要不就是打定主意要对它视而不见。前一种情况似乎不太可能，而若是后一种情况，那我自然不该主动提起关于这挂件的话题，免得捅开她俩之间的马蜂窝，又惹出什么无谓的口角。从目前的情形判断，我决定效仿妈妈采取忽视战术。我将目光转回眼前的菜单，却瞥见外婆正在观察我对那道光的反应，嘴角挂着一丝微笑。很难说清她那眼神的含义，在我看来她仿佛……松了一口气。

晚餐的前半段，我们三个都尽量维持着轻松的气氛。天气和食物都是安全话题。只可惜十分钟之内，我们就把这两个范畴内所有能讲的都讲了一遍。

“你觉得布莱尔坡中学怎么样？”外婆问。

我立马抓住她抛来的这个安全话题谈了起来：“我很喜欢这儿。这儿的课程比之前几个学校都更有挑战性。我真高兴爸爸接了这个教职。”

我的新学校有条慷慨的规定——免除教职工子女的学费。对于那些愿意住在校园里的老师，学校甚至还提供宿舍。这也就是为什么我每周有三四天会去爸爸那儿住，情愿睡在他的折叠沙发床上。虽然床垫疙疙瘩瘩的，转身时一不注意还会撞到里头的铁支架，但要我说，为了能在上学日的早上多睡一个小时，这点小苦也不算什么。

“我不知道你和爸爸还，呃，常常联系。”虽然恐怕这么问会将谈话引向危险地域，我还是禁不住好奇，“就因为这样你才知道我平时叫凯特？”

“是的，”她答道，“而且过去几年来，你在给生日礼物和圣诞节礼物写感谢信时，末尾也都用这个名字署名啊。”

哎，我怎么把这茬给忘了。“如果这伤了你的心，我很抱歉。真的，但是——”

“为什么我会伤心？普鲁登斯在四十年前就是个糟糕的名字，可不是我给取的。但我那时已经给你妈取好了名字，所以为了公平起见，只能由得吉姆给双胞胎中的另一个起名。吉姆选用了他母亲的名字普鲁登斯。我对他母亲没有意见，但我还是觉得给一个无辜的小宝宝安上这么个名字真是太残忍了。”

作为给当年同样无辜的我也安上这么个名字的家长，妈妈默默忍受了外婆的间接责备。外婆继续道：“我敢肯定在一个十六岁女孩的心里，普鲁登斯不算是个酷酷的名字。而且我得承认，我特别荣幸你转而选了我的名字来用。”

我彻底困惑了：“但我以为……你不是也叫普鲁登斯吗？”

她俩都笑了起来，我隐约觉得餐桌上的紧张气氛缓和了那么一点点。“不，她跟你一样叫凯瑟琳。”妈妈接道，“你姨妈普鲁登斯的名字来自我父亲的母亲，但普鲁登斯的中间名是凯瑟琳，来自我的母亲。所以你也叫普鲁登斯·凯瑟琳，我以为你知道的呢。”

我心中的石头终于落下了。整整一天我都在担心，万一我坚持要外婆称我为凯特而不是普鲁登斯，是不是会伤了她的心。名字的问题一直是我和妈妈之间的导火索。去年一月刚搬来布莱尔坡时，我甚至提出过要从法律上正式改名，以免因为这个在新学校被人当成笑柄。谁知我话没说完，妈妈的眼里就泪光盈盈了，我也只好作罢。毕竟这名字承载了对英年早逝的姨妈的思念，我根本没法找到回旋的余地。

我将盘里一块成了糊状的西葫芦挑到一边，略带埋怨地瞥了妈妈一眼。“我怎么可能知道，从来没有任何人告诉过我外婆的名字啊。在我面前你总是管她叫‘你外婆’。”

外婆不满地皱了皱鼻子。

“你想让我叫你姥姥吗？”我开玩笑地问，“或者‘外祖喵’更好？”

外婆被肉麻得打了个寒颤。“不想，尤其是千万别管我叫后面那种。就叫我凯瑟琳怎么样？我一向来不爱摆长辈架子，所有人都可以叫我凯瑟琳。”

我点头表示同意，妈妈不开心地瞪了我一眼，暗示我与敌方表现得过于亲密。

服务员给妈妈端来了又一杯梅洛红酒，给我和凯瑟琳的杯里添了点水。我诧异地发现服务员走近时根本没看一眼那个奇特的挂件——可那玩意儿看上去可不平常啊。挂件的光芒将水壶内倒出的水映成了耀眼的天蓝色。我以为这位服务员在走远后至少会回头多看一眼，心想可能她只是不想在客人面前显得太多管闲事，甚至因此而白白损失一笔小费。然而她倒完水后径直朝厨房走去，途中只停下来和辫子小哥聊了几句。

主菜快吃完时，我不小心碰及了一个敏感话题。“你的酒店就在这附近吗？”我问，心里盘算着没准可以借拜访之名去蹭个高级的室内泳池或桑拿。

“我没住酒店，”凯瑟琳说，“我买了个房子，就在你学校附近。”

妈妈正在吃意大利烩饭，听到这话，她拿着勺子的手僵在了半空。“你……买了个……房子……”

“是的。科纳和我这几天一直都住在外头，不过现在搬家公司总算把一切都搞定了，我们也可以开始慢慢把东西整理起来了。哈利给我介绍了一个很棒的房产中介。”

“原来是哈利介绍的啊。”妈妈抿紧了嘴，我有预感她会为这事记仇爸爸好久。妈妈又开口了，字字掷地有声（一般在宣布我被罚关禁闭的时候她就用这语调）：“所以你来这儿已经好几个礼拜了，懒得费心思告诉我一声，倒是联系了我的前夫，他还热心地给你介绍了房产中介。更别提你俩还联合起来把我蒙在鼓里。”

“我猜不准你会不会支持我的决定，”凯瑟琳答道，“但是哈利不一样，他不讨厌我这个人。我于是特别请求他别把这事告诉你。我敢肯定这么做让他够受的，他这人天生撒不了谎。”我默默对此表示赞同。多数情况下，爸爸心里想的什么全写在脸上。

“好吧，你买了个房子。”妈妈放下勺子（勺子上的烩饭一口未动），推开座椅站了起来。她该不是准备要带着我拍屁股走人了吧？可妈妈只是说：“我要去一趟化妆间。等我回来，没准你会愿意透露一下科纳究竟是何方神圣。”

等妈妈一走远，凯瑟琳就身体前倾，将手边发光的蓝色挂件推到了我这边。“孩子，其他人看不到它。不，不能那么说，他们能看到这个挂件，但那与我们看到的不一样。在你眼里这光是什么颜色的？蓝色，对吧？”

我惊讶地挑起一根眉毛：“当然是蓝色的。”

“我看到的就不是蓝色。它在我眼里是一种可爱的橙色，有点像夏天吃的橙子棒冰。”

“可它是蓝色的。”我又说了一遍。我一生中从没有看到过比眼前这光更为生动的蓝色了。

她耸了耸肩。“我也不清楚它的原理，但我一辈子就遇到过几十个人能真正看到这光，而且每个人看到的颜色都有些不同。”

凯瑟琳顿了顿，转头去看妈妈有没回来，然后迅速将挂件收回包里。“我们现在还不能详谈——你需要知道的太多了。”

凯瑟琳紧张的语气搞得我脑袋中警铃大作。可我还没来得及问她究竟想让我知道些什么，她忽然伸出双手握住我的手，说道：“但我有一件事要先告诉你，凯特。那些经历不是你的一时心慌。”

我眨了眨眼，没想到她竟然知道之前把我弄得心绪不宁的那两次事件。今年二月，同样的情况再度上演后，妈妈立即带我去见了一位“咨询师”。“咨询师”说我的两次经历都是“一时心慌”的症状，可能是因为在学期进行了一半时突然转校所致。这说不通啊，真要说心慌，那也只可能发生于我在罗斯福高中上学的那五个月里——在爱荷华州的偏僻地区度过两年的乏味生活后，新学校罗斯福高中配备的金属探测器和保安搞得我有些不适应。这诊断也无法解释第一次事故，那时我们还住在爱荷华，要说我是被那里无聊至极的生活搞得心慌慌，倒还有可能。

那两次我都被一种突如其来的强大恐惧所攫取，似乎感受到有什么极其骇人的灾难正在上演，而我却无法指出是哪里不对劲。仿佛深陷生死关头一般，我的身体面临“要么拔腿就跑，要么留下苦战”的抉择，心脏怦怦直跳，双手颤抖不已，周围的一切都变得虚无缥缈。第二次经历时，我冲出教室，直奔学校的储物柜，找出手机给妈妈打了电话。妈妈当时正在开会，本人安然无恙。我又跑到爸爸的办公室，不见他的人影。由于不清楚他的课程安排，我只好在教学楼内跑上跑下，透过长方形玻璃窗张望每一间教室。虽然这么做招来了不少白眼，我最终找到了爸爸，他自然也毫发无损。我于是给最好的朋友夏琳发了短信。虽然心里清楚她当时一定正在上课，不可能立即回复我。

最后，我走进盥洗室把午餐吐得一干二净。而那种莫名的异样感在我心中一连数天挥之不去。

我正想开口问凯瑟琳她是怎么得知我那两次心慌经历的，可妈妈已经回到桌边，脸上挂着一丝紧绷的微笑。我太熟悉这个微笑了，它意味着后头绝没有好事，爸爸曾说这微笑的潜台词是“看你怎么表演为自己开脱”。

“好啊，你买了个房子。就在贝塞斯达市，还是和一个叫科纳的家伙一起买的？”

“不，黛博拉，是我自己在贝塞斯达买了个房子。科纳为我工作，也是我的一个朋友。他是个很棒的档案管理员和电脑通。自从菲利普过世后，他给了我很大的帮助。”

“这样啊，那比我原先想的要好点吧。我还以为你就像当年转眼忘了过世的爸爸一样，立马就把菲利普也给抛到脑后了呢。”

呃。我赶紧将视线转向吧台，祈祷辫子小哥能帮我分散注意力，结果却没见着个人影儿。我于是看向身边的椅子——总之只要别和她俩中的任何一个对上目光就好。挂件的光芒透过凯瑟琳的编织包露了出来，细长锐利，仿佛一头冰蓝色的豪猪正盘坐在椅子上。这一可怕的想象让我原本已紧绷着的神经更敏感了，我竭力维持着表面的镇定。

就在我以为凯瑟琳不打算回击妈妈的严厉指责时，她长叹了一口气。“黛博拉，我不想跟你翻陈年旧账，但也不允许你在凯特面前妄议我，根本不给我一个解释的机会。”她转向我说道，“你外公去世三年后，我和菲利普结了婚。显然在你妈妈眼里，三年的时间太短了。但菲尔[1]是我的多年同事兼老友，我当时又很孤独。我们共度了美满的十五年，直到现在我也十分想念他。”

我判断当下最保险的做法是保持礼貌性微笑。在我看来，三年算是挺长的了。

“我们为什么不专心讨论一下房子的问题呢，母亲？你都病得那么厉害了，为什么还要买房子？去住养老院不是更明智吗？”

这话说得可够冷酷的，但我还是继续保持沉默。凯瑟琳只是摇了摇头，伸手去拿她的包。

“我得为我的藏书考虑啊，黛博拉。老人之家可没有多余的地方放书啊。何况我也想好好享受最后的这段日子。养老院的益智游戏和小打小闹的扑克可不在我的遗愿清单上。”

她打开包，蓝色的光芒随之倾泻而出。我仔细端详妈妈，甚至能看见她眼底闪烁着蓝光的倒影，可她的表情却丝毫没有变化。虽不知原因，但我不得不承认妈妈的确无法看见挂件发出的光芒。

“简单来说，我的脑子里长了一颗肿瘤，无法动手术。”凯瑟琳没等我们回答，径直说了下去，语调轻快而不带感情，“化疗和辐射治疗我们都试过了，所以现在头发变得这样稀疏。”她用手捋了捋头顶的头发，“有人跟我说这发型要放在几年前还算时髦呢。坏消息是，我剩下的时间可能只有一年了，运气好的话再久一点点，运气不好的话连一年都活不到。好消息是，医生说我接下来可以想做什么就放手去做，只要别干出什么伤天害理的事儿来就行。”

她从包里抽出一枚长信封，从中取出内件，那是几张看上去很正

① 菲尔：菲利普的昵称。本书注释均为译者注。

式的文件。“这是我的遗嘱。菲利普去世后我继承了很大一笔钱。我的所有财产都会留给凯特，包括买下的房子。如果我死的时候她还未成年，那么黛博拉，我希望你能在她 18 岁生日之前担当这笔信托的执行人。只有一个条件，那就是你必须继续雇用科纳，以保证我的事业能够进行下去。凯特在成年后可以按自己的意愿修改这一规定，但我还是希望科纳能够按他自己的意愿想待多久就待多久。如果你决定不承担执行人的职责，那么我会请哈利帮忙。”

“同时我也有个请求，”她补充道，“我不想把它列入强制的规定。我的新房很宽敞，离凯特的学校也不到一英里路。我希望你们俩都能搬到我这儿来住。”妈妈听了这一提议后明显畏缩了一下。凯瑟琳盯着妈妈看了很久，终于继续道，“黛博拉，如果你还是希望住得离大学近一点，那我会请哈利来住。不管怎样，我希望凯特每周都会有几天和我在一起，方便我们多了解彼此。”

凯瑟琳将文件推向妈妈。“这是给你的备份文件。”她捏了捏我的手，起身拿包。“我明白你们需要一点时间思考一下我说的事。好好把晚餐吃完，再来点儿甜点吧。我离开的时候会把账给结了。”

还没等我和妈妈说一句话，她便离去了。

“看来她行事夸张的做派可没丢。”妈妈抓起法律文件的一角，仿佛那几张纸能把她咬伤了似的。“我不想搬过去和她住，凯特。你也别把我当作什么恶毒的不孝子。如果你想遵守她那‘同一屋檐下住一年’条例，那你得和你爸去商量。”

“看看现在是谁夸张了？我搬去住并不是遗嘱的一部分，她说这只是一个请求，而且我也没觉得你‘恶毒’。但是拜托，妈妈你想想，她可是濒死之人了啊，又不是什么怪兽，而且她看上去……”我停了下来，搜寻恰当的表达，“她看上去很有意思，应该可以这么说吧。

或许你多花点时间陪陪她，你们两个说不定能冰释前嫌。这样，她去世后你也就不会觉得太内疚了。”

妈妈听了这话后没好气地看了我一眼。“凯特，我现在可没心情接受你的半吊子心理咨询。有很多事情你还不理解，有些事要等你为人父母之后才明白。说实话，我都拿不准让你去拜访她是不是明智。她爱操纵别人，还自私自利，我不想看到你受到伤害。”

“她都给我们留了那么大一笔钱，我实在看不出她哪里自私了。至少我猜想那是很大一笔钱。”

妈妈瞥了一眼信封底部。“我敢说你猜的没错。但我希望我已经教会了你金钱不是万能的道理，凯特。有时候，当别人需要你时，你应当毫无保留地将自己奉献出去，不惜付出你的时间、精力、同情……”

她将杯里最后一点红酒一饮而尽，接着说：“比起母亲，我从小就和爸爸更亲。但在那场事故之后，我真的很需要她的陪伴。在那场事故里，我同时失去了爸爸和双胞胎姐妹，跟爸爸连道别的机会都没有，而普鲁登斯就那么没了踪影。没说一声再见，什么都没有，这使我孤独到了极点。我和母亲丧失了共同的亲人，可她却把自己关在卧室里，基本不出来见我。葬礼的时候她露了个脸，可葬礼结束后又一头扎进自己的房间。”

妈妈若有所思地用手指抚摸着酒杯边缘。“或许我就是因此才喜欢上了你爸爸。哈利是我认识的第一个真正理解那种丧亲之痛的人。”

爸爸五岁的时候，双亲在一场车祸中丧命，只有他侥幸逃过一劫。我并未经历过丧失所爱之人的痛楚，在我脆弱的时候，爸妈也总在身边陪着我。不过在“心慌症”发作之后，我感觉仿佛没人能理解我所经历的一切。不止妈妈，就连爸爸也试着说服我这一切都是平常小事，而且搬出各种理由来搪塞我的不安。我感到异常愤怒，因为我深知他们说的并非事实。

“我一直认为，”妈妈继续道，“生为人母必须将自己的孩子放在第一位，而不是屈从于自己的需求。当然我有时候也没能完全做到这一点。所以，我不希望二十年后你回首过去，会像我一样怨恨自己的母亲。

“我不想和母亲生活在一起，我也不要她的钱。但是，”她补充道，“你马上就要成年了，也已经有能力决定自己的事情。只要你想，我不会阻止你见她。具体的安排你可以和爸爸好好商量。这样可以吗？”

我点点头。我原以为妈妈得花几天、甚至几周的时间来整理思绪，没料到她竟这么快就做出了决定。“你想尝尝我的甜点吗？”我问。

她笑了：“才不想呢，我的乖女儿。我要自己点一大份甜点，加了很多巧克力的那种。”

第二章

“迟到了哦。”我刚进门，爸爸就将一盆蔬菜塞到了我怀里。“赶快动手，我们得赶在莎拉来之前把蔬菜什锦给做好。刀在桌上呢，‘切’克闹——”

面对爸爸这俗气的谐音玩笑，我翻了个白眼，但心里其实并不特别排斥。爸爸一旦开起了蹩脚玩笑，就说明他心情不错。

我和爸爸都爱下厨，但上学的日子除了做做三明治和例汤外也没太多时间，于是周日就成了我们大显身手的日子。爸爸的女友莎拉通常也会来，试吃我们当周的烹饪大作。遗憾的是，小屋里的厨房条件有限，除了微波披萨外也没什么发挥厨艺的空间。厨台小得连一个人都不太够用，别说两人合作了。因此我也只能坐在桌旁顾自切着克里奥尔菜[①]的必备“三鲜”料——甜椒、芹菜和洋葱，爸爸也在水槽旁做着准备工作。

我将装着凯瑟琳遗嘱的信封放在了小桌的另一头，以免沾上切菜弄出的碎屑。我瞥了一眼爸爸，一边将切好的最后一些芹菜倒入碗

① 克里奥尔菜：源于美国南部的传统菜肴，兼具法国、西班牙、西非等地菜系的风味。

内。“妈妈要我代她向你问好。凯瑟琳也是。”

爸爸的微笑抽搐了一下。“哎呀。我这次麻烦大了吧？”

我咧嘴笑了，慢条斯理地将面前的甜椒切成一条条细丝。“要我看，还真不是一般的麻烦。凯瑟琳说你还帮她介绍了房产中介。”

“我只是给了她某个莎拉认识的中介商的网址，说可能行得通。这算不上是和敌方串通一气吧！”他转身继续切起了火腿，“所以凯瑟琳真的打算在这里买房了吗？”

“她已经买好了。说是离布莱尔坡中学只有步行距离，所以应该就在这附近。我以为你早就知道了呢。”

爸爸轻轻地笑了。“不知道。凯瑟琳大概是觉得我在这件事上知道得越少越安全吧。但坦白说，我还是很高兴看到凯瑟琳回来的。”爸爸的瞳孔是与我如出一辙的深绿色，说到这里，他的眼神黯了下来，“她状况如何？”

我把切好的青椒丝拢成一束，理齐了方向后开始切丁。“光看她外表，不像是奄奄一息的样子。头发特别短——据她说是因为化疗的缘故。除了很早以前看过的几张旧照片外，我也想不起来她之前长什么样。”我迟疑了一下，“你对她说了我，呃，心慌症发作的事情了吗？……还是是妈妈说的？”

“哎……是我说的。你不怪我吧？前不久她给我发邮件，问你最近过得如何。我当时正担心你，也想知道你妈妈在你这个年纪的时候有没有遇到过类似情况。我知道这事儿直接问你妈比较好，但要从黛博拉嘴里套出那种往事简直比登天还难。”

“没事儿，”我说，“我就是想弄弄清楚。她跟你说了遗嘱的事了吗？”

“没有，我都不知道居然还有份遗嘱。她又想给你妈塞钱吗？”

“也不算吧。”我用刀背将切成丁的甜椒弄进碗里，转而开始对付洋葱。“凯瑟琳说她会把财产都留给我，包括新买的房子，还有别的东西。我觉得除非妈妈突然态度发生 180 度大转变，否则这遗嘱信托的执行人——还是叫监护人来着——得由你来当。”

爸爸听了这话险些一刀切到自己的食指。他小心地将刀搁在砧板上，拉过一张椅子坐下，用餐巾擦了擦手。“遗嘱信托？”我将信封递给了他，他一言不发地浏览起了里头的法律文件。“我都没想到凯瑟琳竟然买得起一座房子，还是在这一带。我以为她只是想在市区里找个公寓之类的落脚点。没想到我给莎拉的中介朋友介绍了这么个大主顾，他这下可欠我一瓶……不对，至少一箱啤酒！”

“不止如此，”我说，“凯瑟琳希望我搬过去和她一起住。当然，她也邀请了妈妈，但我想她也料到妈妈是不会同意的。她知道我一周在妈妈那儿住一段时间，在你这儿也住一段时间，所以她说如果妈妈不答应，就来找你商量。”

“这是遗嘱的一部分吗？”

“不是。但我想按她说的试试。”

爸爸注视了我很久。“你确定吗，凯特？我相信接下来几个月对于你外婆来说会很艰难。我这话听上去可能有些冷血，但是你跟她走得越近，她去世后你受的伤就越痛越深。你要知道，我也很关心凯瑟琳，但我首先把你放在第一位。”

“我懂，爸爸。但我觉得她很孤独。”我想将挂件的事情告诉爸爸，但没有把握他会不会相信我。他肯定不会觉得我是在撒谎，但没准会担心我是不是精神出了什么问题。而且虽然凯瑟琳也没要我发誓保密，但在听她详细解释之前把这件事告诉别人总归有点对不住她。“我想多了解她，以免将来后悔……”

爸爸叹了口气，靠在椅背上问："你妈妈怎么说？"

"妈妈不肯搬过去，哪怕每周去几天也不肯。但除此之外，她说剩下的由我们决定。我住妈妈那儿的时候你可以住回来，这样你和莎拉还能有几个晚上待在一起……"看到爸爸的脸胀成了深红色，我恨不得把自己的舌头给咬下来。几个月前我就发现莎拉在我不住这儿的时候会来过夜，但就这么在爸爸面前说出来还是有些尴尬。

"呃，好吧。"他起身回到砧板前，"我得先和你妈妈谈一谈，再做进一步安排。既然按你说的我已经惹下了大麻烦，就一定不能再做什么傻事。但只要你妈妈当真对这事没意见，你也确实心意已决，那么……"

待到蔬菜什锦的诱人香气开始从锅里冒出来，爸爸拿起手机和遗嘱进了自己房间。我从书包里拿出天文学课本，想要开始做作业，可注意力怎么也无法集中。我竖起耳朵半注意着卧室里有没有传来争执的声音，但这念头其实很不现实——爸爸讲话从不大喊大叫，而即使妈妈在电话另一头尖声嚷嚷，我也听不到啊。

我刚起身准备去搅一搅锅里的菜，爸爸回来了。他递给我遗嘱和一张小纸片，纸片上写了一串电话号码。

"通话比我想象的要顺利。你妈妈听上去好像……认命了。她说最后的决定由我俩来做，只要尽量别把她牵扯进去就好。只有当我建议她自己是不是可以考虑多陪陪凯瑟琳时，她发怒了一回，要我自己管好自己就行——只不过措辞没那么礼貌。"

爸爸从顶上的小橱柜里拿出几只盘子（这可不容易，盘子前还挡着几只小碗和一把漏勺）。"莎拉马上就要来了。我们先吃了饭，你再打电话把这事儿告诉你外婆吧？我只希望她的新房里能有间亮堂的大厨房。"

到了周一，天还没亮我就醒了，比起平日的早晨要精神得多。我冲了个澡，穿戴整齐，然后去敲爸爸房间的门。爸爸睡眼惺忪，一副无精打采的样子。“抓紧了，爸爸，不然一定迟到。”

他打了个哈欠，摇摇晃晃地向浴室走去。“耐心点儿，你这急性子。从这儿走过去只要走五分钟就够了。”

昨晚我和凯瑟琳通话时，她告诉了我房子的位置，并问我们愿不愿意上学前去她那儿吃早餐。“我明白那么点儿时间根本不够详谈，但我就想见见你。你能来住我真是太高兴了，我也想让你见见科纳，还有达芙妮。”

没等我来得及问达芙妮是谁，她就把电话挂了。但我和爸爸一走进她那硕大的灰石屋子的前门，我立马认出了达芙妮本尊——一条巨型爱尔兰猎犬一跃而起，两只爪子搭在我肩上，对着我半边脸献上了又长又湿的一舔。她有着一双深色的大眼睛，栗色的毛发上嵌着灰色小雀斑。

“达芙妮，你这捣蛋鬼，快下来！她其实是个可爱的孩子，就是不管看到谁都爱扑上去。她伤着你了吗？”

“没有，她真漂亮！这么大个儿却一点儿也不沉。”

“是啊，她身上就是毛毛多，要我说还有点人来疯。我们搬家的时候她一直被关在笼子里，现在终于有个带院子的新家可以撒欢了，她高兴得不得了，像个小狗崽似的上蹿下跳个不停。”

凯瑟琳关上了我们身后的门。“很高兴见到你，哈利。来，放下你们的东西，快去厨房吃饭，免得上课迟到。”

厨房是个宽敞的开放式空间。清晨的阳光透过一扇移门照进了屋内，移门外连接着一个小露台。房间的另一头是一扇向外凸出的飘窗，窗台上铺满了靠垫。逢下雨天，蜷在里头读读书什么的一定惬意极了。

“我的厨艺差得世界第一，这一点哈利可能还有印象。”凯瑟琳说，“比起逼你们苦咽我这老太婆做的蓝莓麦芬，不如请你们吃百吉饼。还有奶油、水果、橙汁和咖啡，要拿什么别客气。哈利，别着急，我也备了泡茶的开水。你要伯爵茶还是英式早餐茶？”

我朝着她手指方向的台面望了望。起初还以为装着百吉饼的盒子后放了盏灯，接着我意识到是那块圆挂件，它正如那天在餐厅里一样发着耀眼的光芒。

我惊讶地看到爸爸的视线从盒子转移到了圆挂件上，还将它拿了起来。“这东西还在！”

“噢，是啊，”凯瑟琳答道，“我去哪儿都随身带它，可以说它就像我的护身符。”

“这让我想起了过去。凯特，你一定不记得了，你小时候对着挂件可着迷了。凯瑟琳每次来看你，你都会爬到她的大腿上盯着这挂件。我想不出你对别的什么东西有这么爱不释手过。你对着它时而微笑时而大笑，好像那是全世界顶好的玩具。你当时管它叫……”

“蓝光。”凯瑟琳轻轻地接道。

“没错，”爸爸说，“我们一开始不知道你在嘟囔什么——你的发音像是‘懒—锅’。即便到你已经认识各种颜色之后，你还是坚持叫它‘蓝光’。我和妈妈想要纠正你的时候，你就会一脸严肃地说：‘不，爸爸，那就是蓝光。’时间长了，我们也就放弃了。”爸爸像我小时候一样揉了揉我的深色头发，“你当时真是个可爱的小不点。”

待他将圆挂件放回了台面上，我又拿起细细端详。挂件不小，但很轻，放在掌心里几乎没什么感觉，真奇怪。我伸出另一只手轻轻触碰正中心发光的部分，猛地感受到一股巨大的能量。一束束细光从小圈里射出来，向四面八方伸展，直至消失在黑暗的背景之中。我能听到爸爸和凯瑟琳在聊天，但他们的声音像是从某个角落里的电视机或是收音机里发出来的一般遥远。

厨房在我的视线里渐渐消失，我的脑海中涌入了一连串画面、声音和气味：被风吹动的麦田；巨大的白色建筑正在发出嗡嗡的声音，似乎坐落在大海旁；像是个洞穴的黑孔；还有人的声音，有谁（一个小孩？）在抽泣。

接着，我又回到了麦田中，周围的一切都是那么逼真，甚至可以嗅到谷物的清香，还能看见空气中的尘埃与飞虫。我看见自己的双手正伸向一个年轻男人的面孔，他那深色的双眼正透过又黑又长的睫毛密切注视着我。我轻抚着他那饱经日晒、肌肉分明的颈廓，手指触及了他的黑发。我感到腰间被强有力地一搂，将我推向了他。我的脸能感受到他温暖的气息，他的双唇越来越近……

“凯特？”爸爸的声音穿透了我脑内的层层迷雾，只见他正抓着我拿着挂件的手。“凯特，你没事吧？”我深吸了一口气，放下了挂件，紧扶住台面以维持平衡。

“嗯……没事。”我感觉得到自己的双颊正越胀越红，仿佛刚被爸爸撞见我正在和什么人接吻——不过要那么说也没错，至少看起来刚才差一点那就成真了。“我就是有点儿……头晕。”

凯瑟琳将挂件推到了台面的另一端。她面色苍白，在与我的目光相遇时轻摇了一下头，动作小得几乎难以察觉。“我想她只是饿了，哈利。”她拉起我的手，把我带到了早餐桌旁。

我正觉得双腿发软，因而很庆幸能够坐下来。我之前从没产生过幻觉，何况那些声音和画面是那么真切，的的确确像是我的亲身经历。

爸爸坚持要我别起身，并给我拿来了一块百吉饼和一杯橙汁。他回到桌旁，又开始回忆起我小时候的事："你还记得……"这时，玄关处走来一位红发高个儿男人，我看不出他的年龄。

"早上好，凯瑟琳。"

"科纳！"凯瑟琳应道，"我正打算打电话告诉你咱们的新室友来了呢。这位先生名叫哈利·凯勒。这是我的外孙女凯特。"

"我叫科纳·邓恩，很高兴认识你。"他很快地和爸爸握了握手，便转向我，"凯特，你能来真好。我们有很多事要做呢。"

"你需要我帮忙一起拆放行李吗？"

科纳疑惑地看了我一眼，又将目光转向外婆。

"科纳，"她答道，"先别急。等凯特和哈利安顿下来之后，再讨论布置图书馆的事也不迟。吃块百吉饼，享受一下清晨的阳光吧。告诉你个好消息，这次店里终于有裸麦黑面包卖了。"

她又对爸爸说："我和科纳一起工作两年了，很难想象没了他我该怎么办。他帮我把我的藏书进行数字化存档，可工作刚进行到一半，我们就……"她停顿了一下，好像在思考如何措辞，"我们就决定搬家了。"

"你有很多藏书吗？"我问。

爸爸正在百吉饼上抹奶油，听我这话后用鼻子哼了一声。"凯瑟琳的书可是多到能让亚马逊网站赧颜。"

凯瑟琳大笑着摇了摇头。"我可没那么多书——但我的确保管了些你在别的地方找不到的收藏。"

"什么类型的书？"我问，"这么说来，我还不知道你的职业……"

"我和你妈妈一样，是个历史学家。"她迟疑了一下，"你一定很惊讶，黛博拉居然会步我的后尘。”我的确很惊讶，但觉得这么说出来不太礼貌。“黛博拉最初也有些抗拒，但恐怕这是家族基因的问题了，她没得选择。不过她的研究领域是当代史，而我的研究则集中在更早一些的时代……”

科纳轻声笑了，我不知道他在笑什么。他从盒子里又抓了几块饼，便朝前厅的楼梯走去。那儿有两列楼梯，他踏上了其中一列。显然，科纳这人吃得多、说得少。

“而且我比起教学，更多的是做研究。”凯瑟琳继续道，“在你外公死后我就再没教过书了。”

“在外公和普鲁登斯去世后吗？”话一出口我就后悔了——即使事情已经过去多年，作为母亲谈论自已孩子的死亡也很痛苦吧。

但凯瑟琳似乎并没有将痛苦展露在脸上。“是啊，当然，还有普鲁登斯。”

早餐后，凯瑟琳带我们参观了整座房子，达芙妮也一直跟在我们身后转悠。房子很大，一列弧形楼梯通往楼上右侧，而科纳刚才踏上的那列楼梯则通往楼上左侧。

“起居区在这一边，你俩各有一个小套间。要是你们不喜欢房内装潢的话，我可以重新打点。”我们顺着走廊向前走了几步，凯瑟琳用手指了指我的套间——房间有爸爸在布莱尔坡的那一整个小屋那么大。她和爸爸一边聊天一边继续向前走，两人的身影不久便消失在了走廊尽头。

我走进了套间的主卧。房间被漆成了淡淡的天蓝色，正中央摆着一张带有漩涡纹饰的白色铁艺床，上头铺着蓝白格纹的被子，床上方还支着顶罩。这看上去可比爸爸家的沙发床要棒多啦。我坐在软软的床垫一角，环顾四周。套间还带有一个私人浴室，床的右边有一个更衣区，左边则是一张沙发、一张书桌和两扇高高的窗户，透过窗可以看到后院。这个套间宽敞而美丽，但我也庆幸不用完全抛弃妈妈的市区公寓里那属于我的小小空间。我可舍不得和我的小天窗、杂物堆，以及闪闪发亮的星星灯饰说再见。而且，我也说不准这个房间是否有一天会带给我真正的家的感觉。

“所以……你觉得还满意吗？”凯瑟琳不知什么时候来到了门边，我不由微微惊了一下。她显然从我的表情中读到了想要的答案，于是没等我开口便继续道：“我刚让你爸爸去阁楼帮我跑个腿，希望那儿乱糟糟的杂物堆能耽误他一点儿时间，这样我们就有几分钟的时间可以交谈了。接下来几个月里，我们得完成的工作多得超乎你的想象，亲爱的。”她坐到了床沿上，将一个塑封袋放在我们中间，袋子里装了一本棕色小册子。“一切都取决于你和你的能力，可我们对你的能力连测试都没做过呢。毕竟，我原以为时间还有很多。”

“我的能力？这和也那个圆挂件有关系吗？”

凯瑟琳点点头。“有关系，还跟你那所谓的心慌症也有关系。我很抱歉让你独自一人承受了那种经历——我知道那感觉有多可怕。”

我微微挤了个苦脸。“是很可怕。我感觉发生了什么坏事——非常非常坏的事。但我当时却不知道到底哪儿出了差错，甚至直到现在也不知道。我身上的每一个细胞都，怎么说呢，都在尖叫，声嘶力竭地警告我不妙，出大事了。而且随着时间流逝，这种异样在我心里并没有彻底消失，更像是慢慢溶解了。已经发生的坏事依然没有……得到纠正，而我只是适应了。或许是那样吧，我也说不准。”我摇摇头，“我无法解释。”

凯瑟琳握住我的手。“第一次是在去年的 5 月 2 日，对吗？第二次则发生在 1 月 15 日的下午？”

我惊讶地抬起了眉毛。“没错。爸爸连日期都告诉你了？”我都不知道他还记住了确切的日期。

“他不需要告诉我，我自己也有感觉。但我至少马上就意识到了那一切是因为发生了时间偏离。”

我知道我的眉毛在疑惑中越抬越高，但还是竭力保持表情平静。终于有人相信我的经历不是因为心慌所致，这很好，但她所谓的时间偏离究竟是什么玩意儿？

“而且与你不同，”凯瑟琳说，“我身边还有圆挂件。你那两次一定被吓得半死。”她的蓝眼睛温柔了下来，“知道吗，你长得和她很像。”

“像我妈妈？”

“和你妈妈是有一点像——但你更像普鲁登斯，她和你妈不是同卵双胞胎。不过你的眼睛却长得随你爸，看这瞳孔的绿色绝对错不了。”凯瑟琳伸出纤瘦的手，帮我将头上一缕深色的卷发捋到耳后。我的头发中总混着几缕不安分的卷儿，任何发带发夹都奈何不得。

“黛博拉的头发更服帖些，你则和普鲁[1]一样满头疯狂的小卷儿，我怎么都梳不通……”

过了好一会儿，她微笑了一下，轻摇了摇头，将注意力拉回到了现实。“我这是在浪费时间呢。”她放低了声音，加快语速道，“凯特，它将再次发生，我不知道下一次时间变换具体会发生在什么时候，但估计不远了。我不想吓着你，但只有你才能纠正这事，而你必须把事情纠正过来。不然的话，一切都完了，我说‘一切’可不是在夸张。”

凯瑟琳起身准备离开，同时将书塞到了我手里。“读读这个吧。

① 普鲁：普鲁登斯的昵称。

读完后你会冒出更多疑问，但为了让你有个最真切直观的感受，这恐怕是最快的途径了。”

她走到门边，又一脸严肃地转身说道：“在你准备充分之前，绝对不能再碰那块挂件了。把它随便撂在厨房台子上是我疏忽了，但我没想到你竟能开启它。”她微微摇了摇头，“我的外孙女啊，你差点离我们而去。要真是那样，恐怕你就找不到归途了。”

我和爸爸赶到学校时离上课只剩没几分钟了。他一路上喋喋不休地聊着在阁楼里发现的望远镜，那应该是房子的前主人留下的。“虽然如今华盛顿特区的夜晚太亮了，以至于这望远镜基本派不上用场，”他说道，“但房子刚建成的时候一定是另一副光景。”我不时在恰当的时候点头附和，实际上他的话却压根没听进多少。

那一整天上课我都心不在焉的，有那么多事情萦绕心头，我根本没心思钻研三角学或英语文学。我一会儿提醒自己凯瑟琳确实是得了脑瘤，她的那番话可能是因为脑内海马体受损之类的导致精神紊乱。可我又总想起触及圆挂件时感受到的那份实感——轰鸣的声音、麦田的香气、他的温暖皮肤——想到这里，我就百分之百确定外婆所说的绝非假话；但这就又引出一个问题：她怎么会指望我去修正一切呢？两分钟以后，我又陷入了否定一切的状态中。

好不容易熬到放学铃响起，我跑到爸爸的办公室匆匆给了他一个拥抱，便快步赶去半英里外的地铁站，希望能按时赶上空手道训练班，转换一下心情。我挑了地铁上的空座位一屁股坐下，下意识地将书包放在旁边座位上，以免遇上什么可疑邻座——这还是妈妈教我的单独搭乘地铁守则。况且车厢内很空，只有一个一边听 iPod 一边修指甲的女孩，以及一个拿着一大袋法律文件的大叔。

由于现在是非高峰期，一般来说全程最多只需要15分钟。平时，我一坐上地铁就戴好耳机开始发呆。这列地铁在钻入地下之前，有约一英里的路程是在地面上运行的，沿途可以看见不少涂鸦艺术。有的画已有好些年份了，老旧褪色后便又为新的画所覆盖，一层叠一层。偶尔有几幢建筑物的主人会重新给墙上一层漆，但艺术家们一见有新的"画板"就会拿着画笔蜂拥而至，只有零星的几堵墙能保持常年空白。比如某个轮胎仓库，对着铁轨的墙前围起了高高的栅栏，栅栏顶部还绕着铁丝电网。途经的一座赛勒斯教堂外也不见涂鸦，墙壁白得耀眼而朴素，正如这个教的所有教堂一样。教会成员定期对墙进行粉刷，据说还派了几条凶猛的大型杜宾犬把守。

然而，今天的我心里颇不平静，没有心思去欣赏这些城市艺术景观。我小心地将凯瑟琳给我的那本书从塑封袋里拿了出来。书皮显然已是饱经沧桑，跟学校图书馆馆藏的旧书一样，被贴上了至少一层的胶带加以保护。这本书看起来像是本日记。果不其然，翻开书，我便看见了里头手写的页码。与书皮相比，里头的书页保存得很好，纸张丝毫看不出一丝泛黄。我的第一反应是，由于某种原因，全新的纸张替换了原来的书页，被包在旧书皮里。我用手指摸了摸这横纹纸，仔细端详了一番，又否定了先前的猜测。首先，书页有点儿太厚了，甚至比卡纸还厚。按重量来说，这册子里头应当至少有一百页，但我粗粗数了一下，却发现实际上只有四十面左右的单页。

我试探性地折起书页一角，却惊讶地发现这奇怪的纸张又反弹了回去，一点折痕也没留下。我试着从边上将书页撕下来，仍然不行。我又做了几个实验，得出的结论是：书页上无法写字，用圆珠笔、铅笔或记号笔都不行；书页单看材质明明不像是防水的，沾水后却会迅速变干；口香糖能在书页上黏住一会儿，但很快就会干干净净地脱落下来。经过了几分钟的折腾后，我在心里宣布这本册子是不可毁灭的——没准用火烧能管用，但尚且身在地铁上的我也不得而知。

接着，我开始研究书页上的字迹，发现整本书只有前四分之一被使用过。所有有字迹的书页中，除了第一页之外全都以不完整的句子开头。相邻页面的内容读上去完全不连贯。这摆明了是一本古怪的日记，书里看上去唯一正常的部分，是封皮内部两行褪色严重的钢笔字迹：

凯瑟琳·肖

芝加哥，1890

地铁就要到站了，我将书塞回塑封袋内。接着，我犹疑了一下，感到有什么人在盯着我。不过或许这也不奇怪，毕竟我刚刚一直埋头致力于摧毁一本书——即使是在怪人百出的地铁上，我方才的举动也称得上可疑了。

我抬头瞥了一眼，只见有两个年轻男人坐在车厢一端，距离我三排之外。我不记得上一站有人上车。虽然之前我的确有些心不在焉，但我有种挥之不去的感觉——那两人是凭空冒出来的。他俩面朝着我，我因此能够清楚地观察到他们。其中一个有点胖，跟我差不多年纪，一头深金色头发，皮肤蜡黄，仿佛整天闷在室内从不外出似的。他身上的 T 恤看上去很旧，胸前印着一个徽章图案，像是某张专辑的封面，但我想不起是哪个乐队的。我一朝他们的方向望去，他就低下头，开始在一个小本子上写起了东西。

另一个人个子很高，比他的同伴年纪大一些。他长得很英俊，一头黑发略有些长。我认出了那双深色眼睛，同时感觉双颊正慢慢泛红——那正是我在触摸挂件时所注视的那双眼睛。一想起幻境中他的皮肤在我手中留下的温暖，我不由得感觉双手有些发痒，同时忆起了他搂在我腰间的手，以及随之贯穿全身的暖流。我难以想象自己在幻觉中所看到的人是怎么走进了真实世界，坐上了地铁，但我百分之百确定他们是同一个人。

此刻的他比我今早所见时看上去年纪大一些。他的表情有些古怪，混杂着悲伤、恐惧，以及与幻象中一样的渴望。他没有转移视线，只是攥紧了座位上的软垫，并不理睬一旁正在用胳膊肘狠戳他的同伴。是我首先从对视中移开了视线。

我刚低下头去，地铁随即放慢了速度，我不得不又抬起头。车门还没开，距我刚才低头大约只经过了[illegible]秒钟时间，可那两人已经不见了。我朝他们刚才坐着的位置走去，伸手一摸，做好了心理准备会碰到什么看不见的实体（或者失去一根手指），可座位上确实是空的。我差点以为自己又产生幻觉了，却发现这两个座椅上的橙色软垫都有些内陷，此刻正在慢慢反弹复原，就跟平时乘客起身离开后一模一样。我拿手指摸了摸刚才那个高个子年轻人用力攥过的软垫边缘，那儿还残留着他手里的余温。

第三章

等我赶到时，空手道课已经开始几分钟了。我轻手轻脚地进去，跟平常一样坐到夏琳身旁。接下来的一个小时是例行练习时间。我埋头训练，有那么几个瞬间，几乎将这几天所经历的怪事抛到了脑后。可能由于多修了一年课程，平时的我要打败夏琳不在话下。可今天一个下午，我已经被她摔了两回，大腿上还遭了她重重的一踢。

我们一直专心练习到了下课。出门的时候，夏琳转向我："所以？你怎么了？我的短信你一个字也没有回复……"

我还没决定要不要向夏琳全盘托出，心想她一定会觉得我是疯了。我于是回了一句过气的冷笑话台词："你听我解释……不行，话太长了，你还是听我概括。[①]"

夏琳翻了个白眼，她知道我已经把《公主新娘》的台词从头至尾背得滚瓜烂熟。"那你总结一下吧，埃尼戈·蒙托亚[②]。到底出什么事了？"

---

① 出自1987年美国浪漫冒险喜剧《公主新娘》中主人公埃尼戈·蒙托亚的台词。

② 埃尼戈·蒙托亚：影片《公主新娘》中的主人公。

就我对夏琳的了解来说，她最终势必会从我口中挖出整个故事的经过。只要洞察到我有一丝隐瞒，她就会缠着我打破砂锅问到底。

“好吧好吧，”我应道，“我外婆快不行了，她给我留了一幢大房子和很多钱，我爸和我要搬过去和她住一年。我继承了她的特殊能力，她要教我怎么运用这种能力，这样我就能拯救我们生活的世界——差不多就这个意思吧。还有，我差点和一个男孩接吻了。他在地铁车厢里凭空消失了，我想他是个幽灵。”

“你在地铁上差点和一个男孩接吻了？长得帅吗？”不愧是夏琳，这么一番话中她最关心的还是接吻的话题。她有三个哥哥，这意味着她家总有许多男生进进出出，而夏琳总能和其中几个走得特别近。她的人生目标就是确保我能多多恋爱，可目前为止她替我安排的所有做媒计划都以惨败告终。

“嗯，长得挺帅。”我答道，“但我们不是在地铁上差点接吻，而是在我外婆的厨房里——或者说是在某个麦田里。我觉得两种说法都成立吧。”

夏琳好一会儿没说话，只是瞪着眼睛望着我。“好吧，我知道你是不会对我撒谎的，凯特。那剩下的解释就是你精神错乱，或是磕了药……”她顿了顿，“也可能你说的是实话。要把事情弄清楚，你得把来龙去脉都告诉我，随便‘总结’一下可不行。”

“那我们一起来把事情弄清楚吧，我自己也云里雾里呢。”我将日记从书包里取出来，“我真心希望这东西能给出答案。”

妈妈面不改色地在一旁看着我俩对着披萨狼吞虎咽，之后又各自拿了一瓶苏打水钻进了楼上的小房间。毕竟只要有夏琳来我家过夜，我们总是这副德行。我们进房后就把自己埋在书堆里，这要是被妈妈看到了她也不会惊讶，毕竟我们也经常一起做作业。然而，如果那晚她悄悄透过门缝往房内看上一眼，就会看到我俩并排坐着，人手一根火柴，正企图点燃一本老旧的日记本——这光景怎么也该把她怔住了。

我吹灭了蜡烛。“好吧，看来连火也治不了这书。”

“但这书页被火烤过后发出的味道倒是很好玩。”夏琳点评道，“还有这书皮——书皮倒是可燃又写得上字，跟一般纸张没什么两样。这不是很奇怪吗？至少得把书皮做得跟里面的书页一样结实啊。书皮不就是用来保护书页的嘛。”

“说的没错，”我思考了一下，“可是……你以前有没有为了不让爸妈或老师发现，把你想看的书的书胆塞进一本他们希望你读的书的书皮里去过？”

“倒是有，可……”

“或许这本书的作者就是想误导其他人以为这只是一本普通的日记。你看看封皮里头写的：1890 年。这书页看起来可不像是 1890 年能制作出来的。”

“在我看来这书页也不像是如今这个时代能造出来的。”夏琳应道，“你就不能打个电话问问你外婆吗？”

“也不是不行，但她也说了这本书会给我带来更多的疑问。我有种感觉，她想让我自己探索一下，看我能不能自己悟出个什么道理来。”

夏琳伸手摸了摸书脊上一小块凸起的地方。“这是什么？好像有什么东西卡在书皮里头。”她稍稍扯了几下，终于掏出了一根亮黄色小棒，大约是两根牙签捆起来这么粗，头上有个黑黑的笔尖。“这是支迷你铅笔。”

我接过小棒细细端详："看起来是像支铅笔没错，但——你看，从笔尖上刮不出来任何铅屑。我看这是支光笔，就跟我妈以前用的掌上 PDA 一样，你也见过的吧。你拿笔轻触屏幕，像这样……"

我拿过书，用笔尖轻轻敲击第一页。手写的字体开始慢慢向上滚动。"啊哈，这不是本书，而是台移动电脑之类的东西。"

夏琳看上去很困惑。"可为什么要这么做呢？"她问，"为什么不直接用一台手提电脑或是 iPad？这么做没意义啊。"

"除非你身处 1890 年，又不想引人注意。"我合上书，转眼间它又成了一本逼真的日记本。"除非你不想让别人发现你来自跟他们不同的世界。"

"奇怪了，我从没看到过类似这样的技术。你外婆怎么会有这样的东西？你说她是一名历史学家，就跟你妈妈一样，是吧？"

我再次翻开书，用手指摸着封皮内侧印着的名字：

凯瑟琳·肖

芝加哥，1890

"我的外婆名叫凯瑟琳，这或许是个巧合，但我可不那么想。没错，她是一名历史学家，但我现在越来越有种感觉，所谓历史学家，对于外婆和妈妈来说具有完全不同的意味。"我随便翻开一页，拿那类似光笔的东西轻触页面顶端，看着文字慢慢向下滚动，直至段落开头出现：

5月15日， 1893

芝加哥，伊利诺伊州

我们到达时正值日出时分，正赶上一波人流从火车站赶来。计算没有出错，但地点却不像我们所希望的那般偏僻。城市里到处都是人，我们的出现地点又刚好在热门景点附近，建议下次更换一个入口点。

世界各地的人们都赶来了芝加哥，只为一睹又一奇观的出现——一个周身挂满了封闭包厢的大圆轮，它转动起来后能将乘客带上高空。这圆轮由乔治·费里斯[①]先生创造，要到下个月才正式开始运营，但现在已引得不少游客前来围观。芝加哥的世博会主办方希望这大家伙足够出彩，能把在上届巴黎世博会上大出风头的埃菲尔铁塔给比下去。

我向大会主办方的女性会务组递交了介绍信，她们欣然接受，丝毫没有起疑。在此请求某“公主[②]”的背景信息。此人不久将前来参加世博会，有几名女人在谈论她。

“那是什么？”夏琳指着页面边上的一颗小星星问。我耸耸肩表示不清楚，然后用光笔点了点它。没有动静。我又试着连点了两下，书页顶端出现了一个小信息窗：

尤拉利亚公主（1864—1958）：西班牙王后伊莎贝拉与卡迪兹公爵弗朗西斯之女。全名：玛丽亚·尤拉利亚·弗朗西斯卡·德·阿西斯·玛格利塔·罗伯塔·伊莎贝尔·弗朗西斯卡·德·葆拉·克里斯汀娜·玛利亚·德·拉·彼达。晚年著作中表达过进步的女权观点。注意：公主此次来访将会给芝加哥社交圈带来一

① 乔治·费里斯：摩天轮发明者。

② 原文为西班牙语。

定的骚乱。公主按理应参加许多公共庆典，可她却常被发现到了预定时间还在德国馆里吃香肠或抽烟。公主的丈夫则基本每晚都在热闹的娱乐区大道乐园里露脸。

“这说不通啊。”读完小窗后，夏琳说，“凯瑟琳既然已经把答案写在这儿了，为什么还要在正文里请求背景信息呢？”

“我也不知道，这信息可能是她后来添加上去的？”我关闭了弹窗，继续读起了日记正文：

今天下午我会去世博园区的妇女宫参加国际妇女代表大会，大会按计划将于今天开幕。妇女宫的存在本身就被视为一大奇迹——它是由女建筑师索菲亚·海登一手设计的。由于大会也安排了一些涉及在政府就职的女性相关的主题演讲，所以索尔在晚些时候可能也会来听听，但他绝大部分时间都会待在园区的另一头，那儿在召开九月世界宗教议会的筹备会。

下午

我只在现场看到了少数几个妇女活动家；大多数人要么还没赶来，要么（相当明智地）选择了跳过今天的开幕式。亲耳听到的大会欢迎辞比印在纸上的文本感觉还要冗长，我差点怀疑光是介绍外国贵宾就得花上一整个下午。

附上发言稿和大道乐园的人群照。

<u>时研会文件 KS04012305_05151893_1 已上传</u>

<u>时研会文件 KS04012305_05151893_2 已上传</u>

<u>个人文件 KS04012305_1 已上传</u>

我试着用光笔点击附件，但都没有反应，页边上也没出现什么记号。“这些附件应该含有超链接，但我没法打开它们。恐怕我得之后再去问问凯瑟琳。”

“这第二组数字……”夏琳指着附件的名字说道，“那指的是日记当天的日期，对吧？5月15日，1893年。”

我向后翻了几页，用笔尖点击每一张书页的顶部，快速地浏览隐藏的日记。使用过的每一页都包含着某一年的日记条目，而大多数日记条目后都载着一个“时研会”文件，文件名的末尾数字则与日记日期吻合。日记往往是一连记几天，然后跳一个月左右再接着记录。多数日记都是在芝加哥写的，最后两则则分别来自1899年4月21日的纽约，以及1899年4月24日的旧金山。

“KS一定指的是她的姓名缩写[①]。”夏琳说，“嗯……文件名中的第一组数字也符合日期的格式，可是……”她伸出手，我将日记和光笔一起递给了她。

几秒钟后，她皱起了眉毛。“这书没有反应。”

她像我刚才一样，将笔沿着页面划动，可文字毫无动静，看上去和静态的手写字迹毫无区别。“是电池没电了吗？”她问。

我将书拿回来，拿光笔沿页缘划动，页面滚动了起来。

夏琳对于这本不听她使唤的日记显得有些懊恼，但她耸了耸肩。“可能它比较敏感——就像我哥哥那台笔记本电脑上的触摸屏，那东西也从不听我使唤。”

我浏览了一下之前的日记条目，夏琳说的没错，那些组数字代表的就是日期。每组的前两个数字总是由01到12递增，跟着的两个

① 凯瑟琳·肖的英文原名Katherine Shaw，首字母缩写为KS。

数字则均在 01 到 31 之间。“所以，有人为了混进十九世纪八十年代的世界而不惹人起疑，将这个高科技装置伪装成了一本手写日记。我们还发现两套日期，一套来自过去、一套来自未来。如果我们的推测正确、而这些数字又不是谁故意伪造的话，那结论就是，一个来自 2304 年和 2305 年的人写下了这些日记，记录的是十九世纪八十年代的生活。”

夏琳点点头。“如果不是谁故意伪造的话，这么想没错。但我可不排除故意伪造的可能。”

我朝她僵硬地笑了笑。“你今天是没在地铁上看到，那两个男人就那么凭空消失了。”

“你确定不是你那冷冰冰的杀人眼神把他们吓跑的？就像上次对诺兰的那样？”

我拿起一个枕头向夏琳扔去，她大笑着躲开了。诺兰是夏琳哥哥的一个朋友，在夏琳最近一次的媒婆计划中不幸沦为牺牲品。诺兰人不错，长得也挺帅，可整个心思都扑在足球上。现在回想起来，我当时的确可以更友好一些，但我又觉得不应该让他产生误会。等我们吃完披萨，两人都心知肚明我俩压根儿不配。

我将日记放回塑封袋，收到书包里。“我们得睡觉了。明天放学后我至少有一千个问题要问凯瑟琳，现在继续研究这本书也只会让我越来越摸不着头脑。而且你要是明天带着两个黑眼圈回家，你妈再也不会放你在上学日的晚上来我家过夜了。”

然而，要睡着却不容易。每一闭上双眼，圆挂件带来的逼真体验就如洪水般涌入我的脑海。直到我逐渐进入梦乡，还隐约不安地感到一双真挚的深色眼睛正注视着我的一举一动。

清晨转眼就来临了，我们在手忙脚乱的梳洗中开始了新的一天。我在赶往地铁站的路上拼命咽下了一条早餐能量棒。起先，地铁上挤得一个座位都找不着，而随着列车渐渐驶离市区，乘客也少了下来。

我找到一个空位坐了下来，插上耳机开始听 iPod，车厢内的谈话声逐渐模糊了起来。起初，我并没有看到那个面色苍白而矮胖的男子，可能是因为当时他站在我身后。然而落座几分钟后，我从安全镜内瞥到了他的左脸。我微微调整了一下坐姿，想要看得更清楚些。他穿着与昨天一样的 T 恤，似乎没有察觉到安全镜，也不知道我已经发现了他。我朝四周看了看，想知道那个神秘的高个青年是否在他身边。我又掏出了自己的小镜子向后照，假装整理头发，但并没有发现他的身影。唯一可以确定的是，小胖绝对在监视我。

下一站不是我的站，但就在到站的乘客们下车之际，我起身朝最近的一扇门走去。还没等我走到门边，小胖突然来到了我身旁。他的胳膊环住了我的肩，我感到一个冰冷的硬物正狠狠地抵着我的肋骨。最后几名下车的乘客推搡着从我身边经过。

他低声说道：“交出书包就放你走。我不想惹事，快把肩上的书包卸下来给我。”

要在平时，我一定二话不说直接把书包递过去了，毕竟自我防御的最基本常识就是别跟持枪的人过不去。可今天书包里却放着那本日记。

小胖的脸突然凑了过来。我的脚趾感到一阵钻心的疼痛，只见他正拿脚狠劲地碾压我的脚尖。他朝我耳边轻语，“我可以现在一枪崩了你然后立马消失，谁也不会知道发生了什么……”

“车门即将关闭，车门即将关闭。”地铁的自动广播响了起来。小胖拉着我走到门边，将方才还踩着我的脚抵在即将关闭的两扇车门中间以拖延时间。我的耳里只能听到自己不断放大的心跳声。我朝他怒视了一眼，将书包从肩上滑下并递给了他。他费力地挤出了门缝，将我向车厢内猛地一推。一道蓝光闪过，他已不见踪影。

我撞到了两位乘客身上。其中一个戴着耳机，显然没注意到我刚才的遭遇，他对我的笨手笨脚显得有些不耐烦。而另一位女乘客想必是目睹了事情的经过。“你还好吗？”她问，“要不要我把保安叫来？”

“凯特！”从我身后传来一个低沉的嗓音，还带着一丝陌生的口音。就在转身之前，我已经意识到了声音的主人是谁。我的第一反应是逃跑——虽然在封闭的车厢内也没什么逃跑的余地——但他已经走了过来。我瞥见一道熟悉的蓝光，正透过他的衬衣闪闪发亮。他伸手抓住了我的胳膊，将我拉到几排之外的一个座位上，直到刚才那位好心女士完全听不到我们说话。

我坐下来，然后猛地转向他：“你究竟是谁？为什么要跟踪我？你朋友为什么要抢我的书包？你又是怎么从我外婆手上得到那东西的？”我指了指他衬衫上透出的圆挂件的光点。

他顿了顿，默默整理了一下我连珠炮似的提问，然后斜着嘴对我露出了一个小小的微笑。“好吧，我按顺序回答你。我叫基尔南·邓恩，”他说，“我没在跟踪你，我在跟踪的是西蒙。我按理不该来这儿的。西蒙，也就是夺走了你书包的那个人，他可不是我的朋友，凯特。至于这把钥匙，”末了他说道，指着胸前的圆挂件，“这挂件不是从你外婆那儿拿来的，它属于我的父亲。”

他抬起手，我下意识地畏缩了一下。他放缓了动作，眼神变得有些悲哀，笑容也渐渐隐去。他的手指轻轻触碰着我的右脸颊。“我从没见过你这么年轻的样子。”他伸手拉下了我头发上系着的头绳，看着发丝垂落到我的肩上。“这样才像我的凯特。”

我张嘴正要抗议，可他先抬起了手，以更快的语速继续说了下去："你快到站了，下了地铁后直接去你外婆家，告诉她你的遭遇。至少你还有这个。"他碰了碰挂在我脖子上的黑色挂绳。"你一定要随身携带时研会钥匙。"

"时研会的钥匙？我没有……"

"就是那个圆挂件。"基尔南说道，又碰了碰我的挂绳。

"我没有什么圆挂件。"我从上衣中拉出了挂绳，绳子上挂着一个透明的塑料卡套，里头装着我的校园卡、地铁卡、几张照片以及两把钥匙——一把是爸爸的小屋钥匙，一把是妈妈的公寓钥匙。我把卡套翻过来给基尔南看，可以清楚看到里头两把普通的银色钥匙。"要说钥匙，我只有这两把。你能说些我听得懂的话吗？"

基尔南的脸色瞬间变得苍白，眼中溢满了惊恐。"那它是在你的书包里吗？你应该随身带着它的！"

"不，"我重复道，"我没有圆挂件。我到刚才为止还一直以为那圆挂件只有一个，而且就我所知，圆挂件正好好的放在我外婆家里呢。"

"为什么？"他问，"该死的，为什么她放心让你毫无保护地出来活动？"

"我不知道怎么使用那个圆挂件！昨天我差点……"想起昨天发生在厨房的那一幕，我的脸"刷"地红了。"我拿着它的时候看到了你。为什么？你到底是谁？"

地铁渐渐慢了下来。基尔南闭上眼睛，用拇指和食指揉了揉太阳穴。几秒钟后，他又抬起头，摇着头说："我可没料到会发生这种情况，凯特。你得赶快跑。打的，或者偷一辆车，随便怎么样，你必须尽快赶到你外婆家，然后乖乖待在里头千万别出来。"

他带着我一起向门边走去，又转过身来，将我拉近。“我会尽量拖住他们——但我也不知道他们具体打算如何行动，所以我不知道你还剩多少时间。”

“离什么还剩——”我刚问到一半，声音便消失在了他的唇间。他的吻温柔而迫切，之前触碰挂件时所感到的震撼再次向我袭来——呼吸变得困难，心怦怦直跳，无法移动，也无法思考。

过了一会儿，他抽开身，嘴角挂着一丝微笑。“我们之间的第一个吻不该是这样的，凯特。但你若不抓紧时间，这估计就得成为我们最后一个吻了。快跑，快跑，就现在。”车速慢了下来，基尔南从衬衫内掏出圆挂件，握在手心——我原本用来扎头发的墨绿色头绳现在已套到了他的手腕上。眨眼间，他已从我的面前消失了。

地铁车门缓缓打开，我冲了出去。

不出所料，地铁站附近一辆的士也没有。我瞥了一眼公交站牌，下一班巴士要二十分钟后才会来。这里离外婆家还有三英里距离，我不知道以自己现在的精神状态能不能跑得到她家，何况我刚被小胖狠碾过的脚现在还在钻心地疼。我拖着腿朝反方向走了三个街口，来到一家万豪酒店的门口，却发现酒店门前的出租车上客点空空如也。慌张之际，一辆空车开了过来，我终于舒了一大口气。

我爬进车后座，跟司机说了地址。

“你是把钱藏在身上什么地方了吗，小鬼？我看你身上没带钱包啊书包之类的。现在可是高峰时期，生意大把大把地等着我呢。”司机问。

“现在是紧急状况。我就去贝塞斯达的老乔治城一带，十万火急。我外婆会把钱付给你的。”

他似乎还有些怀疑，但看见我脸上的表情后，便转身发动车，向主干道驶去。他努力想将车开得快些，可路上堵得厉害，我们的行驶速度比起我徒步跑也没快多少。我焦虑地咬紧了牙关。

“你不会是在躲警察或是什么的吧？”他看了一眼后视镜中的我问道，“我总觉得你是在逃跑。”

“我是在跑，就为了找辆计程车把我载到外婆家去。我外婆……她病了。这样解释你满意了吗？”

“行吧行吧。”他在街口向左转了个弯，回答我说，“好吧，小红帽。我会在大灰狼追上你之前把你送到外婆家，但你外婆的菜篮子里最好有点钱，否则就轮到我亲自叫警察来抓你了。”

这蹩脚的打趣让我忍不住翻了个白眼。我不知道为什么基尔南会觉得我处境危险，但他眼里的害怕神色绝对不是装出来的。我将手放到了嘴唇上，回忆起他的吻。那不仅是我们之间的初吻，还是我这辈子的初吻。虽然在这方面没有丝毫经验，但我能感觉到这个吻的背后包含着强烈的情感。他在某处，或是某个时间点认识了我，而且他很关心我。虽然要承认我有一段连自己都记不起来的过去（还是未来？）的确很令人困惑，但我毫不怀疑基尔南是真心为我担心得不行。我捏紧了自己的方格衬衫的一角，看着计程车向凯瑟琳家的方向一点点挪行，希望我的疑问不久就将得到解答。

车还没完全停下来，我就跳出了后座。我朝门跑去，发了疯一般地敲门。一会儿后，科纳出来应门。

“凯瑟琳在哪儿？让我进去！”

“当然可以！”

“你能帮我付一下计程车费吗？他抢了我的包。”

科纳一脸疑惑。“你说司机抢了你的包？”

“不是——是地铁上一个人。”达芙妮在一旁汪汪大叫，科纳牵住她的项圈，以免她向门外冲去。

“好的好的，我会付车费的。帮我牵住达芙妮。”他从鞋柜里拿出一双鞋。司机在门外按了按喇叭，达芙妮也不甘示弱地将吠声提高了分贝。“凯瑟琳！快下楼来！”科纳一边朝门外走去，一边朝屋内喊，“凯特来了！”

几分钟后，穿着睡衣的凯瑟琳出现在了楼梯的顶端。她匆匆给自己披上一件浴袍，快步下楼来迎接我。“凯特，亲爱的！你怎么没去学校？你看上去害怕极了，出什么事了？快坐下吧。”她朝沙发走去，手一拍大腿大喝一声：“达芙妮！到外头去！”

趁她带着达芙妮向厨房门边走去的当口，我气喘吁吁地坐了下来。我脱下鞋，检查自己的脚趾，刚才它们被小胖踩得够呛。我记得基尔南管那人叫西蒙，但我心里还是执意叫他小胖。我的两个脚趾变成了暗沉的深红色，其中一块指甲已被踩破，近肉的部分都被折断。我咬咬牙，将残留的指甲碎块掰了下来，以免勾到袜子。

科纳回到屋里，正好碰上凯瑟琳一同走进了厨房。我看到他的牛仔裤袋里透着柔和的蓝光，如释重负地意识到他也有一块圆挂件，却没有想到他也有可能身处险境。

科纳在沙发对面的扶手椅上坐了下来。“你弄明白是谁打劫了她吗？”

“打劫？”凯瑟琳惊呼道，“凯特，发生什么事了？你还好吗？”

“我没事，”我答道，一边小心地穿上袜子。我将另一只鞋也脱了下来，把双脚伸进来咖啡桌下面。“但地铁上有个人抢了你的日记——还有我的 iPod 和课本。我很抱歉，凯瑟琳。我本想抵抗的，但地铁上人太多了，而且……他身上有枪。总之是个像枪一样的东西，他拿那东西抵着我身体一侧。”

“别说傻话了，”她答道，“你那么做是正确的。我这儿还有几本日记，丢失的那一册也在电脑系统里存了档。”

科纳点点头。“而且我们也能追踪那本原件，所以还有找回来的希望。要我说，一个打劫犯才不会去注意一本破旧的日记呢，何况他也无法激活它。”

“地铁上总是发生这种事吗？”凯瑟琳问。

“诶？”我摇了摇头，“不是——我是说，的确偶尔会有乘客的东西被偷，但我从没碰上过。按理说，地铁上算是安全的。问题是抢我书包的不是一般的打劫犯，他是冲着我来的。他是冲着那本日记来的。昨天他看到我拿着日记。而且我觉得他也有一个圆挂件——就跟你那个一样。”

凯瑟琳不太相信地朝科纳看了一眼，又转向我：“你确定吗？我不觉得……”

“不，关于那个打劫犯我不太确定，但我的确亲眼看着他凭空消失——看到过两次。但我确确实实看到基尔南的衬衫下有个圆挂——”见科纳和凯瑟琳一脸惊讶地同时倒抽一口冷气，我不由得停住了话头。

“他的名字叫基尔南？”科纳问，“你怎么知道的？”

“是叫基尔南没错……姓邓恩，或者邓肯吧，我记得。但他不是那个抢走日记的人，是他叫我赶快逃跑。深色眼睛，深色头发，个子高高的，非常……”我打住了话，知道自己的脸肯定红了，“怎么了？你们认识他吗？他想知道我为什么没戴着圆挂件。是他让我尽快赶到你们这儿来的，说快出事了，但他会尽量拖住他们，帮我争取时间。”

科纳和凯瑟琳互相看了一眼对方。"基尔南·邓恩是我的曾祖父，"科纳顿了一会儿后说，"他竟然会主动来帮助我们，这我很怀疑。"

我忘了科纳也姓邓恩，他和基尔南的长相并没什么共同之处，或许就鼻子周围有些相似吧。而且科纳至少比基尔南大三十岁——或者说，比那个在地铁上吻了我的基尔南要大至少三十岁。我觉得自己的身体愈加深陷进了沙发。

"你还是从头开始说比较好。"凯瑟琳提议道。

我将从周一早上离开凯瑟琳家一直到刚才搭乘计程车来这儿的经过都叙述了一遍，当中含糊了一些细节——比如我不知道凯瑟琳要是听到我和夏琳对那本书的所作所为后会有什么反应，我更没准备好把那个吻告诉任何人。那种事情我可不想和我的外婆讨论，也不想跟自称是我的亲吻对象的曾孙的人讨论。事情已经够复杂了，何必弄得更麻烦呢？

讲完大致经过后，我转向凯瑟琳："不管你相不相信基尔南说的话，我有很多事情要先弄清楚。而且我觉得该让我爸也听听，或者找我妈妈……"

我觉得自己有点像个被捕的嫌疑犯，嚷着自己有权寻找律师。但或许现在的情况与那也没太大不同：我和凯瑟琳以及科纳都不熟，还无法完全信赖他们，而爸爸——他到底是我爸爸，我知道他会把谁放在第一位。我和妈妈的关系更复杂一些，但我知道她也会一切以我为先。

"凯特……"凯瑟琳犹豫了一下，显然是在寻找合适的措辞，"你希望让你的父母也能够知情，这一点我很欣赏你。的确，哈利比起黛博拉更可能理解这一切。但也许你该先听听我所说的，再决定要不要告诉哈利……如果你到时候还是决定那么做，那我也不反对。"

她将项链挂到了自己的颈上。挂件落在她深红色的浴袍前，蓝光将浴袍映成了古怪的紫色。“但你一定要记住，凯特。对你父母来说，这条圆挂件项链再怎么样都只是个有些奇怪的首饰而已。如果他们把挂件拿在手上的时间长一些，可能会感到有些异样——与科纳一样，拥有隐形基因的他们可能会注意到挂件的颜色有些轻微的改变。但他俩谁都无法看到你所看到的一切。要说服他们我们能看到，甚至亲身感觉到他们所无法体会的东西，这是需要花很长时间的。”

她的话让我有些不安，但我知道她是想告诉我，要让爸爸明白我的处境，需要花上很多时间。另一方面，基尔南焦虑的嗓音不断在我耳边回响，让我觉得现在时间已非常紧迫。我不知道还有没有足够的时间等爸爸赶来，再把事情的来龙去脉都说给他听。尽管凯瑟琳和科纳都对基尔南的警告持怀疑态度，但我却笃信不疑。我们之间的吻确实是第一次，但我的直觉告诉我基尔南是站在我这一边的——虽然我也搞不清自己究竟是哪一边的。

第四章

“我生于 2282 年，”凯瑟琳开始了讲述。一定是见我满脸怀疑，她很快又补充道，“凯特，有些事实其实你已经意识到了，我不会再花时间去说服你相信那些已知的。”

“在我出生之前，”她继续讲，“我父母决定将我培养成历史学家。他们有些积蓄，而且据我所知，我的祖父母和一位膝下无子的姑母也资助了一点钱，所以我父母能够从几种天赋基因中进行挑选。每个人在出生时都能得到一种天赋。虽然按照规定，天赋基因的赐予都是随机的，但无论在什么时代，有钱自然就有门道嘛。总的来说，我挺高兴我父母为我做了这么一笔交易。”

科纳回到了厨房，手上端着三杯黑咖啡。在我看来，杯里咖啡的浓度已经超过了正常人的承受极限。他还拿了一大盒曲奇，颇有将所有饼干一吞而尽的架势。凯瑟琳朝我的方向示意了一下，科纳这才一脸不情愿地分给了我三块姜饼，然后抬起腿搁到扶手椅前的矮桌上，正对着我坐的沙发。

凯瑟琳继续说了下去：“我的家境要是没那么富裕，或者我父母要是没对我的前途花那么多心思，我得到的天赋可能只是护理技能、乐器技能，或别的什么手艺。我父亲的特长是化学，我母亲则是逻辑，她在时研会工作了好几年，为软件编程，以追踪历史任务和分析收集来的数据。”

我喝了一小口咖啡，暗暗希望能加些牛奶来冲淡其中浓厚的苦涩。“时研会究竟是什么？好几篇日记里都提到了这个名字。”

“时序历史研究与自然观测会[①]，”科纳塞了一嘴的曲奇，嘟囔着回答我，“简称时研会。这说明未来美国的新新人类也跟他们的祖先一样喜欢洋气的简称，甚至不惜煞费苦心地凑个老长的名字出来。”

“不管怎么说，”凯瑟琳不以为然地朝他抬了抬眉毛，接着说道，“我母亲热爱她在时研会的工作。这也不奇怪，她和我们那个时代的其他人一样，本身就是一生下来就热爱他们的职业。但我猜她心里还存在一丝小小的浪漫。她为我挑选的天赋使我能够见证不同的时代，去不同的地方——”

“但是，”我有些犹豫地小声打断道，“孩子们不应该有自由选择的权利吗？我的意思是，如果你本人其实是想像你父亲一样成为一个化学家？或是烹饪师？或是……”

凯瑟琳微笑了一下，但她的微笑中透着疲倦。我意识到这应该不是第一次有人问她类似问题了。“你说的没错，但是帮孩子在出生前做好安排也有可取之处。如今，一个孩子要花费多少时间精力在学习一些他根本不会运用到，甚至根本不会考虑运用的技能上？我还记得你妈妈曾抱怨说她根本不需要知道平方根是什么，但我还是逼着她去学了，其实我俩都知道她其实说的没错。

① 英文为Chrono-Historical Research Organization and Natural Observation Society，首字母缩写为CHRONOS，即柯罗诺斯，是古希腊神话中的超原始神，也代表时间。本书中译作时研会。

“你别误会——我们还是会学习自己专业以外的科目，也有各自的兴趣爱好和副业。但我们打从学业的一开始就知道自己的大致规划和目标，也不会想要去做出什么改变。毕竟我们的基因构成已经决定了我们对自己的本业最为拿手，因此会比去做其他工作要顺利得多。而且比起那些从事非本业的人来说，我们会优秀得多。”

“所以说有了这种先天的……基因优化后，你们的人生在出生前就已经定下来了？”

“不。唯一定下来的只有我的选定天赋。我还从父母那儿自然继承了一些才能——我妈唱歌很优美，我的音感也不赖。像你一样，我也继承了我父亲眼睛的颜色，当然你更幸运些——哈利的眼睛要精神多了。”

科纳朝我倾过身，眯着眼直勾勾地盯着我的双眼看了一小会儿。“非常的……绿。”我不知道他是在称赞我，还是只是在陈述他的观察结果，只好简单地点点头。

“我父母的选定天赋在我身上也有些残留。和我母亲一样，我也擅长操作电脑。”科纳不屑地哼了一声，凯瑟琳于是改口道：“应该说，我擅长操作几个世纪以后的电脑。至于现在这些被科纳称作电脑的乱糟糟的破铜烂铁，我很乐意交由他全权负责。”

凯瑟琳停下来喝了一小口咖啡，又转向我说：“我理解你对于自由选择权的……顾虑，但我们先不谈这个问题，好吗？我没有这个能力去颠覆我生活的世界，这一点我和你一样，我也承认那个世界并不是完美的。但我想说的重点是，父母的天赋是可以遗传给孩子的，无论是选定天赋还是自然天赋。我从我母亲那里继承了一点天赋，从父亲那里也继承了一点，又获得了一种指定的天赋。显然，你妈妈继承了我的指定天赋，而她又遗传给了你，所以你才会对圆挂件有反应。”

我越来越困惑了："但是妈妈看不到圆挂件的光啊。"

"那不能说明她没有这个基因，只不过性状是隐性的。她对当代美洲史有兴趣甚至有可能不是因为基因。她从小受父亲的影响很大，吉姆作为历史学教授，总能讲出一大堆历史上有趣的轶事，那些故事培养了她的兴趣。但到了你身上，这种天赋的基因就是显性性状了。"

"为什么那么说？"我问，"就因为我能看到挂件的蓝光吗？我是挺喜欢历史课的，但我喜欢的科目不止这一门。我还没决定将来要做什么，数学和外语都在我的考虑范围之内。学法律也不错。"

"这不仅仅是兴趣的问题，凯特。对于很多特殊职业来说，选定天赋，也就是你所谓的'基因优化'，也使得本人能够操作这一行所需的特定设备。昨天在厨房我看到了你的反应。不管你是否情愿，你天生就是一个时研会的历史学家，就跟我一样。

"我工作的繁琐细节就不跟你一一赘述了，"她继续道，"但和你妈妈不同的是，她必须通过阅读文献或研究文物来调查史实，而我则可以身临其境。我的研究领域是女性政治运动，主要是发生在十九世纪美国的运动。另外，为了观测长期趋势，我也去了几次二十世纪。我假扮成不同年代的人，接近苏珊·安东尼[①]、弗雷德里克·道格拉斯[②]以及露西·斯通[③]，聆听他们在公众场合发表的演讲或是私下的讨论，以此来研究那段历史。"

"为了确保——"她瞥了一眼科纳，朝他做了个无奈的表情，"至

① 苏珊·安东尼：美国著名的民权运动领袖，在 19 世纪美国女性争取投票权的运动中扮演了关键角色。

② 弗雷德里克·道格拉斯：19 世纪美国废奴运动领袖，是一名杰出的演说家，女性权利支持者。

③ 露西·斯通：19 世纪著名女性权利活动家，废奴主义者，积极推动女性投票参政权利。

少是尽力确保时间线的完好，时研会只招收规定数量的历史学家。我在 2298 年加入时，时研会里有三十五位在职历史学家，第三十六位即将退休，由我来接替。这钥匙是一个移动装置，我在完成考察任务后便可以通过它回到总部。而日记则通往考察实地。如果初步研究中有什么没弄清楚的地方，就可以靠日记再到那个年代里去找答案。”

“现在的重点是，”她说，“修改后的基因天赋使得我能够激活并使用时研会钥匙，也就是圆挂件，而你通过遗传也具备了这种能力。经过训练，我拿起钥匙便能‘看到’穿越目的地周围的环境。我们在每个大洲都设立了若干个恒定点，这些点都经过检测，可以确保在一定的时间跨度内保持恒定不变。举例来说，这一带有个恒定点，在美国国会大厦参议院一侧的走廊上。那条走廊从 1812 年第二次独立战争中保留了下来，因此在 1800 年到 2092 年期间内，它都是一个恒定的地理点。”

“2092 年发生了什么？”我问。

凯瑟琳的嘴牢牢地抿成了一条线。“那条走廊不再是恒定点了。”

“你就别想要从她嘴里套出什么了，”科纳在一旁打岔道，“她会搬出一整套‘知道的越少越好’的理论来搪塞你。”

“话题回到圆挂件上，”凯瑟琳说，“有了它，使用者可以在穿越时空前先检测一下目的地的状况，如果需要的话，做出一些临时调整，确定最佳穿越时间。”

“那你怎么最后到了这儿——我是说，到了我们这个时代？你决定要生活在过去吗？还是出了什么意外？”

“绝对不是一起意外，”凯瑟琳答道，“但的确被设计得看上去像是意外。你的外公——索尔，你的亲外公——暗中扰乱时研会工作，将分散作业的各研究团队困在不同年代、不同地点。我原定将穿越到 1853 年的波士顿，然而……这么说吧，我不得不在最后关头作出调整。索尔他……”

凯瑟琳停了下来，更仔细地斟酌了一下措辞。“索尔与我们那个社会上一些恶势力相勾结，我很确定他当时准备跟踪我。他待人接物的准则向来非黑即白，你要么是他的同伴，要么就是他的敌人，不存在任何中间余地。他认为我背叛了他，要来杀我，差点在不知情的情况下把我肚子里的你妈妈和普鲁登斯的性命也一并取走。幸好我在最后关头躲到了 1969 年，才没让他得逞。”

接下来的一个小时，凯瑟琳讲述了自己是如何在上世纪七十年代开启了一段新的生活。她穿越到了 1969 年 8 月中旬，落在一个废弃的谷仓内，距离纽约州伍德斯托克[①]约一英里。原定来这里的是凯瑟琳的一个音乐史学者朋友，他本想在音乐节上见一见詹尼斯·乔普林[②]和吉米·亨德里克斯[③]，结果由凯瑟琳代为前来。凯瑟琳身上的衣服还是 1853 年的流行款式，要去参加摇滚音乐节显然太不合时宜了。但她想着至少要帮朋友搜集一点资料，便摘下了头发上的一个个发夹，将华丽的长裙、手套和纽扣鞋一并塞进了随身携带的毛毡手提包里，只穿着丝绸内衣、灯笼底裤，戴着一条黑色蕾丝颈带前往了音乐节现场。虽然比起音乐节上的众多女乐迷们，她的穿着还是显得过于保守，但踩着泥水随音乐摇头晃脑几个小时后，按凯瑟琳的说法，

① 伍德斯托克：此地以每年八月举办的伍德斯托克摇滚音乐节而闻名世界。最早举行于 1969 年，主题是“和平、反战、博爱、平等”。

② 詹尼斯·乔普林：活跃于 20 世纪 60 年代的美国著名女歌手，参加了 1969 年伍德斯托克音乐节。

③ 吉米·亨德里克斯：美国歌手，被认为是摇滚音乐史上最伟大的电吉他演奏者之一，参加了 1969 年伍德斯托克音乐节。

她成功融入了疯狂的人群。

“后来的几个星期内，我为了联系上总部多次回到恒定点，也就是那个谷仓。但我没有收到任何讯号，回应我的只有一片漆黑，偶尔有些静电干扰。我从随身携带的日记中拿出一本想要试着通信，但日记就那么凭空消失了，仿佛来自我自己的时代的一切事物都不曾存在过。”

“那你为什么不穿越回你离开那里的前一天呢？”

科纳点点头：“这我也问过她。”

“你们两个电影都看太多了。我不能从一个地方随随便便穿越到另一个时空、另一个地点。时研会的钥匙只允许我落到某个安排好的恒定点，然后在工作完成后回到时研会总部，根本不能顺路去别的地方兜一圈。”

“幸运的是，”她接着道，“时研会的历史学家们信奉一句老派格言：‘时刻准备着。’一旦联系不上总部，我们就会想方设法混入那个时代的生活，潜伏一到两年。如果在那之后总部还是毫无音讯，我们就会放弃回去的打算，试着在所处的时代里开始新的生活。”

时研会最初曾于1823年在纽约银行开设了一个保险箱，凯瑟琳用事先缝在内衣里的钥匙打开了保险箱。箱内存放了不同的身份证明文件，她从中选了最合适的一个身份，又捏造出一个在越战中阵亡的丈夫。几个月后，她成功找到了一份大学研究员的工作。

她试着寻找其他几名穿越到了相对较近的时代的历史学家的踪迹，其中也包括那个跟她交换了目的地、代替自己去了1853年的朋友理查德。“我很好奇穿着牛仔喇叭裤和醒目T恤的他到了那里后是怎么融入进去的。他那身打扮去伍德斯托克再合适不过了，但1853年的人们肯定会觉得他是个疯子。不过理查德总是很机灵。最后我终于查到，他后来在俄亥俄州一家报社做了四十多年的编辑，结婚生子，还有了外孙们。那不符合规矩，时研会要求我们千万不可在穿越的时代留下子女。但我估计要是想在十九世纪五十年代过上正常的生活，不结婚生子恐怕很难。”

她叹了口气：“理查德死于 1913 年。那感觉很奇怪，我明明几周前还见过他，却从资料中读到他在老早之前就衰老死亡了。他是我的好朋友，我也知道他曾希望过我们的关系能再进一步。如果不是我当时迷上了索尔……”

“不管怎样，”她说了下去，晃了晃脑袋把自己拉回正题，“我给理查德的外孙女写了一封信，理查德生前的最后一段日子就是由她照顾的。我在信中说，我正在写一篇关于十九世纪记者的论文，她的祖父正是我的研究对象之一。令我惊讶的是，她回信邀请我去拜访她。等我到了她家，她径直走向一个柜子，从里头拿出了时研会钥匙。

“她说祖父总是有些通灵，而他曾说过，等她到了七十多岁的时候，可能会有一个叫凯瑟琳的女人前来打听一些事情。如果真是如此，理查德让她把他的旧挂件和日记本给那个女人，她会知道如何处理这些东西。

“几个月后，我收起理查德的钥匙和我其他的行李，与吉姆结了婚。他那时是个年轻的历史学教授，我则是个刚成为寡妇的助教，肚子里还怀有六个月大的你妈妈和普鲁登斯。”

她轻轻地微笑了一下。“吉姆应该生在古时候英雄救美盛行的时代。他一遇到我，就生出了一种使命感。我当时不太情愿立刻结婚，因为按照时研会规定，我们至少要观察上一年再决定以什么样的方式融入社会。但比起其他时研会成员，我更清楚实际的情况，基本可以确定我们被困不是因为什么技术故障。吉姆和我在孩子们还没出生之前就结婚了，他待两个女儿宛如亲生，毫无保留。无论是作为一名丈夫还是一名父亲，他都做到了最完美的典范。”

“所以妈妈不知道？”我问，“我是说，即使在那场事故发生以后，你也没告诉他吉姆不是她的亲生爸爸？”

被我这一问，凯瑟琳显得有些惊讶。“你真的觉得我应该告诉她真相吗？她对我已经很生气了，再对她撒个谎，欺骗她说她的亲生父亲死在了越南，那么做毫无意义。至于告诉她真相，那只会使她更加确信我是个疯子。吉姆去世后，我做了唯一一件我能做的事——尝试把她的双胞胎姐妹从索尔那里带回来。然而我失败了。”

凯瑟琳的话使我的思路清晰了不少，以至于在听到普鲁登斯还活着的消息后并不感到惊讶，或者说听到凯瑟琳相信普鲁登斯从车祸中幸存了下来的说法后并不惊讶。

“我从没想到两个女儿中会有一个能激活钥匙。时研会的历史学家只有少数几代人，而且我们也不会拿着钥匙到处招摇，所以我从没听说过哪个历史学家的子女也有激活钥匙的能力。即使有，也没人和我说过。

“我把我的钥匙放在了首饰盒里。我也不知道自己为什么那么做，哪怕它有一天又被激活了，我也不打算抛下家人一走了之。到了那个时候，我曾经生活的那个世界在我心里已经变得很遥远，我想圆挂件就像一个纪念物，不时提醒我另一个世界的存在。”她顿了一下，“而且我知道索尔也穿越了，跟我们一样被困在时空中。他以为只要摧毁了时研会的恒定点控制系统，他就能获得自由，从一个时空跳到另一个时空，不用受任何人限制。原本或许的确如此，可是……我还是不知道那一天究竟发生了什么。但无论索尔穿越到了什么地方、什么时代，我敢肯定他把一切都怪在我身上，认为是我破坏了他的计划。”

凯瑟琳玩弄着颈上的项链。“我从没想过那钥匙会对女儿们构成威胁。普鲁登斯发现了它，几个月后她就失踪了。当时她和黛博拉正在为了学校的话剧四处翻找合适的戏服，我不知道普鲁登斯把挂件拿在手上过了多久，或者看到了什么东西。但我知道她和黛博拉大吵一架，因为她坚称挂件在闪着绿光，而你妈妈什么都看不到——她以为黛博拉又在戏弄她了。”

凯瑟琳有一阵子不再说话。“你是怎么做的呢？”我追问道。

“我做了天下母亲都会做的事。我收走了挂件，大声批评了两人，说再也不想听她们愚蠢的争吵了。我没有同意任何一方的观点，后来普鲁登斯再提起这个话题时也没理睬。”凯瑟琳的蓝眼睛黯淡了下来，她低头看着自己的手。“那么做是错误的，这我现在已经意识到了。我想她一定是看到了什么……令她困惑不已的东西。她看到的可能只是和我当时试图激活钥匙时一样的一片漆黑，但说实话我并不这么认为。从那之后，她晚上开始做噩梦，情绪也变得反复无常。当然，她一向就有些情绪化，可是在那件事之后……她变得更加……”

一滴眼泪从凯瑟琳的脸颊上滑过，落到她的袖子上。“我以为她慢慢会平复的。几周后，我和黛博拉正打算走去乔治城给她买双新鞋子。那是一个周六，吉姆负责带普鲁登斯去学校参加小提琴培训。普鲁登斯上车的时候表情有些鬼鬼祟祟的，但我以为那只是因为她那天化的妆比平时要浓一些，怕被我发现——黛博拉说她在暗恋小提琴老师。等他们的车开上了大马路，普鲁登斯给了我一个狡猾的微笑，举起一块与我的时研会钥匙很相似的挂件，那挂件散发着柔和的橙光……

“我们家只有一辆车，所以追是追不上了。要是事情晚发生十年，人们都有了手机，我就能给吉姆打个电话，让他把车开回来，把那该死的东西从她手上收回来保管好。

“结果，我只好赶快跑回卧室检查我的梳妆台，我的钥匙就藏在那里。令我吃惊的是，钥匙原封不动仍在老地方放着。我认定普鲁登斯是在什么地方找到了一块相似的玩具挂件，便按原定计划和黛博拉进城购物了。可我心里总觉得有些不对劲——普鲁登斯不是曾说她眼中的圆挂件的光芒是绿色的吗？为什么她会去买一块橙色的挂件呢？无论如何，我都想不出合理的解释。

“接着，我想起了阁楼上的盒子，”她说，“我们匆忙跑回家——我是在走了半英里路后突然折返的，黛博拉自然气坏了。总之，我找出了和吉姆结婚之前的旧行李箱。果不其然，行李箱被打开了，从埋查德的孙女那儿拿来的钥匙已不见踪影。”

凯瑟琳重重地叹了一口气，起身向厨房走去。几分钟后，我听见她招呼达芙妮进来。这只狗比起平时要温顺得多，显然读懂了主人的心情。她轻轻地朝沙发走去，拿鼻子四处嗅科纳的大腿，估计是在寻找落下的姜饼屑。科纳从罐底掏出一块饼干，朝空中抛去。达芙妮一伸下巴稳稳地接住了饼干，然后趴在我脚边细细品起了得到的奖赏。

我正要去厨房看看凯瑟琳怎么样了，但科纳朝我摇了摇头。“她很快会回来的，”他说，“回忆那段往事令她很不好受。”

我点了点头：“我妈妈也是。接下去发生了什么我应该都知道了。妈妈说普鲁登斯从此就失踪了，她父亲则在医院去世了。人们都不明白他的车怎么会突然失了控。妈妈应该没来得及和他说上最后的话，我猜他直到去世前都处于昏迷状态？”

“他和凯瑟琳说了几句。当时他处于时而清醒时而昏迷的状态，然后——”

科纳打住了话头，只见凯瑟琳一脸憔悴地出现在了门廊里，看上去很疲惫。“吉姆只说了几秒钟的话。他说：‘她刚才还在那儿，下一秒就不见了。车子……我控制不住了。’他又用力抓紧了我的手问，‘凯瑟琳，她去哪儿了？’接着，吉姆也走了。不是像普鲁登斯一样离开了我们的世界，而是真正的离开了人世……”

她用一只手捋了捋短短的灰发，身体斜靠在墙上。“当时黛博拉和一名护士都在病房内，我知道她们把吉姆的话理解成了普鲁登斯是掉进了河里后被冲走了，以为吉姆是搞混了事故的先后顺序。可我在他的眼里看到了难以置信，凯特。我理解他的话的意思。是普鲁登斯先消失了，看到坐在你旁边的女儿凭空消失，这对一个此前毫无类似经验的人来说简直……这么说吧，我一点也不惊讶吉姆因此忘了看路而出了车祸。”

凯瑟琳说完后陷入了沉默，我也不知道该说些什么。幸好，科纳首先转移了话题：“也许我们该重点谈谈今天早上凯特的遭遇。抢了你书包的那个人，你还能描述得详细一点吗？”

“他跟我一个年纪，可能还要大一点儿。基尔南说他叫西蒙。他穿着一件黑色 T 恤，前面印着一个乐队标志一样的图案，但我认不出是哪个乐队。他有点微胖……看上去像个重度宅男。”

“宅男？”凯瑟琳问。

“身材走样，面色苍白，很少晒太阳。”科纳解释道。

“没错，”我说，“他在写着什么——一直低头看他的笔记。其实我对另一个看得更仔细。他叫基尔南，高个子……”

“等一下，”科纳说。他抬手示意我停一下，朝楼梯走去。“我可以帮你省点儿力气。”一分钟后，他回来了，手上拿着两张非常古老的照片，分别裱在一模一样的两个黑相框中。他将其中一张拿给我看。“这张是 1921 年拍的。”

那是一张正式的家庭照，照片中有四个孩子，最小的男孩坐在母亲的大腿上。一名高个子中年男子站在后头，面色严肃，胡子被修剪得整整齐齐。他正直视着镜头，我很快认出了那双眼睛。我瞥了一眼在他前面坐着的女人，看到他的手搭在她的肩上，心里禁不住升起了一丝莫名的妒意。他的另一只手握着一本巨大的精装书，或许是一部家庭圣经，书页间还夹着一条丝带。

我将照片递回给科纳。“就是他，我确定。”

“右起第二个男孩，”他说，“也就是站在母亲边上的那个，按理说是我的祖父安森。我想他当时大概十一二岁。而照片中的中年男子，就如我之前说的，是我的曾祖父基尔南·邓恩。根据我最近做的家谱研究来看，基尔南是芝加哥地区一名德高望重的赛勒斯教士，死于 20 世纪 40 年代后期。19 世纪中期，中西部地区出现了许多赛勒斯教的集体农场公社，基尔南就是在小时候跟着父母来到农场工作的。”

我又看了看科纳手中的相片，不知道应该更烦恼哪件事——是我与一名已婚传教士接了吻，还是那个人在我出生半个多世纪之前就已入土。我仍能感觉到他的双唇的触感，他的手抚摸着我的脸的温度，脑海中还浮现着他松开我辫子时嘴角露出的微笑。

我晃晃脑袋不再去想那些，科纳又将另一张相片塞到我手里。“但是，我一直相信这个年轻人才是我的祖父安森。”他指着相片中的一个男孩说道。这又是一张家庭照，科纳所说的男孩看起来比刚才那个要稍稍年轻些。这张照片里只有三个男孩，母亲也与之前的不一样。大家坐在户外，穿着更为随意，背后是一个大农舍。照片中的中年男子个子高高的，表情深沉，胡子比另一张要长一些。他的表情没之前那么严肃，嘴角隐约挂着一丝微笑，眼睛仍是一模一样。

“基尔南还有个双胞胎兄弟？”我问。

“不，”凯瑟琳接道，“这两张相片本是来自同一张原件。你看到的第二张相片自1995年起就到了我手上，受时研会保护界的庇护。那时我为了调查其他时研会历史学家后裔的情况，找到了持有那张家庭照原件的科纳母亲，经她同意后制作了这个副本。而你看到的第一张相片，也就是更正式的那张，实际上就是我在1995年所制作的副本的原件，是科纳的姐姐去年五月时寄给我们的。但我想那不算是科纳的真姐姐，因为——”

“等一下，你说的我有点糊涂了。”我不知道所谓的时研会保护界是什么东西，可两张照片若是副本和原件的关系，怎么可能会不一样呢？“这两张照片完全不同，里面的人不同，地点也不同……第二张怎么会是第一张的副本？”

“根据我记忆中的版本，”科纳说，“我的曾祖父是个农夫，而不是牧师，更不是赛勒斯教的教士。”我注意到他说这话时带着轻蔑的语气，正想追问，可他已径自说了下去，向我指出两张照片的不同。“照片中的母亲不是同一个人，孩子们稍有不同。”科纳指了指楼梯的方向，“我从目前的家谱网站上追溯到了我家的男性成员，但他们的名字都对不上号。我母亲从没嫁给我父亲过。我之所以能拿到这张照片，还是假扮成了——呃，该怎么称呼他呢？他是生活在这条时间线的我，应该说他是我的半兄弟？另一个我？”他朝凯瑟琳望去，抬起眉毛以示疑问。

凯瑟琳只是耸了耸肩。“现在的事态发展早已超出了我的理解范围了。我只是个历史学家，我能使用这些工具，但它们并不是我发明出来的。据说这套系统是受到保护的，不会出现这种混乱——可是索尔他——”

“索尔，”科纳冷笑道，“现在我的全副精力都花在弄清楚那个混蛋究竟改变了什么，以及我们怎么才能使一切恢复原状。”他恶狠狠地捏着手中的空饼干盒，“然而日子一天天过去，我却眼看着他那该死的教堂在世界上一座一座增加。”

第五章

爸爸说的没错，凯瑟琳的确有很多藏书。屋子左侧的大部分空间都属于藏书室，藏书室内的整整三面墙前都放满了书——书一直从地板堆到了天花板，每面墙柜前都有一架小梯子。总的来说，这间藏书室并不特别，至少和我从电影里看到过的藏书室没有太大区别。

但是，这间藏书室存在明显的不同。每一面书墙的两侧都装着一根亮蓝色管子（与时研会钥匙的亮光一模一样），从底部直通到顶端并向天花板延伸，四条管子最终在天花板中心相交，正好形成一个大大的蓝色叉形。

我又将目光转移到了房内的电脑上。金属架子上堆着几十个硬盘驱动器。一旁有三张工作台，每张台面上都放着一组双显示屏。工作台的右侧摆着一个我从没见过的奇怪装置，但我认出了它的中央部分。一个不知什么材质做成的外壳中放置着两枚时研会圆挂件，外壳周围则连接着一簇电线。外壳的顶部是一块有色玻璃，它稍稍压黯了挂件发出的蓝色光芒。一条粗粗的绞合电缆粘在外壳上，约四五英尺长，从电脑工作台一直延伸到书墙，并与一根亮蓝色管子相连。

“这些……都是什么？”

“凯特，正是这些东西将这个屋子打造成了一个安全的藏身所。”外婆回答道，“你不知道我们为了把这些东西从欧洲搬到这里来花了多大工夫，在路上还得确保它们得到保护。当初要是让你来意大利会方便得多，但恐怕你妈妈怎么也不会同意的。

“科纳给这里设计了一个很棒的系统，它能增强时研会钥匙发出的信号，扩大了保护界范围，使得房子外二十英尺以内都多多少少能受些保护。”

科纳又补充道：“需要外出的时候，我们就从余下的钥匙中拿出一枚带在身上。我本想把整个院子都保护起来，但那就需要用到三枚钥匙——我担心再扩大保护范围会造成系统过载。”

“你们所说的保护究竟是什么意思？”我突然想起了基尔南在地铁里问我的话，“为什么她放心让你毫无保护地出来活动？”

“保护我们不受时间变换的影响，”科纳答道，“在这屋子里的任何事物，以及任何身上携带了钥匙的人，都不会被时间变换所改变。比如我和凯瑟琳就分明记得你看到的第二张照片才是真正的那一张，它和这屋里其他东西一样被保护了起来。但你看到的第一张照片……以及保护界之外的所有人和事……都已经被改变了。”

“那第一张照片进了这个屋子后怎么没有变回去？”我怀疑地问道，“如果这地方是个类似安全保护界的场所，它里面的东西不该都是真实的吗？”

凯瑟琳摇了摇头：“不是这样的，凯特。那张照片在时间变换发生时并没有受到保护。这就像……像你在口腔科做 X 光检查时围着的铅围裙，你穿着它时能免受射线伤害，但你若是已经遭到了辐射，事后再穿上围裙也没有用。我们这儿的资料都是一直受到保护的，也包括已经数字化并上传到服务器的文件——这些都得到了妥善保存。

但是，我们从外部带回来的其他东西都可能已经改变了。事实上，任何外部来的东西肯定是已经改变了，除非某个戴着圆挂件的人经常将它们带在身边。但一旦进入到屋里，它们就不会再改变了。”

“那么说……的确讲得通。好吧，我已经见到……”我停下话头，在心里数了数。“我已经见到五块圆挂件了，包括基尔南的那块。我猜西蒙，就是抢了我书包的那个，一定也有一块。它们都是哪儿来的？你们已经掌握复制圆挂件的方法了吗？”

“不，其他的钥匙和日记都是我搜集来的，”凯瑟琳在一个工作台前坐下，回答道，“普鲁登斯失踪前，我没怎么花心思去寻找那些去了别的时代的同事。我只是小心警惕着索尔的出现，因为他可能穿越到了任何地方、任何时代。

“而普鲁登斯消失了之后，我把自己关在房里，花了几周的时间拼命搜索时研会钥匙的信号。我觉得有一次我差不多就要消失在那个黑洞里了——透过圆挂件，我只能看到一片漆黑的虚无。”

我犹豫了一下，问道：“你觉得普鲁登斯去了哪里？是去了……那个黑洞吗？”

“虽然很难接受这样的假设，但我一开始的确觉得有这种可能。另一种可能性是，索尔找到了我们，然后带走了普鲁登斯。不管怎样，我那时已经决定要去搜集余下的所有钥匙，绝不能再让其他人像普鲁登斯一样失踪。一共有二十三名时研会历史学家被困，每人手上都有一把钥匙。幸运的是，我们大部分都去了相对现代的时空，只有四个去了十五世纪以前。有些历史学家是组队行动的，以前我和索尔就常常那样做。鉴于时研会总部在北美，不可避免地在研究领域上有些不平衡，所以我们中有十二名成员研究的都是北美地区的历史，另有六名去了欧洲，其余的则分散到了世界各地。

“到现在为止，我已经找到了十把钥匙和几本日记，我最后一次穿越前自己也带了几本日记。很多钥匙都由家族成员一路继承了下来，被当作一件古怪的传家宝或是奇特的首饰。很多人都觉得这圆挂件有些邪门，要么是他们自己，要么是有什么人曾说它会发光会移动，总感觉不吉利，巴不得把它处理掉。有一个研究纳粹德国史的研究员竟然摧毁了他的钥匙和随身携带的日记。我在他临死前找到了他，他说那么做是因为害怕纳粹发现并掌握这种技术，他冒不起那个险。

“现在想起来，他那么做是对的。要不是因为我确信无论在何时何地，索尔必会凭着穿越技术为非作歹，我也会把搜集到的每一个钥匙都销毁了。但幸好我没那么做，因为在事故发生的三年后，我注意到了第一个变化。”

凯瑟琳转向一台电脑，点开了一个文件夹中的文档，一个图像跳了出来。那是一张文件的扫描图，黄色的底纸上有许多签名，分别归在“女士们”和“先生们”两栏下。文件顶部写着：

妇女权利大会，塞尼卡福尔斯，纽约州，1848。

“普鲁登斯和黛博拉两三岁的时候，我曾经装裱了这份文件，将它挂在大学办公室的墙上，所以她俩应该对它很熟悉了。一共有一百个人，其中六十八名女性和三十二名男性，在这份《情感宣言》[①]上签了字。但仔细看的话，你会发现这上面现在有一百零一个名字。中间一栏的底部还有一个名字——普鲁登斯·K·兰德。后来这个名字

① 《情感宣言》：1848 年在纽约州塞内加福尔斯召开的妇女权利大会上发表的宣言，模仿《独立宣言》的形式，呼吁给予妇女政治、经济和社会权利。

也出现在了其他一些文件中。”

“但是……为什么叫普鲁登斯·兰德呢？妈妈结婚前的姓是皮尔斯啊。”

“我只能认为普鲁登斯是在见到她生父后签的这份文件，索尔的姓就是兰德。显然她是想传达给我一个信息，但我还是不明白她想表达什么。是想让我去救她，还是……仅仅是告诉我她已经知道了我的秘密？我没有一点头绪，这才是最令我心痛的。她是否知道我无法到她那儿去？她知道我在拼尽全力地找她吗？”

凯瑟琳和我回到了楼下，科纳则独自一人留在藏书室里检查电脑里的资料。他需要看看是否出现了什么异常，弄明白基尔南究竟为什么发出那样的警告。整个谈话过程中，有一件事一直令我觉得有些在意，但又说不出具体是什么。几分钟后，等我们重新回到厨房坐下时，我终于恍然大悟。

“等一下等一下，今早你暗示过三个人都有隐性性状的时研会天赋基因，那是指科纳、妈妈，还有……爸爸？”

凯瑟琳点了点头：“我相信你爸爸的天赋比你妈妈还要明显一些。我见过他俩吵得最凶的一次，就是在你两岁生日之后。我当时正在你家拜访，随身挂着圆挂件。虽然黛博拉一向不喜欢这挂件，但我想戴着看看你的反应。哈利昨天也说了，你当时对它可着迷了，一直叫它‘蓝光’。哈利随口说那圆挂件透着粉色的光，黛博拉勃然大怒。她以为我告诉了哈利多年前她和普鲁登斯的关于挂件颜色的争吵，而我们两个是串通好了在取笑她。可怜的哈利，他一头雾水地看着黛博拉发火，不知道她为什么坚持说那就是一块普通的铜挂件，不是粉色的、绿色的，更不是蓝色的。”

凯瑟琳重重地叹了口气：“虽然哈利一度很爱你妈妈，可能现在仍然爱着她，但我总禁不住问自己，当初要是没把黛博拉介绍给他，他会不会比现在过得更好。黛博拉有她的优点，我也很爱她，可我想她继承了一点点她亲生父亲的火爆脾气和——”

“等一下，”我打断道，“爸爸和妈妈是在一个历史学活动上认识的，好像是文艺复兴庆典[①]之类的场合。爸爸的一个朋友生病了，他才代替她去庆典上卖首饰。”

“差不多，但不完全准确。”凯瑟琳的语调里带有一丝小小的笑意，“后来由哈利代替去的那位年轻女士当时很高兴地收下了一百美元，和另一个人在潮湿闷热的庆典上待了八个小时——但哈利应该不知道是我收买了她。他当时是在我的请求下去参加庆典的。我告诉他如果遇见黛博拉，最好不要让她知道我们两个认识。他之前已经看过了黛博拉的照片，说她长得很漂亮。我跟他解释道，如果让黛博拉知道我认识他，或者我有可能会想让他做女婿，那他一开始就别想从黛博拉那里留下什么好印象了。”

我瞪着自己的外婆看了好久，然后起身走到了窗边，默默注视着两只麻雀在后院的柳树枝桠间你追我赶。

“凯瑟琳，在我对自己和我父母人生的认知中，还有别的什么是完全错误的吗？我之前一直以为妈妈是在结了婚之后才把爸爸介绍给你的。”

“是那样没错，只是你知道的不是全部。你妈妈没有介绍我和哈利认识。我第一次见到哈利是在他十八岁的时候。他的养父母总是

---

① 文艺复兴庆典：又称文艺复兴节，多在美国举办的户外娱乐集会。参加者一般穿着文艺复兴时期的服饰，会上有各种与主题相关的戏剧、音乐表演，以及手工艺品摊贩等。

跟他说，如果他对自己的身世好奇的话，愿意帮助他调查，而我则是他们所知的最有可能的知情对象。哈利的亲生父母名叫艾芙琳和蒂莫西，他们都是时研会历史学家。由于他们当时的研究课题是关于肯尼迪暗杀事件的，结果双双被困在了 1963 年。我穿越到了 1969 年后曾联系过他们，知道他们住在特拉华州。正是他们的一个朋友帮我介绍了纽约一个研究所的工作，我就是在那里遇到了吉姆。

“起初几年，我们还每年圣诞节都互寄贺年卡。我记得有一次他们寄来的贺卡上有一张小男孩的照片，也就是你的爸爸。后来我渐渐失去了他们的音讯。毕竟人与人之间总会疏远，在没有社交网站和邮件的年代里更是如此。”

凯瑟琳又给自己倒了一杯咖啡，从桌子上的陶瓷小罐里倒出一点牛奶。“就如我之前提到的，吉姆死后，我开始寻找时研会钥匙。在寻找艾芙琳和蒂莫西的钥匙的过程中，我得知了他们的死讯，最后了解到哈利被米尔福德市郊的一对姓凯勒的夫妇收养了。我找到那对夫妇家，称自己是哈利母亲的朋友，刚刚得知他们去世的消息，这也不算是假话。我说他们有两把钥匙，是我和艾芙琳从前上大学时参加的一个社团的纪念物。凯勒夫妇没有看到过钥匙，于是我留下了自己的名片，请他们如果之后发现钥匙的话联系我。

“后来，哈利去了华盛顿上大学，他的养父母便建议他来找我。那个时候，他也开始对自己的亲生父母相关的事产生了好奇。他已经不记得任何关于亲生父母的事了，可我还记得，于是便和他见了面聊了起来。我当然不能把所有事情都告诉他，但他真正感兴趣的是他父母的为人。我和他父母共事了不少年，我可以给他提供他想要的答案——关于他父母的一点轶事、他们从事的工作的一点描述。”

凯瑟琳在飘窗边坐下，整了整靠垫的位置。“我们聊得很愉快……我注意到他有些在意我挂着的圆挂件。他眼中的挂件还没有到特别醒目的地步，只是泛着微光，而不像我们所看到的那样闪烁着亮眼的光芒。即便如此，我还是开始琢磨如果他和黛博拉能走到一起，然后……”

她没有说下去，而我只是瞪着她，脑子里一片混乱。“你撮合了我父母，希望他们能生个孩子——也就是我。你想让我……做什么？一心一意寻找多年前失踪的姨妈？”从某种程度上，我能理解她的感情，但我也开始感到了一丝愤怒，甚至是悲哀。“你意识到这是多大多荒唐的一个赌吗？”

凯瑟琳站了起来，将双手搭在了我的肩上，双眼直视着我。“当然这是一个很大的赌，凯特。但这个赌我不得不打，你难道不明白吗？而且你不能否认，我赌赢了——你出生了，而且你……这么说吧，我从没见过有人能像你昨天那样，那么快就对时研会设备产生反应。我花了近三个月的时间培训，才在钥匙中看到了一点模糊的映像，可你……按照你之前描述的，触摸圆挂件五秒钟后，无论你看到的是哪里，你已经身临其境了。”

我挣脱了凯瑟琳的手，不由得觉得妈妈的警告是对的。她的确爱操纵人，又自私自利。“你不认为他们有权利为自己的人生做主，顺从命运的安排吗？我父母显然不合适彼此，要不然他们后来也不会离婚。要是没有你插手，他可能过得都会比现在好。他们不是随你摆布的棋子或木偶！”

“或许他们会过得比现在好，凯特。我和你一样希望他们幸福，但现在，这不是最要紧的问题。”

“是啊，”我回嘴道，“普鲁登斯才是最要紧的。我知道，这一切都是为了普鲁登斯。可她已经失踪很久很久了。我也为你和妈妈失去了亲骨肉感到难过，但我不知道你指望我能做什么来挽回——我也不确定自己究竟愿不愿意帮这个忙。我的话可能听起来有点自私，但刚才在地铁上我可是被人抵在枪口上了。而且，我觉得你眼下更应当担心的是此时此刻发生的种种，而不是——”

凯瑟琳用手重重地敲了一下桌子。“凯特，你完全没看到重点！的确，我很想知道普鲁登斯出了什么事，我也希望她知道我拼了全力在寻找她，想把她带回来。但那不是我撮合你父母的理由，也不是我把你带到这儿的理由。普鲁登斯改变了你刚才看到的那份文件——不只是我手上这份，还包括那份文件的本身和所有副本，以及其他相关历史文件，这一事实才是我们要担心的。你也能感受到时间变换，你知道有什么事情不对头，可你身边每一个人都表现得若无其事。你开始怀疑问题是出在你自己身上，对吗？”

我点了一下头，怒气仍未平复。

“但问题并非出在你身上。过去二十年来，世界一直在改变，你感受到的那两次只是……比较重大。”凯瑟琳深呼吸了几次，尽力冷静下来。“虽然已经获得了选定天赋，时研会训练师们也一心为了他好，但索尔总能将自己的真实想法掩藏得很好。他有一伙朋友，其中两个也在时研会工作，他们都认为时研会的研究技术被用错了地方，觉得这些技术被掌握在了缺乏远见的人的手中。为什么只是单纯地研究历史呢？他们问。为什么不创造历史，重塑历史呢？

“我不知道索尔最后去了哪儿，但他和我悟出了同样的道理——拥有时研会基因的父母生下的孩子可以操控时研会设备，比如普鲁登斯，比如你昨天早上险些做到的那样。根据目前为止我们的观察，他已经成功地建立了一小支队伍，能够按他的指令在时空中随意穿梭。而我手上能对付他的唯一武器，就是你，凯特。”

凯瑟琳明显希望她的这一番话能够打消我的困惑。从某种程度上说，的确如此。可她根本是在要求我一个人去对抗那个在她的形容中像个疯子似的的对手。如此庞大的使命令我胆怯。“我希望爸爸也参与进来。你跟他谈过以后，我们一起作出决定。否则我就直接走人，绝不再牵扯进来。”

“我同意。等放学后我们把他叫过来，然后——”

微波炉上的时钟显示现在是中午 12 点 22 分。“不用了，”我说，“我十分钟后就有他的课。而且如果我到时候不在教室的话，他会担心的。只要现在赶过去，我能在上课前准时赶到。”我的心里有个小小的声音在说应当谨慎行事，但我没去理会。当下，我只想尽快离开这个屋子，跑得远远的，好好理一理思绪。

我朝前门走去，从桌子下拿出鞋子，把双脚塞了进去。凯瑟琳跟在我后头，仍在说着些什么，我没注意听。我朝四周看了看，寻找自己的书包，接着想起来它连同着我的课本都已经被人带到了未来或过去，或者某个平行版本的“现在”。

“我和爸爸谈了以后会来找你的。”我关上身后的门，正朝院子前的大门走去，又听到了凯瑟琳从后面追上来的声音。

“凯特，回来！”

我转身，正好看见她在离屋子几码的地方猛地停住脚步，像是一只戴着电项圈的狗因为怕被电击而不敢往前再走一步。

她伸手将圆挂件递给我。“拿着这个。我自己还有一个挂件，只是你刚才走得太匆忙，我没时间去拿它。我一不小心差点走出了保护界。圆挂件的信号在这里有些不稳定，但绝不会超出那棵枫树之外。”她朝左边几英尺外的一棵树示意了一下。

“无论什么时候都不要把钥匙摘下来，”凯瑟琳嘱咐道，“随身携带它。千万要小心，我不知道你今天在地铁上为什么会遭遇那种事，也不知道基尔南的动机是什么。直到你再回到这屋子里，我才能放下心来。”

凯瑟琳看上去苍白而焦虑。我知道今天早上的情绪起伏对她的身体造成了影响。我接过钥匙，把串着的链子挂到脖子上，圆挂件则塞进了衣服内。虽然仍然觉得愤怒，但我尽力向她微笑了一下。“别担心，好吗？我下午会再来。和爸爸一起来，”我补充道，然后向大门走去。“如果你说的没错，当真是我一个人要对付一整个大军，那我们更需要多搬些援兵了。”

第六章

我快步向学校走去，几乎要小跑了起来。我得先去行政办公室报到，编个理由解释一下为什么早上没去上课，这意味着我到底还是无法准时赶上爸爸的课。虽然脚趾仍在疼，但专心赶路让我心情放松了不少，刚才谈话时的紧张感也逐渐淡了下去。

现在是四月中旬，虽然早上还有些凉，但到了中午天气已经开始转暖。我朝着教学楼走去，散落在脖子周围的头发弄得我有些燥热。这又使我想起来自己的头发没有按学校的规定扎起来，随即便又想起了基尔南。我的眼前浮现出他消失时手腕上绑着的我的头绳，深绿色的头绳在他的皮肤上显得特别亮眼，好像中世纪战场上的骑士带着心爱女人的祝福纪念——一块丝巾或是一条缎带。我赶忙把那种荒唐的画面从脑子里抹去，一边推开大办公室的门。

"我叫凯特·皮尔斯—凯勒，今天迟到了。"我对一位一脸严肃的中年女士说道，她是在布莱尔坡学校行政办公室工作的三名教工之一。其他两位负责接待学生的老师更平易近人一些，但他们可能还在吃午餐。见中年女士在电脑上打开报到表，我说道："我没有请假条。今天早上出了紧急情况，我离开家的时候忘了让我妈写请假条了。我明天会把假条拿过来。另外……我忘了扎头发，您有多余的头绳吗？”

她不客气地朝我挑了挑眉毛，在办公桌的一个抽屉里找了半天，终于翻出了一个硕大的米黄色发圈。她默默地将发圈递给我，同时给了我一张粉色通行证。

“谢谢。”

我朝着大厅走去，一边将头发松松地扎了一个团。我到教室时已经上课几分钟了，我透过门上的小玻璃窗朝里头张望，想要趁爸爸低头看教科书时偷偷溜到座位上，尽量别发出太大动静，也免得被太多同学发现。爸爸正站在教学白板旁，指着一个等式……接着，此前两度感受过的心慌感再次袭来。

我朝前倾了倾，胳膊不小心压到了门把手，门猛地朝内打开。我往前一扑，险些撞上正前方的课桌。多亏平日还不错的平衡感，我及时稳住了自己，然后朝爸爸刚才站着的位置看去。

爸爸已不在那里了。爸爸不在教室里的任何一个角落。站在讲台前的是一位微胖的中年女性，我之前从没见过她。而在我平时的座位上也坐着一个陌生男孩，深金色的头发，长得很帅气，身前的课桌上摊着三角学课本。他一定也是新来的。教室里其余的都是熟悉面孔，可他们却用奇怪的眼神看着我。我和卡莉·德文斯对上了目光。我平日和她关系不错，虽然还称不上是好朋友。我试着朝卡莉微笑了一下，她却报以询问的目光。

我的呼吸渐渐变得困难。我朝讲台上的女人看了一眼，确定不是爸爸站在那里，又回头看那个坐在我座位上的男孩。我刚想开口说“走错了教室……”，嗓子里发出的却只有沙哑的嘟囔。接着，天旋地转，我倒在了地板上。

醒来后，我注意到的第一件事就是一只胖胖的苍白的手正在轻拍着我的胳膊，那手上印有一个褪了色的粉色莲花文身。又过了一会儿，我的视线渐渐找到了焦点，便沿着那双手向上看去，原来是刚才讲台上的女老师。她和刚才那个坐在我座位上的金发高个男孩正一脸担心地俯视着我。我又看了看周围，确定这就是爸爸的教室没错。而除了这个金发男孩以外，其他学生的确都是修了这门课的学生。

“你还好吗？”女老师问我。

我一点也不好。我的头晕晕的，就像之前两次时间变换时一样，但这次似乎症状要缓和一点，不知道是不是因为我戴着时研会钥匙的关系。然而眼看着爸爸活生生地从我眼前消失，这让我比任何时候都觉得心神不定。

“我走错教室了。我没事，真的。抱歉打扰你们上课了。”

可是……如果爸爸今天是请了病假呢？或许她只是位代课老师？尽管我自己也觉得难以置信，但我还是决定去爸爸的小屋看一下。

在金发男孩的搀扶下，我用力站了起来。“我叫特雷。你是新来的吗？小心点儿……你看上去状态还是不好，先坐下来吧。”

“抱歉，”我重复道，“我得走了。”我的头仍有些发晕，但还是起身向教室外走去。

“等等，”老师在我身后叫道，“你不应该那么快起身的。特雷，跟着她，把她带到护士那儿去检查一下。”

就这样，我朝着门厅跑去，金发帅高个儿则在几步外追着我跑。“等等，你往哪儿走？医务室在另一头。”

“我没事。”

我继续朝教学楼大门走去，金发男还跟在后头。他拉住我的胳膊：“嘿，小心点儿，不然这下该晕倒在楼梯上了。”

“你叫特雷，是吗？听着，谢谢你的关心，但求你别管我了。我得去找我爸爸。”

“你爸爸？”

我们穿过停车场，朝足球场走去。“他是这里的老师，”我说，“或许你听说过哈利·凯勒？我们住在学校另一头，最外围的地方。那里是教职工小屋区，我现在就在朝我爸的小屋走。拜托你，别管我了。”

他松开了我的胳膊。“好，你一定要去的话，我们先去你的小屋，但那之后要去医务室检查。”

“不——我躺一会儿就可以了。我没事，只是没吃午饭……”

我没停下脚步，他也是。

“抱歉，我做不到。我向迪斯老师保证过了要带你去看护士。我不能回教室，除非……”我转过身怒视他，却发现他脸上挂着笑——友好而不设防的微笑。“听着，”他说，“我不知道你在玩什么把戏，但除非你是今天刚转学来的，否则你肯定不是这里的学生。我确定没在学校里看到过你。我自己来这儿的时间也不长，所以特别在意跟我一样的新生。毕竟大多数学生从七年级[①]起就在这里上学了，要融入他们的圈子有点难度。而且我知道教职工人员中没有一个叫哈利·凯勒的。”

我摇了摇自己的脑袋。“可他就是这儿的老师啊。况且你要是认为我在撒谎，为什么不赶紧跑到老师那儿报告，让她把保安叫来呢？”我加快了步子。“如果我不是这里的学生，就不应该让我在这里乱跑。”

“话是没错，”他说，“可那样的话就不好玩了。你看上去不像

① 美国学制，七年级一般来说相当于中国的初中一年级。

是个危险的恐怖分子，何况你刚才真的晕了过去。为什么不跟我说说到底出什么事了？没准我能帮你。”

“你帮不了。回教室去。”

“我可不那么想。你瞧——我现在有两个选择，要么回去继续上三角学，要么在这个温暖的春日里和一个美丽的姑娘漫步校园。说真的，你觉得我会怎么选？”

我难以置信地瞪着他。我已经处在崩溃边缘了，而他竟然还有心思调情。一时间不知怎么的，眼泪涌上了我的双眼。我瘫坐在足球场的正中央，双手捂着头，歇斯底里地又笑又哭。

“哦，嘿！对、对不起！”他连忙说，“别……别哭啊。说真的……”

我有一阵子没抬头，深呼吸了几次，在心里命令自己振作起来。“我没事，”我说，“只是我今天真的真的很倒霉。”我抬起头，看见他坐在我正前方，恰好与我的视线齐平。他有一双灰色的眼睛，瞳孔周围还能看到几处蓝色的小斑点，此刻他的眼神里充满了关切。他试探性地朝我投以同情的微笑。我感觉自己面对的是一条友好的大型犬，却不知道要怎么才能甩掉它。

我想起了自己的校园卡，于是赶紧从外衣里掏出挂绳。校园卡还在，就塞在我的地铁卡下面。我将卡抽了出来，拿起来让他看。“我真的是这里的学生，看见了吗？这是证据。”

他倾过来仔细看我的卡。“普鲁登斯·凯瑟琳·皮尔斯—凯勒[①]。名字的缩写很酷啊——PKPK。你好，普鲁登斯，我叫特雷。”

我做了个鬼脸。“拜托叫我凯特。”

他大笑着从肩上的斜挎包中拿出了自己的校园卡递给我。

① 英文为 Prudence Katherine Pierce-Keller，故缩写为 PKPK。

“劳伦斯·A·科尔曼三世，”我读道，“A 是什么的缩写？”

“爱尔玛，我曾祖母的娘家姓。”

“哎哟……”

“就是这样。我外公平时叫拉里，爸爸叫拉尔斯，劳伦斯的昵称里再没剩下什么好听的了——倒也不是说我特别喜欢他们俩的名字——于是妈妈平时就叫我特雷[①]。”他竖起三根手指。“你懂的，我是家里第三个劳伦斯·A·科尔曼。”

我点了点头，站起身将校园卡递还给他。我将自己的卡放回卡套内，又从里面拿出一把钥匙。钥匙上贴着一块白色小标签，某个校工在上面写了数字“117”以及“凯勒”两字。“特雷，这把钥匙能打开那边那座小屋的前门。我爸爸，哈利·凯勒，就住在那屋里。我一周大半日子也住在那儿。”

他和我并排走了起来。“如果这钥匙能打开那扇门，”我继续说，“你就能回去交差了。是叫迪斯老师对吗？”特雷点了点头。“你可以跟迪斯老师汇报说我没事，只是一个忘了吃午饭而饿昏了的傻姑娘。好吗？”

“好的。但我得看着你进了屋。”

“行吧。”我答应道，“我接下来要打开那扇门，拿出冰箱里剩着的什锦菜热一热，然后好好睡个午觉。”

我叹了口气，一边走上小屋门前的台阶，一边意识到我的这番话与其说是安抚特雷，不如说是为了给自己定定心。我真心祈祷爸爸就在这扇门的背后，可能是感冒了无法上课，迪斯老师只是来代课的，而我一开始在教室看到的他只是自己的幻觉。我努力在心里对自己

① 特雷的英文 trey 在扑克、骰子等游戏里代表“三”，家族中沿用了同一个名字的第三代有时会被昵称为 Trey。

说，凯瑟琳和科纳是疯了，或者过去的几天都是一场漫长的噩梦。我的手颤抖着拿出钥匙，在特雷的注视下将它插进了锁眼。

门打开了，我长舒了一口气。我转回去看特雷，给了他一个大大的微笑。“看吧！跟你说了这是我——”我一看他的表情立刻止住了话头，顺着他的视线朝门里看去。

屋子里的所有东西都不对劲。我平时睡觉的沙发变成了两把铺了软垫的椅子。地板上多了一张编织地毯。接着，我看到了特雷正紧盯着的东西——一张相框内的照片，上面是迪斯老师和两个小孩。相框旁摆着一个大大的白色笔筒，里头装着铅笔和钢笔，笔筒外壁刻着一行红色的文字：外婆最棒。

“不！”我退回了门外，“可我的钥匙能打开门！你看到了，钥匙能打开！”

特雷关上了门，小心检查了一下门是否锁住。我瘫坐在门前的台阶上。过了一会儿，他在我身边坐了下来。“……所以，你觉得是怎么回事？”

我看着他。我说了又怎么样呢？他不会相信我的。我从上衣里拿出时研会钥匙。“它是什么颜色的？”

他的目光从我身上转移到挂件上。“棕色，古铜色——不知道确切的叫法，总之看起来挺古老的。”

“你瞧，在我眼里它是蓝色的。挂件中间有个沙漏。”

“蓝色的，你没开玩笑吧？我能看到里面的沙漏，但……”

我有些惊讶地抬起了眉毛。“你能看到中间的沙漏，里面的沙子在来回流动？”特雷摇了摇头，“我猜你也看不到。我外婆说，如果我把这东西在手上拿太久，就会穿越到过去的某个时点，或者未来的某个时点。昨天就差点发生了那样的事。”

他的表情没有变化，于是我继续说了下去："有人正在改变这个世界……对事物进行改动。刚才我第一眼看向教室的时候，我爸爸，也就是哈利·凯勒，正站在白板前讲课。我的桌子，现在应该说是你的桌子了，当时那上面什么也没有，因为我那时刚到学校。可是接着，我看到的一切都在瞬间发生了改变。"

他的灰色眼睛里闪过同情的目光，但我看得出他并不相信我的话。这也难怪，只有疯子才会相信我这番话。他可能觉得我精神有些不正常，甚至连我自己都不禁那么觉得。"某个人正在改变这个世界，而且听说那个人就是我外公。外婆说我是唯一能阻止他的人，因为我继承了家族基因，能操纵相关设备。其他一些人也有这个能力，但据说他们都加入了敌方。"我把小屋的钥匙放回卡套里，和圆挂件一起塞回了上衣内。"我当时刚赶回学校，准备把我爸也拉入这个噩梦……我不想独自一人决定如何应对眼前的情况。我之前也感受到两次时间变换，但都只是心里……不舒服而已，并没有什么人消失。"

我叹了口气，盯着自己的鞋子看。"而且那小屋钥匙管用，该死的。所以我就以为……"

"可是……那钥匙应该不管怎样都管用的吧？"特雷轻声地说道，好像在对待一个情绪不稳定的人一样小心翼翼的。他的声音里带着一丝安抚病人的语气，这让我感到恼火，可又觉得不该怪他。"我的意思是，哪怕你说的都是事实，学校雇了你爸爸而非迪斯老师，但小屋的钥匙还是同一把呀，对吧？"

我闭上了双眼没有回答。我怎么没想到呢，当然是同一把钥匙。

几分钟后，我站了起来，朝特雷无力地笑了笑。"我知道你现在应该去叫保安来了，但你能给我几分钟的时间，让我先朝地铁站走去吗？"

“你要去哪儿？”

“我想试着去找找我妈妈。她在华盛顿特区，然后……”

“好啊。”他拍拍裤子站了起来，“我们走。”

“哈？不！”我说道，赶忙走开去，“不不不，别跟来。是我去，特雷。你回教室。”

他坚决地摇摇头。“我那么做就太没有责任心了。如果你真遇上了麻烦，那我可以帮助你；如果你是精神错乱了，那必须得有人盯着你。今天下午就由我来盯着你吧。”

我穿过校园，挑最短的路径直向地铁站走去。“你还要上学，怎么可能随便逃课？你没有父母吗？”

他耸了耸肩，跟上了我的步伐。“真要说我爸爸，他可能会夸我做了正确的选择，反正不会批评我就是了。我妈妈可能不赞成这么做，但她接下来几个月都会在海地出差，而且学校多半也不会给她打电话的。埃斯特拉跟我们住一起，她的确会为这事唠叨半天，但学校只会给学生父母打电话。所以，你是甩不掉我了。”

我一时有些混乱，不知道是该大笑还是发火。特雷人很好，不得不承认长得也很好看，但我必须集中精力解决眼前的问题。或许在拥挤的地铁站里能把他甩了？

然而，一想到地铁，一波恐惧再次向我袭来。有了今天早上的遭遇，突然之间我觉得身边有人陪着坐地铁或许也不是什么坏事。

“好吧，”我说，“你也一起来。但我得先把话说清楚了，今早在地铁上我被人抢劫了。”

他又给了我一个坏笑。“天哪，姑娘，你这一天还真够倒霉的。”

等地铁足足花了十五分钟，但一旦乘上地铁后就能很快到达华盛顿。途中，特雷试着找些话题来打破沉默，而我的脑子却处于放空状态，只能尽力在恰当的时机点头附和。特雷的妈妈在联邦政府工作，常常出差。他的爸爸则在某个跨国公司工作，好像是和金融有关的行业。他们在秘鲁生活了两年，特雷在那儿上外交官子女学校，最近刚回美国。我问他有没有兄弟姐妹，他笑着说他父母同在一块大陆上的时间根本不够再造一个娃。后来他们决定让特雷和他爸爸留在华盛顿一段时间，这样他就能从布莱尔坡中学毕业，那里是他爸爸和祖父的母校。埃斯特拉则是他家的保姆，自特雷爸爸的孩童时期便来他家工作了，总能把家务事打理得井井有条。

等他们全家从秘鲁回国后，布莱尔坡中学曾告诉他父亲特雷将在今年秋天插入高年级班学习，在那之前他可以在家里通过函授自学。可一月的时候学校突然多出了一个空余名额，于是他在春天就提早入了学。这空余名额似乎就是当初爸爸接受教职时学校给我开放的名额。

我也向他做了两分钟的自我介绍。至少一个小时前，这还称得上是“符合事实”的自我介绍。我们又聊了一会儿音乐和电影。实际上，是特雷独自聊了一会儿，我则负责在一旁倾听和点头。

乘着自动扶梯回到阳光明媚的地面后，我停住了脚步，闭上眼睛深吸一口气来稳定情绪。

“没事吧？”特雷问。

我摇了摇头。“妈妈的公寓离这儿就几个街口，可我……我不觉得她会在那儿。我很害怕。”对一个刚认识的人这样袒露心思有些古怪，然而特雷的亲切让我产生了依赖感。

“别多想，”他答道，“船到桥头自然直。”

等走到妈妈的公寓前，我甚至不用拿出钥匙便知道了结果。我瞪着屋子的窗户，特雷则打开邮箱朝里张望——所有邮件的收件者都是一个叫萨迪拉·辛格的人。其实刚走过街角时我就明白妈妈并不住在这里。公寓的窗户内装饰着粉色的窗帘，还扎着捆带，这样的装潢压根不可能出现在黛博拉的住所。即使这窗帘是之前的房东留下来的，那么当初还没等妈妈从搬家卡车上卸下第一只箱子，她就会冲上去把窗帘给扯下来扔进垃圾堆里。

第七章

我只觉得精疲力竭，光是走下公寓前的台阶就耗尽了我最后一点力气。特雷带起了头，引着我向马萨诸塞大街走去。我们走进了街上一家咖啡店，他先让我在一个靠窗的位子上坐下，一会儿便端着两杯咖啡和两只蓝莓麦芬回来了。我向他保证以后会还他钱，他却大笑着说只需要请一杯咖啡一个麦芬的约会已经是他赚到了。

“你为什么觉得所谓的时间变换会使你爸妈……消失？”他问。“你说之前也发生过两次转移，可谁也没消失，为什么这次不一样呢？”

“我不知道。说实话，我根本没时间静下来想过这些事。”我沉默了一会儿，整理了一下思绪。“我外婆家有两张照片，她的朋友科纳说那两张家族照片都是来自同一张底版。其中一张被保存在保护界里，由某个圆挂件保护着，不受时间变换影响，另一张则没有受到保护。可我今天看到的两张照片上印着的却是不同的家庭，而两家的男主人是同一人。”

我啜了一口咖啡，继续说道：“照片中的男人身上一定发生了什么改变，导致了两种不同的人生。当然，凯瑟琳和科纳可能是弄错了或是在说谎，其中一张照片可能是合成的，或者那个男人有个孪生兄弟，那也说不准……但我相当确定出现在那两张照片上的男人确实就是我今早在地铁上被抢劫后碰到的那个。只有一点不一样，照片是在 20 世纪 20 年代拍的，而今天早上他看起来大概比照片中年轻二十岁。”

“等一下，”特雷打断了我的话，“你见到了照片上的男人？今天早上？”

我点点头。“他警告我说有什么事情就要发生了。然后我眼看着他手握一个和我这个差不多的圆挂件，消失在了空气中。”

我无力地朝特雷笑了笑。“不光你会觉得我这话荒唐，连我自己都觉得荒唐。但你刚问我为什么我爸妈会消失，我想是因为过去的某些部分被改变了。关于我家的历史被修改了。”

我把外婆今早告诉我的事又转述给了特雷，在讲述的过程中也意识到我所掌握的事实之间存在着巨大的断片。我解释了时研会的工作，以及凯瑟琳是怎样逃到了 1969 年。“要我猜的话，”我总结道，“我估计索尔终于在过去某个时刻将我外婆给谋杀了。如果外婆不曾生下妈妈，那我就不会出生，而我爸爸……”我耸耸肩。“我爸爸就没理由会来布莱尔坡任教。也有可能是妈妈或爸爸出了什么事，或者是过去的我被抓住了……我不知道这一切具体是怎么运作的。或许我们现在都还在爱荷华州……”

坐在我对面的特雷站了起来，示意我靠边坐点儿，然后将自己长长的身躯塞进了我身边的空位，并从斜挎包里拿出一台轻巧的笔记本电脑。“你提到的是个好头绪，我们先来找找你父母。你妈妈是叫黛博拉还是戴波拉？她的姓皮尔斯又是怎么拼写的？”

我怀疑地看着他。“你相信我的话？你真的相信这一切吗？”

他拿起麦芬咬了一口，一边细细地嚼着蛋糕，一边思考如何回答。“不相信，”他说。“这么说你可别介意。你自己也说了，这话太疯狂了。我不相信世界被改变了，也不相信你挂着的那块圆挂件会使你消失。但我得承认，你早先把它握在手里的时候我还挺紧张的，所以我可能也不是完全不相信你的话吧。”

“那你为什么要帮我？”我心里怀疑他帮我的一部分原因，只是因为在他眼里我的相貌还算可以。特雷看上去人很好，但要不是因为这点小小的理由，他应该把我送到地铁站后就会心安理得地回去了。

他吃完了麦芬，回答我说：“重点是，我知道你是真的相信你说的那番话。我也知道你肯定有自己的父母，我想帮你找到他们。拜托你先吃点东西吧，不然我就得背着你回地铁站了。”

“为什么不把我带回我外婆家呢？”我有些固执地问，然后咬了一口麦芬。我感觉自己像是一只迷路的小猫，他一边喂我，还要照顾我不被马路上的车撞到，一边又在搜寻着我的主人。

“第一，你没告诉我她的姓名和住址，”特雷答道，“第二，你并不想回去，对吗？”

我点点头。“嗯，至少……在我了解真相前不想回去。”

“好吧，那么——我们来找找你爸妈。首先在谷歌上搜索一下……”

二十分钟后，我们得出结论——黛博拉·皮尔斯这个人并不存在，至少没在我记忆中她曾任职的大学里教授过历史。妈妈无论在什么网站都用同一套密码，所以我知道她的校网登录密码。然而学校系统里根本没有叫“黛皮尔斯 42”的用户，密码也就不重要了。我们又在学术引擎上搜索了她曾写过的几篇论文，同样毫无结果。

很难想象我的妈妈从这个世界上消失了，甚至从没存在过。我咬紧了自己的下唇，深呼吸了几次，尽力把从刚才开始一直在心里不断扩大的恐惧感压了下去。我把注意力集中在搜索爸爸上，布莱尔坡中学的教工页面上没有他，这一点我俩谁也不觉得意外。我们又在综合搜索网站上搜了他的名字，检索结果显示了很多名为哈利·凯勒的人，还包括一名上世纪五十年代的电影导演。我让特雷把搜索范围细化到特拉华州地区，还加上了我爷爷奶奶的名字约翰和特丽莎·凯勒。搜索结果显示他们的住址和我印象中一样，这给我带来了一线希望。

“搜索他的时候再加上‘奥数竞赛’两字。我爸爸高中时参加了学校的奥数队，他总是在履历里提到这一点，可能是嫌自己的书呆子气质还不够严重。”

“也可能是想刺激一下他的书呆子学生们。”特雷微笑着说。他重新设置了搜索筛选条件，没多久，我就看到了爸爸的照片。照片上的他留着胡子，我以前只从他大学时代的照片里看到过这样的他，但的确是爸爸没错。网站上说他在特拉华州距爷爷奶奶家约一小时车程的一所寄宿制学校教书。

我握住特雷的手用力捏了一下。“找到他了，这就是我爸爸！”我从卡套里拿出三张照片，一张是妈妈的，她不喜欢拍照，所以表情显得有些懊恼；另一张是我和夏琳在一次空手道授带仪式后拍的；最后一张则是爸爸，去年圣诞节时拿着我送他的中华炒锅照的。我把照片给特雷看了看。

他点点头：“没错，是同一个人。而且哪怕是从网站图片上也看得出来，你俩有亲戚关系——你继承了他的眼睛，笑起来也一个样儿。”

我将照片放在电脑边，越过特雷伸手去拿鼠标，想继续翻看网页。可就在我的手从照片上抬起来的那一瞬间，照片凭空消失了。

我不加思考地伸手去抓，但心里明白那么做已经无济于事。明明前一秒，照片还好端端地放在餐桌上，在漆黑锃亮的大理石桌面上显得色彩鲜明。而转眼间，照片已无处可寻。

“真见鬼了我——”特雷张大了嘴，身子一个劲朝座位的边缘挪去，“凯特，你看到了吗？”

我们双双沉默了半晌。“我刚吃下去的蛋糕好像要吐出来了，”他小声道。

我不假思索地把钥匙从衣服里掏了出来，把他的手按在我胸前，这样我们两个都能和钥匙接触。过了一会儿，特雷的脸渐渐有了血色。“你记得刚才发生了什么吗？”我问。

特雷点了点头：“记得，我们找到了你爸爸。他的照片，明明刚才还就放在这个盐罐边上，转眼间就不见了。”他低头看着正被我按在胸前的手，“我不是在抱怨，真没有介意——但你为什么把我手放在……那儿？”

我脸红了，但没松手。“特雷，我现在觉得，哪怕离开这个圆挂件一秒，都可能发生很……很危险的事。如果我妈妈不存在于这个，呃，不存在于这个世界上，那是不是意味着我也不存在？但我却还记得之前的几次时间转移，那个时候我还没有圆挂件啊。我当时的感觉就跟你刚才的状态一样，头晕、恶心、心慌？”

“是啊……我现在感觉好多了。但我心里有个声音一直坚持那张照片原本就不存在，不只是因为我知道东西不会那样凭空消失，而且我脑中似乎同时存在两个版本的记忆。你觉得这像话吗？”

“眼下的一切都不像话透了。”我答道，“我不明白的是，你居然还记得照片消失的事。你看不到圆挂件发出的光，所以我以为你没有时研会基因。但科纳，也就是我外婆的那位朋友，曾说过任何没戴着圆挂件的人在经过时间变换后都不会感到任何异样。”

“或许只要和挂着圆挂件的人有身体接触就行了？”特雷推测

道。他动了动肩膀和膝盖，我才发现由于座位狭窄，刚才我们两个是互相挨着的。

“有可能，”我说，“但是，你现在相信我了吧？相信我说的都是实话？”

特雷有些无力地做了个怪相。“嗯。在这件事上我决定按夏洛克·福尔摩斯说的去做——‘排除一切不可能的，剩下的即使再不可能，那也是真相。’”他盯着刚才放着照片的位置。“我本来会说你之前讲的那些根本不像话，可我刚才明明自己亲眼看见了一例。我可以选择装糊涂忽视，时间长了没准真能把自己说服了……可我知道那是不对的。”

“所以我才把你的手放在圆挂件上，”我说，“我怕你一把手拿开就……就不会相信我了。”眼泪涌上眼眶，我拼命眨眼把它们收了回去。“我知道这么做很自私，但我真的非常非常需要有个信任我的人。”

特雷的脸上又露出了笑容，只是表情隐隐有些动摇。“好啊，但以我们现在这个姿势要继续用电脑可有点困难，走在路上就更令人侧目了。或许……我们坐得很近很近试试？”他用左胳膊环住我，小心翼翼地将右手抽离，我则密切观察着他脸上的表情。

“你瞧，”他说，“我没失忆，我俩都没事。”他用手轻触笔记本的触摸板，继续浏览爸爸的履历，另一只胳膊仍搂着我。“照这个样子浏览网页，要我做多久都行。”

我白了他一眼，但也没有表示反对。夏琳最近为我挑选的男友候选人诺兰曾在看电影的时候伸手搂我，当时我整个人都僵住了。这回身边换成了特雷，我却觉得一切都无比自然。

“最下面有写住址吗？”我问。

“有是有，可是凯特……你再看看他的履历。”

我飞速扫了一眼那三段文字，其中的确提到了爸爸一贯会提及的奥数事迹，大学档案和兴趣爱好也与我印象中相仿。然而，几点额外的信息却把我拉回了现实——或者说我此时所处的世界中的现实。“哈利目前和妻子埃米莉以及两个孩子一起住在东湖边的教工宿舍内。”

将近下午四点，我们离开咖啡店，走上马萨诸塞大街，路面上的车辆也随着晚高峰的临近渐渐多了起来。刚才特雷收了笔记本电脑塞回包里，其间我们也一直拉着手。在旁人看来，我们大概像一对打得火热的笨蛋情侣，一分钟也不肯分开吧。而几分钟后，我们就变成了一对正在吵架的笨蛋情侣。

“他肯定还是认得出我的，特雷。肯定认得出。他是我爸爸啊，怎么可能不认识我？”这句话我重复了好几次，可特雷看上去却仍不相信我。其实我自己也不太有信心，但又下意识地拒绝思考其他可能。

等十字路口的信号灯变绿，特雷将我拉到了杜邦广场前的长椅上坐下。广场上还有一些人，不少是拖着包裹和毯子的流浪汉，他们围坐在附近的石桌旁，正心无旁骛地下着棋。

“我得想想，凯特。我知道你想去见你爸爸，如果你真觉得那么做是眼下最明智的做法，那我很乐意带你去。”特雷用手指托起我的下巴，强迫我正视他。“听着，从这里到我家只需要走十到十五分钟时间，我们就住在卡罗拉玛一带。从那里开车去特拉华州的话，需要大约两个小时的时间吧。如果我们现在出发，就能赶在晚高峰之前出城，应该天黑之前就能赶到目的地。”

我正要起身从椅子上站起来，他却按住了我。“但是……听我说。我百分之百相信，在你的时间线里，你父亲很爱你。可对于这个版本的哈利·凯勒来说，你只是个陌生人。没准我们还是先去找你外婆，至少在出发前给她打个电话？你说过她相信你能，呃，修正这一切，对吧？我们应该把重点放在如何修正的问题上吧？”

我叹了口气。他的话有理有据，我知道从某种程度上来说他是正确的，然而……“我没法和凯瑟琳通话。我没有她的电话号码。我把她的号码存在了手机里，手机在我的书包里，而我的书包却被偷了。她的号码肯定是新申请的，而且她要躲着我外公的追踪，无论如何不可能从黄页上查得到。”

我一边说着，心里升起了一阵无名的恐惧：如果时研会的钥匙由于某种原因没能保护凯瑟琳和科纳，那该怎么办。我强迫自己别去想那种可能，现在必须集中精力找到爸爸。“先去外婆那儿可能是正确的，但我想她会阻止我联系爸爸。可我得见见我爸爸啊，特雷。如果他不认识我了，我会说服他相信我。我要亲眼看到活生生的他，确定他存在于这个世界上。我……我没法去找妈妈，她不在这个世界上……现在哪儿都找不到她了。”

或许是感受到了我话语间越来越浓的恐惧，特雷终于同意送我到爸爸那儿去。我知道他心里仍不认同我的做法，毕竟连我自己都难以说服自己那么做是理智的，可此刻的我只知道我需要爸爸，而他就在距我两小时车程外的某处。

“好吧。”他悲伤地朝我微笑了一下，牵着我的手把我从长椅上拉了起来。“那我们就去特拉华州吧。我不觉得去了那里有什么用，但自打我遇见你起已经——呃，到现在为止正好是四个小时，这段时间足以让我承认自己的判断未必都是正确的。”

特雷的家是一座三层楼的屋子，可能比凯瑟琳在贝塞斯达买的那幢略小一些。屋子周围环境清幽，成片的联排式房屋之间穿插着独栋房，偶尔还有几个使领馆。据特雷说，屋子原本是他外祖父母的，但他们几年前退休搬去了佛罗里达。除了在国外生活的时光，他从小就在这里长大。

我们从一扇侧门走了进去。侧门通向一个巨大的厨房，厨房四周是淡黄色的墙壁。“埃斯特拉？”特雷进门后喊道，“我回来了。”一只原本正在午后阳光下打盹的灰色大猫闻声伸了个懒腰，轻轻走来迎接特雷。“嗨，德米脆，埃斯特拉人呢？”

我弯下身轻轻抚摸猫的耳朵，他的喉咙发出咕噜咕噜的声音以示回应，一边拿身子蹭我的腿。

“嗯……埃斯特拉通常这个时候是在家的，她一定是去了市场。这样也好，不然哪怕我说咱们就是去看场电影，她也会缠着你问东问西的。她总是还把我当小孩子。”特雷在桌子上放了张字条留给爸爸，说是要帮朋友一点事，又在冰箱上给埃斯特拉留了一张字条，告诉她晚饭不回家吃。

在特雷的建议下，我们查询了爸爸的联系电话并打了过去，确保他没有因为休假或是别的原因而不在学校。接电话的人正是爸爸，我竭力控制住自己不要开口跟他谈起来。但特雷抢先从我手中拿走了话筒，匆匆说了句“打错了”便挂了电话。

特雷的车停在屋后的车库里。车是一辆深蓝色的老款雷克萨斯，旁边停着一辆款型相似的黑色雷克萨斯，看上去更新一点儿。“这辆车是妈妈以前开过的，”他说，“不过爸爸帮我装了打电话和听音乐的蓝牙系统。”他咧嘴笑道，“我劝他说装蓝牙可以提高安全性，让我一边驾驶也能一边给家里打电话。当然实际上我想要蓝牙只是为了听歌，这辆车原本除了 CD 播放器外什么都没有，确实需要好好升级一下装备。”

去特拉华州的旅程还算顺利。出了城后，交通状况也缓解了不少。我将手放在特雷的肩上，这样他就能腾出双手专心开车。虽然十七岁生日将近，我还没有拿到自己的驾照——毕竟我想去的大多数地方搭地铁都能到，而且我能开的只有一辆老破车，平时只有爸爸在去杂货店购物时才会用。而特雷俨然是驾车老手了，在驾驶座上显得放松而自在。

驶到安纳波利斯附近，特雷肚子饿了，我们便找了一家麦当劳准备吃点什么充饥。我们推门朝点餐台走去，几乎同时地，我们意识到特雷在方才推门的时候放下了我的手。

“特雷？”我叫唤了一声。没有听到回答。他正一脸迷惑地看着我，脑袋歪向一边。

我迟疑了一下，又抓起他的手，这一次几乎尖叫着喊出了他的名字。“特雷？”

“你到底是谁？”他说，“为什么抓着我的手？”

话还没说完，他就忍不住笑出了声，同时捏了捏我的手。“我开玩笑的！”我气得要把手抽回去，可他握着没放。“对不起，没忍住捉弄了你一下。”

我用另一只手朝他胳膊上揍了一拳。

“哎哟！好吧，虽然很疼，但那的确是我自找的。”他把我拉到一边，握着我的两只手腕以防再挨一拳。“对不起，真的。我不是故意放下你手的，但我之前也想过这事儿，应该不可能咱俩一松手我就会失忆。我的意思是，除非又发生时间变换之类的事件，我的记忆应该不会随意被改变。”

我瞪着他：“那你为什么不早说？”

他又咧嘴笑了。“我要说了，你能连续三个小时一直牵着我的手吗？说真的，凯特，我本来打算坐下来吃东西的时候试一下我这个理论的。”

“怎么试？”

“如果我不记得了，最坏的情况就是你把地铁卡拿出来，让我眼看着它消失，对吧？或者你的一个耳环什么的也行。如果你妈妈的照片会消失，那你的其他东西应该也会消失。在华盛顿的时候，一张消失的照片让我相信了你的遭遇，那么在安纳波利斯，一张消失的地铁卡自然也能说服我。”

我耸了耸肩，又点点头。虽然心里还有点恼火，但要对着特雷生上大半天的气也不容易。

“而且，”他又说道，“看你从刚才起就在车座上动来动去的，估计你和我一样急着想找洗手间。非要两个人手牵手一起去洗手间的话，我想咱们现在还没到达那种亲密的程度。”

这一点我完全无法反驳。

接下来的一个小时里，我大部分时间都在盯着窗外，心里思考着见到爸爸后要怎么跟他说明情况。车外的景色和爱荷华州很像——一片片平坦的农田，一座座不时出现的小镇。爸爸所在的查普林学院就坐落于某个小镇镇郊，直到我们驶到了校门口，我还丝毫没整理出具体要如何跟他解释。

校门口有个保安岗，我把身子倾向驾驶座一侧，拿出校园卡给保安看。“我叫凯特・皮尔斯—凯勒。我的……我的叔叔哈利・凯勒在这里教书。我们开车经过，正好来看看他。”我心里正担心他会拿过我的卡仔细查看，毕竟我不能就那么让卡套里的东西一样样消失掉。

幸好这位保安比较和蔼，他在窗边弯下腰瞥了我的校园卡一眼，就给我们指了通往教工宿舍的路。

我曾担心要找到爸爸会很困难。由于没有他的确切住址，我还盘算着会不会需要挨家挨户地敲门，直到碰上一个认识他的邻居。而实际上，车还没停好，我就一眼看到了他。他坐在池塘边的一张木头桌子旁，手中拿着一本书，正注视着在一旁的两个男孩。男孩们一个大约五岁，一个更小一点儿，在草地上骑着玩具车。周围环境优美，茂密的草坪绿油油的，池塘边立着一棵巨大的柳树。距离木头桌子约55码外的地方隐约可见几座整洁的小屋子，大多数屋子的前院都摆着烤架，不少还有供孩子玩的塑料玩具屋和儿童沙滩床。

我坐在车内一动不动，只顾盯着爸爸看。过了一会儿，特雷走到副驾驶座边拉开车门，蹲下来看着我的脸。“你希望我在车里等着，还是陪你一起过去？”

我想了一下。“你介意陪我一起过去吗？”我小声问。在相识不久的人面前或许不该展露出如此不设防的一面，可我只觉得自己两膝颤抖，更别说要从座位上站起来了。

“一点也不介意，”特雷答道。他扶着我下了车，握着我的手走向木头桌子。“加油。”他说着轻轻捏了捏我的手指。

我感激地向他笑了笑，觉得自己这辈子从没像现在这般脆弱过。

“凯勒先生？”我开口。爸爸抬起头，合上了手里的书。书皮的装帧颇有秋日风格，混合着黄色、橙色和棕色，还印有一只兔子的图案——那是《水船坪》，几年前他曾给我读过这本书，是我们最爱的故事之一。

“你好？”他看了一眼我们的校服，微微皱起了眉头。我想起这所学校的校服应该与我们所穿的不同，或者这里压根不要求学生穿校服。“我认识你们吗？”他问。

我在木头桌子的另一侧坐了下来，特雷坐在我身边。“我希望如此。”来的一路上，我在脑子里排演了二十种开场辞，最终说出口的却是：“我是你的女儿，我叫凯特。”

他大惊失色的表情令我恨不得将自己的舌头咬掉。“抱歉！我没打算那么脱口而出的……我的意思是……”

爸爸坚决地摇了摇头：“那是不可能的。我已经结婚了，结婚才十年，可……你妈妈是谁？”

“黛博拉，”我答道，“黛博拉·皮尔斯。”

“不可能。”他又一次摇了摇头，“我从没和这个名字的女士约会过。我很抱歉，但一定是你的妈妈弄错了。”

“哦不，不是你想的那样。”我急切地答道，“我……我早就认识你了……”接着，我做了我能想到的唯一一件事——我从上衣里掏出时研会钥匙，“你之前见到过这个吗？它是什么颜色的？”

爸爸看我的眼神仿佛认为我彻头彻尾疯了一般，似乎还带有一丝警惕。他看了特雷一眼，不知是在寻求帮助还是在度量对手。“我没有见过，它有点儿带粉色。”他又看了眼圆挂件，“这挂件不寻常，要是以前见到过，我肯定记得。”

我从卡套里拿出了校园卡给他看，上面写着我的名字凯特·皮尔斯–凯勒。我又拿出了妈妈的照片。“这……这是我妈妈。”他的眼神软了下来，显然注意到了我用的是过去时。

爸爸低头看了好一会儿妈妈的照片，最终抬起视线重新注视我的眼睛。他轻轻地开口道：“你妈妈过世的事，我很抱歉。你叫凯特，是吗？”他看了一眼特雷，“这位是？”

特雷面向他伸出了手：“我叫特雷·科尔曼，凯特的朋友。是我开车从华盛顿把她带过来的。”

爸爸倾过身和特雷握了握手。“你好，特雷。你们这么大老远跑来，很抱歉要让你们失望而归了。如果你们来之前先打个电话给我，我在电话里就可以告诉……”话还没说完，年纪小的那个男孩儿就跑了过来，抬起一只脚搁到了桌旁的长椅上。

“爸爸，修一下我的鞋子，粘着的地方又松开了……”

小鞋子上的尼龙搭扣已被磨损了，爸爸重新扣上了搭扣，又提了提男孩的袜子。“要给你买新球鞋了，是不是啊，罗比？”

“嗯嗯。”罗比点点头，有些害羞地看着坐在爸爸面前的两个陌生人。他的双眼是和我一模一样的墨绿色。爸爸看了看我，又看了看自己的儿子，我发现他的表情有些变化，一定是注意到了我们之间的相似。

我的爸爸伸手捋了捋他儿子的浅棕色卷发，我不由深吸了一口凉气。这个动作我是如此熟悉，可过去爸爸的手却是伸向我的脑袋，他的微笑也是为我而笑。“去找你哥哥玩，好吗？”他说。“你妈妈马上要回来了，我们今天晚上吃披萨。”

“耶！”罗比欢呼着跑开了，“披萨！”

当爸爸重新转身面对我们时，我将妈妈的照片推到了出去：“这是我仅有的一张妈妈的照片。”我将手抽了回来，心里祈祷外婆那儿至少还存了几张妈妈的照片。就和之前在咖啡馆里一样，妈妈的照片也和爸爸的一样消失了。我感到了特雷的身子一僵，有些后悔没提醒他别过眼去。

爸爸一脸惊讶地盯着照片原本放着的位置。我伸手握住了他。“对不起，我知道这一切对你来说很难接受，可我需要你的理解。”

接下来几分钟内，我将过去几天来的遭遇一五一十地告诉了他。

我讲述了我们在布莱尔坡的小屋生活，补充了一些他的生平细节和性格描述，希望我挑选的那些细节没有因为他的新婚姻和新生活而改变。我又将凯瑟琳告诉我的关于他亲生父母、那起事故，以及我外公外婆的事都转述给了他，还解释了凯瑟琳关于时间变换的理论。在我讲述过程中，爸爸一语不发。

末了，他直视我的双眼，表情悲伤而疏远。“我很抱歉……但我不知道你指望我说些什么、做些什么。我无法解释你为什么会知道那么多关于我的事情，也无法否认自己刚才的亲眼所见。况且看着你的双眼，我感觉自己仿佛是在照一面镜子。”

“你相信我？”我的嗓音有些颤抖。

“我猜是吧。说实话，我自己也不知道。”他的语调变了，夹杂了一丝愤怒。“但无论如何，你向我讲述的那条时间线……那不是我的世界，凯特。你是个很可爱的姑娘，我不想伤害你。在你心里的那个世界里，我不怀疑我将你当成掌上明珠。”他顿了顿，朝正在草坪上你追我赶的两个孩子的方向点点头。“可那两个孩子，以及他们的妈妈（说到她，马上就要拿着披萨和杂货购物回来了），他们才是我的生活。我只能设想，在你所说的那个世界里，约翰和罗比都不存在，至于埃米莉——天知道我会不会遇到埃米莉呢？”

我咬紧了开始颤抖的下唇，挣扎着保持镇定。特雷保护性地伸手搂住了我。

“对于你们接下来计划做的事，不管具体是什么，我本该祝你们成功，”爸爸说，“可那是假话。看着我的两个儿子，我唯一能做的就是祈祷你们会失败呀！”

第八章

我不记得自己是怎样回到了车内。在特雷的帮助下，我坐到了座位上，他从座位上拉过安全带，替我插进了孔座里。“我很遗憾，凯特，真的。”眼泪涌上了他的眼睛。他在我额头上轻轻一吻，将我拉进了怀里。我忽然没了再撑下去的力气，趴在他的肩上大哭了起来，紧紧抱着他不敢松手。我不想显得自己很脆弱或是爱依赖人，可今天一天下来，我失去了妈妈、爸爸，从某种意义上说，我本人也已不复存在。此刻的我绝望般地渴望与人接触。

他抱了我几分钟，然后我抽回了身。我仍没止住眼泪，但还是说：“没事了，我们得离开。”

“你看起来可不像没事了……但你说的对，咱们离开这地方。”他在车里翻了好一会儿，终于找到了几张快餐店的餐巾纸。“抱歉，我这儿没有正规纸巾。”他说。我接过餐巾纸，擦了擦眼睛和鼻子。

我又看了一眼那张木头桌子。最小的男孩爬到了爸爸大腿上，正在努力吸引他的注意力，可爸爸一直盯着我们的车离去。他看上去满面愁容，我不由感到一阵内疚涌上心头，是我强加给了他这些本不由他来承受的痛苦。

虽然我很感激特雷忍着没指出发生这一切都怪我当初没听他的建议，但我还是承认了失败。“你之前警告过我了，当时应该按你说的去做。”

我们朝华盛顿的方向驶去，一路上谁都没怎么说话。不知不觉间，我竟靠着特雷的肩膀睡了过去。醒来的时候，我们正在环城公路上，距离贝塞斯达的出口只剩没几英里。特雷正轻声哼着一首贝尔和塞巴斯蒂安乐队[①]的老歌。他有一副出色的男中音嗓子，车内黑漆漆的，只有仪表板闪烁着的亮光和高速公路上的车灯。我很想再度闭上眼睛，就这样一动不动地待着，假装什么也没有发生，不用思考。“我很抱歉，特雷，”我说着坐起了身，“你好心载着我在两个州之间奔波，我倒没心没肺地睡了过去。”我注意到他的袖子是湿的——我在睡着的时候也哭了吗？或者，老天，流口水了？

“不用觉得抱歉，”他答道，“你的确需要休息一下。反正我本来也打算再过不久就把你叫醒的，我不知道你外婆家的具体地址，你只说过是在学校附近。”

想到凯瑟琳，又一波愧疚向我袭来。我瞥了一眼仪表板上的时钟，已经将近九点了。外婆多半已经担心得坐立不安。虽然心里仍有些生气，但比起生凯瑟琳的气，我的怒火更多是落在那个素未谋面、来自未来的外公身上。是他从某个我无法想象的地方冒了出来，夺走了我的全部生活。

我真应当立刻回到凯瑟琳家，而不是跑大老远把爸爸卷进这一切的泥潭里。下午所见的种种情景在我心里接连闪过——池塘边奔跑着的两个男孩、爬上爸爸大腿的罗比——我突然产生了强烈的想要保护

---

① 来自苏格兰的独立乐团，成立于 1996 年。

他们的欲望。

“特雷，如果他说的没错呢？”

“谁说的没错？”

“我爸爸……哈利。我的意思是，我现在回外婆家，而外婆说我是唯一能改变错误、修正时间线的人。我不清楚她具体指什么，不知道她要我怎么做，以及我究竟能不能做到——可如果我真的成功了，那两个男孩是不是就要消失了呢？可爸爸会不会在现在这条时间线里生活得更幸福呢？在这里他有埃米莉，有了另一个家庭。另外还有哪些这个时间线的人不存在于原本的时间线呢？谁又有权力决定哪条时间线更好呢？”

特雷思索了好一会儿才开口：“我不知道，凯特。但某人——你的外公——费劲了心机要改变世界，而且据我目前所知，他压根不关心谁会消失、谁会留下。而你则相反，问题不是你造成的，你却在关心一切的后果。所以如果有人要我选择一条时间线的话，我选择相信你的判断，而不是他的。你听得懂我的意思吗？”

“我想我懂，可是……”

“让我先说完。你之前跟我说，你确定自己不存在于这条时间线。我们也都亲眼目睹了一些现象，我相信你是对的。我怕迟早有一天，圆挂件会因为什么原因从你身上被拿走，而你就会像那些照片一样瞬间消失不见。”他伸手握住了我的手。“如果真是那样——那我能肯定地说我不喜欢这条时间线。”

他的话差点让我又一次哭了出来，显然今天的遭遇已经把我推向了情绪崩溃的边缘。我清了清嗓子，朝挡风玻璃点了点头：“我们快到了，下一个十字路口右转。”

车子驶上了凯瑟琳家所在的街上，我紧张地盯着前方。虽然没和特雷说过，可我心里一直害怕一转过街角，就看到“待售”标牌立在凯瑟琳的灰石房子前，寻不到她和科纳的踪影。

看到屋子楼上楼下的窗户都亮着灯，我长长地舒了一口气。透过窗户，我能看到图书室内一排排的书架，以及时研会设备发出的淡蓝色光芒。距离今早站在图书室内，仿佛已经过去了好几天。“谢天谢地，他们还在。”

特雷将车停在了人行道边上。“你担心了吗？”我们下车的时候他问道，“你不是说了圆挂件会保护他们的嘛。”

我们一走近屋子周围，就听见达芙妮在后院叫个不停。“我是那么说过，可还是忍不住担心。关于这一切，我理解的少之又少。何况今天一天除了遇到你，所有可能发生的坏事都发生了，所以……”

我刚抬手要去按门铃，门却在我们面前猛地打开了，凯瑟琳一把抱住了我。

“天啊，凯特！你去哪儿了？我们以为……”

“对不起，凯瑟琳，我一定得去看看——妈妈，她不见了。我怎么也找不到她的踪影，无论是在现在还是过去。而爸爸他……”

凯瑟琳带我进了屋内。“我明白，我也感觉到了。”凯瑟琳看到了我身后的特雷，他刚才站在门廊上的阴影里。我注意到凯瑟琳眼里闪过一丝戒备。“和你一起来的是谁？”

我抓住特雷的胳膊，将他拉到了前面。“特雷，这是我的外婆凯瑟琳·肖。凯瑟琳，这是特雷·科尔曼。”我总是记不住该先介绍长辈还是晚辈，不过此刻的我根本顾不上担心社交礼节的问题。“特雷今天……对我特别好。要是没有他的帮助，我不确定自己能不能撑到现在。”

我们走进起居室，我一屁股瘫坐到了沙发上，拉着特雷也坐了下来。“特雷知道一切——至少说，和我知道的一样多。我不确定你会不会介意，但在当时情况下很难对他隐瞒什么。”

凯瑟琳叹了一口气，在我们对面的扶手椅上坐了下来。“我拨打了你的手机，可……”

我苦笑了一声。“语音显示你呼叫的用户此刻不在服务区吗？今天早上，手机在我的书包里。”我拍了拍裙摆。“裙子上没有口袋。我把你的号码存在了手机里，没有用笔记下来。而且我的号码是包括在妈妈的手机套餐里的，我怀疑根本查不到那个号码的记录。”

“你怎么离开了那么久？我们几乎要放弃希望了。”

我看了特雷一眼。“他开车载我去找了爸爸，爸爸现在住在特拉华州了。”

“哦，凯特……我真希望你当时立即就回我这儿来。出什么事了？你没试图把一切解释给哈利听吧？”

“我试了。”

“结果呢？”

“让他眼看着照片消失还挺有效的。”

特雷点了点头附和道。“我就是那么被说服的。”

凯瑟琳怀疑地看了特雷一眼，很显然怀疑他的轻信另有原因。

“爸爸相信了我，”我接着说。“可那不重要。他有了自己的生活，新的家庭，两个孩子。”

我意识到了自己话语间的不甘与苦涩，连忙打住话头，内心调整了好一会儿才说下去。“你能确切告诉我今天究竟发生了什么，竟到了连我爸爸都认不得我的地步吗？又是为什么我妈妈索性根本就不存在了？”

凯瑟琳点点头：“我会告诉你的，凯特。但我想你的朋友该回家了，明天还要上学，对吗？我们可以等一下再谈。”

“什么话都可以当着特雷的面说——”我刚要反驳。

“不不，”特雷开口道，“没关系的，凯特。我明天的确还得去上学，而且我爸也会担心我的。”我本想反对，但心里知道他说的没错。我只是不想一个人待着。虽然身边还有凯瑟琳和科纳，但我知道特雷走后我会觉得十分孤独。

凯瑟琳起身向厨房走去。“很高兴认识你，特雷。稍等一下……你今天开到特拉华州一定花了不少开销。”

“没关系，肖太太，我很乐意那么做。”

“那我只能衷心谢谢你了，特雷。凯特，我去给你泡杯热茶，你看上去很需要喝一杯。”

“送我到门口？”凯瑟琳离开客厅后，特雷问我。

我点点头。我们朝外走去，在屋前的门廊上停了下来。特雷拉过我抱了抱，又退回一步仔细打量我。“别那么愁眉苦脸的。”他将一簇散落的头发捋到了我耳后，在我的唇边轻轻吻了一下。“早点睡觉，好吗？我还得回家做三角学作业呢。”他微微笑着。“嘿，你瞧，至少你不用赶作业了。”

“我不讨厌赶作业。至少大部分不讨厌。”

“说真的？”他问，“赶别人的作业也不讨厌吗？那我们的关系可有了全新的发展潜力。”我大笑着在门前的木头秋千上坐了下来，看着他一步步走下台阶。“对了，我还没有你的电话号码。要是我明天再来看你，你外婆会放狗出来咬我吗？”

“她要是真那么做，达芙妮充其量也只能扑到你身上把你舔个够。只是我……我担心又会发生什么事，比如又一次时间变换，你会忘了我的存在。”我能感觉自己的脸正越泛越红。“我是说……我在这个世界上真的再没有别的朋友了。”

“没关系，”他答道，“你外公要是又改变了世界，就到学校来找我，脱下一只袜子或什么的，让我眼看着它消失。五分钟后，保准我又粘着你不放了。”

说完他就离开了。我站在门廊上，目送他车子的尾灯消失在街角，心想今天终于有人是以这种平和而正常的方式从我的视线里消失。虽然落寞，倒也不坏。

凯瑟琳在厨房里等着我，桌上放着一杯沏好了的花草茶。“你饿了吗？冰箱里有馅饼，我记得是樱桃味的，要不我给你做一只三明治？”

我摇摇头，无精打采地坐到了餐桌旁的一把椅子上。我环视着偌大的厨房，想到爸爸是多么期待能在这里大展厨艺，便觉得泪水又涌上了眼眶。

“我觉得最近还是不要随便外出的好，至少不该在外头待得太久。”她坐到了我的对面。“但我一意识到发生了什么，就赶忙让科纳去了趟商店采购。我不敢保证他的品位有多好，但他买回了一套睡衣和几件换洗衣服，就摆在你房里，应该合身。牙刷和其他日用品也备齐了。”

我给了她一个无力的微笑。“谢谢。从特拉华州回来的路上我还想着，我连一把梳子都没有。”

“我们也在你房里放了一台电脑。要把我们的积蓄都找回来需要些时日，但信用卡账户都是设在科纳名下的，它们都还能用。你有什么需要的可以在网上买，让人配送过来。”

我盯着自己的杯底看，洋甘菊和薰衣草的香气沿着杯子不断散发出来。“你是怎么知道发生了什么的？我的意思是，我知道你能感觉到发生了时间转移，可你是怎么知道爸爸和妈妈……”

“科纳编了一个程序，能够监控网上的相关信息变更。就和每一次出现时间变换后一样，他上网检查了一下，黛博拉她……”

凯瑟琳顿了顿，待她重新开口，语调变得格外柔软。“现在索尔已经将我的两个女儿都带走了。我知道黛博拉她是……她是不存在于这条时间线了，我只希望普鲁登斯，无论她在哪儿，都能受到时研会钥匙的保护。”

我喝了一小口茶，茶水仍烫烫的。“所以他是把你杀了，对吗？杀了某个时空的你？”

“我们目前也是这么想的，”凯瑟琳点头应道，“当然，问题是，他是在何时何地杀了我呢？”

“我和特雷刚才在车里也在讨论这个问题——”

凯瑟琳打断了我的话：“你真的觉得把那个小伙子卷进这事里是明智的吗，凯特？”

我没有立即答话：小心地斟酌着自己的语言。“也许不够明智，可我今天真没多少时间能够停下来好好思考。我刚认识他，但老实说，我比我现在所知的任何一个人都更信任他，包括你。”我看得出我的话刺痛了凯瑟琳，可如果我们想要好好合作的话，诚实是前提。

我将胳膊肘撑在桌上，双手抵着额头，使劲揉了揉闭着的双眼。虽然之前在车里小睡了一会儿，我一生中却从未觉得比此刻更疲惫过。

“我爱你，凯瑟琳。”我睁开眼睛，重新注视她。“真的。你是我现在唯一的亲人了。你要我怎么做，我就怎么去做。说真的，我没有别的选择。可是，妈妈不在了。爸爸……他现在是别人的爸爸了。夏琳，以及我的其他朋友们，我猜他们现在根本不记得我。现在的我需要一个朋友，只有那样我才不会疯掉。”

凯瑟琳抿紧了嘴唇，但还是点了点头。“你要是真的信任他，那我也不多说什么了。”她站了起来。“科纳在图书室里，我们一起去——”

“不了，”我答道。凯瑟琳看上去有些吃惊，我于是解释道：“明天一早，我想知道这一切背后的理由。然后我们可以谈谈你希望我怎么做，才能改变这一切。但今天就到这里吧，我喝完茶就上楼去睡觉。我今天怕是无法继续思考了。”

我立刻钻进了被窝，希望能像刚才在车里一样因为疲倦而轻松睡着。然而我很快意识到，这一回要入睡可没那么容易了。

让我惊讶的是，科纳帮我挑选的睡衣、牛仔裤、短裤、上衣，甚至内衣竟然很合我的心意，要我自己去买没准也会挑选这些款式。牛仔裤对我来说略大了一点儿，但总好过穿不进去。睡衣的面料是柔软的绿色法兰绒，换做是在爸爸那空调效果差劲的小屋里穿或许会嫌热，在这个新房间里穿却正好。我在一个药妆店的袋子里找到了一套卫浴用品，另有一把梳子、一支牙刷、一次性剃刀，还有一瓶夜用泰诺。洗发露不是我平常用的牌子，但香气不错，科纳还配了一瓶护发素。看来要么是凯瑟琳事先给科纳写了购物单，要么就是他的性格中有出乎我意料的一面。

我服了两颗泰诺，希望能放松一下脑袋。平常习惯冲澡的我，今天却想泡个热水澡，还向浴缸里加了些沐浴露，用水打出泡沫。扯下头发上绑着的廉价橡皮筋弄得我头皮生疼，我小心翼翼地拨弄着，脑海里浮现出基尔南手腕上套着我的绿色发圈的模样。

我爬进浴缸，滚烫的水触到我受伤的脚趾甲时不禁一颤。待疼痛消退，我闭上眼，慢慢滑到水下，任由头发在身体周围漂浮。从小时候起我就爱这种感觉——身体仿佛失去了重量，周身被温暖包围。我在水下尽量多待了一会，然后浮出水面。每当心里一冒出爸爸或妈妈的影子，我就毫不犹豫地将那些想法塞到一边，重新一头扎进水里来清空思绪。我拒绝承认妈妈死了。既然凯瑟琳说过我能修正这一切，那我无论如何都要做到。

我转而将思绪集中到今天发生的还算愉快的事情上。在过去，我在学校里基本不怎么与男生接触，情愿将心思放在读书上。我和两个男孩约会过，两个人性格都不错，但我和他们之间都没什么共同爱好。第一晚约会后，其中一个男孩和我都承认对彼此没有感觉；另一个男孩曾第二次约我，被我礼貌地搪塞过去了。

而在今天这创伤性的一日之内，从未有过初吻经历的我先是被基尔南实实在在地吻了一回（现在回想起这事我还觉得晕乎乎的），又收到了来自特雷的轻吻。特雷临走前的一吻让我不禁好奇，我们之间第一个认真的吻会是什么感觉。

二十分钟后，我用一块软软的蓝色毛巾擦干了身子，又在头发周围包了另一块毛巾，然后穿上了新睡衣。宽大的床铺看上去豪华而舒适，远比我家的单人床或是爸爸小屋里的沙发床要好得多。可我愿意以现在的条件换回两者中任何一个。用毛巾擦拭了几分钟湿头发后，我爬进被窝，关了灯，蜷着身子躺了下去。又过了很久很久，睡意终于袭来。

第九章

我被一阵轻轻的敲门声吵醒。“凯特，你醒了吗？”我睁开眼，发现自己身处一间陌生的卧室里，愣了好一会儿才想起来自己在哪儿。

床头柜上的闹钟显示我已经睡了大半个上午。“我马上下来，凯瑟琳。”

“不用着急，亲爱的。我就是来看看你有没出什么事儿。”

“我没事，应该只是太累了。我马上起床。”

我朝脸上随便抹了一把，穿上了科纳昨天给我买的上衣和牛仔裤。我的头发乱糟糟的，加上昨晚没吹干头发就上了床，现在满头都是缠绕着的发结。要是放在平日，我会将它们一把扎起，可现在手边只有一根橡皮筋，一想到昨晚将它从头发上扯下来的痛苦经历，我还是打消了扎头发的念头。于是，我又花了几分钟的时间努力理顺纠缠不休的头发。

一会儿后，我走下楼梯。凯瑟琳和科纳似乎都在图书室里。只听一声呜咽，厨房的纱门处传来轻轻的叩击声，我打开门让达芙妮走了进来。达芙妮的项圈上多了一样新东西——顶部缝着一把时研会钥匙。我疑惑了一会儿，进而想起在这条时间线里，凯瑟琳不存在，因此也养不了狗，达芙妮则应该成了别人家里的宠物。

“没了钥匙，我猜你一进后院就会消失吧，对不对？这个世界的另一个你没准正在别人家的厨房里摇头摆尾呢。”

拥抱和亲吻了好一会儿后，达芙妮终于冷静了下来，我于是在厨房里翻翻找找有什么可以当早餐的食物。结果还不错，我找到了早餐麦圈，一根香蕉，一些牛奶和半壶咖啡。咖啡比昨天科纳煮的要好喝多了，多半是出自凯瑟琳之手。

快吃完麦圈时，科纳走了进来。“谢谢你昨天专门为我跑了一趟商店，科纳。你挑的东西很好。”

科纳稍稍点了下头，开始往自己的杯里注咖啡。“你昨天把凯瑟琳吓坏了，她本来压力就够大的了。”

我吃完最后一点麦圈，注视了他一会儿。“我很抱歉，但我当时正忙着消化亲生爸妈从世界上消失了的事实呢。”

他听出我的讽刺语气，转过身来面对我。“那你就更应该赶快回到这儿来了，而不是和小男朋友一起在乡下乱兜。说老实话，我可拿不准圆挂件的保护范围有多大。如果你在人行道上被绊了一下，把挂件甩了出去，搞不好你就和你妈妈一样消失不见了。赶快吃完饭来图书室吧，还有很多事等着你去做。”

经他不客气的一番教训，我在心里严肃命令自己打消朝他吐舌头做鬼脸的念头，免得显得太过孩子气。

我不想表现出对科纳言听计从的样子，便没有立刻跟在他屁股后头上楼，而是慢慢喝下最后一点咖啡，去自己房里刷了个牙。我在桌子旁坐下，看着自己的新电脑，本想先看看有没有新邮件，却记起我的账户一定已经不存在了。达芙妮将她栗色的脑袋枕在我的膝盖上。“我想我们得去找那个坏脾气大叔了，先听听他要我做什么，对吧，达芙妮？”猎犬温顺地摇了摇尾巴，我又给了她一个拥抱。

我抬头发现凯瑟琳正站在卧室门外。她的脸色比昨夜好了不少，应该和我一样，总算成功睡着了几个小时。“看你现在的精神，应该睡得还行吧？”她问。

我耸了耸肩。“花了不少时间才入睡，不过早上睡了懒觉，算是弥补了一下。”

“昨天科纳也很担心你，凯特。他有些暴躁也是可以理解的。”

“他总是看起来有些暴躁，我觉得他本身性格就那样。”

凯瑟琳轻轻点了点头。“我猜他过去不是这样的，但他和我们俩一样失去了很多。”

“我懂，”我答道，“自己的存在被抹去很让人难受……”

“被抹去的不只是他的存在，凯特。他失去了家庭——我不是指他姐姐不记得他了，或是多了一个哥哥之类的，那些对他来说都是小问题了。他的妻子十年前患了脑动脉瘤去世了，那和时研会的事件没有关系。可去年五月，他的孩子们在一次时间变换中消失了。他那时已在我手下工作……两个孩子当时都不在校园里。他的儿子和女儿就跟你妈妈一样，被凭空抹消了。不知是什么原因，我们沿着改变后的时间线回溯时，科纳再也没遇到过他的妻子。”

我沉默了。我看了一眼自己的新衣服，意识到科纳的购衣品味可能是通过经验养成的——他知道十几岁的女孩们需要什么样的款式，因为就在不久之前，作为单身父亲的他还给自己女儿买过同样的东西。我们走出我的房间，沿着起居室外曲线型的走廊朝二楼的另一端走去。达芙妮起先忠实地跟在我们后头，发现我们的目的地是图书室后轻地叫了一声，转身朝楼梯走去。

“可怜的达芙妮，”凯瑟琳说，“她很讨厌图书室。我们也搞不清楚原因，她应当是看不到时研会设备发出的光的。科纳认为她是不喜欢圆挂件在工作时发出的声音。”

科纳坐在房间的另一头，正全神贯注地在工作。凯瑟琳在一台电脑终端前坐下，我则就近拉过一把椅子坐下，抬起赤着的脚搁在椅面边缘，用下巴抵着膝盖。“所以，你们在做些什么，我要怎么帮忙呢？”

科纳朝我的方向看了一眼，走过来递给我三本日记。日记和我书包里放着的那本大小差不多，颜色和新旧程度则各不相同。“你先读一下这些。我们正在找凯瑟琳被杀的具体时间和地点。我们工作的时候，你先得熟悉她的每一次穿越经历。我想你对美国的民权运动史有一点基本认识吧？”

他没等我回答就走开了。我只好将日记放在一旁的桌上，转而问凯瑟琳。“民权运动？比如说马丁·路德·金？”

“是的，”凯瑟琳答道，“包括女性权利。这个领域内有许多门类，但我的研究主要集中在女性权利和废奴问题上——废奴就是指废除奴隶制。我研究的是广义上的相关运动，将各个时代的运动综合起来纵向对比。我的第一次穿越研究去了十八世纪早期的一个贵格会村庄。你对贵格会了解吗？”

“知道一点。我在爱荷华州的时候认识一个贵格会信徒，是我在空手道班上的同学。班上有同学觉得他作为一个信奉和平主义的教徒来上武术课很荒唐，但他却解释说两者之间并不矛盾，因为空手道是一门避免暴力的技艺，而不是提倡以暴力解决问题。”

凯瑟琳点点头。“公谊会，俗称贵格会，是北美第一个反对奴隶制、拥护女性权利的宗教团体。贵格会的女信徒常常四处游走传教，正好方便我在不引人注意的情况下进行社群观察。我最初的两次穿越分别去了1732年和1794年，都是跟着一位即将退休的前辈历史学家去的，他退休后即由我接替了他在时研会的位置。之后，我又单独去了一次 1848 年的妇女权利大会，亲眼见证了《情感宣言》的签署。参与签署的很多人都是贵格会成员。”

“也就是你给我看的那份出现了普鲁登斯签名的文件，对吗？”

凯瑟琳点头道：“除此之外我也单独做过几次穿越，但时研会经验显示，两人一组进行实地研究会更顺利。我最理想的搭档是索尔·兰德，他主要研究宗教运动。宗教组织与权利运动常常关系密切，不止贵格会，其他教派也是如此。索尔只比我大八岁，于是我们进行实地研究时常常伪装成年轻夫妻。后来我们成了真正的情侣，连伪装都不需要了。”

“算起来，”她转回身面对电脑显示屏，继续说道，“我们总共一起穿越了二十七次。”她点击鼠标，拉出一张城市名单，每个城市的名字旁注着日期。“单子上是我最有可能被谋杀的十二次考察。当然也不能完全排除我是在单独考察时被杀的可能，但我不知道索尔对我的单独考察了解到什么程度。”

“可为什么呢？”我问，“不是问为什么你选出这十二次考察——这我们稍后再谈。我是问，为什么索尔要那么做？他为什么要改变过去？为什么要谋杀你？”

“应该说，为什么要谋杀过去的我——又或者更确切地说是，为什么派人谋杀过去的我。”凯瑟琳说道。“我之前解释过了，索尔被困在了他穿越到的某个时代，我打赌他是去了未来的某一点，而不是过去的某一点。他利用了某人，我现在甚至他开始怀疑是利用了若干人，来帮他改变历史。我们已经知道了两个他的追随者，也就是你昨天碰到的两个年轻人，但无法确定为他跑腿的只有那两个。我猜普鲁登斯也是其中一个。至少我们已有证据证明她的确改动了历史的小细节。”

“我还是不明白索尔的个人动机。他想从中得到什么呢？”我从眼角瞥见科纳懊恼地摇着头，决定直接向他发问。“你得承认，科纳，如果要我去追踪一个杀人凶手，我得先知道他的动机。”

科纳转过他的旋转椅，面朝向我。“任何一个精神病人、反社会人格，或是别的什么疯子类型，不谈具体的细节，到头来他们的动机只有一个，凯特。那就是权力，他们想要更大的权力。”

“可为什么要杀凯瑟琳呢？为什么不直接派小胖在地铁上就把我干掉？凯瑟琳不仅不能使用圆挂件，而且她得了不治之症的消息也不是什么秘密啊。”

“你说的很对，凯特。我认为这属于私人恩怨，”凯瑟琳补充道，“索尔第一次尝试谋杀我是在我逃往1969年的那一次，因为我阻碍了他的计划。另有一个同样重要的理由：我那时已不再觉得他迷人了，不再被他吸引、不再被他的聪慧所折服——在我们在一起的四年间，我的确一度愚蠢地为他神魂颠倒。他当时没能成功杀了我，而索尔是个不肯轻易接受失败的人。如果他现在已经掌握了继续推进当年那场阴谋的方法，我想他要杀了我纯粹是出于自尊。”

很难想象凯瑟琳年轻时热血冲动的样子，同时我也隐约感觉自己还未了解一切真相，但我还是点了点头。“是什么改变了你对索尔的态度？”

“我开始注意到他报告中的一些……前后不对应的地方，也观察到了一些不符合时研会规章的举动。与此同时，我发现自己怀了孕。时研会的很多同事都以为索尔之所以研究宗教史，是因为他本人是个虔诚的信徒。索尔的确有充分的能力与各种信仰的人套上近乎。我比大多数人更了解他一些，我当时认为他是个宗教怀疑论者，所以才热衷于追究这门学科。而事实证明，两种想法都是错的。”

凯瑟琳小心翼翼地看着我。“索尔真正信任的只有他自己，他认为宗教信仰是个好东西，只要运用得当，即可为他带来追求已久的权力。他研究世界上的各种宗教，为的是从中吸取经验和诀窍，最终创立属于他自己的宗教。”

“怎么才能‘创立’一门宗教呢？”我问。

“很多准备的不及索尔充分的人也成功创立了宗教，”凯瑟琳苦笑着说道，“索尔手中有绝妙的辅助工具。我想他的计划是亲自穿越回历史上的各个时代和地点，有计划地留下各种‘显形’、‘奇迹’和‘预言’——综合各种宗教的特色。正如基督教也融入了一些异教教旨来吸引信徒一样，他也结合了基督教、伊斯兰教和其他宗教的元素，为先知赛勒斯的统治铺平道路——所谓的先知赛勒斯，当然就是索尔。”

“等等，你该不会是说索尔创立了赛勒斯教吧？那也太夸张了。几个月前我还去一座赛勒斯教堂参加了一场祷告。我个人倒没有特别被吸引住，可那个教看上去也不坏。夏琳有时候会跟他哥哥约瑟夫一起去，他哥哥的女友就信赛勒斯教。”

我没有说夏琳的父母其实对她哥哥这段恋情的进展有些紧张。如果他们决定结婚，约瑟夫就必须皈依赛勒斯教，而大多数赛勒斯教徒都很早结婚。赛勒斯教徒自十二岁起就在左手刻上一个小小的莲花文身，向世人宣告自己的贞洁。教徒们宣誓在自己二十岁生日前或结婚前（哪个在前就算哪个）奉行最严格的禁欲主义，而且结婚之前需要获得教堂长老的许可。

我记得上次参加了周日的祷告后，我和夏琳的妈妈谈了谈这个问题。她有些拿不定主意，总的来说她对赛勒斯教还是持怀疑态度，可她那老不听话的野孩子约瑟夫自从遇见了费丽西亚后就跟变了个人似的，简直是浪子回头。他不再喝酒，也不玩任何毒品，而且据她所知，也不去外头寻欢作乐了。约瑟夫现在专心上学工作，和费丽西亚约会的时候也老老实实的。费丽西亚今年十八岁，还要禁欲两年。他俩约会了六个月后终于牵了回手，约瑟夫为此高兴得手舞足蹈。夏琳说他的转变虽然有点毛骨悚然，但却挺浪漫的。我不确定毛骨悚然和浪漫两个词是不是能用到一起，但夏琳的脑回路有时就是有些与众不同。

"你说的是真的吗？"我又问，"我的意思是，赛勒斯教是有些古怪的信仰，但很多宗教都是如此。现任的副总统好像就是一名赛勒斯教徒。我听夏琳说过，在大选前的一个月里，约瑟夫几乎每周都会在教堂遇见她。这门教又不是什么刚冒出来的洗脑邪教，赛勒斯教徒已经存在好几个世纪了。为什么你会觉得——"

凯瑟琳有些不快地看着我。"我不觉得是这样的，凯特。我清清楚楚知道这个事实。是索尔创立了赛勒斯教。至于这个教是否存在了几个世纪，那取决于你看问题的角度。对那些在过去两年内没有受到圆挂件长期保护的人们来说，这其中也包括你，赛勒斯教创立于十五世纪中叶。"

"准确地说，是创立于 1478 年。"科纳接道。

凯瑟琳起身走到一个书架前，扫视了一遍架子上的书，最终抽出了厚厚的一本。"你的课本里可能有好几页介绍的是赛勒斯教历史以及这个宗教在各个时期的影响。而你从这些书架上随便取一本书试试，你会发现没有任何关于赛勒斯教、教义和相关历史的记载。"

她将书递给了我。那是一本著于 20 世纪 80 年代的美国历史书。我翻开书的目录，没有看到有关普罗维登斯的赛勒斯社区的篇章。而在我记忆中的每一堂历史课上，这部分内容都和赛勒姆的基督教殖民地，以及普利茅斯的清教徒聚居地并列而述。

“这才是正确的历史，是吗？”我问。

“正不正确都是相对而论的，但你说的没错，这本书上所记载的内容与索尔开始篡改事实之前的真实历史基本吻合。我们很幸运地将这些书籍保留了下来。如果不是我及时找到了科纳，这一整个图书室的书恐怕都被改变了。这些书里没有一个字提到所谓的赛勒斯教，我和科纳可以告诉你这个所谓的赛勒斯国际教会成立的确切日期：去年的 5 月 2 日。”

“啊，”我渐渐有点明白了，“那正是……”

“没错，那时你在爱荷华，是你第一次感到时空变换的日子。”

“可这一切实在很难想象。我的意思是，我记得我从小时候起就一直能见到赛勒斯教堂。信教人数大概占了总人口的百分之十吧？”

“一周前还是如此，”科纳说，“但今天早上，中央情报局的统计数字显示信教人数为 20.2%——上一次时空变换后，他们的信徒人数猛增。哦，你还提到了副总统帕特森？”他在电脑的搜索页面上敲了几个字，点进了显示出来的第一条结果。

弹出来的是白宫官网首页，页面正中的图文滑动栏里展示着政府活动照片，大多是帕特森苗条的身姿站在讲台前演说或是与他人的合影的场景。科纳用手指轻点着屏幕，帕特森的面孔以及吹得一丝不苟的棕色秀发被他的指尖遮住了一部分。“如你所见，她升职了。”

我惊讶得感觉自己的下巴都快掉下来了。虽然我个人绝不会选葆拉·帕特森来做我国的第一位女总统，可现在得知女性终于冲破了职场的最后一道屏障，心里还是觉得挺酷的。“怎么会这样？之前的总统是被谋杀了，还是……？”

科纳耸了耸肩。“没那么戏剧性。帕特森赢得了初选，就那么简单。她的竞选资金很充裕。”

我慢慢摇着头。“这……太难以置信了。你是说我的记忆、我在学校学到的知识，全部都是错误的？”

“并不是说你的记忆是错误的，”凯瑟琳答道，“你只是记着另一条时间线的事实，而不是时空变换后的世界。确切地说，如果我按照原计划十八个月前就来找你，那我遇见的就不是现在的你了。”

我在心里咀嚼了好一会儿凯瑟琳的话。很难想象还会有另一个版本的我，拥有不同的记忆。赛勒斯教与我的人生关系还不算密切，可那些从小信教，或者家族里好几代都是教徒的人们的生活该是发生了多么翻天覆地的变化？

“好吧，”我终于开口说道，“先不管赛勒斯教的建教史有多短，为什么你说你遭到谋杀和这有关联呢？我不是很了解赛勒斯教的教义，但我知道他们不鼓励杀戮。我清楚地记得关于这一条他们有明文规定。”

“当然要有规定了，”科纳不屑地嗤了一声，“所有主流宗教都有规定不提倡谋杀。如果不那么规定，没几个人会被说服皈依那个教——至少没几个精神健全的人会那么做。但那并不意味着没有人会打着信仰的名义借机杀戮，大多数宗教都是如此。”

“那为什么要创立一个宗教呢？你说是为了追求权力，可要我说比起宗教，还有更直接的追求权力的方法啊。”

“或许如此，”凯瑟琳答道，“但 19 世纪 70 年代曾有位牧师说过‘金钱就是权力，要有足够的欲望去追求它。’那位牧师不是索尔，是他研究过的一个人。赛勒斯教充分践行了这句话。在赛勒斯教的教规中最重要的一条便是，所有教徒都要求捐供。教义称他们的‘精神投资’将来会得到好几倍的回报。”

凯瑟琳朝前倾了倾身子，脸上挂着狡黠的微笑。“而那些遵照教会领袖的指示，对他们剩下的财产进行投资的教徒们，也确实得到了好几倍的回报。不用说，赛勒斯教里必定有几个人知道应该在什么时候要投资微软、在什么时候要抛售埃克森①的股份。他们在每一次经济衰退之时都成功管控好了自己的投资项目。当然了，经济状况差一些的教徒们只能交纳出不到百分之十的款，自然就没那么走运了。可对于其他富裕的信徒来说，这是神眷顾其追随者的最直接的证据。

“赛勒斯国际教会是一个财力相当雄厚的组织，凯特。不得不承认的是，如果没有赛勒斯教，这些财富也会为其他宗教团体所掌握。但无论如何，这些财富流入了某些权势人物的手里，他们通过操纵历史上各个时期的市场，进而又获得了更多的财富。”

“而索尔仅凭三次时空变换就做到了这一切？”

“我们认为重大的时空变换有三次，”凯瑟琳说，“也就是你感受到的那三次。第一次是赛勒斯教的创立。第二次，唉，我们还没能确定是什么引发了 1 月 15 日的那场变换。第三次，也就是昨天。我们原以为这次变换对于整个时间线来说影响不算大，只是那些自 1969 年以来和我相熟的人们的人生轨迹出现了较大改变。因为我的死亡意味着我从没和理查德交换过目的地，没去过伍德斯托克，也没生下过两个女儿。自然，黛博拉也就不会存在，不会和哈利结婚，也不会有你。”

凯瑟琳停下来喝了一小口茶，又继续说道：“但我们又观测到了很多不相关的改变，于是我推测这次时间变换是在他们的精心计算下进行的。毕竟每发生一次时间变换，他们和我们一样会有不适的感觉。因此，如果你有足够的人手，那么一次性完成多处修改，将不适

① 1994 年，美国石油公司埃克森因造成严重海洋污染而被罚数十亿美元。

程度降到最低才是最为明智的。”

我意识到自己已经开始有些理解凯瑟琳的话了，而这是最使我感到害怕的。“在你穿越到 1969 年并被困在那里之前，你知道索尔在打什么算盘吗？你知道他打算创立一个宗教吗？”

凯瑟琳没有回答我，只是拿过我捧在手上的几本日记，用手指抚摸着书脊，一边读着凸起的镶金日期标注。她摇了摇头，走回书架，抽出一本尺寸小一些的册子，打开来在空白的第一面上点了三下。只见她的手指在页面上小幅度地移动着，仿佛在 ATM 机上输着密码。

“简单地说，我当时并不知道他的计划。”她一边回答我，一边朝我坐的地方走来，“我不知道他在做些什么，但的确怀疑他在谋划某些事——某些违反时研会规章的事。”

凯瑟琳又将那叠日记递还给了我。“你到时候还是得读一读我的工作日记，”她说，“这样才能对我的考察和研究有个了解。但或许先从这一本看起最有帮助。时研会要求我们在穿越后不光要写工作日记，还要保存私人日记。最上面的这本就是我的私人日记。”

科纳吃惊地看了凯瑟琳一眼，我似乎还从他的眼神里看到了恼火的情绪。我猜这本日记是这个图书室里唯一一本科纳未被允许翻阅的书籍。

凯瑟琳在一个抽屉里翻翻找找，最终拿出一只盒子。盒子里有一个小小的半透明磁片，大小和一片隐形眼镜相似。她将小圆片放在我的掌心。“把它贴到你的耳后，耳垂后边凹进去的部位。用力按一下，它就会粘在你的皮肤上了。”

我照做了，磁片顺利地贴在了我的耳后，可我没感觉到任何变化。“它是用来干嘛的？”

凯瑟琳打开日记，在页面上点击了三下。出现了若干个小图标，好像全息影像一样悬浮在页面之上。音量图标是暗灰色的，我用手指点了点，图标亮了起来。凯瑟琳的声音在我耳边嗡嗡地响起：“在阅读过程中，你可以用这些控制按钮来暂停、跳进等等。它们和你的iPod 上的按钮有些不同，但你应该能看得懂。”

把日记递给我前，她拿在手里犹豫了一下，仿佛不太情愿给我看。“你可以从开头看起，但四月底之前的内容中都没什么有用的信息。”她顿了顿，脸上露出了一种奇怪的表情。“希望你读的时候别把我想得太坏了。我那时年纪轻轻又深陷爱河，恋爱中的年轻人们净干傻事。”

第十章

坐在凯瑟琳的身边听她的私人日记让我觉得有些不好意思。我于是走下楼，从冰箱里拿出一瓶无糖苏打水，坐到铺满靠垫的大飘窗旁。这个座位就跟我和爸爸第一次来时心里想的一样，读起书来果然相当惬意，尽管我现在要读的内容和当时心里所想的有很大差别。

掌握日记里的各种控制按钮的用法花了我几分钟时间。领会了基本操作方法后，我粗略扫了几眼凯瑟琳在那一年里最初的几篇日记，大多是些普通的记录。这本书似乎是个人日记和备忘日历的结合，内容包括凯瑟琳和索尔一同去参加的新年聚会；和索尔的情侣吵架，起因是两人同居后索尔想要拥有更大的起居空间；一段关于他俩如何度过情人节的简短描述，就像热恋中的人一时冲动在日记上匆匆记下的那样，描述生动地令人有些尴尬。日记里除了抱怨过一名同事太爱管闲事外，几乎没有提到任何关于时研会或凯瑟琳日常工作的记录。

等到了早春时期，我在字里行间察觉了一些变化。我学着凯瑟琳的样子在页面上点击了三下，图标再度浮现了出来。我将音量调到适度，按下了名为 04202305_19:26 的日记上的播放键。日记里的嗡嗡声再度响起，文字移到了页面下方，腾出的空间里出现了一个视频小窗，仿佛一个 3D 的弹出式广告。小窗内清晰地映现出了一位年轻女人的形象，五官精致，长得非常漂亮。她身穿红色丝绸浴袍，手中拿着梳子，坐在一张桌子旁。在她身后可见一张床，床上堆满了衣服，似乎是从一旁放着的棕色旅行包中取出来的。

女人拥有一头蜜色的金发，现在仍是湿漉漉的。她湛蓝的双眼和说话时的嗓音让我有种熟悉感，我这才意识到自己正盯着年轻时的外婆。眼前的她看上去怒气冲冲。

> 我们从波士顿参加完会议回来了。过去一周我都只能用海绵擦身，现在终于好好洗了个头，痛痛快快地冲了个澡。索尔……

年轻的凯瑟琳回头看了看房门，又转回来继续叙述。

> 索尔又去了那个俱乐部。天，我真是恨透了那个地方。最近他只要一穿越回来，第一件事就是去找坎贝尔和其他客观主义者俱乐部成员。连家都不先回一趟。
>
> 我们在波士顿大吵了一架，天晓得他想做什么。他要是再这样下去，我们两个迟早会被踢出时研会，可他还觉得我是在管他的闲事。
>
> 我走进会堂的时候，居然看见他正站在演讲台上——站在那该死的演讲台上！我本来没打算去那儿的。我原计划去参加新英格兰妇女俱乐部的一场会议，据说茱莉亚·沃德·霍威[①]将在会

① 茱莉亚·沃德·霍威：19 世纪末的美国废奴主义者、社会活动家和诗人。

上被表彰。结果霍威病了，那场会议也因此改期——时研会怎么就没多费点心在给我的报刊记载上提一下这事儿呢？

于是我就回到了教堂，我知道索尔在那儿参加公理会教士的年会。按理说他应当只是旁听，越默默无闻越好。可是，我的天哪，他冲到了最前面，在主导一场关于预言和奇迹的讨论。公理会中一些比较理智的教士们像看个疯子一样瞪着他——我也觉得他可能真是疯了。其他的成员们则像一群没有主见的小绵羊一样痴痴地看着他，生怕漏下他讲的每一个字。我怀疑他做了什么事来吸引大家的注意力，多半是有违时研会规章的事。

这时，凯瑟琳起身离开了镜头前，背过身去拿起旅行袋，从里面拿出一瓶半透明的玻璃小瓶。小瓶上贴着标签，我看不清上面的字。她朝镜头挥了挥手中的瓶子。

还有这个……我忘记了带上自己的洗牙粉，那天就去他的包里找，结果发现了这个：西利嗪。不是别的，偏偏是西利嗪。他明明知道我们在穿越时绝对不许随身携带任何不存在于那个时代的物品，包括药物。他不该干这种蠢事的。

我质问他时，他说这个药是用来治他的头痛的。他是觉得我有多傻？用西利嗪治头痛？一派胡言。我刚才查了一下，跟我之前想的一样，西利嗪的唯一用处就是抗癌。仅此而已。

或许他是好心。之前他说过，他确信一位他认识的教士得了皮肤癌——我相信他只是想帮助那个人。可他也得明白那么做的风险啊，怎么可以就那样……

我知道，我知道，不管他是不是一片好心，我都应该在工作报告中把他的行为记录下来，或者至少去找安格罗谈一谈。这我知道。

凯瑟琳的怒气似乎消了下去。她坐在床沿上，闭上了双眼。有二十秒的时间，她什么话也没说。接着，她重新开了口。

他向我发誓他不会再那么做了，也说后悔连累我也卷进了这么大的风险。后来他还摘了一束花向我赔罪，那真是这个春天里最美的花了。当时他就那么站在那儿，像只可怜的小狗似的，手上捧着花，不停地说自己是多么愚蠢，又是多么地爱我。

他是真心的，这我知道。于是我原谅了他，那天剩下的时间里我们都开开心心地待在一起。索尔总是能让人记不起最初到底是为了什么要对他生气，可接着他就会再犯下一件蠢事……

我只希望他做事之前能好好考虑一下后果。他太任性了，可时研会立下的规章并不是没有道理的。他不该随便站出来即兴演讲一番，也不该把西利嗪给朋友服用——谁也不知道一个小小的变化会导致时间线怎样变化。

我只希望他能多考虑后果。

视频播放结束了，我粗略翻了几篇接下来的日记，然后点进了名为 04262305_18:22 的视频文件。

凯瑟琳身上穿的似乎是商务套装，上衣是一件修身灰色西装，内搭浅蓝色的背心，脖子上挂着黑色珠子串成的项链。她的头发被梳到了脑后，双眼红红的，眼眶还有些肿，像是哭过后又试图用化妆品遮掩痕迹。

是谁说的皮下埋植避孕剂是百分之百保险的？我还指望一切只是因为上周在波士顿考察的时候染上了什么无关紧要的胃病……一百十六天，这意味着我是在新年聚会之后怀上的。

而现在我甚至不知道应不应该把这事跟索尔说。在波士顿的时候他撒了谎。他上台演讲不是一时兴起，他在会议上发言也不是第一次了。我猜他是用了假名，所以时研会的监控程序没有检测出任何异常状况。我今早去了图书馆（因为生怕恶心感再度发作，我挑了靠近盥洗室的位子），发现了不少令我不安的内容。

不少史籍中零零散散地提到了十九世纪末一位名为赛勒斯的旅行传教士。1915 年 9 月，一本叫做《美国预言志》的书里还登了一整篇文章，里面记载了早在 1913 年代顿大洪灾暴发的近四十年前，在俄亥俄州的代顿和塞尼亚之间的一座小教堂里，这位赛勒斯就曾作出相关预言，连细节都描述得相当精确。他甚至指着在座的一个公理会男孩说，他家将在洪灾中被摧毁，而他的汽车会漂到街上，里头还装着一只猪。在 1877 年，当时的人们还不知道“汽车”是什么，但他的这段话被当地报纸的一篇社论引用，因而得以记录了下来。而 1913 年洪灾来袭后，已长大成人的丹尼·巴恩斯的的确确在街上找到了他被冲走的福特 T 型车[①]，里面当真坐着一只猪。

那篇文章也谈到了关于奇迹的流言——传说这位赛勒斯弟兄在中西部地区治愈了几十起疑难杂症，比如癌症、肺炎和关节炎。

① 福特汽车公司于 1908 年至 1927 年推出的一款汽车产品。

宗教不是我的研究领域，但跟一名宗教史学家共同旅行了三年，多少对这方面会有所了解。我曾听索尔提起过艾米姊妹[①]、考格林神父[②]，以及其他不少一些人物，可从没听说过这个叫赛勒斯的人。而且这所谓的赛勒斯弟兄拜访各城镇的日期与索尔的几次穿越完全吻合，我怀疑这也并非巧合。

赛勒斯弟兄就是索尔，我相当确定。这一切都和那个疯疯癫癫的坎贝尔以及他俱乐部的其他人脱不了干系。

同样值得怀疑的是，坎贝尔养的那条该死的狗的名字正是赛勒斯——那条讨人厌的老杜宾犬一看见人就横眉竖眼地汪汪大叫。

凯瑟琳拿起一个浅蓝色的瓶子，瓶子的标签上写着“维焕活”。她喝了一大口，又仿佛被液体酸到了似的做了个鬼脸。她揉了揉眼睛，弄花了眼睛周围的妆，然后重新看向镜头。

我没有别的选择，必须去向安格罗报告。唯一的问题是，在那之前我要不要先去找索尔，跟他好好聊一聊呢？或许他知道我怀孕了以后，就会意识到这一切不是儿戏。他不能因为跟坎贝尔打了个学术上的赌，就连我们的性命和工作都不顾了。索尔喜爱孩子，我认为我的消息会令他高兴的。然后如果我们再一起去找安格罗……

① 艾米·麦克菲尔森：20 世纪 20~30 年代的著名美国福音传教士与媒体名人。

② 查尔斯·考格林：美国天主教牧师，20 世纪 30 年代曾利用广播宣扬其政治主张，引发争议。

她摇了摇头，叹了一口气。

他们会把索尔赶出时研会的，除此之外我想不出别的可能性。但如果他能够坦白一切，也许上头会允许我留下来——即使我们仍在一起。那样的话，至少我们中还有一个能保住一份体面的工作，他可以在家带孩子，没准时研会还会同意让他做做背景调查之类的工作。

她揉了几下太阳穴，闭上了眼睛。

他马上要回家了。今天一整天他都跟坎贝尔还有其他狐朋狗友待在一起。明天早上九点，我有一次单独的穿越安排。今晚我会试着和索尔沟通。然后明天，不管索尔跟不跟来，我都会去找安格罗坦白。

要不是为了肚子里的孩子，我才不会再管任何索尔的事。可他要是被发配去了劳工改造农场，我们的孩子就没法常常和他的——或者是她的——父亲见面了。也许事情也不会变得太糟糕，索尔的本性是善良的。我真不能相信他会……

凯瑟琳又重重地叹了一口气，然后倾身按下了停止键。

翻到 4 月 26 日的日记时，窗外下起了细雨，只听纱门边有轻轻的叩爪声。原来耳贴传来的日记语音太过清晰，我不知不觉间忽略了周围的其他动静。估计是被关在门外有一会儿了，达芙妮望向我的眼神里充满了怨念。作为报复，她一进门便一个劲儿地甩起了身子，从棕色的毛发中飞溅开来的雨珠湿了我一身。

十二点半，我正在观看日记视频，科纳走了进来。他一言不发地从冰箱里拿出一个塑料罐头，又找了把叉子便走开了。看来和今天的早餐一样，陪我吃午餐的只有达芙妮了。

冰箱里还有几个塑料罐头，但我不知道里面是什么，也不知道它们被放在那里多久了。我给自己倒了一杯牛奶，转而去翻食品柜，一番摸索后终于找到一点面包和花生酱。和我平时喜欢吃的脆粒花生酱不同，这瓶花生酱是匀称丝滑型的。我又找了找果酱，却只发现一瓶薄荷味的，让人完全没有食欲。最终，我在抹了花生酱的面包上放了几块切好的香蕉，草草做了只三明治。一边吃着三明治，我又翻开日记看起来。

这本日记的最后一篇写于 4 月 27 日的凌晨 2 点 17 分。当凯瑟琳重新出现在镜头前时，我倒吸了一口凉气，差点被口中的三明治噎着。

她已经脱掉了白天的西装外套，只穿着蓝色无袖背心。早些时候她的头发还梳得整整齐齐的，此刻却一头垢乱。脖子上的项链也不见了，喉咙处有一道明显的红印，很难让人不怀疑项链是被谁硬生生扯下来的。她的下唇裂了一道口，右脸颊有些肿，上头粘了一块白色的贴垫。她开口说话了，声音细微而不带感情。

索尔知道了。他知道我发现了他的事。我都没来得及提孩子的事——他那样冲着我大喊大叫，我哪敢说呢。我一开始应该先从孩子的事说起的，也许那样他就不会……不，不行。我不希望他知道孩子的事。现在还不行。

我想……我想他已经疯了。我从没见过他那样暴怒的样子，从没有过。

眼泪从她的眼里疯狂地涌了出来，她停下来整理情绪，好一会儿没有说话。早前的视频中曾放在床上的旅行袋，现在已经打包完成。除此之外，房间里一片狼藉。一条巨大的管状物体被摔到地上砸了个粉碎，我怀疑它之前是一盏灯。曾经挂在床上方的画也落到了地板上，画布正中间有一道大大的撕痕。

我跟他说我们得去找安格罗，赶在其他人也发现他的所作所为之前把一切都坦白了。然后他就勃然大怒，怪我什么都不懂，说我们明明掌握了改变历史的工具，只要好好利用就能大干一番事业，而时研会却只知道研究所谓的历史，傻看着过去几个世纪的笨蛋们犯下的傻事和闯下的祸。他还说什么这一切都是他的宿命，坎贝尔让他意识到人们只需要有个强大的领袖走在前头，就能建设出一个理想世界该有的样子。他说他有自己的计划，还说不会眼睁睁看着时研会的那群狗屁学者们来决定人类的命运。

他一边说话，一边一直在打我。索尔之前从没打过我。他在很生气的时候，会捶墙或摔东西，可从没有……

最终，我撒了谎。我跟他说自己已经被他说服了。我说我爱他，不会去向安格罗告状，也会考虑协助他完成大业。我那么说只是为了保护自己。可他眼里的冷酷并没有消失，我知道他没相信我的话。然后他就离开了。

我不知道他去了哪儿，但赶紧把门上了插销。如果他再回来，我就呼叫楼道保安。现在我想先试着睡几个小时，然后去时研会医院，收拾一下这副……这副狼狈样子。

她将贴垫从脸颊上拿了下来，用手轻轻摸着肿胀的部位，疼得眯起了眼。颧骨附近还能看到一处小小的擦伤。

医院的人要是问起我的伤是哪里来的，我会……找个理由搪塞过去。具体怎么说我还没想清楚。然后我就去找安格罗。每当安排了穿越旅行的那天，他都会在八点前赶到。

不过，我得先给他发个信息。今晚就得发。还要抄送给理查德。我很害怕，不知道索尔会做出什么事来——如果我出了什么事，时研会里得有人知情才行。

我沉浸在日记的阅读中，一时竟没发现凯瑟琳已坐到了我对面，身前的桌子上放着一杯茶和几片苹果。视频中年轻的凯瑟琳满面伤痕累累，眼前苍老的她却正安详地啜着茶，我不由感到了几分古怪。“我刚看到索尔离开的部分，”我说道，“第二天怎么样？医院的人修复了你的脸吗？”

凯瑟琳轻轻笑了。“没错，未来的医疗进步了不少，要治愈我那种小小的皮肤伤还是很容易的。如果我现在还在那个年代，在我这个年纪根本不会有皱纹。这一点我还是很怀念的，其他还有几点医疗成果我也希望现在能够享受到。”

“未来的人们可以治愈癌症吗？”我问。

凯瑟琳点点头：“过去几十年里，癌症研究取得了很大进步，但今后的五十年里还会有更大的突破——前提是我们能恢复正常的时间线。如果我在 2070 年得了癌症，甚至再早几年也不影响，那就跟如今患了细菌感染一样，要治疗并不困难。而现在医院用来治疗我的却是比癌本身要危险得多的化学物品和辐射，到头来还没成功。”

凯瑟琳耸了耸肩，接着说道，“不过在现在的时间线里我已经是个死人了，所以讨论这些也没有意义。索尔离开后的第二天早晨，我去了时研会医院，跟医生说我在浴缸里滑了一跤。我怀疑他们没有相信我的话，显然遍体鳞伤的妇女声称摔伤了来医院就诊的事例并不稀奇。但我当时只想先和安格罗谈谈索尔的事，在那之前不想惊动时研会其他任何人。”

“安格罗究竟是谁[①]？”我已经懒得去纠结讲到这些人物时该用什么时态了。安格罗是凯瑟琳过去遇到的人，所以我就用了过去时，也不管他其实是在几百年后才出生的。

凯瑟琳又喝了一口茶，才开始回答我的问题：“安格罗是我们的顶头上司。我和索尔都是由他训练出来的。他是个好人，而且从某种意义上说，我视他比父母还亲，因为他也……这么说吧，因为他也有时研会基因。有的事情跟我父亲、甚至是母亲述说他们也未必明白，安格罗却能解答我的困惑。我自十岁起就加入了时研会的培训课程，从那之后他一直是我的导师。以我对时研会的了解，索尔的所作所为会连累安格罗也遭大殃。我找他一方面是想听取他的意见，另一方面也想提前让他有个心理准备。

“我从医院治疗完出来后，”她说，“就去了化妆道具部为当天的穿越做准备。一般做个 19 世纪中叶的常见造型只需要半个小时左右，包括衣着和发型两部分。可那天的过程却拖得格外的漫长，几个化妆人员迟到了，我头发梳了一半、穿着内衣在位子上干等了近二十

① 原文为过去时态。

分钟。我原计划等安格罗到办公室后能先有几分钟让他读完我昨晚发的信息，然后我们再聊一聊。可实际上等我赶到安格罗那儿时已经超过9点45分了，我只能去匆匆露个脸，跟他约定等我考察回来再谈。”

“你不能推迟那天的穿越吗？”我问，“那么重要的谈话，搁到几天后再聊不是太晚了吗？”

凯瑟琳摇摇头：“那会引起特大的混乱。穿越旅行的计划都是提前一年就安排好了的，各个团队为了适应行程都做了很多准备工作，再说我已经画好了妆……你又开始线性思考了，凯特。”

这句话让我感到一丝不耐烦。“我很抱歉，跟大多数人一样，我习惯了默认时间的流动只有一个方向——通往未来。”

“我想说的是，对我来说这趟穿越将如计划规定的一样在那个时代持续四天，”她解释道，“但对时研会来说，我并不是要在出发四天后才会回来——那对于整个团队来说就太浪费时间了。我们的出发和回归都按批次进行。为了便利起见，时研会每周安排一两次穿越，每次集中运送24名学者。这比一一跟踪不同的研究团队进度要省事多了。等我完成考察任务回来，对于时研会和安格罗来说，实际上只过了一个小时。对于索尔来说也是一样，他那天和其余11名学者一样没被安排穿越任务。当天第一批出发的都是预定只在穿越目的地待一天就回来的学者们，不需要做太多前期准备，他们已在九点半出发，预定十点半回来。我们那批的12个人则定于十点出发，11点回来。

“所以对时研会的大家来说，我那么做并没有耽搁特别长的时间。我也挺希望能有几天的时间独自静一静，在远离索尔的情况下思考下一步该怎么办。一想到要成为单身母亲，以及我未来职业可能因此而受到影响，我就万分害怕。”

凯瑟琳移开了视线，朝窗外凝视了一会儿。“我不知道安格罗是什么时候到办公室的，”她继续道，“但等我赶到那儿，门是开着的，他的一只杯子落到了地上被摔得粉碎。他每天早上都会喝一种难闻的草药配方茶，当时满屋子都臭气熏天，地毯上还摊了一大坨草药渣。

“我打开壁橱间准备拿毛巾，门一开便看到了被塞进柜子深处的安格罗。他倒在地上，嘴巴和鼻子上被裹了一圈黏性绑带，比一般的胶带更牢固。四十多年过去了，我如今还不时会想起他当时的面孔——脸色紫得发青，双眼瞪得大大的。”

“他死了吗？”我问。

“是的，”她答道，声音很小，“我发现得太迟了，即使立即呼叫医务人员，安格罗也回天乏术。然而我总是忍不住去想，如果我那天在化妆之前就跑去找他，结果会不会不一样呢……”

我不禁有些同情她，朝她用力摇了摇头。“如果那样的话，恐怕连你也会栽在索尔手上了，对吧？”

她耸了耸肩没有回答，捂紧了毛衣开衫的领子。“无论如何，我感到自己对他的死负有责任。我知道我当时应该赶快叫来保安，但我一身 1853 年的装束，还带着打包完毕的旅行袋，身上没有任何通讯工具——因为不能把那些东西带到 20 世纪 50 年代去，我早些时候就把手机和其他东西一起锁在储物柜里了。我沿着走廊想要去找其他领导，可他们要么离开了，要么就是还没赶到。接着，我看到了理查德。他穿着夸张的扎染恤衫，以及跟我的裙摆差不多宽的喇叭裤。从他的表情可以看出，他收到了昨晚我发的邮件。当看到安格罗的尸体后，他和我一样不知所措。

“理查德说其他人可能都已经去穿越出发台了，我也觉得多半如此。出发台是一片巨大的环形区域，学者们一般会在各自就位前十分钟左右聚到出发台周围，聊聊天，细细品味近期内能喝到的最后一杯正常的咖啡。而那天等我和理查德赶到出发台的时候，距离出发只有三四分钟时间了。”

“但要是发生了一起谋杀，他们一定会叫停这次行动的吧？”我问。

“的确，但他们根本没时间那么做。我和理查德向那次行动的协调员亚伦说明了安格罗的事。理查德还提到他前一天晚上八点左右在大楼附近看到过索尔，他正和客观主义者俱乐部的几个朋友走在一起。其中两个人也是时研会的，一个是几年后即将退休的中年历史学家，另一个则是研究部的人。”

她朝我轻轻笑了笑：“抱歉，我有些偏题了。总之，亚伦开始联系位于两幢楼之外的安保总部汇报情况，我和理查德正准备向其他成员说明情况。就在那时，索尔闯进了房间。我想其他人都没意识到那是索尔，就连我一开始也没认出他。他穿着一身罩袍——你听说过吗，就是中东穆斯林国家的人穿的全身式袍子。”

我点点头表示明白。

凯瑟琳的脸有些苍白，她继续说道：“他挟持了我们的同事希埃拉，拿刀顶着她的脖子。希埃拉的身前还绑着一个古怪的四方形小盒子。

“索尔命令亚伦挂掉打给安保部的电话，又让所有学者都进入各自的传送点就位。当然，我们都按照他说的做了——毕竟大部分人都不知道安格罗已死的事，而眼前这个穿着罩袍的疯子又拿刀架在希埃拉脖子上。”她说到这里打了个寒颤。“凯特，他全程死死盯着我，就和前一天晚上他看我的眼神一样，仿佛希望手中的刀正架在我的喉咙口上。理查德显然也注意到了他的眼神，我想他正是因此才走进了我的传送点。我不知道索尔有没有注意到我和理查德交换了位置，他当时站在希埃拉的位置上，仍没把刀从她脖子上放下来。”

凯瑟琳给了我一个悲伤的微笑。“索尔选择穿罩袍是个非常聪明的决定。”

“这样一来就没有人能知道他的身份？”我问。

“这是一方面，他那么穿其他人绝对无法立刻认出他，要不是我和理查德事先知情，仅凭露出的一双眼睛，可能连我们也难以确定他的真实身份。但是，”她补充道，“这不是唯一的好处。其他所有即将穿越的学者，都能互相从彼此的穿着上推测出要去的年代，甚至是地点——当然 20 世纪后人们的穿着打扮变得全球化，那之后就难以推断出精确的目的地了。但总的来说，我们还是可以根据大家的打扮看出他们要去什么时间段，误差至少也就相差几十年。可罩袍就不一样了，许多国家的妇女穿罩袍的历史长达上下数千年，直到我们那个时代，还有一些与世隔绝的社区的住民那么穿。希埃拉研究的是伊斯兰文化在历史上各个时代的变迁史，就我所知，她穿越过的年代跨度从 19 世纪中叶到 22 世纪中叶都有涉及。所以，又有谁知道索尔后来去了什么地方、什么年代呢？全身包裹着那么一身袍子，他穿越到各种年代都没有问题。

“而一切发生得是如此之快，”她又说道，“就在亚伦按下传送按钮的那瞬间，索尔从背后将希埃拉推向了环形平台的中央。希埃拉撞到了台面上，我最后印象是一道白光闪过，巨大的轰鸣声响起，然后就重重地摔到了伍德斯托克音乐节会场附近的那个小木屋里。那样剧烈的触地按理说是不正常的，一般我们在穿越开始前是什么姿势，穿越后还能保持同样的姿势。如果 2305 年的你在被传送时正在摸鼻子，那穿越到了 1853 年的你一定也还在摸鼻子。可这回我背朝下狠狠摔在了脏地板上，被裙架撑着的裙子几乎完全翻了过来。索尔一定是在希埃拉胸前绑了炸药，而且一定是超强效的那种，毕竟就我所知没有一个学者在那之后成功联系上了时研会。”

凯瑟琳盘里的苹果片几乎没动过，我发现自己的三明治也连一半都没吃掉。我拿起来咬了几口，追问道：“为什么索尔认为只要炸了时研会总部，他就能随心所欲地在时空中穿越呢？他之前又没有尝试过。”

“我也想过这一点。”凯瑟琳说，“我们都知道，要想从一个恒定点穿越到另一个恒定点，中间必须先回一趟时研会。培训的时候，他们解释说这样设置是为了对我们进行核查，时研会借此可以明确掌握每个人的时空坐标。在出发的时候，佩在身上的圆挂件会读取穿越者的基因信息。索尔一定是相信只要把总部给除掉，他就是个自由人了。他认为既然时研会本部再也无法指挥他的行动，他就能随心所欲地在各个恒定点之间穿行。可事实上圆挂件被锁定设置为只能将穿越者送回时研会，索尔那么做结果只是弄得我们所有人的圆挂件都失了效。被困在上一个世纪的确让我不太好受，况且还不知道索尔去了何时何地，但至少能够知道他的计划没得逞这事还是值得庆幸的。”

“算是老天有眼了。”我说。

“是啊。但在普鲁登斯失踪后，一切又都变了。我甚至怀疑普鲁登斯是找到了索尔，不管他当时人在哪儿。一旦他意识到时研会基因可以亲子遗传，迟早会利用这一点培养出一批人，代替他去他所无法到达的地方……”

“就和你一样……”我轻声提醒她。

“不，凯特，”凯瑟琳答道。她从椅子上站起来，将喝完的茶杯和几乎没怎么动过的水果盘放到吧台上，然后向窗口走去。“我只是将两个孤独而有共同点的人介绍到了一起。我很遗憾他们之间的共鸣不足以将他们的婚姻维系下去，但当初他们确实一度是相爱的。我相信你扪心自问的话，应该不会否认这一点。强扭的瓜不甜，我从来都只是在心里祈祷事情的发展能够如我所愿。结果老天眷顾，我的心愿成真了。”

她踱着步子向我走来，语气中带了一丝怒火：“跟我不同，索尔不肯把任何事情留给命运来安排。你知道赛勒斯教神职人员的结婚对象必须经过教会高层批准吗？你知道他们教会的官位是世袭制的吗？而且所有教会要一律服从国际最高教会的命令，这你知道吗？”

没错，这些我都知道。但在听凯瑟琳那么讲出来之前，我并未意识到这些教律背后的理由。“所以，所有时研会教士身上都有时研会基因？”

科纳出现在了门边，他接过我的问题答道：“我们现在还只是猜测，但很可能如此。如果能拿到一本《先知之书》的话，我们就能了解得更清楚。当然，这是假设那该死的书当真存在。赛勒斯教常常故弄玄虚来愚弄信徒，很难讲他们对外的说法哪些是真的、哪些是假的。”

我朝科纳瞪了好一会儿，然后转向凯瑟琳问道：“你们两个真的觉得我能够改变这一切？我能做什么呢？改变时间线，使得赛勒斯教从没在世界上出现过？”

凯瑟琳先摇摇头，然后停了下来，沮丧地将双手朝空中一甩。“说实话，凯特，我也不知道。在你还很小的时候，我只希望有一天你能帮我找到普鲁登斯在哪里，哪怕只是帮我带个口信。我希望你能试着把她带回我这儿，听我向她解释。可后来我逐渐发现时间线里出现了变化。直到去年 5 月，一切都明了了——索尔正在实施他的计划。我当时打算回来，看你愿不愿意帮忙，训练一下你的能力。结果，我却被诊断出了癌症，我不得不在接受治疗和赶紧回来对付索尔之间选择。我到现在也说不准当时是不是做了正确的选择……”

“你做的没错。”科纳在一旁接道。他发现了凯瑟琳的那盘苹果片，一边吃一边说道：“你的治疗使我们有了准备的时间，而且有你这样有实战经验的人来训练凯特，我们成功的概率才会大一些。”

“但治疗也耽误了我们很长一段时间，如今索尔的权势已经今非昔比。”凯瑟琳说着叹了一口气，“但不管怎么说，事已成定局，我们除了拼尽全力也没有别的办法。”

我心里却仍然有些顾虑。昨晚在车里我对特雷也说过，的确，在现在这个时间线里我没了时研会钥匙的保护便寸步难行，这当然不是我所想要的活法。话虽如此，可……

“你怎么能肯定你想让我‘修复’的那条时间线，是最正确的时间线呢？”我问，“最合理的做法，难道不是把我训练好后送到过去的你面前，向你说明索尔的阴谋，好让人们把他逮捕起来吗？毕竟他已经谋杀了至少两个你的同事。而即使所有被困在过去的历史学家们都小心翼翼地不改变原本的历史，可他们还是不可避免会留下些小痕迹的吧？而且照你所说，如果你没被困在这里，癌症根本就不是个事儿。”

凯瑟琳的脸红了，她低头看着盘子，眼中有些愧色：“你说的没错，凯特。我理当让你那么做的。我承认，现在的历史是出现了些微小的改变。比如出现了某些实际上领先于那个时代文明水平的发现，我想你懂的。

“但是，”她继续说道，“那些跟索尔所在酝酿的阴谋比起来，简直是小巫见大巫。而我已经脱离时研会很多年了，我也产生了私欲。你也有，科纳也一样。我生活了四十多年的那条时间线，对我们三个人来说都是最佳的那条时间线，只要能打败索尔，一切就会回归正常。能轻松治愈我的癌症当然好，但我也活得够久了。我不想为了自己能够再多活个十年二十年，就牺牲你，以及女儿们的性命，更别提科纳和他的孩子们了。安格罗和希埃拉的死令人痛心，但从我的角度来说，他们已经离开很久很久了；而从你的角度来说，他们压根儿就没有存在过。"

科纳点点头："凯特，凯瑟琳和我就这个问题已经讨论了无数遍。很难说到底存不存在一个正确的时间线。我之所以在这里，是为了找回我的孩子们，最好还能给他们一个不存在赛勒斯教的美好成长环境。我不知道赛勒斯教的人究竟想要做什么，但根据凯瑟琳所说来看，一个由索尔创造的未来对任何人都没有好处。凯瑟琳到现在为止已经失去了很多朋友，做出这个决定对她来说不容易，可对我来说却很简单。我不在乎那条时间线是正确的，但我知道哪条是最佳的。"

第十一章

我将日记放到电脑桌旁，揉了揉眼睛。“这就像是旅游频道上放的最无聊的节目，又像是历史频道会播出的节目。大概是两个频道合作出品的那种吧。我本来就不喜欢看那两个台……”

科纳哼了一声。“你能实时见证人类历史上存在过的几百个地点，将全世界都尽收眼底，你居然觉得无聊？”

《恒定点日志》的外表看上去很有欺骗性，仿佛跟我之前读的日记一般厚度，但实际上里面包含的内容要多得多。阅读《恒定点日志》就像是在看一个小视频，只不过我看到的是实时画面，要我说的话类似于网络直播镜头。我通过可视化目录挑选特定的日期和时间，然后眨眼进行确认，眼前的半透明“屏幕”就会实时播放出选定时间内恒定点的影像。这听上去是挺酷的，然而……

“你自己观看过这些影像吗？”我问科纳。

“没有。”他承认道，说话的同时继续浏览着他电脑上的文档。“我能看见页面上的文字，但只有用你现在戴着的耳贴才能听到声音、看到画面。我试过耳贴，但只能断断续续收到一些声音和画面，每几秒钟信号就断一次，还弄得我胃疼。凯瑟琳也不能看到清晰的画面，我们猜当年时研会爆炸还是怎么了的时候，她身上的锁定仍然没有解除。但她跟我描述过里面的一些情况……”

“她有没有跟你说视频里大部分场景都设在某条昏暗的小巷？或是森林里？要不就是黑漆漆的扫帚柜里？”

“难道你想在一大群人中间突然现形吗？还是砸在什么人身上？在你观测的某些时代里，你要真以那种方式的话，就等着被绑到柱子上接受火刑吧。”

“好吧好吧。可你知道吗，我刚才盯着波士顿某公园里的一只麻雀整整看了五分钟。从日志名称来看，那只麻雀来自 1869 年的 5 月 5 日，可要说那画面就发生在昨天我也相信。在我看来，那麻雀长了一张相当现代的脸。”

“那你就白白浪费了五分钟。”科纳叹了口气，“你应该观察那些恒定的事物，凯特。你开始做测试性穿越时，那只麻雀可不能帮你定位到特定的恒定点，除非它被做成了标本。”

我重新拿起书，浏览着目录想找找有什么稍微有趣一点的内容可看。这时，达芙妮叫了起来，门铃声随即响起。几秒钟后，凯瑟琳的声音从楼下传来。

“凯特，有位绅士前来拜访。”

我忍不住翻了个白眼。“我的外婆真的来自 24 世纪吗？为什么她讲话像是查尔斯·狄更斯小说里的角色？”

科纳耸了耸肩。“可能在她眼里狄更斯时代跟我们的时代也没差多久。你能分清 1620 年和 1820 年的人称呼某人的男朋友有什么区别吗？”

这次我没忍住，朝科纳吐舌头做了个鬼脸。科纳居然大笑了起来，这倒把我吃了一惊。

虽然特雷说过他今天会来，可我刻意没去想这回事。我不想把期望抬得太高，免得他不来的话大失所望。在经历了昨天的各种遭遇后，我不敢再对任何事抱太大期望。然而现在知道他说话算话真的来了，我还是开心得一塌糊涂。我走下楼梯，强迫自己克制住一步跨两个台阶奔下去的冲动。

我能听到凯瑟琳的声音从厨房里传来："多谢你了，特雷。科纳会很高兴的，他最爱吃甜的。"我走进厨房时凯瑟琳正转过身来，手中拿着两杯冰咖啡饮料。"我把这两杯拿上楼去，你们年轻人慢慢聊。"

"嗨，凯特。"特雷正蹲在地上抚摸着达芙妮，后者则兴奋地摆着尾巴。"看来你找到了除了校服之外的衣服穿。"

我点点头，突然莫名觉得有些害羞。虽然昨天发生了很多事，可实际上几个小时之前我们还是两个彼此完全陌生的人。"科纳出人意料的很会买东西。"剩下的两杯饮料都有厚厚的奶盖，上面淋着焦糖酱。我拿过一杯，坐到窗边。"谢谢你的咖啡。你怎么知道咖啡和焦糖是我最爱的组合？"

"我昨天就看出来你爱喝咖啡，焦糖倒是猜的，看来幸运地猜对了。"他坐到我身边，稍稍收起了一点笑容。"所以……你怎么样了？你昨天的遭遇真是有够受的。我昨晚开车回家的时候一直在想，说真的，我很担心你。我有点希望能给你打个电话或发个信息什么的，可……"

"稍等。"我走到吧台上的电话机旁，拿起一叠便笺。今天早上我申请了一个免费的邮箱账户，用来在网上订购一些衣服和其他必需品。我将账号和邮箱地址写在了便笺上。

"这两个账号现在都已激活了。"我告诉他，"我还没有电话号码，下次科纳出门的时候我们准备让他帮我买一个一次性手机。昨天凯瑟琳和科纳发现出事了之后，不得不在银行账户的问题上做了一些调整。凯瑟琳在家里放了很多现金，科纳的银行账户也还在——毕竟科纳还存在于这条时间线中，只是一些生平细节与之前有所不同。我现在有点担心，或许不久就会有人发现我们实际上可以说是三个非法侵入者。毕竟虽然这座房子被保护着没因时空变换而消失，可是……如果凯瑟琳不再拥有房子的产权，那房主一定另有其人。”

“是啊，多半是像你说的。”特雷答道，“那你先前的疑惑都有答案了吗？昨晚我离开的时候，感觉你们的谈话正要进入要紧部分呢。”

我耸了耸肩。“事实上我昨晚决定先不再谈下去了。但今天起床后我们就一直在讨论。”我跟他说了今天我所得知的种种，在讲到赛勒斯教的时候迟疑了一下。

“你信什么教，特雷？”

“呃——我猜是长老会吧？我们家并不定期去教堂——说实话，根本就没去过。可能我去的更多的还是天主教的礼拜，因为埃斯特拉喜欢在节假日的时候把我拖过去陪她。为什么这么问？”

“为了避免踩到你的雷区，因为我接下来要说的话在一般人看来简直不可理喻，”我深吸了一口气，继续道，“你对赛勒斯教了解多少？”

“和一般的非赛勒斯教徒差不多吧，我猜。他们一般神秘兮兮的，但我认识很多信这个教的人，无论是在国外还是国内。赛勒斯教徒在秘鲁随处可见。可能比不上天主教徒的数量吧，但也差不太多。我不太喜欢他们一个劲地向我灌输‘大道’理论，更别提他们对于所谓的‘末日’即将来临的执念了。但除此之外，我倒不觉得他们有什么不好的。赛勒斯教徒们还很关心穷人的教育问题，做了不少慈善，所以……”

我向他解释了索尔是如何塑造出所谓的赛勒斯弟兄，以及他是怎样创造出赛勒斯国际教会的。果然，特雷的反应和我当时一样。在我们的印象中，赛勒斯教的存在远早于我们的出生。很难想象这样一个组织实际上是去年才成形的。

“不过话说回来，”他说道，细细咀嚼着这个可能性，“如果你想建立一个独立于政府之外的权力机构，宗教组织的确能给你最大程度的自由。赛勒斯教的教义很独特，它是保守派思想与自由派思想的混合——妇女一方面必须在婚前守贞操，但却有资格担任圣职，而且必须与同样担任圣职的男性结婚。大部分地区教会都由某个家族掌管，领导权则在这个家族内代代相传。”

他停下了话头，指了指我胸前的时研会圆挂件。“所以按你的说法，如果你把这挂件带到某个赛勒斯教堂去，那里的人会跟你一样看到亮光？他们也能操作它？”

我点了点头。“按我们现在的猜测，教会的高层是可以做到的。他们应该也能操作浏览这些日记。”我走到桌前，拿起了早些时候在看的凯瑟琳的日记，翻开书页。特雷和夏琳一样，只能看见滚动的文字，却无法自己操作。

我将头发朝后一拢，摘下了贴在耳后的小贴片。“你想试试吗？”

“当然了。”

我伸手将耳贴塞到了他的耳朵和下颚之间的凹处，手指不意间触到了他的侧脸。等我贴好耳贴后，他拉过我的手，用嘴唇抵着我手腕内侧的皮肤。“你闻起来舒服极了。”

我脸一红，暗暗希望手上的脉搏可以慢下来。“可能是因为我用了茉莉花香的沐浴露……”

他微笑了一下，摇摇头。“茉莉花味是挺香的，但主要是你本身。我说了你可别笑我，凯特，昨晚我从走出这门的那一刻起就开始想你了。”

“我也是。”我低下头，觉得有些尴尬。特雷轻轻托起我的下巴，待视线一交汇，他便吻了上来。他的双唇很软，我慢慢靠近他的怀抱，打心眼里喜欢他的触摸，感到有一波波电流正在全身扩散。

过了好几秒钟后，我才注意到膝盖处有些轻痒。我从特雷的怀抱里抽出身来，只见达芙妮正从我俩面前后退了一步。她的脑袋歪向一边，温和的褐色眼睛里透着疑问。

特雷大笑了起来，伸手去挠她的耳后。“看来我们身边还有个称职的监护人呢。好吧，达芙妮夫人，我会放规矩点儿的。”他又将注意力转向了日记。“所以……这个贴片贴在耳后究竟是做什么的？我看不出有什么……”

我朝他半笑了笑。“这下我们可以确定你是真没有时研会基因了。我正在看 2305 年的外婆的影像，当时她还年轻。我刚才看她对着镜头详详细细地阐述了一遍她计划怎么报复某个总拿她茶杯用的同事。”

“我只能看到一点文字和几个小方块，分布在这儿，还有那儿。”他从耳后取下贴片，做出一副很难过的表情。“看来我是没法加入你们的神秘小团体了。”

“你说得好像我有多幸运似的。”我接过贴片，重新贴回自己的耳后。“你要是真能操作这些，他们就会要求你在脑子里记下无数个穿越地点——或者按专业的说法，叫做恒定点。我觉得我今天像是上了一整天的历史课，净在学一些稀奇古怪的内容。我读着凯瑟琳的工作日记，发现一个问题：她总是时不时地提出一个问题，比如某‘公主[①]’是谁？或者‘一刀’是什么意思之类的。”

“在《模拟人生》里，‘一刀’是指货币。”特雷接口道。

“没错——‘一刀’是十九世纪后半叶的俚语，就是一美元的意思。总之，我一开始不理解为什么她要把这些问题写下来，明明答案就写在同一页上，紧跟在这些问题的后面啊。”

“可能我们现在的4G网络在未来升级到了28G网络，时研会的人可以借此迅速把问题的答案传给她？”特雷猜测道。“听上去不太可能，但……”

“答案实际上很简单，只要你摒弃线性的思维方式。你看这个按钮——呃，不对，你应该看不到。”

他朝我做了个鬼脸。

“抱歉！”我朝他抱歉地笑笑。“总之，”我指着他看不到的控制面板上的一个按钮说，“凯瑟琳或者其他历史学家只要一按这个按钮，日记就会记录下他们的问题。在他们的考察结束后，历史学家们会在规定的时间返回时研会，但日记则被设定为返回到历史学家们踏上穿越之旅的前一天。所以只要凯瑟琳按计划回到了时研会，那么她每在日志中写下一个问题，答案就会当即跳出来，因为时研会的工作人员在她出发前一天就已经解答了她的问题。”

“好吧——我头都被你绕疼了。”

“这下你懂我的感受了。”我咧嘴笑起来，“坏消息是，我用不来这个小把戏。日志里的日期能改，但凯瑟琳很确定地说这些日志是和时研会的资料调查部连接在一起的。她刚被困的时候，曾经试过用日志向时研会发送信息，结果日志就凭空消失了。所以以后等我开始

---

① 原文为西班牙语。

穿越的时候，我只能依靠日志中已有的信息和自己脑子里积累的知识应付了。”

“所以你真的打算马上开始使用……那东西？”他朝我的圆挂件示意了一下，语气中有一丝担心。

“嗯，但凯瑟琳说我要先从小范围的穿越开始练起。华盛顿特区内就分布着十几个恒定点，我会先在这些点之间做些快速的穿越，比如回到几小时或者一天之前。一开始也就差不多类似这样的练习吧。”我努力让自己的语气显得很自信，“但即使那种初级的练习也要再等一段时间才会开始。”

“那你究竟要怎样改变过去呢？你孤身一个人，怎么才能恢复时间线呢？我是说……”他缓缓摇了摇头，一脸相当怀疑的表情。

我耸了耸肩。“我们会先弄清楚凯瑟琳是在哪一次考察中被杀的，然后我会赶在那之前先警告她，让她立马回到时研会总部——我想时研会肯定设有（这里要用过去时还是将来时来讲呢？）应急返回机制。至于具体的计划，我们还没商量好。”

“你说过那个在地铁上抢你包的男人手上有枪。”

“嗯，我是那么觉得的。至少他当时想让我相信他手上有枪。”我停下了话头。看到特雷担心我，我一方面有些开心，同时也不想让他觉得我完全手无缚鸡之力。

“但要是当时地铁上没那么挤，”我继续道，“而且我确定了他没带枪的话，我会让他尝尝过肩摔的滋味。我五岁起就开始练空手道，现在已经是茶带[①]了。或者说曾经是……我猜我获得过的资格现在也都不算数了。”

---

① 在空手道中，茶带仅次于黑带，为 1 ～ 2 级。

“当真？”特雷的声音听起来很严肃，眼里却带着笑，“你觉得你能把我给摔地上？”

“我能，”我开玩笑地答道，“但这里可是大理石地板呀，你要摔地上了估计骨头都得折。更别提我们会把达芙妮给吓着，她现在看起来还一脸担心的，自打看到我们……刚才的举动。”

“那我下次再领教吧，毕竟看你这身板，要把达芙妮摔出去都悬。我就说说，没别的意思。”他咧着嘴冲我笑，“普鲁登斯·凯瑟琳·皮尔斯–凯勒，伟大的时间旅行忍者。”

“哈，你还真敢开玩笑。”我假装做出一副生气的表情，“劳伦斯·爱尔玛·科尔曼三世看来很喜欢铤而走险，净给自己找麻烦。”

特雷的微笑在嘴边逗留了一会儿，眼神却渐渐变得严肃起来。“不，凯特，我不喜欢铤而走险。”他答道，“要是你也不必铤而走险，那我就更开心了。”

接下来的几周里，我的生活变得很有规律。上午，我专门找出凯瑟琳最有可能被谋杀的几次考察，细读那几次考察的工作日志。下午，我则集中精神记各个恒定点。到第二天晚上，我已经开始尝试握着时研会钥匙，在脑海里想象附近的恒定点的样子了。有几次我努力稳住了注意力，眼前便出现了一个控制面板的全息显示屏。要调整显示屏上的日期和时间，我必须小心移动视线，以使得圆挂件能识别我的动作。

一周后，我已经能较快地认出一些恒定点，甚至调整日期也不在话下。我还学会了如何设置新的恒定点——具体来说，我在凯瑟琳的屋子里新设了两个点。对于我的这个小小成就，科纳却提醒我必须在确定那个点长期以来不曾改变的情况下才能使用，否则到时没准会发现自己穿越到了某个电梯井里，或者出现在繁忙的高速公路中央。

虽然凯瑟琳一直夸我进步快，可令我沮丧的是，我在操作圆挂件时无法保持稳定的注意力。起初，我一握住圆挂件就会想起爸爸在厨房里的样子——种种场景在我的眼前闪过，一个个画面、一阵阵声音一齐涌入我的感官，真实得令我难以招架。而有几次，我又回到田野上，和基尔南在一起。我正注视着他，指尖感受着他身体的温度，这也令我害怕。每当出现这种情况，我便立刻放下圆挂件，转而去做别的事情。

随着日子一天天过去，每当练习时看到基尔南的面孔，我就开始责怪自己，甚至感到些愧意，却又谈不上这种情绪从何而来。凯瑟琳和科纳坚持让我在近期不要外出，于是特雷的来访成了我每天唯一的期盼。特雷几乎每个晚上都会过来，双休日也不例外。我们有时会一起做他的学校作业，有时则看他拿来的碟片。家里没有电视机，于是我们往往会点个披萨，拿到我的房间里一边吃一边在电脑上看碟。幸好凯瑟琳不算保守，至少同意让我俩单独待在一起。就连达芙妮看到我们在一起时也比之前放松了不少。

特雷性格幽默、聪明，长得帅气——正是我心目中的理想男友。（虽然我脑海中总有个和夏琳很像的声音提醒我，我过去对于特雷这样的头发短短的男生可从没多瞧过一眼。）我最喜欢的时光莫过于舒服地靠在他身边，一起观看黑衣人和埃尼戈·蒙托亚在疯狂之崖上左手持剑决斗[①]，或是对着史莱克和贫嘴驴哈哈大笑，再不然就是随便看些特雷租来的傻头傻脑的喜剧。我知道他挑选的都是些他认为可以逗我笑的片子，想让我哪怕能有几个小时忘掉现在的处境。有一回，

① 1987 年电影《公主新娘》中的情节，前文也有提及。

我还一把将他摔到地上，满足了他对我空手道水平的好奇心——当然，我们事先在地上铺了一大堆靠垫，又确保了达芙妮不会突然跑过来。我伸手要拉他起来，却被他一用力拉到了身旁。一阵打闹后，他发现了我的软肋——禁不住挠痒痒的脚。

可每当我几乎开始觉得自己生活得很幸福的时候，就会想到计划好的第一次穿越测试的日子正一天天临近；而无论什么时候，一想起爸爸妈妈，我心中的空洞也在与日俱增。另外，每次目送特雷开车离开，我都会感到一阵揪心的恐惧：他会不会从此不再回来？如果时间变换再次发生，他是不是连我的名字都会不记得了？

种种喜悦、恐惧，以及所有各种情绪在我心里交织，这令我加倍地思念夏琳。要是在从前，她一定每五分钟就发短信来打听我和特雷的进展，还会如实向我汇报她正在和哪个男孩约会、想要和哪个男孩约会，以及／或者计划甩掉哪个男孩。我早已习惯将自己的想法都告诉她，倾听她的意见。和她聊天总能令我觉得力量倍增，让我觉得自己其实比想象中要更能干。而眼下我的生活经历了翻天覆地的巨变，这使我更需要她的鼓劲。

有天晚上，等特雷离开后，我拿着电脑坐到了床上，打开Facebook搜索夏琳的个人主页。我知道只有和本人互为“好友”关系的用户才能看到她的完整主页，但她的有些照片应该是对所有人可见的。我心想只要能看到她的微笑，我的心情多少会愉悦一点儿。

然而我却没有找到夏琳的个人主页，这有些说不通。按理说，我转校到罗斯福高中的一年前，她就已经在Facebook注册了，正是她本人说服我也在网站上开设主页的。如果照科纳所说，最近的那次时间变换只波及了个别人群，那么夏琳生活中唯一的改变就是少了我这个朋友，她的个人主页不应该消失才对。

我在谷歌上搜索了“夏琳·辛格顿”和她的住址。结果什么也没搜到。我又去掉了住址，在她的名字后加上了“罗斯福高中”，仍然没有符合的结果。于是我决定试试搜她的哥哥约瑟夫。约瑟夫去年还是高三学生，一年内代表学校运动队参加了三项体育运动，他父母还在起居室里专门摆了张桌子，上面堆放着各种有关他的体育新闻简报。夏琳曾经酸溜溜地将客厅的那一角称为“约瑟夫祠堂”，但她爸爸却指出每次约瑟夫比赛，观众台上喊得最激动的就是夏琳本人。

华盛顿地区搜出了几条关于约瑟夫·辛格顿的结果，基本上都和体育有关，但他并不属于罗斯福高中。页面上显示的倒数第二条链接吸引了我的注意——那是刊登在《华盛顿邮报》上的一则婚礼告示，写着新人为“约瑟夫·辛格顿和费丽西亚·卡斯特”。婚礼于今年二月在第十六大道的赛勒斯教堂内举行，那正是我几个月前和夏琳一起去的那个教堂。我粗览了一遍文章，文中称费丽西亚的双亲均从小信教，这不奇怪，可接下来那句却让我大吃一惊：“新郎的父母，玛丽与伯纳德·辛格顿夫妇，自 1981 年起皈依赛勒斯教。”

文后还附了一张婚宴合照。约瑟夫穿着华丽的白色西装，显得高挑而英俊，他正一脸幸福地对着镜头眯眯笑，臂间挽着新娘。伴娘有三名，每个人的胸前都捧着一小束鲜花。其中，站在最边上的伴娘引起了我的注意，我于是点进了原图查看。眼前的她正露出浅浅的微笑，和我预想中会在她个人主页上看到的放肆大笑的形象不同，但我知道我没认错，这名伴娘就是夏琳。照片中，夏琳的左手上印着鲜明的莲花图案，粉色的花瓣模样格外显眼。

第十二章

第一次穿越测试进行得相当顺利，虽然我被吓得不轻。我在屋里设了两处恒定点，一个在图书室，一个在厨房。前者是出发点，后者是目的点。我原本计划首先从图书室穿越到正午时刻的厨房，那时候的我正在那儿吃午餐。但凯瑟琳却建议我挑个不会遇见自己的时间行动。

“为什么呢？”我问，“我要是过去的自己撞见了会怎么样？宇宙的时空连续性会受到干扰，还是会发生别的什么严重的事？”

凯瑟琳笑了。“倒不是那样，亲爱的。”她答道，“但那种情况会给你的大脑带来混乱。我建议你在更熟练一点儿后再那么做。总之你今后在实战中也要尽量避免碰到自己，即使不小心撞见了也千万不能持续一分钟以上。它会强迫你的大脑消化两种自相矛盾的记忆，这每次都叫我头痛得不行。索尔声称他在这方面没什么影响，但其他我所认识的每一个人对遇见过去的自己避之不及，更别提交谈了。时研会早就警告我们，那么做会使我们接连几个小时都没法正常地工作生活。这话可不假，它会对我们的感官造成信息负载。我还听说过一些可怕的传闻，说是在时研会成立之初，专家们想测试一下系统的极限，便做了一些大胆的实验。结果有几个被试者变得……怎么说呢，变得有些失控，他们无法承受长达数小时的两版记忆并存的状况。据说还有个女孩被关进了精神病院，总之都是些令人不安的传言。”

这听起来也没比干扰宇宙的时空连续性要好到哪儿去。我于是立马打消了和过去的自己坐下来畅聊一番的念头，决定回到三小时前，也就是 12 点 15 分。那时科纳正好下楼，在厨房里做三明治。由于太过紧张，我花了近一分钟才调出厨房的场景，又花了半分钟设置到达时间。待一切设定好之后，我听从凯瑟琳的建议，闭上眼睛，在心里想象着厨房的样子。再度睁开眼时，我已经身处厨房了。科纳站在冰箱边，正在全麦面包上一片一片地叠火腿肠。厨房墙上的钟显示现在时间为 12 点 15 分。

“你在看什么呢？”他问，低头检查自己的衣服是不是站上了蛋黄酱或芥末。

我朝他微微笑了笑，重新将注意力集中到圆挂件上，调出了我在图书室的一扇窗边设置的恒定点的景象。眼前的景象很清晰，我从窗玻璃上看到了凯瑟琳的身影，她正盯着我离开时所站的地方。我又调出时间设置栏，上面显示的时间还是我刚离开的时间，我将它往后拨了五秒钟。像刚才一样，我一眨眼，再度睁眼的时候已回到了图书室内，凯瑟琳站在距我几步外的地方，脸上挂着大大的微笑。

“我真没想到，有生之年还能再目睹有人成功穿越。”她抱住了我，眼里闪着泪光，“你知道吗，凯特，我开始看到一丝成功的希望了。”

第二天一早，我在读凯瑟琳的工作日记时突然意识到了一点：我们在寻找凯瑟琳被杀日期时犯了方向性的错误。“最简单的方法，难道不该是守着观察凯瑟琳每次穿越到达的恒定点吗？我们从最后一次穿越开始向前查起，直到看到凯瑟琳第一次按时出现在恒定点的那天——那么她一定是在那次考察中被谋杀的，不是吗？正是因为在那一次被杀了，所以她之后也无法再穿越。”

科纳和凯瑟琳彼此看了一眼，似乎被逗乐了。“现在我们中总算有人能操作时研会设备了，你这么一说还真是棒极了。”凯瑟琳说，“看来这一次，是我们掉入了线性思考的陷阱里。”

凯瑟琳先前打印出来的穿越日期表里没有写具体的到达时间，于是科纳又重新开始整理所需的信息。他一边翻着日记，一边不时地从键盘边的透明塑料桶里抽出一根面包棒来咀嚼。有两个事实都让我觉得神奇——首先，科纳那么能吃却还很瘦；其次，从他嘴里掉出来的饼干屑都撒到了键盘按键的缝隙里，可那键盘居然还能正常工作！

等他更新完表格，我大致扫了一眼上面的日期，发现有几次考察的时间重合。“为什么有的到达日期出现了两次？”

凯瑟琳耸耸肩。“因为那一天同时发生了很多事。有时候我们既想去参加会场这一头的大会，却不得不去观察会场另一头同时进行的事件。特别是我和索尔一起行动时更有可能遇到这种矛盾，而且我们有时候也需要帮其他学者收集材料。芝加哥世博会时期，我们就常常遇到这种情况。因为我俩是常驻的‘世博会专家’，而几乎所有研究美国历史的学者，无论是政治、文学、音乐、科学，还是任何一个领域，基本上都会托我们去观察某某人或某某事件。举例来说，你听说过斯科特·乔普林吗？”

我点点头。“一位钢琴家，对吗？拉格泰姆[①]的代表人物？”

“正确，”她说，“你还记得理查德吗，也就是我之前提过在

① 拉格泰姆为兴起于19世纪末的美国音乐形式，对爵士乐的形成有较大影响。黑人音乐家斯科特·乔普林为拉格泰姆的代表人物。

最后一次穿越时和我交换目的地的那位朋友？他知道乔普林在世博会期间，曾在芝加哥某个地下酒吧进行乐队演出，但对具体细节并不了解。如果他要亲自去一趟 19 世纪 90 年代，就得花上好一番工夫准备。但我和索尔在考察中只需要稍稍打听一下，就能顺道去听乔普林的演奏，录下音频交给理查德去分析。我还帮一名研究连环杀手的同事搜集过一些数据——世博会期间出现了一个可怕的连环杀手，专门猎杀年轻妇女。另外，我还拿了一本介绍'美国有色人种纪念日'的宣传册，供研究种族关系的学者细读。"

她扮了个鬼脸。"讲个有趣的事。当时，世博会的高层为了好好庆祝一番那个纪念日，决定在会场到处派发西瓜[①]给来宾。弗雷德里克·道格拉斯当时是美国驻海地总领事，因此代表海地参与了世博会，他可被主办方这举动气得不轻。"

我大笑。"我猜也是。可是让多个版本的自己在同一片区域活动，不是很危险吗？"

"那倒没有，"她答道，"世博会上每天都有数以千计的访客，只要我注意不靠近自己早些时候所在的区域，就没什么人会发现有两个我。而且时研会化妆道具部的实力也不可小觑。有一次，我在街上亲眼看到另一个自己在穿马路，当时居然没认出来，等走了好几步之后才猛然反应过来。另外，我们在考察时往往保持低调，尽量做到只旁观不插手——当然，我是那么做了，索尔后来显然另有自己的主意。"

在索尔破坏整个系统前，他和凯瑟琳的最后一次考察是在 1873 年的波士顿，他俩正是在这趟旅程中发生了争吵。以波士顿为目的地

① 美国黑人曾被认为特别爱吃西瓜，这其实是典型的种族偏见思想。芝加哥世博会以免费西瓜宣传有色人种纪念日的做法也在当时遭到抵制。

的考察另外还有两趟，而此前的二十二次穿越大多数都是在 1893 年的芝加哥各地。

“世博会就在 1893 年，对吗？”我拿起《恒定点日志》，从最后一条记录开始往前翻了起来，“我真心认为我们要找的日期就在这其中。毕竟他们在地铁上抢去的日记里记录的就是 19 世纪 90 年代的内容。”

话虽如此，但鉴于前往波士顿的考察是凯瑟琳和索尔共同行动的最后两回，我还是决定从那两回的日志开始看起。波士顿地区设了 17 个恒定点，但凯瑟琳说她和索尔只使用过法尼尔厅附近的那个点。法尼尔厅恒定点的位置与惯例一样，设在一条狭小的巷子里。我调出恒定点影像，将时间设置到了凯瑟琳预定到达时间的一分钟之前：04181873_06:47，4 月 18 日，1873 年，早上 6 点 47 分。

几分钟后，一只硕大的老鼠窜进了我的视线。我大吓一跳，险些打乱了注意力。而几秒钟后，一个男人出现了——他的身子占了大半个屏幕，我甚至能看清他身穿的黑色外衣上的线头。随着他渐渐走远了一些，画面上露出了他的面孔，我一下子认出了那就是索尔·兰德。他个子中等，一头深棕色的头发 ，皮肤苍白，严厉的表情与我在凯瑟琳日记中看到的两张照片上一模一样。他脸颊周围的胡子看得出经过精心打理，唇上没有留须。我的第一印象是，他就像是略矮一截的亚伯拉罕·林肯[①]，或许长相比林肯更英俊一些，性格却更为阴沉。当然，我之所以产生这样的联想，可能有很大一部分原因来自他头上戴着的黑色大礼帽。凯瑟琳并未同他一道出现。

索尔猛地转过头，眯着的双眼直直地盯着我，仿佛知道我正在看

① 亚伯拉罕·林肯：19 世纪 60 年代的美国总统，身高一米九三。

着他。我倒抽一口凉气。紧接着，我意识到他只是在观察小巷，确保没人撞见他的出现，这才松了一口气。

我于是去查倒数第二次考察的恒定点影像，结果扑了个空。我在恒定点附近等了好几分钟，可谁也没有出现，连那只吓人的老鼠都没看见。看来这次穿越要么是改期了，要不就是索尔索性没去。

由于两次波士顿之旅中都不见凯瑟琳的影子，我便将这个城市从表格上划掉，转而将注意力对准了芝加哥。芝加哥的世博会会场内共设有四个恒定点，被用得最频繁的那个点位于茂林岛。茂林岛是一片隐蔽而昏暗的地区，岛上的树林搭起了厚厚的荫蔽，荫蔽下长满了植物藤蔓。据恒定点约二十码开外的地方隐约有个小木屋，小屋外头挂着各种动物的犄角作为装饰，门前的小路上还有几张长椅。第一回，谁也没有出现。我透过层层树叶顺便观察了一下周围，晨光中的人行道上偶尔有人路过。

我继续观察再之前一次的穿越。终于，我迎来了久等的发现。我盯着恒定点守了约十五秒钟，忽然看到了两个人影。我认出其中一个正是凯瑟琳。一瞬间，两种矛盾的情绪涌上了我心头：终于找到了正确的日期自然叫人欣慰，可一想到不久后我也得穿着和凯瑟琳差不多的戏服走来走去，我就有些头疼。

凯瑟琳身边的人正是我在1873年看到的那名男子。这次他剃掉了脸颊周围的胡须，而是留着又长又翘的八字胡。他和在波士顿时一样迅速环顾了一下四周，然后扶着凯瑟琳的胳膊肘，帮她爬上了通往人行道的小坡。凯瑟琳身穿一套灰色连衣裙，裙子上镶着紫色的边，头上戴着顶帽子作为装饰。小小的帽子上却插着两根大得荒唐的淡紫色羽毛。凯瑟琳提着裙摆走在索尔身边。他俩走过小木屋时，屋子里走出来一个八九岁的男孩。男孩一头深色短发，手上提着扫帚，开始清扫堆积在人行道上的落叶。

我将视线朝左迅速一瞥，关闭了日志影像。栩栩如生的清晨秋日园景瞬间消失，取而代之的则是熟悉的图书室，只见科纳正弓着背盯着电脑，凯瑟琳则在书架上找着什么书。反差巨大的场景切换让我一时有些发懵。

我拿着表格走到科纳身边，用指甲敲了敲锁定的日期。“找到了，是在芝加哥。凯瑟琳他们是 2305 年 4 月 30 日出发的，于 1893 年 10 月 28 日到达。穿越去那一天的考察应该只有这一次。”

科纳先是点了点头，然后又摇摇头，拿方才正在嚼着的饼干棒指了指靠近表格最顶端的一个日期。“专门去 28 号的考察任务是只有一次。但是你瞧，2305 年 2 月凯瑟琳还做了一次为期多日的单独考察，从 10 月 27 号到 29 号。”

“这下可好。”我一屁股瘫坐在了凯瑟琳的办公椅上，忍不住翻了个白眼，“所以到时候会场上会有两个凯瑟琳在我眼前走来走去，弄得我稀里糊涂。”

“我想不出你还有什么可抱怨的，”他回道，又咬了一口饼干棒，“至少你可以离开这屋子，去别的地方透透气。”

凯瑟琳从科纳手里拿过表格。“我还记得这两趟考察，当时有很多要去看的。世博会定于十月末闭幕，因此园区人山人海，都是之前因为种种原因耽搁了游览，又不想在闭幕前错过任何好东西的游客们。最后一天原定将举行闭幕式，还安排了一些演讲和烟花表演，结果所有计划都被之后发生的谋杀案给打乱了。”

“谋杀案？”我问，“噢，我记得你提过世博会期间发生了连环杀人案之类的……”

“不不，那和这次的事件没关系。事实上，我指的是一起暗杀。”

“麦金莱总统[1]？”

她摇摇头。“麦金莱总统是在下一届的纽约世博会上被杀的，那是 1901 年。我指的那起暗杀，是针对时任芝加哥市长卡特·哈里森的。他是个很不错的人，风趣幽默。第二次考察中，我和索尔那天大部分时间都待在他身边，我知道他那天晚些时候就会遭遇不测，还觉得很难过。”她顿了顿，用手翻着桌上的那堆日记本。“对了，凯特在地铁上被抢走的那本日记里头记的就是那一段。稍等一下，我马上就能找到它的备份。”

她拿过放在最上头的那本日记翻开，通过按钮找到了想看的位置。“就是这儿了。二月出发的那次考察是为了观察市长被暗杀后的公众反应，以及世博会最后几天的样子。这不属于我个人的研究领域，算是为时研会做的基本调查，主要针对展会的文化层面。别忘了世博会举办之时正是经济衰退的年代，美国周边各国的工人都来到了芝加哥想捞点儿活干，我们认为从中可以窥见整个社会的缩影。”

她轻笑了一声。“我当时假扮成某个旅游杂志的写手，还在脖子上挂了一只又大又沉的柯达相机。那时的人们还把它称作便携式相机，可那天结束的时候我可是谢天谢地终于能把那大家伙给摘下来。相机在当时是一股时髦风潮，特别受来参观世博会的年轻人们的欢迎。他们常常出其不意地跳出来，也不经人同意就乱拍一气，年长的游客们管他们叫‘柯达恶魔’。”

“那次考察挺有趣，”她又说道，“但我不记得有什么特别印象深刻的事件。我采访了几位达荷美村的人，帮一位研究犯罪史的历史学家搜集了一些关于刚失踪的德国啤酒区女侍应的消息——他认为那

① 威廉·麦金莱：美国第 25 任总统，领导美国在美西战争中获胜，1901 年遭暗杀身亡。

名女侍应也是连环谋杀案的遇难者之一，但我没找到任何证据支持或反对他的假设。

“至于四月出发的那次考察，”她一边说，一边又按起了日志上的按钮，“我们是为了去参加‘美国城市日’活动。全美共有约五千名市长因此聚集到了世博会上，我在上一次考察中就对这个节日产生了兴趣。按照计划，芝加哥市长哈里森先带领一个由五十名市长及家属组成的小代表团参观园区，下午再在全体与会市长面前发表大型讲话。上午的小型代表团里还包括美国首位女性市长朵拉·绍特尔，她同时也是基督教妇女禁酒联盟的领导者之一。你知道后来的禁酒令[①]吗？禁止酒精的酿制、售运？”

我依稀记得九年级时，有个同学的历史作业就是关于戒酒运动激进分子凯莉·内逊挥着斧头将某个酒吧砸个稀巴烂的事件。我于是点点头。

“绍特尔那个时候已经退任市长之职，我怀疑是谁开了个无聊的玩笑，硬是把她加入了邀请名单。”凯瑟琳继续说道，“虽然大家都知道卡特·哈里森对待女士彬彬有礼，但他爱好饮酒，显然不会赞成基督教妇女禁酒联盟的主张。我当初觉得他俩之间的对话或许会很值得一听，便和索尔混进了代表团。他自称是俄勒冈州一个小城市的市长，我则假扮他的夫人。结果我们的努力却白费了——绍特尔原来是个温顺弱势的小女人，他俩除了打招呼外没多说过一句话。”

“那就奇怪了。她要是那么害羞，为什么当初要竞选市长呢？尤其是在那个年代，”我又补充道，“当时的妇女连投票都不怎么参与。”

---

① 美国 20 年代初开始施行的全国性禁酒法令。由于酗酒容易造成家庭暴力问题，长期的妇女运动和宗教原因是推动该法令通过的重要原因之一。结果禁酒令实施后引发走私、贿赂、黑社会等一系列社会问题，于 1933 年被废止。

凯瑟琳点了点头。“在绍特尔所处的堪萨斯州，妇女有权参与本地政治选举的投票，但她参与竞选并非出于自愿。镇上有些男人开了个玩笑，将她的名字写到了竞选人栏上，哪知出乎他们意料的是，镇上大多数女性，甚至一部分男性都情愿选她做市长，而不是其他几位男性候选人。不得不承认，她在那样的情况下赢得了选举，当选后也没有临阵脱逃，这一点还是很值得佩服的。但她对于女性权利的积极性也就到此为止了。”

“总的来说是一趟令人失望的考察，”凯瑟琳说道，“不过我倒是如愿坐了一回摩天轮。之前我每次单独来考察的时候，摩天轮前总排着长长的队，而和索尔一起来的时候，他又不肯跟我去坐——他特别恐高。这一次我们和市长带领的代表团一起，自然就能优先体验一下。团里不少人决定不去坐，可索尔不想被别人当成胆小鬼，硬是跟我一起上去转了一圈。他全程脸色铁青，末了下来的时候差点吐在一个小贩身上。”她补充道，脸上挂着一丝愉快的微笑。

在掌握了凯瑟琳被杀的时间和大致地点后，接下来的工作重点就轮到了我本人。为了成功进入世博会，我必须进行一番由里到外的准备。外部准备工作包括在网上购买大量的丝绸、蕾丝和束身胸衣——打从我拆开快递包裹的那一刻起，就对那胸衣产生了严重的负面情绪。凯瑟琳还留着她当年为穿越到1853年而准备的行头，但那对于我要去的年代来说也已经过时四十多年了。在芝加哥世博会举办的年代里，时髦潮流由异想天开的巴黎设计师们说了算，虽然等“最新”时髦漂洋过海到达美国还得花上几个月的时间。

“索性别管这些繁琐的服装了，直接让我穿成酒吧女侍应的样子去不好吗？”我问，“或者打扮成照片里的那些埃及舞者的样子？她们的穿着看上去舒服多了……”

凯瑟琳轻蔑地哼了一声，坐到电脑前，打开一个浏览窗。“凯特，你对那个时代现在也有一定了解了，应该知道他们的阶级观念。你到了那儿之后需要去哪些地方、和什么样的人交谈，现在都还是未知。一个酒吧女侍应要是混进了我之前提到过的那个市长小型代表团里，一定会引起很多人的注意。而你若是穿得像是一位颇有地位的淑女，就能爱打听谁就打听谁，不管他们是什么地位的人。穿对了衣服，就打开了门路……”

凯瑟琳在浏览器里搜了一下 19 世纪 90 年代裙装的图片，我惊讶地发现网上竟然可以找到那个年代的时尚杂志的电子版。一本名叫《潮流图样》的杂志里甚至还给出建议，教读者如何缝制裙子、设计首饰和发型。

第二天，我们请来附近一位婚礼设计师帮我设计服装。凯瑟琳坚持要求裙子必须正反两面可穿，里头的布料花色要与外层的有所区别，贴身的上衣和衬裙还得各缝上一只隐蔽的口袋。听了凯瑟琳的要求，设计师疑惑地抬了抬她那精心修剪过的细眉。

从我们的角度来说，这样的设计要求并非不可理解，毕竟我可能需要在会场多待一天，也无法提着行李到处走动。我还得将时研会钥匙保管在触手可及的位置，而凯瑟琳又执意要我多带一块圆挂件以及一些备用钞票，说是为了以防万一。然而为了掩人耳目，我们对设计师解释说定制裙子是为了参加一场化妆晚会，她自然不能理解为什么我们需要一套正反两用裙子，外加厚重的隐藏口袋（厚重的材料是为了防止圆挂件的光芒外透）。可面对我们开出的高价报酬，设计师稍稍犹豫了一下后就颇为精明地点头答应了下来。

而我全程唯一要做的，就是忍着不耐烦的情绪站在屋子中央，任由设计师的助手对我全身好一番测量，然后一遍遍试穿、试簪子，不时被提醒："站直了，别驼背！"当然了，最终制作出来的成品放在1893年的确算是时髦尖货，可穿在身上真是有够受的。

不用试衣的时候，我会反复读凯瑟琳在我们锁定的那几天里记下的日记，试着记住世博会园区的地图，梳理有关那届世博会和19世纪90年代芝加哥社会的历史资料。除了图书室的藏书之外，我自己也从网络上下载了些相关文献。

特雷曾租过几部介绍19世纪末芝加哥社会的纪录片，其中一些专门讲述芝加哥世博会。我看了以后终于对日志中的文字和照片有了一定的实感。

但有一部纪录片却把我吓得不轻。片子的拍摄手法直追恐怖电影，实际却是对赫尔曼·玛杰特的纪实，也就是凯瑟琳之前提到过的变态连环杀手。居住在芝加哥期间，玛杰特化名亨利·霍华德·霍尔姆斯，以内科医生和药剂师的身份为掩护，谋杀了几十名、甚至可能达到几百名的年轻女性。其中几位被害女性是他的前妻，或是被他榨干了钱后抛弃的情妇，可大多数遇难者却跟他完全没有交情。玛杰特在世博会园区附近拥有一幢建筑，他将这幢建筑改造成了所谓的"世博会酒店"，接待女性住客，这为他的犯罪提供了完美的场所。酒店里有几间客房经过专门设计，专用于折磨行刑；他还在密闭无窗的客房里凿了墙孔，从小孔向室内注入毒气，他本人则在暗处窥视女人窒息而死的过程。之后，他会将遗体丢弃到地下室的石灰坑里。有好几次，他还将女人们保存完整的骨架卖给医学院以赚取外快。

我们没把那部纪录片看完。我不爱看恐怖电影，哪怕是记录真实事件的也受不了。在看到玛杰特对他的生意伙伴的三个小孩起了杀意后，我就将碟片从电脑里抽了出来。剩下的一个小时里，我们看了一部令人愉快了不少的纪录片，讲述的是社会改良家简·亚当斯对芝加哥穷人们的帮助。看完这部后，我心里还有些不舒服，于是我们又看了一遍《公主新娘》，希望将谋杀的阴影彻底从我的脑海里驱逐出去。尽管如此，那晚我上床睡觉时还是没敢关掉浴室的灯。

就我所读到或看到的内容而言，变换后的时间线与之前并无太大出入，只是有些资料会提到赛勒斯教的领袖们，说他们也在世博会现场，和其他主要宗教领袖们一起出席了九月末举办的世界宗教大会。另外还偶有一两处不同，比如我看到了一张马克·吐温同埃及舞女们一道微笑着坐进热气球的照片——但根据凯瑟琳收藏于赛勒斯教诞生前的历史书上记载，马克·吐温当年一到芝加哥就病倒了，整个世博会期间根本没有离开过他的酒店客房。

我本来对历史课并不太感兴趣，可了解这一切却比我想象的要有趣得多。与其说是调查学习，我更觉得自己像在为即将到来的度假而熟读观光导览——只不过这样的度假并非出于我本意。

对于硬性技能我也没有松懈，一直在用圆挂件在屋内练习小范围的穿越。现在，我已经能在三秒之内完成从调出恒定点图像到设定时间的全过程。我还在特雷面前炫耀了自己的小进步，有几回趁他刚进门的时候，突然出现在门厅里，送上一个飞快的欢迎吻，随即又穿越回图书室。

我又在起居室新设了一个恒定点，并且证实了凯瑟琳的想法果然没错——我能从 A 点穿越到 B 点，再直接从 B 点穿越到 C 点，中间并不需要重回 A 点中转。时研会的历史学家们之所以无法在各恒定点之间任意穿越，显然是总部为了保险起见而定下的规则，但圆挂件本身并不受这一规则的限制。与索尔、凯瑟琳，以及时研会其他学者不同，只要有恒定点在，我可以按自己的意愿选择穿越的时间与空间。

我们也怀疑，我实际上还可以从非恒定点的地方穿越回已设置的恒定点。科纳也觉得这个猜测从逻辑上说得通，但凯瑟琳还是不肯让我轻易尝试，坚持说只有在当真万不得已的情况下才能那样试试。

在尝试真正的大范围时空穿越前，我还需要做一次往返本地恒定点的测试。在时研会的恒定点系统中，离我们距离最近而又容易进出的点就设在林肯纪念堂里——被绳索围起来的林肯像左侧有一块阴影区域，恒定点就设在那里，有效期为 1923 年至 2092 年。我很想问问凯瑟琳 2092 年究竟发生了什么，但料想她还是只会说那跟我没关系。林肯纪念堂从上午八点到半夜都有工作人员在，这段时间内有游客来访的可能性也比较大，于是我们决定将到达时间定在凌晨一点比较保险。凯瑟琳和科纳都很担心，生怕训练没多久的我到了那里之后可能回不来，特雷于是自告奋勇去那里守着，必要的时候还能开车把我送回来。

预定的出发时间是周五晚上十一点。我离开的时候，特雷也在图书室里。我给了他一个灿烂的微笑，说道："凌晨一点林肯纪念堂见。别放我鸽子，好吗？"

他捏了捏我的手，同样报以大大的微笑。"这可是我们第一次户外约会啊。我会在那儿等你的，别担心。"

凯瑟琳抿紧了嘴，眼里透着焦虑。"凯特，别在外面逗留。我是认真的，你一到那里就马上回来，好吗？"

"她会马上回来的，"特雷答道，"我们刚刚只是开个玩笑，不会随便冒险的，我保证。"

凯瑟琳朝他简短地点点头，又转向我："你回来的时候不必非得站在和之前一模一样的位置上，钥匙能允许一定的误差范围。但还是要尽量做到精确。"

我松开特雷的手，调出了恒定点的影像。我已经花了一整天熟悉这个恒定点的环境，看着无数游客爬上台阶，在纪念堂前拍照摄影。此刻，我调出控制面板，用视线设置好到达时间，眨了一下眼睛。眨眼睛的动作实际上和单击鼠标没什么区别，只是我一直很好奇，如果在用视线调试的过程中灰尘飞进了眼里的话会怎样。我朝最后的出发按钮望去，深呼吸一口，然后眨了一下眼睛。

没等我再睁开眼睛，夜间的暖风就拂面而来，仿佛宣告着穿越成功。我先向四周环顾了一圈，接着看到特雷正倚在一旁的柱子上，手中捧着一只棕色纸袋和一大瓶苏打水。

我朝他走过去，使劲嗅了嗅鼻子。“噢，真香！我闻到了洋葱圈的味道。”

“答对咯。”他说。不久前我曾和他提到过很想念家附近的奥马利烧烤店，我和妈妈过去经常在周末的时候去他家吃洋葱圈。

我笑了起来，踮起脚尖亲了他一下。“谢谢你，你再这么惯着我到时候可得后悔咯。而且我们只剩两分钟了，时间一到我就得回去。虽然凯瑟琳不会知道我在这里待了多久，”我承认道，“但我们向她作了保证。”

他将纸袋和苏打水放到台阶上，伸出胳膊揽住了我。“我知道，我知道。我们赶紧吃——洋葱圈可得跟我分着吃。我还买了薄荷糖，只要你这次吃相能好一点儿——”他大笑着伸手挡住了我砸向他胳膊的拳头，“另外回去的时候注意别对着他俩的脸吐气，咱们的秘密就不会败露。”

这是一个美丽的夜晚，周围的路灯隐约有些闪烁，纪念堂前的沉思湖静静地反射着波光。空气中弥漫着的浪漫气息令我有些惆怅，心里只希望能常和特雷一起做些平凡情侣会做的事。最近一阵子，我越来越觉得自己像是与社会隔离了开来。

特雷显然跟我有同样的想法：“可惜我们没法常常出来走走。而且这周末就是你生日了……”

“你怎么知道我生日是这周末？”我一直刻意不去提醒自己生日的事，那只会让我倍加想念过去的生日，想念有爸爸妈妈的陪伴，想念现在失去的一切。

他朝我狡黠地笑了笑。“我自有门道。你觉得凯瑟琳会放我们出来玩一晚吗？”

我叹了口气。“她不会同意的，这一点我们都心知肚明。今天可能是我们短期内唯一一次的外出机会，除非你想跟我一起去那个世博会？”

“芝加哥我倒是可以去一趟，”他说，“可要去 1893 年就有点难办了。”

“是啊。”我也不得不承认。

我犹豫了一下，又从纸袋里抽出一个洋葱圈。在穿越去芝加哥之前，有一件事我迫切希望了解一下，还有一个人我迫切需要见上一面。

“那你能带我去教堂吗？”

“嗯？”特雷大笑了一阵子，然后停下来问道，“噢！你是想去找夏琳？”

我点点头。“不光是为了去见她，不过的确，我很想去找她。”我面向他说道，“我也想看看赛勒斯教的高层究竟在打什么主意，特雷。到现在为止，我想要修复时间线的动机都是为了自己——为了把我父母找回来，能丢掉这烦人的圆挂件自由外出。但凯瑟琳和科纳不一样，他们认为赛勒斯教是……”

“邪教？”他问。

“是的，我想用这个词形容没错。的确，我只参加过一次赛勒斯教堂的礼拜，还是在那次时间转移之前——可我确实没觉得这个教会有什么邪恶可言。还有一点，对于未来社会不由分说在出生前就给孩子规划好未来道路的做法，我也不敢说完全同意。”

“我懂你的意思，”他答道，“我能理解他们那么做的理由，可那样一来个人的选择权就被剥夺了，不是吗？”

“没错。我不怀疑索尔的做法是邪恶的——我是说，他为了达到目的显然对凯瑟琳下了毒手。可是，从更大的层面上说又如何呢？我觉得自己还有很多很多不理解的东西。而且，即使如凯瑟琳和科纳所言，整个赛勒斯教内部腐败不堪，那我也想亲眼见识一下，给自己做好心理准备。”

特雷思考了一分钟，然后点点头，搂紧了我的肩膀。“你定个时间和地点吧。赛勒斯教堂大多数时候都有活动，但主要的祷告仪式还是放在礼拜天早上，对吗？”

“是的。你能在七点左右来这儿接我吗，那时候保安还没开始上班。如果我被发现偷偷溜了出来，我就说是在练习短途穿越。我经常那么做，凯瑟琳不会起疑的。而且我也去过第十六大道上的那个教堂，所以至少对那儿的布局还算熟悉。”

“你要知道那儿的布局做什么？”他问，眼里有些怀疑。

我耸耸肩。“没什么，我主要是想去见见夏琳，可能只是会问她一些问题，但没准还得……四处瞅瞅。我也没想好，只是随便说说，想用自己的耳朵听听看这主意真说出来像不像回事儿。”

特雷微微皱了皱眉，然后低下头轻咬我的耳垂。“这耳朵倒是很可爱，希望教堂外那些饥肠辘辘的杜宾犬不会把它从你头上扯下来。”

我用手肘轻轻戳了他一下。“笨蛋，他们在做礼拜的时候不会把狗放出来的。不过你要是担心，我们可以随身带些达芙妮的饼干去贿赂它们。”

洋葱圈已经吃完，只有袋底还剩着些美味的碎屑。我给了特雷一个告别吻，然后走向林肯像边的阴影地带，一边朝嘴里塞了颗薄荷糖。“几秒钟后再见，”我说着，从圆挂件里调出图书室的恒定点，“但你再见到我就是明天的晚饭时间了。小心开车，好吗？”

到目前为止，我操作圆挂件时已不再会紧张，只是迅速站到了恒定点附近。再睁开眼一看，我已经回到了图书室，特雷、凯瑟琳和科纳正略微紧张地瞪着我。

“我代林肯向大家问好。”我笑着对他们说道。

一会儿后，我送特雷到门口，他还得穿过大半个城市去林肯纪念堂赴我们的约。我祝他晚安，在他唇上亲了一下，趁机将留在嘴里的最后一小块薄荷糖用舌头递进了他的口中。“真难以置信，”他说，“你尝起来像是薄荷味的洋葱圈。我本来还想给你个惊喜的，现在却感觉根本不算惊喜了。”

“谢谢你能那么做。你一会儿的确会给我一个惊喜的，或者说的确给了我一个惊喜。”我答道，“怎么说都行。”

第十三章

周六晚上，特雷十点就回家了，比平时的周末要稍早一些。明天一大早他还要去林肯纪念堂接我，我希望他能早早回去睡觉，免得到时候提不起精神。我自己则是个夜猫子，而且要溜出去的话，等科纳和凯瑟琳睡着了之后是最好的时机。于是我计划在半夜左右下楼去厨房穿越。原本从我自己房间里出发的话更不容易被发现，可我不想在时研会钥匙里再添加一个新的恒定点。我不知道保存了的恒定点的删除方法，又不能问凯瑟琳，免得引来怀疑。

我总是记不得我现在衣橱里的收藏已和从前家里的大为不同。直到特雷离开后，我才惊觉自己并没有什么适合穿去教堂做礼拜的装束。我翻遍了之前网购来的几件少得可怜的衣服，挑出一套相对来说最为得体的搭配——宽松的印花长衫和一条紧身黑色牛仔裤。至于鞋子，除了一双球鞋和一双凉拖，可供我利用的只有最后一次去学校时穿的黑色浅口平底鞋。地铁上被西蒙碾过的痕迹还留在鞋子上擦不掉，但除了这双之外我也别无选择。

我稍稍化了点妆，戴上了小小的金色圆耳环，又将脸颊边的头发用粉桃色的发卡夹了起来，颜色正好和上衣相搭。我几周前在网上订购来的袖珍版《赛勒斯之书》正放在床头柜上，那是我昨晚读完后撂在那儿的。《赛勒斯之书》和《先知之书》是赛勒斯教的两大经典。科纳很想看一看《先知之书》，但那书却只限于教会高层之间内部传阅。赛勒斯国际教会对于《先知之书》的版权相当重视，偶有一些打着小心思的教会成员将部分章节泄露到网上，或是对外透露高层的信息，都会被卷进大型法律诉讼之中。而每一次，胜诉的都是教会。

而《赛勒斯之书》则相反，要是有人告它剽窃，这人十有八九还能胜诉。这本小小的册子里混杂了《圣经》《古兰经》以及其他一些宗教经典的摘选，偶尔穿插了一些原创文字。可惜这些宗教经典的版权早已过期，没法拿到法院追究。我倒是发现了《赛勒斯之书》的新用途——它的催眠效果比安眠药还有用，只要读上五分钟，我的眼皮准得开始打架。

我拿起这本小册子塞进了牛仔裤的后口袋，把时研会钥匙放到长衫里头，往镜子里看了看。根据我之前和夏琳一起去做礼拜时的观察而言，不用检查我手上有没有莲花图案，旁人一瞧我这身打扮就能知道我不是个虔诚的信徒。但他们或许会把我当成是有皈依希望的传教对象。

就在我准备出门的最后关头，我停了下来。平时偶有外出的机会时，我都会将圆挂件挂在身上，久而久之，也就对透过衣服映射出来的蓝光习以为常了。可我猛然想起，要是到了教堂，在那里或许真会遇到其他能看到这光芒的人。我赶忙脱下上衣，开始往身上一件件叠穿吊带衫。最先穿上的两件很薄，挂件的光芒仍然能够清晰地透出来，于是我又从放脏衣服的洗衣篮里拿出第三件吊带穿上，最后再加了件无袖背心——这么一来差不多将我现在拥有的全部衣服都穿上了，却还能隐约看见一丝蓝光。不过好在长衫上的印花图案可以做掩护，我决定就这样硬着头皮去教堂了，应该不至于被看穿。

偷偷溜出家让我有些心虚。在过去，除了有一次从夏琳的某个表亲家里参加完聚会回来的时候，险些超过妈妈规定的到家时间，我基本不会晚归。如果被凯瑟琳或科纳撞见我一个人下楼，照理不会有什么问题，毕竟我夜里常常会去厨房找点儿吃的，但没有一次会像现在这样穿戴整齐还化着妆。一路下楼，我一盏灯都没开，可到了厨房后还是不禁有些紧张。顾不上轻颤着的双手，我调出林肯纪念堂的影像，锁定恒定点，将到达时间设置到七个小时之后。

特雷在和上次一样的老地方等着我。他穿着深蓝色衬衫和灰色西裤，看上去帅极了。

“咦，这次没有洋葱圈吃吗？”

“我有个更妙的计划，”他笑着说，“祷告仪式要十一点才开始，而且我知道凯瑟琳和科纳的烹饪手艺实在是，呃，很一般。”他这么形容可谓是口下留情了。特雷在凯瑟琳家没吃过几顿正餐，每一回还都得我来下厨。“想不想坐享一顿真正的家庭烹饪早餐，小寿星？”

我吓了一跳。“噢，特雷——我们还是别这样吧。万一……”我倒不觉得去他家吃一顿早餐会让我在凯瑟琳那儿露馅，可一想到要去见他的家人，我心里就有些不知所措。看着他的表情，我知道他读懂了我的想法。

“我爸爸一定会很喜欢你的。别一副战战兢兢的表情呀，现在说不去也已经太迟了，埃斯特拉已经开始准备早餐啦。而且我保管你去了不后悔——她做的‘离婚鸡蛋[①]’美味极了。”

“‘离婚鸡蛋’？”我的西班牙语不及特雷流利，但我确定他报

① 原文为西班牙语。

的菜名就是这个意思。

“到时候你就知道了。”他哈哈大笑。

来自危地马拉的埃斯特拉身高不足五英尺，体态圆润，一头鲜红的卷发一看就是后天染的。她来开门的时候迅速上上下下打量了我一眼，在心里给我打好分数后，绽开一个大大的微笑，把我拉进了怀里。

“拉尔斯还在洗澡，马上就会下楼来的。他只有周日能睡个懒觉。真遗憾特雷的妈妈不在，但我代她欢迎你。她从秘鲁回来后，一定很想见见是哪个年轻姑娘让自己的宝贝儿子成天笑得跟朵花儿似的。”

特雷的脸这时已经跟我涨得一般通红，埃斯特拉哈哈大笑着将我们领进了巨大的黄色厨房。刚才在门厅时，我瞥见里头有张长长的正式餐桌，心里还有些担心用餐的时候会太拘束；得知今天的早餐其实是在厨房的小桌上吃后，我不禁放松了一些。埃斯特拉指挥我们铺好了桌布、切好水果，自己则在灶台和冰箱之间跑来跑去，不时要将四处觅食的德米脆赶到一边去，全程还不停地对我进行连珠炮似的发问。我尽可能地回答着她的提问，努力将过去的生活（妈妈、爸爸，以及布莱尔坡中学）与新生活剪切在一起。

在等待早餐上桌的过程中，埃斯特拉的话足足让特雷脸红了三次。我从她那儿了解到了特雷是什么时候迈出了人生的第一小步，六岁的时候和牙齿仙女有了怎样的奇遇，正当她讲到特雷暗恋的第一个姑娘玛丽索的时候（“亲爱的，她可不及你一半漂亮”），特雷的爸爸走了进来。“坐吧，孩子，我给你倒杯咖啡。”埃斯特拉招呼道。

科尔曼先生几乎和他儿子差不多高。特雷的发色更浅一些，但显然从他爸爸那儿继承了标志性的笑容。父子俩的灰色眼睛也如出一辙，只不过科尔曼先生还戴着一副角质框架眼镜，这使他看上去有点像威瑟乐队的主唱。“凯特！”他招呼道，笑得更灿烂了一些。“真高兴知道真有你这个人。一直没见到你，我都开始怀疑特雷是编了一个女朋友出来，免得埃斯特拉再给他介绍她在教堂认识的女孩子了。”

“哈！真可笑！”埃斯特拉将一盘“离婚鸡蛋”递到他面前。这道名字新奇的菜包括两只鸡蛋，一只上头浇着绿色的酱汁，另一只则浇着红色的酱汁。特雷说的没错，这道菜好吃极了。事实上，餐桌上的所有食物都很美味，埃斯特拉还在一边不断敦促我们吃多些，再吃多些。特雷真是不可思议，在埃斯特拉的照料下还能完全不发胖。

我们四个专心对付眼前的食物，不时闲聊几句。突然，科尔曼先生出人意料地向我发问：“我听说你今早是要去当个小侦探？”

我惊讶地朝特雷看了一眼，他解释道：“我跟爸爸说你发现夏琳突然对赛勒斯教产生了兴趣，有些担心她。”

埃斯特拉的表情将她的想法展露无遗。“亲爱的，你对她的担心说明你是个真朋友。赛勒斯教徒们可不是好东西。他们总是爱嚷嚷说只要你够强大，神就会赐你财富，可只字不提待人处事的道理。有天早上我在电视上看了那个叫帕特里克·康威尔的牧师演讲，他一个劲儿地管我们要钱，说什么到时候能奉还我们十倍。我也听了他们在大西洋城[①]的演讲，一个德性。我不信任那个人，我不信任赛勒斯教的任何人。”

“夏琳的本性很善良，”我说，“但她有时候有点，呃，容易被他人影响。我猜可以那么说吧。所以我才有些担心。”凯瑟琳家没有

① 大西洋城：美国新泽西州著名赌城。

电视机，因此我没有看过埃斯特拉所说的电视布道。但我的确在网上看了几个赛勒斯教士的演讲片段，包括康威尔的——他现在是第十六大道教区的领袖。他的笑容在我看来仿佛经过训练一般标准，事实上，他身上的每一个地方都让我觉得虚伪。今年早些时候和夏琳去参加祷告时，主持仪式的是另一名更为年长的牧师。我猜在现在的时间线里，康威尔取代了他。我对年长牧师的演讲并没有留下什么特别印象，但至少他不像康威尔那样讲起话来像是在向人推销二手车。

科尔曼先生往自己的盘子里添了几勺水果沙拉，朝埃斯特拉笑着说道："你知道我从道德的层面上来说是同意你的，埃斯特拉。但作为你的理财顾问，我得提醒你，把钱交给赛勒斯教，绝对比把钱花在大西洋城的赌场要赚得多。我有几个同事都是虔诚的赛勒斯教徒，他们投资的证券可以说是牛气冲天，甚至令人起疑。我从不轻易相信没有根据的阴谋论，但是……"他摇了摇头，"这我只能私下说说，赛勒斯教与不少政坛大人物联系密切。去年我纯粹是出于好奇，对他们所持的股票做了个数据分析。凯特，如果你真的感兴趣，下次你来的时候我可以让你看看那个分析的结果。"

"我非常感兴趣，科尔曼先生。"我相信凯瑟琳和科纳会将这份分析当作宝贵资料，但估计在穿越去芝加哥之前，我应该是没法再来了。

特雷显然和我想到了一块儿。"我可以先看一看吗，爸爸？"

"没问题，早餐结束后我就发给你。但不要把文件给凯特之外的其他人看，好吗？我说赛勒斯教认识些大人物，那可不是开玩笑。"

让我颇不好意思的是，特雷竟然早就告诉了大家今天是我的生日。结果，早餐的最后登场了炸面团——覆满了蜂蜜的美味小甜甜圈，我的那一份上还插了根蜡烛。吃完后，我去帮埃斯特拉收拾餐桌，她却挥挥手让我闪一边去，那动作和对待德米脆时没什么两样。“走吧，走吧！你接下来还有地方要去呢。我今早已经做了晨祷，接下来一天都没什么要紧事儿了。”

我看了一眼厨房的闹钟。“我们的确差不多该走了，特雷，否则很难找到一个车位。上次夏琳的爸爸在教堂附近兜了好久，最后在六个街区之外才找到停车的地方。”

特雷看上去有些惊讶，但我们还是向埃斯特拉和科尔曼先生道了别，朝他的车走去。

教堂就在特雷家几英里开外的地方，随着我们的车渐渐开近，我明白了特雷为什么之前没理解我说的停车难问题。在我记忆中，教堂的北边是几座公寓、排屋和一些小店，如今朝北望去，却见两个街区之内都被一个三层泊车场和几小幢教堂裙楼占据了。今年早春我来的时候，教堂本身只占了一个街区，而如今的面积少说也比原本大了一倍。原本有些破破烂烂的周边地区，现在随处可见高端洋气的精品餐厅，还有星巴克和其他一些咖啡店。

“我看到的这些都不是新造的，对吧？”我指了指停车库和周边的建筑。

特雷摇了摇头。“小坡那一头的餐馆们没几年就会换一次老板，但其他景象从我记事起就没变过。我还以为你想早点来是有什么别的理由呢。”

车库里有一大半的位子都还空着。等他停好车后，我们一起朝教堂走去。今早的天气还算不错，但空气有些厚重，似乎预示着中午会变得又潮又热。通往教堂的路上，有几户人家三三两两地走在我们前面。见大多数人都穿着正装，我有些不安地看了看自己的牛仔裤。

赛勒斯教堂像一座白色巨石与玻璃制成的巨兽，在耀眼的阳光下闪闪发亮。主教堂比我印象中的要大得多，再加上立在居高临下的坡顶位置以及尖尖的塔顶，更显得有威慑力。塔尖的最上方是一个巨大的赛勒斯教徽——教徽有些像基督教的十字架，但上部是个圆环，底部则呈喇叭形向两边扩开，就和古埃及的十字架一般；横着的“一”字两边也呈圆环形，从后边远远望去有些像无穷符号“∞”。而从正前方看过去的话，就能看到教徽正中间装饰着的莲花图案。

我们登上大门前的阶梯，跟着前面几个人一起走进了宽阔的大厅。大厅内的装潢结构跟我和夏琳之前来时完全不同。一名保安在门内等待我们，要我们脱下鞋接受金属探测门的安检。我刚走进去便想起了身上的圆挂件，有些担心探测器会不会将它识别出来。但保安只是将特雷的钱包和钥匙还给了他，朝主厅点点头示意我们进去。

印象中铺着地毯的走廊自然已不复存在，取而代之的是一个豪华的中庭、巨大的穹顶、光亮的大理石地面，以及通向主礼拜堂的拱形过道。中庭的中央位置是一个硕大的白色大理石喷泉，在阳光的沐浴下仿佛自身也在发着光。中庭的左边有一间咖啡店，大约有十几个人正坐着聊天，悠闲地享用着咖啡和麦芬。中庭的右边则是一家赛勒斯教书店。

我和特雷慢步朝书店的方向走去。书店里头的架子上陈列着平装版的励志类书籍，作者都是些德高望重的赛勒斯教徒。另外还有各种各样的赛勒斯教 CD 和 DVD、T 恤，以及五花八门的纪念品。康威尔的新书《信仰与‘大道’：你离财务自由只有五步之遥》被放在最显眼的展示台上。康威尔长着一张古铜色的面孔和长长的鹰钩鼻，这与他那精心梳理的银发和洁白无瑕的牙齿形成了鲜明的对比。我记得他的网上简介显示他今年四十七岁，可他充满矛盾的打扮和外貌交织产生了一种古怪的效应，使他看起来既比实际岁数更年轻，又仿佛更苍老。

展示书柜旁的一张 CD 的封面引起了我的注意，我拉了拉特雷的袖子。“就是这个——他的 T 恤上的图案就是这个！”我轻声道。

“谁的 T 恤？”他问。

“地铁上那个人，西蒙——他抢了我的书包。他 T 恤上的图案已经被磨得很旧了，但我确定就是这个乐队的标志。”我拿起 CD，仔细端详封面。画面中央是一个眼睛的图案，瞳孔中印着赛勒斯教徽上的莲花。“可我并不认识这个乐队……奋发乐队？你听说过他们吗？”

特雷惊讶得抬了抬眉毛。“当然啦，你不知道他们？我不喜欢他们的乐风，可但凡在去年一年里听过广播的人，就不可能不晓得他们的歌。”

我朝他有些无力地笑了笑。“我的去年可不一样。这下又发现了一项新变化。”我们一直在记录新时间线里，流行文化界发生的与之前不同的变化。科纳编的程序会自动追踪时空变换后政坛出现的新人（大约有十几个）、经济界的势力变化，以及其他各种可以从统计数字上探查出的变化。但他和凯瑟琳都不太跟得上音乐和娱乐圈的最新潮流。在现在的时间线里，过去几十年至少有十几部人尽皆知的票房大片我压根没听说过，还冒出了几个我不认识的明星和作家——他们正好都是赛勒斯教徒。往远了说，特雷还给我普及了不少“名著经典”，那些书在我所知的时间线里绝没有出现在任何西方文化课程的必读书单上。

“奋发乐队好像在去年得了格莱美奖，但那也可能是前几年的事了。”他又说道，“我觉得他们的曲子不算是宗教音乐吧，不过我也没怎么仔细听过他们的歌词。”

一个跟我们年纪差不多的男孩从柜台后向我们走来，问我们有什么需要帮忙的。

“不用了，谢谢。”特雷答道，“我们只是在祷告开始前来这儿打发点时间。”

男孩胸前的名牌显示他的名字叫肖恩。他看了一眼我手中的CD，问道：“你们是奋发的歌迷吗？”

特雷摇了摇头，我却拼命点头，努力给了他一个灿烂的微笑。“我在网上听了几首他们的歌，我特别喜欢他们的新专辑。”我将CD放回架子上，“等祷告仪式完了我可能会来买一张。”

尽管在我看来我放下的位置挺正的，但肖恩还是伸手调整了一下CD的摆放。“他们来这儿的时候你来看了吗？”

一定是见我流露出了困惑的神情，肖恩低头瞥了一眼我的手，估计是在找莲花图案，“哦，不，”我连忙说道，“我不是教徒——现在还不是。我之前只来过这里一次，而特雷今天是第一次来。”

肖恩的微笑热情了起来。“欢迎欢迎！有朋自远方来嘛，我们当然欢迎。”他从口袋里掏出手机，揿了某个按钮，又将手机收了起来。“奋发乐队三个月前来过，但只限教徒可以来观看，不然场面就难以控制了。即便有了那样的规定，表演厅当时也被堵得水泄不通，可以说连站的位置都没有。”他朝特雷伸出手，“你叫什么名字来着？我叫肖恩。”

特雷和他握了握手。“我叫特雷，这位是凯——”他顿了一下，假装清了清嗓子，又继续说道，“她叫凯莉。”

我不知道特雷为什么自己用真名，却给我安了一个化名。这么一来，恐怕我这一整个上午都得顶着“凯莉”的名字了。“嗨，肖恩，”我说道，“很高兴见到你，稍后再见。”

我轻轻拉了一下特雷的手肘，想朝主礼拜堂走去，可肖恩拉住了我另一只胳膊。“我会请本月负责新访客的侍祭来接待你们，他们现在正在来的路上呢。他们会很乐意解答你们的各种问题，还会介绍一些我们的社交活动。今天早上的仪式结束后，我们会在青年会举办一场侍祭午餐会，你们要是再多留一会儿，肯定不会后悔。”

我叹了一口气，心里希望他没察觉出我的不耐烦。我最不想看到的事，就是被一群狂热的青年赛勒斯教徒们牵着鼻子四处走。我和特雷转身去看正朝这边走来的侍祭们，我的喉咙突然涌起了一个小块——那其中有三个女孩，而其中一个正是夏琳。

第十四章

夏琳的头发比我印象中长了一些，穿着洁白的短裙和浅黄色上衣——我认识的那个夏琳多半会觉得这身打扮够土的，哪怕是在教堂里。但站在我眼前的的确就是她本人没错。侍祭们走近的时候，她正和身边的一个女孩笑着说话，并没有怎么注意我们。可随后她看到了特雷，就跟她遇到每一个觉得长得不错的男孩时一样，夏琳对他迅速地上下打量了一番，又朝我这边瞄了一眼，仿佛在掂量对手的分量。这下没错了，这百分之百是我的好朋友夏琳。

我想出一个主意。我尽量不动声色地对特雷说道："穿黄色衣服的女孩就是夏琳。一会儿配合着我演，好吗？我们是表兄妹。她要是知道你单身，就会乐意跟我们聊的。"

"你这是要让我卖身吗？"

我憋住不让自己笑出来。"就卖一个小时左右。我了解夏琳，不管她在哪条时间线。她刚用鉴赏帅哥的眼神打量了你一下，只要你表现得稍稍友好一点儿，她一定会来找你说话的。"

他还没来得及抗议，一大群侍祭们就走到了我们跟前。肖恩向他们介绍特雷，特雷又介绍了我，凯莉。他说到"表妹"这个词的时候有些不爽地加重了语调，但显然除了我之外大家都没注意到。特别是夏琳听了后，表情迅速明朗了起来。

寒暄了几分钟后，我们便被簇拥着赶进了主礼拜堂，坐在前排的位置。从布置看，圆形的礼堂更像是个讲堂，而非普通的教堂。礼堂的后部有三个悬空的隔间，令人想起体育馆或大剧院内的贵宾包厢，不过一般的贵宾包厢可不像眼前的这些一样被玻璃给罩了起来。我怀疑那些都是防弹玻璃。三个隔间内都点起了灯，其中两个里头有人，多数是些年长的男性。另外还有几名女性，都穿着相当考究的正装。

就在这时，空着的那第三个隔间的门开了，走进四名保安模样的彪形大汉。他们仔细检查着隔间的角角落落，连座位底下也弯下身来瞅了瞅。确保一切安全后，他们走出了隔间。几秒钟后，葆拉·帕特森走了进来。想到她现在已是总统而非副总统，我仍然有些不适应。她的丈夫跟在她身后，比她年长，身材也更胖一些；再后头是他们的四个儿子，全是十几岁或二十出头，从表情来看都谈不上兴高采烈。

我将视线收回前方。只见礼堂的最前部是一个半圆形的讲坛，还配有一面巨大的等离子屏幕。屏幕中央映着赛勒斯教徽，教徽周围交替闪现着教会活动的各种照片。

礼堂四周的墙壁是白色的石板，其间穿插镶嵌着高高的彩绘玻璃。有几面玻璃上印着传统的基督教典故，和我在一般教堂里见过的没什么区别——诺亚方舟、圣母与圣子等等；还有一扇彩窗上绘着菩萨像。不过，超过半数的窗户上的彩绘都与赛勒斯教历史有关。不少彩绘的主人公都是一名高高的白袍男子，他留着深色的短发，在画面中为孩子们祈福、给病患治疗、向百姓们发放金币。我盯着这些彩绘看了好几分钟，才猛地意识到那白袍男子正是赛勒斯弟兄，其真身也就是我的外公。

我坐在特雷的左边。而我的左边是侍祭团中的一个男孩，他正跟坐在前方的另一个男侍祭喋喋不休地聊着巴尔的摩金莺棒球队经理的种种优点，并没太注意我们。

夏琳坐在特雷的右边，她的另一边则是之前在跟她聊天的那个女孩，我记得之前介绍的时候有说过她叫伊芙。伊芙的着装打扮时髦而无可挑剔，随身的手提包一看就价格不菲，估计比我原先的衣柜里所有东西加起来都贵，更别提时空变换后我那几件只够穿一星期的便宜T恤了。

夏琳在这条时间线里有了另一个闺蜜，这让我有些嫉妒。我知道这种想法很小气，却难以否认自己的心情。我的生活中真正亲密的朋友并不多，现在眼见自己被取代，心里不由得感到一阵刺痛。我斜着眼朝伊芙瞥了一下，多少有些愉快地发现她的睫毛膏花了，略带鹰钩的鼻子也谈不上传统意义上的好看，虽然我估计一两年内做个简单的整容手术就能将这一缺点矫正过来。

特雷一边环顾着四周的彩绘玻璃，一边回答着夏琳的问题。他用胳膊肘轻轻戳了我一下，稍稍用头示意了一下我背后的一面窗子。那扇窗上的彩绘是一个女人，站在一座花园的正中央，高举着胳膊，眼睛望向上方。她身着无袖白袍，腰间系着皮带，在皮带的一端挂着一个大大的圆形铜挂件。深色的头发打着乱糟糟的卷儿，披散在她的肩头。

我想起了凯瑟琳曾对我说过的话："知道吗，你长得和她真像。"凯瑟琳的话并没有夸张。

特雷朝夏琳倾过身，说道："跟我讲讲这些窗子吧，上面的彩绘真够细致的。我知道这张是赛勒斯在治愈病患，可那个女人是谁？"他指着我身后的那扇彩绘窗问，"还有礼堂后边的那扇玻璃上的？"

我略有些紧张，不知道把她的注意力引到那窗上是否明智，但同时我也确实想听听夏琳的回答。关于普鲁登斯，我只在网上搜到过一点相当含糊的描述。

夏琳对特雷报以了最灿烂的微笑，我知道她还专门对着镜子练习过这种笑法。“那位是普鲁登斯姊妹，”她答道，“普鲁登斯和赛勒斯一样是神谕者，但她更……更低调。我从没见过赛勒斯弟兄——除了康威尔弟兄和他的家人，我们其他人都没见过赛勒斯，所以我说不准那些关于他的那些彩绘是否逼真。但普鲁登斯姊妹的彩绘可以说和真人像极了。”

“所以，彩绘艺术家是按照相片来创作的？”特雷问。

“嗯，或许吧。我猜的确有几张赛勒斯的相片，只是我还没见过它们。但我就在这座教堂里亲眼见到过普鲁登斯。康威尔弟兄的母亲去世后，正是她将这块教区的统辖之职授给了他。我想各个教区的神职都是由她授予的。”

“哦。”特雷迟疑了一秒，“我没想到她还活着。一般彩绘玻璃上印着的人物不都是已经去世几千百年的吗？”

夏琳有半晌没有说话，似乎在思考该如何措辞。“我们一般不会到教堂之外的场合到处宣扬这一点，但赛勒斯和普鲁登斯的的确确是活人。这不只是指他们活在这里，”——她拍了拍自己的胸——“不只是活在我们心里，像其他圣贤先知一样。他们是活在这个世界上的，永远永远。”

她朝我身后的那扇玻璃点了点头示意。“比方说那个彩绘，它是近一百年前创作的——这里的窗户都是从弗吉尼亚州一个教区的老教堂里保留下来的。我母亲小时候见到过普鲁登斯姊妹，据说她当时的样子与现在根本丝毫未变。”夏琳朝我微笑了一下。“知道吗，你长得和她真像。”

我紧张地冲她笑了笑，心里后悔没想到戴一副眼镜什么的伪装一下再来。不过话说回来，我做梦也不可能想到我们会碰上这么多扇彩绘玻璃窗，窗上还画着个与我长得一模一样的姨妈。特雷见状巧妙地转移了话题，将夏琳的注意力牵到了赛勒斯教义的其他方面。看着他，我意识到比起自己，还是特雷更擅长见机行事。我不止一次地在心里期望他能和我一同穿越到世博会去。

我拿起前排的座位上放着的赞美诗集，翻开来看了看。去年夏天我和爸爸一起去探望过他的养父母，在那里我们一同去了一次教堂。那是当地一个小型的乡村基督徒集会，没什么教派之分，教徒们所唱的传统赞美诗总让我有种安心的感觉。

祷告开始前的暖场音乐听上去很现代，近乎新世纪流派。但我在诗集中读到了几首熟悉的赞美诗，比如《福如雨泽》和《我来到花园》。其他几首赞美诗是原创的，还有一些我看着眼熟，但歌词却与记忆中有几分不同。比如一首我记得叫《吾之皇冠是否会有星光闪耀？》的赞美诗在赛勒斯诗集里变成了《吾之皇冠将有群星闪耀》。我想不起原诗具体是怎么写的，但赛勒斯教填进去的一句歌词显然与原诗的精神大相径庭：“主之福泽降临，吾之豪宅林立”。

背景音乐的音量渐渐低了下来，只见康威尔弟兄从讲坛的左侧走了上来。他身穿剪裁精良的黑色礼服，颈上束着白色立领，肩上披着一块长长的围巾。围巾由金丝锦缎织成，两端各绣着一个大大的白色赛勒斯教徽。他的脖子上还挂着一把时研会钥匙，系在白色的缎带上。虽然我早就料到会看到钥匙，可不知为什么，眼前挂件的亮蓝色与白、金两色背景相映的画面还是令我一惊。

我从眼角注意到夏琳的朋友正在看着我，心里暗自希望刚才看到圆挂件时没有流露出太夸张的表情。我向她看去，她立马朝我一笑。我又转回头继续看讲坛上的康威尔弟兄，努力将视线固定在他的脸上，而非那悬垂在他腹部上方的蓝色闪光物体。

“在这个明媚的春日上午，我在此欢迎各位弟兄姊妹。”康威尔带着他那招牌笑容扫视了一圈在座的听众，最终将视线固定在了礼堂的后部。“我们也对总统女士及其家人致以特别的问候。您不在的过去几个星期里，我们都深深地思念着您。但我相信您此次出国访问一定为我们伟大的祖国和‘大道’之践行做出了巨大的贡献。”

帕特森微微一笑，朝人群轻轻点了点头致意。接着，康威尔抬起双臂，示意我们起立诵开场赞美诗。灯光暗了下来，讲坛的一块下陷区域此时缓缓升起，上头站着一个唱诗班及几名乐器演奏者。等离子屏幕上出现了赞美诗《破晓》的歌词，浮现在静谧的自然风景的背景画面上，根本用不到之前放在座位上的赞美诗集。看来那诗集不是从前用过后没收起来，就是仅供教徒们在等待的时候消遣所用。

待两首赞美诗唱毕，全场静思片刻后，康威尔开始布道。布道时间不长，约莫半个小时左右。内容与我在网上读到过的赛勒斯教义差不多，强调要提升自我，短短的讲话中大约有五六次直言不讳地提到了向教会缴税。康威尔身上一种迷人的人格魅力，这种魅力在真人身上比我在网上看到过的视频中更为明显。虽然我之前就对他没几分好感，可我还是在听他讲述个人趣事的时候忍不住笑了出来。

然而应答朗读的场景就有些叫人寒毛直竖了。关于赛勒斯教谕，我曾在网上读到过，袖珍本《赛勒斯之书》的封底上也有印着。虽然读起来让人觉得有些不合时宜，但其他也有不少宗教宣扬神圣的智慧和来世的保障，赛勒斯教谕在其间并不显得特殊。我猜自己之所以觉得不安，是因为亲耳听到几百号人将这些话语大声念出来。如此场景之下，这些文字显得……更有实感。

康威尔弟兄退到了讲坛的一侧，灯光随之暗了下来。背景屏上出现了一群人像，有几个像是一家人，有几个则单独站着，种族与年纪也不尽相同。他们神采奕奕地宣布："我们选择大道，因而我们为有福之人。"相应的字幕在屏幕底部显现。接着，屏幕上又出现了另一个画面——一个满溢着金币的供奉碗（这令我莫名想到了爱尔兰神话中小妖精的宝贝金币盆），底下的字幕变成了"我们供奉赛勒斯，由此必将生活富足。"

刚才的那些人此刻带着更为严肃的表情再一次出现，庄严宣布道："我们选择大道，则有望成为选定之人。"随即，画面慢慢幻化成了一副末日景象的背景，黑色的枯木直插红色天空。旁白再一次响起："人类不能守护这个星球，这个星球便要自救。"

赛勒斯教徒们的面孔再一次出现，有的一脸坚决，有的表情愤怒。"我们选择大道，由此成为捍卫者。大道的敌人将承受我们的怒火与审判。"接着，背景又变成了葱郁美丽的花园，他们以胜利的表情念完了教谕的末句——"我们选择大道，由此有望获得救赎。"从背景可见地球恢复了往日生机，俨然一派人间天堂的景象。趁着礼堂的灯光还未亮起，特雷抓过我的手轻轻捏了一下，看来也被这阵势给吓住了。

仪式的最后是几则公告：祷告结束后在裙楼召开高层季度会议，两个婚礼即将举办，另外教会还会迎来一场退休庆祝会。同时，几位青年开始从每条走道的末端向前传递募捐盆。照理这也并不意外，可鉴于我随身携带的最后一点钱都在地铁上和书包一起被夺走了，我事先压根没考虑到这一点。我左边的男孩将盆子递给我，我只得朝他抱歉地笑笑，便将盆传给了特雷。盆子里堆满了纸币、支票和信封，特雷也在上面加了慷慨的一笔，这一举动赢得了夏琳和伊芙赞赏的微笑——她们已经在小声向他介绍之后青年侍祭聚会的情况了。

我在心里琢磨着要不要跟踪康威尔。他肯定会去参加之前提到的高层会议。可我并不知道自己究竟想寻找什么。能带回一本《先知之书》固然好，但就我目前为止从网上了解到的信息而言，教会高层们可不会把书随意扔在能轻易找到的地方。新入教的教徒和普通成员只被允许读到一些书里的只言片语，真正读过全书的人则寥寥无几。

我猜在高层会议上能听到些有价值的教会财务情报，但要潜入那个小型密会着实难办，何况要是帕特森也参加的话，安保措施一定更是铜墙铁壁。看来我只好尽可能从侍祭们的口中套出些有用的信息了。

我和特雷跟着夏琳等一行人走出了礼堂，夏琳紧紧贴在特雷身边。我瞥到一间盥洗室，于是径直走了进去。谁知伊芙和另一位女侍祭也跟了进来。她俩分别走进了最靠近门口的两个便间，一声不吭，因此我也说不清她们是为了跟着我才进来的，还是单纯出于生理需要。我走进了另一侧最里头的便间，故意动作慢悠悠的，心里希望她们会不管我先走。我的希望落了空——我从便间出来洗手的时候，在一旁等着的伊芙表情显得有些不耐烦。

她转头对身旁的女孩说：“但愿等我们赶到那儿的时候，披萨还没被分完。”我礼貌地笑了笑，便跟着她们出了门。走过一条长长的走廊，一块鲜艳的大招牌在不远处示意我们已经来到了青年会。

青年会里头像是一个健身房和娱乐中心的混合体，沿着外墙还设了几个小房间以供会议或培训之用。特雷坐在一张长长的餐桌旁，身边是夏琳以及其他几名讲道时就坐在我们身边的侍祭。他不光帮我留了个座位，还替我拿了一片披萨和一罐低糖苏打水。

我在长凳上坐下。“多谢。”伊芙和另一名女孩同时用鼻子响亮地嗤了一声，便走到桌尾的披萨盒堆里翻找还有什么剩下的食物。

“不用谢，表妹。”特雷说。我用眼神示意他表演得有些太夸张了，他飞快地朝我一笑，又转向夏琳问道：“我已经读了大半本的《赛勒斯之书》，内容是挺有趣的，可我还是没看出赛勒斯教究竟是做什么的，也不知道你们究竟是信仰什么。我妈说不是所有人都能成为赛勒斯教徒，不是每个人都够格成为选定之人——这是真的吗？”

夏琳显得有些不自在。“嗯，这么说也对也不对。任何人都能参加我们的祷告仪式，所以说你们今天不就来了嘛。一般人也能像这样参加侍祭聚会，也能成为教会的一员。慢慢地，我们会知道你是不是选定之人。并不是每个人都是选定之人。你得经过多年的学习培训，最终了解自己是不是能敞开心胸，接纳大道。而且你还得遵守我们的教规，它在某些方面是相当严格的。只有这样，最终才……”她耸耸肩。

“所以在座的每一个人都是选定之人吗？”我问。

“哦，不。”她答道，“我们只是侍祭，还没有独立。这里的大部分人还在上学，哪怕毕业后……也无法保证你就是选定之人。”

“可是教谕上说‘我们选择大道，则有望成为选定之人’。这你们不是都在刚才的仪式上也诵过了吗？”

“没错。”她点点头，脸上挂着耐心的微笑，“‘我们选择大道，则有望成为选定之人。’没人向我们保证过赛勒斯一定会保佑我们，但选择信仰大道的人之中可能会有一部分在末日来临之时得到救赎。而那些从不听取、甚至忽视《赛勒斯之书》中的警告的人们，是不可能得到幸免的。”

对教徒们许之以如此靠不住的承诺，这比起我所知道的其他宗教来说也太弱了一点。但我还是点点头，对她回以微笑。

特雷又咬了一口手中的披萨，接着问道：“那你们怎么分辨呢？我是指，你们怎么判断自己是不是选定之人？”

“每个人的判断方式都不尽相同。大多数人都能从他们所受的施予上看出来，也就是自他们开始践行大道后神所赐福的多少。我父母就是这样被认定为所选之人的。教会高层和康威尔弟兄对比了一下他们入教前后的资产状况，最终确定神已经昭告了他的旨意。”

伊芙现在坐到了特雷的正对面。她从面前的披萨上挑起一块香肠，瞥了我一眼后接过话茬：“但也有些人是通过他们的才能证明自己的，比如预言能力、创造奇迹的能力。有的人在很小的时候就显现出某种能力，比如康威尔弟兄在十三岁时就成为了选定之人。他的女儿初读《先知之书》的时候甚至比他本人当年还要年轻。他们命中注定将成为被选之人，所以在《先知之书》里早已记载着他们的名字。”

“我还有一点儿搞不懂。赛勒斯究竟保证了要保佑被选之人们免受怎样的灾难？”特雷问，“地狱之灾？”

坐在伊芙身边的深发男孩就是在祷告开始前谈体育的那个，他听到特雷的问题后笑了起来。“赛勒斯教并不相信所谓的来世。今世的福今世报。赛勒斯能在末日来临之时拯救选定之人。你要知道，世界将来是会毁灭的——而且据我们所读到的预言来说，末日不久就要来临了。所有人都会死去，只有被选定之人能继续存活，他们将会创造新的未来。”

这番话令我一怔，一时不知该如何接口。伊芙显然看到了我的表情，于是狠狠地瞪了那男孩一眼。“你够了吧，杰尔德，真的有必要在吃午饭的时候谈这些吗？还是访客在场的情况下？”她转而朝我露出了安抚的笑容，“末世论的课堂上对这个问题会有详细的讲述。相信我，教授们对末日的了解要比杰尔德清楚得多。”

“我想说的是，”夏琳对特雷说，“大道赋予了我们去争取人生幸福的工具。而且与一般人所想的不同，赛勒斯教徒们实际上也不是不懂得享乐。比如我们就在计划下周末去六面旗主题公园玩，你感兴趣的话也可以一起来。”

“好主意，夏琳。”伊芙说道，“把关于这次游玩的计划发给特雷吧。问他要个邮箱，以便联系。至于凯莉，你能跟我到办公室去一趟吗？我给你俩一人一份新人指南，它能解答你们的许多疑惑。我们的侍祭会议还有几分钟就要开始了，很抱歉这个会议只限侍祭们参与，所以……”

夏琳有些懊恼地对伊芙沉下了脸。我不知道她是不愿特雷那么快就离开，还是讨厌被人指使。尽管如此，她还是一言不发地动手收拾起了我们的空盘子。特雷起身帮她收起桌上的饮料罐，然后向垃圾回收桶走去。我则跟着伊芙站起了身。

我以为她要去的是大厅周围的某个房间，但她却径直走向了大厅另一头的出口。我略带紧张地回头看了特雷一眼，但还是跟了上去。出门后，我们左转走上了走廊。走廊很长，大约和一个橄榄球场的长度相当，两边都是一个个房间，墙上偶尔挂着装饰画。走廊的尽头是一道两扇玻璃组成的玻璃门，通向一条小巷，门上挂着“安全出口”的灯光标识。

门外的小巷眼看着有点像我们从停车场出来时经过的路，于是我以为伊芙是要去之前所见的几幢小建筑之一。可我们在走廊上还没走多久，她就从手提包里掏出一张小小的通行卡，在右侧一扇玻璃门旁的识别器上刷了一下。玻璃门轻轻发出哔的一声，她推开门领我走了进去。眼前出现了又一条走廊，比起之前那条光线更为昏暗。

“马上就要到了，”她以轻快的语调说道，“我们一般会在青年会里放几本新人指南，但是……”随着我们慢慢走近走道左侧最里头的一扇门，她的说话声轻了下去。她用通行证打开了另一扇门，走进屋内，打开了天花板上的吊灯。

这是一间装潢豪华的图书室，三面墙上都是高高的书橱。剩下的一面则是一道玻璃，当中嵌着一个石头制成的壁炉。壁炉前有几把椅子，椅子面朝着一个经过精心打理的庭院，周围的白色建筑将院子围了起来。院子里有一座白色的喷泉，比我和特雷在中庭见到的那座要小一些。两条体型壮硕、肌肉发达的杜宾犬正悠闲地在喷泉边喝水。

伊芙关上了我们身后的房门，将身子倚在书橱前一张大桌子边上。大桌子的右边还有一张简朴得多的小桌，她朝小桌前的办公椅点点头向我示意道：“你不如坐下来吧，凯特。反正我们还得等上一小会儿。”

我差点没反应过来她是在叫我凯特而不是凯莉。“别担心，夏琳一定不会怠慢你表哥的，”她继续道，“今早我邀请她在祷告的时候坐我旁边，可把那傻姑娘高兴坏了。我不懂的是为什么你的档案里竟然还会有她的名字，她明显完全不记得你了嘛。”

趁着她还在絮絮叨叨，我深呼吸一口，开始思考行动方案。

选项一：趁只有我们一对一的时候将她拿下。伊芙很瘦，身上几乎没什么肌肉。尤其是现在她还没有产生什么戒备心，我很确定自己的突袭能够一计成功。她比我至少轻十磅，多半没有受过什么武术训练。然而那么做的话，我和特雷就得赶紧逃走，而且我也不知道伊芙已经通知了哪个侍祭。

选项二：掏出圆挂件，尽快召出菜单穿越回家。既然康威尔自己就挂着一把时研会钥匙到处走，我有理由相信此处是一个恒定点。那么做的话的确是逃生的最佳方法，可我怕他们会去找特雷的麻烦。

选项三：穿越回厨房，找到出门前五分钟的自己，说服那时的我这趟出行危险重重，应当赶快打消这个念头。稍后我可以给特雷发个简讯通知他不用出门，那么做的话可能会令他爸爸和埃斯特拉有些失望，可比起他的安全来说，这些都不重要。这计划虽然听上去很不错，可我没法忽视凯瑟琳曾经的警告——即使几分钟的记忆重叠都会带来精神错乱，我真的能承受长达五个小时的矛盾记忆吗？其他人又如何呢？特雷，以及我今天遇到的所有人都会遭遇同样的问题吗？我对这方面的知识了解得太少，不能冒这个险。

第一个选项目前看来最佳，但开始行动之前，我还想再从伊芙的口中套出一点信息。我很好奇我们究竟在等谁，又是谁向她揭露了我的身份。看她一脸洋洋自得地倚在桌子上，没准她真能傻到向我吹嘘自己究竟是如何机智地看穿了真相。

我拉过办公椅，两腿分开倒着坐了上去，将手臂搁在身前的软垫椅背上，一面带着椅子慢慢向伊芙的方向滑去。她对我如此不淑女的动作不满地皱了皱鼻子，我则在心里思忖着：要是我突然起身，从身下举起椅子，飞快地向她下巴下方狠狠砸去的话，能产生多大的攻击力?

我正想开口问她是如何识破我的身份的，但突然意识到了她长得像谁。“你是康威尔弟兄的女儿，对吧？就是小小年纪就被选定的那个？”

她那洋洋自得的表情有一瞬间淡了下去，但马上又重新回到了她的脸上。“有这个可能。”

“当然就是你了。你和你爸爸的相似度比起我和普鲁登斯的相似度来说也相差不了多少。”

“既然你知道自己长得像她，竟然还天真地以为这儿没人认得出你？更别提还戴着一把时研会钥匙堂而皇之地走来走去！从你走进大门那一刻起，保安就通知办公室了。”

我很惊讶她居然知道时研会，但还是尽力保持漠然的表情。“我料到可能会出现这种情况。”我耸耸肩，希望她会相信我的谎言，“但这么一来可能更好，否则我还得多费周折向你们证明我是谁。事已至此，我们就可以开门见山谈正事了。”

伊芙微微抬了抬眉毛。“正事？”

我点头。“我已经从我外婆那儿套出了所有能打听到的信息。要我说，她是在打一场没有胜算的仗。我才不喜欢待在输家阵营呢。我现在想知道的是，如果我加入你们，又能得到什么好处呢？这事我应该直接跟你爸爸谈，他什么时候过来？”

“高层会议一般开一个小时，有时候还要长一些。但我估计今天会议会按时结束的，毕竟我们可不想耽误葆拉姊妹的宝贵时间。”显然她是为了向我炫耀才故意直呼总统的教名，这种虚荣把戏让我直想翻白眼。

“爸爸现在还不知道你在这儿——我一般不在他准备祷告辞的时候打扰他。等他开完会回到这里，见到你一定会惊喜万分，这不是更好么？高层会议可累人了。”她撑起身子坐到了大桌子上，两个脚踝勾在一起。

“但你实在没什么讨价还价的立场啊，不是吗，凯特？就我所知，只要我拿走你的钥匙，你可就灰飞烟灭了。”

我尽力挤出了一个大大的坏笑。“你倒是试试看来抢啊，我保证奉陪。”这也不算什么大谎，毕竟她脸上那抹讥笑让我真得很想动手。“但即使你能拿到我的钥匙，我猜你也不敢轻举妄动。你真的觉得我姨妈，或者我外公，会想要我消失吗？还是在我心甘情愿、特意来这儿见人的情况下？”

我的话让她有些动摇。“我才不觉得他们会管你怎么样。据我所知，你跟他俩一个都没见过面。”

“没错。”我承认道，“但对很多人来说，血浓于水是不争的事实。不知道你有没有听说过，我的外公外婆和爷爷奶奶都是——”我没说下去。我还不清楚伊芙对于时研会和赛勒斯弟兄的身份了解到什么程度，因此还是含糊其辞的好。“——都是和时研会有关系的？我戴着这把钥匙可不仅仅是为了保自己性命啊。我第一次拿起它的时候就将它给激活了。”

她甩了甩肩上的金发。“那不可能。要使用时研会钥匙得训练上好几个月——大部分人需要好几年。”

我挑起一根眉毛，一边和她对视，一边将手伸进衣领，掏出藏在层层衣服下的圆挂件。“你以为有多少赛勒斯教徒拥有我这样纯正的血统呢，伊芙？”

她脸上闪过一丝怀疑的表情，又以近乎贪婪的眼神盯着我的钥匙。这令我突然想到，她应该很少有机会接触时研会钥匙。时研会总部被摧毁后，一共有二十四把钥匙留落到了时间的各个角落。凯瑟琳搜集到了其中十把。即使赛勒斯教徒找到了所有剩下的钥匙（应该不太可能），那也只有十四把，而全世界有千万座赛勒斯教堂，很难想象同一片区域内会拥有两把以上的钥匙。

“你看到的是什么颜色？”

“带点粉色。”她答道，警惕地看着我。

“是嘛？我爸爸看到的也是粉色的。它在我眼里则是蓝色。”我朝她轻轻一笑，将圆挂件放在手心，立马召出了控制面板。眼见显示界面在我们两人之间出现，伊芙倒吸一口凉气，猛地朝我扑过来。

我将手指从圆挂件的中央挪开，控制面板随之消失。我又将圆挂件放回了衣服里头，伊芙也冷静了下来。她的反应至少解答了我心中的疑问——若有万一，我显然能够在这个办公室里进行穿越。

“别害怕，”我咯咯笑着说，“我可一点儿都没想要离开。”我努力挤出了一个生硬的微笑，“凯瑟琳，也就是我外婆，说她从没见过有人能像我一样一上手就激活了钥匙。你们的《先知之书》里有预言过我的存在吗？按你之前所说的标准，我应当是属于命定的被选之人啊。还是说那本书根本不存在？有谣言说……”

“《先知之书》是真的，”她恼火地说，“每个长老手里都有一本，你的名字没在里面。”

“你确定？我可不相信赛勒斯没预言过我的到来。他难道不觉得我会想了解更多情况吗？”我将椅子又推进了一步，稍稍压低嗓音，“还是说他们不让你读整本书？我听说选定之人只能读到一些书里的零碎片段，就像庙里抽签得来的字条一样。”

她咬紧了牙关。“大多数赛勒斯教徒只能在正式成为选定之人的那天读到《先知之书》。但我不一样，我住在这儿。”她微微朝左肩后方的书橱瞥了一眼，“读尽那本书要花上好几年，我还没有完全读完——但只要我想，我就能够读。”

我向她投以怀疑的眼神。“好吧，假设你说的是实话，假设你知道要去哪里看选定之人的名单，为什么不趁等待的时间先查一查呢？这样你爸爸来了之后也就省得麻烦了。我的意思是，要么我的名字的确在书里写着，要么就是赛勒斯犯了一个大错。”

“赛勒斯才不会犯错。”她沿着桌子的边上走去，在第四个书橱前上下打量。书橱上摆满了装帧华丽的大号书籍，然而她却伸手拿出一本小得多的书，我立刻认出那是一本时研会日志。日志的封皮上只有正面刻印了四个金色的大字“先知之书”，字下头是一个赛勒斯教徽。

她打开书，过了一会儿又将书猛地合上，一脸懊恼地说：“我们还是得等爸爸来。我没有那个……”她顿了顿，在脑海中搜索合适的词，“哦，就是那个适配器一样的东西，我忘了爸爸管它叫什么来着。”

“噢，”我接道，“你说那个小小的磁片？我这儿有。你瞧，”我站起身，将手放到耳后，希望在真把磁片取下来之前她就会先朝我这边走过来。可她绕过桌子朝我这里走了几步路，接着就站在一边等我。

“真讨厌！”我说道，“我又把它弄到地上了。这些磁片讨厌死了——找它们就跟在地上摸隐形眼镜没什么区别。”我朝前倾了倾身。几秒钟后，伊芙终于上钩了，走过来和我一起弯着腰检查地毯。

我感到一丝不合时宜的愧疚，于是赶忙提醒自己眼下实在没有别的选择。我举起办公椅，重重地摔了过去。椅子底座的一只轮子飞了出去，滚到桌子底下，剩下的部分则不偏不倚砸到了伊芙的头上。她向后倒去，头撞到桌子上发出砰的一声，最终瘫在了地上。

我静候了一秒钟，然后走过去碰了碰她的睫毛，确认她是不是在佯装昏倒。她的睫毛一颤不颤，看来真的失去了意识，只是很难说这个状态能持续多久。我又有些紧张地环顾了一下四周，担心房内会不会装了什么隐藏的安保摄像头。

就在此时，我听到了狗吠声。我下意识地转头望去，接着恨不得没做这个举动——只见那两条杜宾犬正隔着玻璃虎视眈眈地望着我，尖牙外露。

我朝房门走了几步，又想起还没拿通行卡。通行卡在桌上，紧挨着一旁的《先知之书》。我将两样东西都拿了起来，将书塞进牛仔裤的裤腰里，又拉下身上的几件背心盖在上头。接着，我以最快的速度向门外跑去。

走廊上依旧空无一人。我沿着走廊朝活动室飞奔，心里祈祷特雷还在那儿，没有跟着侍祭们去四处参观。我朝小窗里使劲张望，一边拿通行卡刷门边的识别器。

我看到里头的桌子旁还围着几群人，但没看到夏琳和特雷。识别器发出嘀的一声，我连忙推开门，差点撞上夏琳和特雷。他们似乎正打算从里面开门。

“嘿，小心点儿！”夏琳尖叫着朝后跳了一步，“你瞧，我不是说了她没事吗？”她向我走来，又朝我身后张望了一下，“伊芙呢？”

“我们没找到指南册，”我答道，“她说要去主办公室拿几本来。”我拉起特雷的胳膊，朝活动室外走去。

“她怎么会去得了？”夏琳问道，“你拿着她的通行卡呐。”

我盯着她看了一会儿。我知道她不是我所认识的那个夏琳，可无论如何，我不想对她撒谎。“别把伊芙当作你的朋友，夏琳。虽然我说了你也不会理解，但其实她是在利用你接近我。照顾好自己，好吗？”说完，我用力将手中的通行卡朝活动室的另一头扔去。不出我所料，她疑惑地看了我一眼，便跑去捡通行卡了。

我将身后的门猛地关上。“跑！”我牵起特雷的手说道，朝走廊尽头的那个安全出口点点头，“我们得赶快离开这儿。”

跑到离出口还有三分之一距离的时候，我们身后一扇门开了。我转头向后望去，以为是夏琳生气地从活动室里追了出来。没想到的是，门后出来的是一脸暴怒的伊芙，血迹正顺着她的脖子向下淌。她倚在玻璃门的门框上寻求支撑，两条看上去比她还愤怒的杜宾犬正试图越过她挤出门外。伊芙的腿一软，向前倒去。其中一条狗见她倒下后发出一声尖叫，但这并没有动摇两条狗追捕猎物的决心。而它们的猎物自然就是我。

我们此刻距离出口仍有六十码左右，我心里清楚要在它们追上来之前跑出门根本不可能。然而如果有我掩护，特雷或许能够顺利逃出，何况他那大长腿也比我要迈得远。

我一边跑一边从衣服里拉出时研会钥匙，特雷牵着我的另一只手，拼命想让我快点儿跟上。“特雷，我们得分头行动，否则会来不及的。”我对他说道，“你快去车里，我自己穿越回凯瑟琳家。这是唯一的方法了。”

“不！”他喊道，更用力地拉着我。

“特雷，求你了！伊芙肯定已经联系了保安——快逃离这里！我不会有事的。”我松开了他的手，尽全力将他推向出口，心里希望他没听出我声音里的恐惧。

紧接着，我转过身，独自面对追来的獠牙巨怪。

两条杜宾犬仍然在向我跑来，但它们在看到我手中的圆挂件后放慢了脚步，最终停在了原地，也不再狂吠。我将手指移到圆挂件中央。其中一条狗轻嚎了一声，就像达芙妮在图书室门前那样，向后退了几步。另一条看上去有些迷惑，但仍然在向我走来，巨大的獠牙露在外面，锋利地令我直冒冷汗。

“后退！坐下！”我努力用最权威的语气向它们发出指令。可此情此景下，我的威慑力几乎等于零。那两条狗显然并没有把我放在眼里，但仍然警惕地盯着我手中的时研会钥匙，只敢缓缓地向我逼近。

我很想回头看看特雷是否已经离开，因为我并没有听到开门的声音。但有眼前这两条狗在，注意不到周围的动静也很正常。我不敢将视线从它们身上移开，只好在心里放弃了回头的念头。于是我稳住自己，从圆挂件里召出控制面板，开始设置穿越目的地。

“狗狗乖，”我轻声道。它们此刻已经走到了离我十尺之外的地方，我得赶快采取行动。“不要动！”

更大、更暴躁的那条杜宾犬显然不爱听“不要动”的指令，它闻声又开始大叫，一蹬腿猛地向我扑来。我朝它的身子使出一个左踢。

糟糕的是，就在它被我那一踢击倒的同时，它的嘴巴也碰到了我的大腿。我尖叫着看着它的牙齿撕烂我的牛仔裤，在我的小腿上留下两道深痕。我的手不住地颤抖，眼前的显示画面也跟着摇晃了起来。我连忙在完全丢失画面信号前稳住了自己。

我听到特雷在远处喊我，他的脚步声似乎在向我靠近。“我没事！别过来，特雷！”那条蛮横的狗又站了起来，此刻正紧弓着背蓄势待发。我知道如果我还要继续抵挡它的进攻的话，恒定点的信号就会丢失。

下一个瞬间，杜宾犬腾空跃起，朝我握着圆挂件的手臂扑来。我能做的只有一件事——闭上双眼，祈祷老天保佑。

第十五章

我倒不记得自己是否发出了尖叫，但科纳说他就是听到了叫声后才赶来厨房的，我自然也没有什么反驳的根据。回想起来，眼看着一条九十多磅的巨型杜宾犬向自己张牙舞爪地扑来，发出一声尖叫大概是最正常的反应了。有那么短短一瞬间，我已经能闻到它身上的气息，皮肤也感受到了它口中呼出的热气。我一动不动地等了一会儿，没有感觉到有爪子再次扎进我的皮肤，便试探性地睁开了双眼。见眼前是黑漆漆的厨房，我气喘吁吁地瘫坐到了地上。我将双手在胸前交叉紧紧抱住自己，命令自己冷静下来。

不一会儿，科纳和达芙妮出现在了走道里。“天啊，你究竟做了什么，凯特？”

我朝科纳虚弱地一笑，达芙妮则已经跑过来蹭起了我的身子。“你不是说过想从赛勒斯教的图书馆里借本书吗？”我从衣服下抽出《先知之书》，“原来他们还会放狗去咬没有图书馆通行卡的人呢。”

我从他的眼神中看出，他见书惊喜得不得了，可他的面部表情却没流露出一丝内心的喜悦。“你不是在开玩笑吧？为什么要冒那么大的险？你的血把该死的地板都给染红了！”

他说的没错。虽然我的伤势并不重（我刚开始学用剃刀清理小腿的时候也弄出过这种程度的伤口），但在我膝盖上却多了两道两英寸长的深痕。我裤子上的深色血迹正在不断扩大，鲜血已经在大理石地板上积了一小滩。

“幸好凯瑟琳没听见你的叫声。一旦她服了药，什么动静都吵不醒她。”科纳说着摇了摇头，“我去拿纱布，你待在这儿别动。”他专门补充了一句。其实他没必要那么特意叮嘱，拖着一条血淋淋的腿，我还能再上哪儿去冒险不成?

我一边等着科纳，一边将脸埋进了达芙妮软软的绒毛中。科纳拿来了一把剪刀、一条毛巾、消毒药膏、纱布绷带和一卷医用胶带。他扶着我坐到厨房的椅子上，三下两下剪去了我半条裤腿，开始清理伤口。

“哎哟！”我叫着躲开了沾着酒精的毛巾。

“别动。看样子伤势不重，你应当谢天谢地了，凯特。”

回想起杜宾犬朝我扑来的场景，我不禁打了个激灵。科纳并不知道我是有多么幸运才逃了出来，我也决定还是别把具体细节透露给他的好。他没再出声，默默清理了伤口，上了药膏，又帮我包上纱布。他擦干了地上的血迹，然后拿了把椅子坐下，直直地盯着我看了好几秒钟。“说吧，发生了什么？”

我将过去几个小时的经历向他简要地陈述了一遍。说完后，我将书推向他。“我不是为了找这本书才去的，只是恰好有机会就拿了回来。我是想去见夏琳。我完全赞成修改现在的时间线，只有那样我才能找回爸爸和妈妈——可是，从别的方面来说，至少在我记忆中，赛勒斯教在很早以前就存在了。我还是想亲自确认一下，这个宗教是否的确如你和凯瑟琳所认为的那样……那样邪恶。”

“那你现在确认了吗？”

“算是吧。”我耸耸肩，“好吧，是的，他们的确邪恶。我想他们正在酝酿什么大阴谋，或者说索尔正在酝酿。你知道赛勒斯教的教谕吧？‘我们选择大道，由此……’”

见科纳点点头，我继续说道：“与我料想的不同，教徒们好像真的完全相信教谕上所说的内容。”

“这不奇怪，”他说，“我也碰到过几个赛勒斯教徒，哪怕是在之前的时间线里，他们也对赛勒斯教谕照单全收。”

“我碰到一个男孩，”我说，“是教堂的一名青年侍祭之一，他说什么选定之人最终会得到拯救。他说所谓的灾难并不是指来世的惩罚，而是未来即将发生的某种灾难。他还说其他人都会死去，只有选定之人能幸存下来。选定之人将创造未来。”

科纳沉默了一阵子，盯着《先知之书》的封面，又重新抬起头。“所以——你是穿越回来了，特雷呢？”

“此时此刻，他应该在家睡觉，闹钟定好了要七点到林肯纪念堂去接我。”我深吸了一口气，“但如果你问我今天下午的事，我认为他成功逃出来了。我跟他说了我会穿越回来，让他管自己跑，不然我们两个都得遭殃。但后来狗扑上来咬我的时候我尖叫了起来，他听到尖叫声后又向我跑了过来。”

我的嘴唇开始打颤，眼泪也流了下来。“是我错了，我犯了一个大错。我们不应该去教堂的。而且，科纳——那里的人认得我。首先是因为我长得简直是普鲁登斯的翻版，而他们那儿到处都是画着普鲁登斯人像的彩绘玻璃窗。而且，我觉得他们肯定在监视这幢屋子。”我想起特雷的爸爸说过，赛勒斯教拥有位高权重的盟友，“如果他们知道我们藏在这儿，知道凯瑟琳正在训练我，那为什么不冲进来抓我们呢？赛勒斯教的长老们显然对索尔和普鲁登斯言听计从，而我们……”

科纳点点头。“我也想过这一点。我们在屋子周围装了安保系统，那系统可价值不菲。达芙妮也能在有入侵者潜入时向我们发出警告，至少对于通过常规渠道潜入的入侵者来说这些措施都是有效的。”他补充道，眯起眼睛看着我，“但要是碰上某个有权有势的人打定主意要闯进来，这点安保手段就只是小儿科了。”

我将两臂交叉放在桌子上，把头埋进了臂弯，心里一点点地开始意识到我们面对的是多么严重的问题，而目前所掌握的能力又是多么不足。我害怕特雷也会因我而陷入麻烦，可我却无力帮助他。想到这里，我的胃里涌起了一阵揪心的痛。

“科纳，我应该回到过去，把今天的事修正过来吗？告诉过去的我别去教堂？告诉特雷别来接我？我知道凯瑟琳警告过两个版本的记忆会让人产生错乱，但没准……”

“不行，我们不能冒那个险，凯特。首先，会陷入记忆混乱的不是只有你一个人，任何在此期间内跟持有圆挂件的人接触过的人都会受到影响。凯瑟琳一直在睡觉所以没关系，但我和达芙妮已经在这里有十五到二十分钟了吧？你自己呢？五个小时？六个小时？”

尽管神色依然严肃，但他握了握我的手，说道：“别多想了。我知道你很不好受，但眼下能做的就只有等待。你一旦现在给特雷打电话，就难保会出现什么偏差，尤其是万一他注意到了你心情不好或者知道你受伤了，难保他会做出什么出乎意料的举动。他也不是个小孩了，而且你说他当时就在门边——他不会有事的。”

科纳起身向橱柜走去，凯瑟琳的大部分药物就放在里头。他在柜里翻找了几分钟，终于打开了一个处方药瓶。他从冰箱里倒了一杯水，连同一粒红色药片一起递给我。“吃了这个，它能减轻你腿上的疼痛，让你睡个好觉。另外，”他补充道，“我认为不到万不得已，没必要和凯瑟琳说起你今天的遭遇。我不想让她担心。所以，你得自己找个像样的借口向她解释这个伤口。”

我也不情愿向凯瑟琳坦白，不愿承认自己为了满足好奇心，竟然傻到大摇大摆地把自己送入虎口。因此我很高兴科纳愿意帮我保密。

“这很简单，”我答道，“就说我冲澡后想用剃刀刮一下脚，结果被刀片割破了。伤口已经包扎起来了，凯瑟琳不会看出什么异样的。只是，”我朝《先知之书》点了点头，“得向她解释这本书的由来，不是吗？”

“等我把书里的内容都上传到电脑后，我会把书封拆掉，将它跟我们现有的其他日志混到一起。”

“她不会奇怪你是从哪里得到了这些信息吗？”我问，“据我所知，你找这本书有段时间了。”

“就说我是在万能的维基解密网站上找到的，”他面无表情地答道，“我怎么早没想到去维基解密上找找呢。她会相信我的，凯特，我会把故事编得令她信服的。而且，一旦我们分析完了书里的数据，”他咧嘴笑了起来，“人们还真有可能会在维基解密上找到它。”

科纳上楼向图书室走去，一副准备大展身手的架势。我吞下了他给我的红色小药片，拿起剩下的纱布，朝通向我房间的另一架楼梯走去。

约莫半个小时后，止痛药开始起效，我腿上的刺痛渐渐麻木了——事实上，我觉得全身都有些麻木了——但我还是过了好一会儿才真正入睡。我的脑海里回响着特雷喊我名字的声音，眼前闪现着白色的尖牙向我刺来的画面。我还想起了自己拿着椅子击打伊芙的头的场景，记忆的画面栩栩如生，仿若电影里的慢动作。虽然她对我的态度的确是坏透了，但我还是觉得有些愧疚，只好在心里希望她没事。

第二天上午十点不到，我醒了过来。为免刺激腿上的伤口，我小心翼翼地踏入浴缸，泡了一个热水澡。由于那条杜宾犬戴着口套，我伤口周围的皮肤被撞起了淤青。一想到那只讨厌的猛犬此时可能正在小花园里晒着太阳享福，还要过几个小时才会遭我一踢，我不禁有些恼火。但我毫不怀疑我朝它胸口的那一踢能回赠给它一个更厉害的淤青。

很难想象此时此刻，我和特雷正在他家和他爸爸以及埃斯特拉聊着家常。虽然截止到现在我已经有十个小时没进食了，肚子饿得咕咕直叫，可另一个我则正被劝着大嚼“离婚鸡蛋”、玉米饼和炸面团。这么一想，我愈发感到饥饿。我于是不太情愿地爬出了浴缸，重新包扎了伤口，穿好衣服后去厨房寻找早餐。

我将达芙妮从后院放进了屋里，很高兴在吃麦片的时候有她陪伴。水槽里已经堆了几个盘子，壶里的最后一点咖啡也已经冷却，看来凯瑟琳和科纳早在几个小时前就已经吃过早餐了。

他们此刻或许正忙着研究科纳从网上变戏法一般找出来的那份文件，我可不急着去加入他们。我面不改色说谎的技能至此已经耗尽，要我一方面假装为科纳的发现而惊喜，同时注意不流露出担心特雷的神色，想想就觉得疲惫。然而如果现在不去找他们，接下来的两三个小时里我就只能独自坐着，满脑子想特雷和这糟糕的一天——那就更惨了。

如我所料，凯瑟琳和科纳都在图书室里。见我走进来，凯瑟琳从椅子上站了起来。她手中拿着一本日志——我有理由相信那本书直到昨晚还披着印有“先知之书”字样的封面。“生日快乐，凯特！科纳他——哦天，凯特！你的腿怎么了？”

我将早就编好的借口告诉了她，解释说伤口其实不严重。说实话，包着层层的纱布的确使得伤口看起来比实际要夸张。

她朝我同情地笑了笑。“亲爱的，下次小心点儿。我很幸运，我还没到你这个年纪的时候就把全身不雅观的毛发都彻底根除了。但我的确记得黛博拉在比你小一点点的时候，也曾拿着一把可怕的刀片刮自己的小腿。”

“不管怎么样，”凯瑟琳将我带到电脑前，继续道，“科纳有个很棒的生日礼物要送给你——实际上，对我们大家来说都是一份好礼。”

科纳展示了《先知之书》，我连忙装出一副吃惊的样子。他已经将书里面的内容都上传到了硬盘里以便搜索，还复刻到了两本时研会日志上，这样我们就能在闲暇时拿来阅读了。可仅仅翻阅了书的最初几页后，我便开始深深怀疑自己不可能会拿这本书来打发时光。

《先知之书》的内容散乱无章，充斥着零碎的政治社会“预言”、投资建议、格言警句以及说教性的陈词滥调。每隔个十页左右，就会出现一大篇推销辞，宣扬那些选择追随赛勒斯大道的信徒们是如何获得了做梦都想不到的丰厚回报。相比之下，《赛勒斯之书》虽然内容重复，还剽窃了各个宗教的经典，但至少还装得有点诗意，读上去也算流畅。

而《先知之书》呢，它只能让我想起午夜两点电视上的科普性商业广告——就看准了观众傻，对什么东西都会甘之如饴。很难想象科纳竟会把这本书看得那么重要。

然而《先知之书》读起来很容易叫人分心，就像是在浏览网页的时候想到哪儿就点到哪儿，不知不觉就忘了自己最初的目的，等到反应过来，已经离题很远。尽管如此，我还是每隔个十分钟左右就瞟一眼时钟，想象另一个我此刻正在做些什么，特雷又在做些什么。

等到了十二点四十分，我再也坐不住了。我走出图书室，回到了自己的房内。科纳几个星期前给我买了一部一次性手机，此刻正摆在我的笔记本电脑旁。

我知道特雷在祷告仪式的时候把手机关机了，但没准只是开了静音模式？我只希望等祷告结束，由侍祭们领我们去活动室之后，他记得重新开机了。我给他发了一个短信，措辞比较含糊，应该不至于令他太担心：“我说跑的时候就跑。别往后看。我平安到家了。”发完后，我就将手机塞进了裤袋里。

虽然科纳和凯瑟琳都说过脑海内存在两段自相矛盾的记忆会对人的心理状况产生很大影响，但特雷收到我短信的时候，我已经跟着伊芙去了办公室，或者正在去的路上。而我在穿越回来之前跟特雷在一起没几分钟，这个短信应该不会捅出太大的娄子吧？

等我回到图书室的时候，凯瑟琳已经下楼了，估计是去找点东西当午餐。我在窗边的椅子上重新坐下，但怎么也无法静下心来读眼前的书。

“我没想到人在紧张的时候真的会咬手指关节，”科纳说，“我还以为‘紧张地咬手指’只是一种修辞呢。你手上那本书有那么刺激？”

我低头看了看自己的手，意识到科纳说的没错。我的老毛病又犯了——我的左手手指已经被咬得通红通红了。

“当然不是因为书，”我回道，“你知道我为什么紧张。”

他对我微微笑了笑。“他会没事的，凯特。”

“事到如今，我也这么认为。”我打起精神答道，“我还是决定加了道保险。”

“保险？什么意思？”他问。

“大约两分钟前，我给他发了一个短信。让他准备好逃跑，还告诉他我平安到家了。一个短信改变不了什么，在那期间我们几乎没碰过面。我就指望他在祷告结束后记得开机了。”

科纳轻轻地笑了起来，一边摇摇头。“他开不开机都无所谓。”

“为什么那么说？”

“我昨天回去睡觉前也给他发了个短信，大概是凌晨四点的时候。我让他注意待在活动室的门附近，你说跑的时候就跑，向他保证你后来平安到家了。我还让他不要告诉你我给他发了这个短信，无论如何都别让你看出来。”

“所以他当时才在门边等着！我还担心要四处去找他呢。但是，你不是说我们不可以随便改变……”

“我说的是你不可以，”他纠正道，“但我仔细思考了一下，要是由我去通知他的话倒是没什么不行的。”

“你怎么不早说？我可差点把自己的手指给咬下来了！”

他耸了耸肩。“我能怎么做？给你传个小纸条吗？凯瑟琳一个早上都在这儿。说到……”

他截住了话头，我也听到了凯瑟琳上楼的脚步声。我拿起日志，假装正在读，凯瑟琳进门后则与科纳讨论起了《先知之书》中某几条“预言”的含义。

二十分钟后，我口袋里的手机响了起来。我一跃而起，手中的书落到地上。凯瑟琳嘀咕着要我小心对待时研会的精良装备，还没等她说完，我已经冲出了房间。

一回到卧室，我就接起了电话。我知道除非是谁拨错了号，否则来电人只可能是特雷。但看到屏幕上显示着特雷的名字，我还是松了一口气。可紧接着我又想到，可能是伊芙或者赛勒斯教堂的保安将他抓了起来，用他的手机打电话给我。

“特雷？”我的声音在颤抖，“是你吗？你还好吗？你在哪儿？”

电话那头有一小阵子没开口，但最终我听到了他的声音：“我没事。我现在距离环城公路大约几个街区的地方。”

我坐到了床沿上，重重地舒了一口气。“我吓坏了，特雷。我看到你当时朝我这边跑了过来，也不知道你有没有及时逃出去，伊芙可能还通知了保安。你收到我的短信了吗？”

“还没有，但我有一条未读信息。我一逃出来就给你打了电话。今天早上科纳给我发了短信，但他要我别告诉你。要是早知道你会遇上这种事情，天知道我当时会不会同意送你去教堂。你没事吧？那条狗可太大了，而且看上去它当时是直冲着你喉咙扑了过去。”

“没错。但它只碰到了我的腿，就一次。伤口不是很深，毕竟我也把它踢得够呛。幸好你及时跑开了，谢天谢地！”

他干笑了几声。“即使当时我在原地再待一会儿估计也没关系。那狗重重地跌到了地上，而且——呃，这么说吧，那两条狗应该都没经历过眼前的猎物活生生从空气中消失的情况。它们呆住了，再次听到狗吠声的时候，我已经跑到停车场附近了。那时它们还在门里头，所以……”

“你确定没被人跟踪什么的吗？”

电话那头有一会儿没出声，应该是特雷在检查后视镜。“我看没有。”

“在你到这儿之前我可不打算挂电话。”

他沉默了很久。我突然又慌了起来。他的车里还有别的人吗？他现在有危险吗？

“特雷？你怎么了？”

“没事，”他说，“凯特，我没事，真的。你真想的话，我也不会挂电话的。但你别跟凯瑟琳说，好吗？我向她保证过来的路上会顺路去取给你预定的生日蛋糕，她想给你一个惊喜。”

今年的生日会很开心。只不过偶尔一想到这是唯一一次没有爸爸妈妈陪在我身边的生日，我的嗓子里还是会感觉仿佛被什么东西堵住了。我们吃了披萨（我没法告诉凯瑟琳我和特雷几个小时前刚吃过），凯瑟琳开了一瓶红酒庆祝。给特雷倒酒前，她犹豫了一下。特雷连忙向她保证，他家对饮酒的态度非常开放。凯瑟琳最终耸了耸肩：“反正我在这条时间线里其实已经不算个活人了，应该也没有什么公益组织来指责我唆使未成年人饮酒。”

生日蛋糕上铺满了厚厚的巧克力酱，甜美得地令人产生罪恶感——这才是一只合格的生日蛋糕该有的样子。特雷送了我几件印了有趣话语的T恤衫，以及一条精致的金色项链。项链由一个个互相穿插的心形吊坠组成。凯瑟琳和科纳则送了我一台小型摄像机。我们当即用摄像机记录下这场生日会，还拍到了达芙妮蠢兮兮地来抢戴在我头上的纸皇冠的有趣镜头。

对于置特雷于险境之中，我心里还是感到过意不去。在他没来之前我心中的那股恐慌直到现在也没完全消散。他似乎也有同样的感受——我们总是以各种理由互相触碰对方，只有那样才能反复安慰自己我们两个都已平安无事。

吃完庆祝完后，科纳给特雷看了《先知之书》。特雷比我幸运，他至少不需要假装作出一副大吃一惊的样子，他的确没想到我真的在这次历险中取得了一点实质性的进展。

又过了一会儿，凯瑟琳和科纳上楼继续分析《先知之书》，我和特雷则回到了我的房间。等房门一关上，特雷就一把抱住了我。漫长的亲吻过后，他后退一步，严肃地看着我说："你把我吓坏了，凯特。究竟发生了什么？科纳事先给我发了短信，所以我料到会有什么波折，但……"

"伊芙发现了我的身份。我们之所以能逃出来，完全是因为她想在她爸爸面前表现一下。她打算自己把我抓住，给她爸爸一个惊喜。"

"她爸爸？"特雷问。

"就是康威尔，"我答道。特雷在沙发上坐了下来，让我靠在他身旁。"等我们俩进了办公室后我才意识到这一点。她的眼睛和鼻子跟康威尔的一模一样。她说我们一进教堂，安保就检测到了时研会钥匙的存在并通报了康威尔的办公室。伊芙不想在祷告开始前打扰她爸爸，而保安们因为高层会议的事又有点忙不过来，于是……"

我将特雷不在我身边期间的遭遇都告诉了他，包括我是怎么甩掉伊芙、花园里的杜宾犬又是怎么吓人。他拉起我腿上的纱布边缘瞅了瞅，皱起了眉头。"还好伤口不是太严重，"他说。

"是啊，我们算是幸运的。只是，我真的很抱歉把你卷入了这场遭遇里。"我说，"是我太鲁莽了，做出了这种愚蠢行动。"

特雷摇摇头。"应该是我向你道歉才对。你并没意识到我们将要面对什么，可我去那儿之前就已经知道有某种危险等着我们，还会碰到需要撒腿跑的情况。但科纳说你没事，我就相信他了。我没想到你会受伤，否则本该事先跟你说的。"

"你做的没错，特雷。或许我们经历的一切都是值得的，没准那本讨厌的书里记着什么对我们有利的信息呢。”

接下来的几个钟头，我们谈了别的话题。有的时候干脆什么话也不说，只是两个人安安心心地依偎在一起。我们俩谁也不想先向对方道晚安，但我知道他明天一大早要参加三角学的期末考试。于是九点过后，我只好不太情愿地将他推出了门。

目送特雷的车开走后，我感到腿上的伤口还有些疼，于是决定去厨房泡一杯花草茶放松一下，再上床睡觉。走进厨房，只见凯瑟琳已经在里头了，茶壶正发出沸腾的鸣声。

“你跟我想到一块儿了。”我对她说道，从柜子里拿出杯子，“烧的水够两个人喝吗？”

凯瑟琳点点头。我选了一个洋甘菊茶包，又往热腾腾的水杯里加了一小勺蜂蜜。凯瑟琳喝的是她平日里睡前泡的专门茶包。我不知道那茶包里具体装着什么，可那味道闻起来有些像意大利香肠，我总是尽可能地不去靠近她杯子里散发出的水汽。

“既然你来了，”她一边往自己杯里倒水，一边说道，“我们就谈会儿吧。”

“没问题，”我答道，在桌旁坐下。她的语调告诉我这场谈话不会太轻松。“怎么了？”

“两件事情。首先，我还有份礼物要给你。”她从口袋里掏出了一条制作精细的银手链，上面挂着一个小吊坠。吊坠是一个小小的沙漏造型，和我的指甲差不多长。当然，吊坠不是一个真正的沙漏，上下两个凸起的部分实际上是两颗小珍珠，边缘处镶着扁平的绿色石头，看上去像是翡翠。

“这串链子是新配的，”她说，“原先的那条很早之前就断了。但这个吊坠是在我修完时研会的全部培训课程后，我妈妈送给我的。

这是她的一个朋友专门为我订制的，我再没见过第二个跟它相似的吊坠。我每次考察都会戴着它，对我来说，它就像个护身符。”

她将手链系到了我的腕上。“看起来长短正好。这不只是一份生日礼物，恰好你的训练也接近了尾声，这就算是我的贺礼吧。当然了，遗憾的是你的训练课程只有一点点时间，缩减了不少内容。”

我朝她微笑道：“谢谢你，凯瑟琳。手链很美。”

“我本就打算把它送给你的，”她说，“它也有一个实用性的用途。如果你在公共场合把这条手链拿给我看，我向你保证它会引起我的注意的。到时候你再把挂坠顶端的这个小缺口指给我看，说出它的由来，那样保准能得到我的信任。”

这么一说我才注意到挂坠上这个小小的瑕疵——镶在珍珠上的绿石头上有一个小缺口。“这是怎么弄的？”

“是我刚开始执行考察任务的时候弄的。那次我是一个人去考察，索尔不在。”她停了一下，拿起茶杯试啜了一口，茶水显然还很烫。“那时我已经工作有两年了，大概穿越了有几十次，怎么也算是见过些世面了。可当时我在纽约，正准备从一辆马车上走下来去参加当晚的美国平等权利协会大会——你知道吗？就是讨论宪法第五修正案是否该将女性包括在内的那场大会？”

我点点头，依稀记得有在历史课上听说过，而且最近在凯瑟琳的工作日志中也有一篇是关于这个主题的。

“就在那个时候，”她说了下去，“我朝车外瞥了一眼，竟然看到苏珊·安东尼、弗雷德里克·道格拉斯和索琼娜·特鲁斯[①]三个人就在离我几英尺外的地方，站在大楼的入口旁。我就像个第一次看到

① 三个人都是19世纪美国著名的非洲裔废奴主义者和妇女权利的倡导者。

自由女神像或是国会山的游客一样，傻乎乎地忘了自己正在干什么，不小心被车门夹到了手腕。”

“哎哟，天哪。”我咯咯笑了起来，“对不起——希望你没伤得太重。”

“伤得到不重，只是被门闩划破了皮。道格拉斯先生恰巧带了一块手帕，他慷慨地将手帕送给了我。那块手帕我一直珍藏着，可惜我最后一次穿越到 1969 年的时候没随身带着它。”她叹了口气，“别的倒没什么，只是我出了个大洋相，还有这个沙漏挂坠上也磕了一个口子。我还没把这事跟任何人说过，连索尔也没跟他说。我那时怕时研会的人会笑我是个被大明星闪晕的傻迷妹。”

她又喝了一口茶，将视线投向我。“现在，来说说另一件事吧。”她沉默了良久，终于继续说道，“我有点担心你，凯特。不是指你操作圆挂件的技术，”她赶紧接道，“你在那方面学得很快。我花了近两年的时间才能像你一样在那么短的时间内召出圆挂件的控制面板。你在集中注意力方面很有天赋。”

“那么，你想说的是？”我问。

凯瑟琳用茶包搅了搅杯里的开水，又一次陷入了沉默，显然是在思考如何措辞。“我想说的是特雷的问题，凯特。你们两个走得太近了，我有点担心。你也知道你俩的这段关系是不可能长久的吧？”

她的话刺痛了我，可我无法否认自己也觉得她说的有一定道理。我也曾问过自己，特雷为什么会喜欢我？他长得帅气、聪明又风趣……而我却只是我，凯特。“我懂，”我答道，低头看着自己的茶杯，“他那么优秀，我知道肯定有很多女孩子也……”

凯瑟琳立刻握住了我的手。“哦不不，我亲爱的，我不是那个意思。”她的眼眶湿润了，“我说的绝不是指那个意思。你值得这世界上每一个好男孩的喜爱。你美丽、有头脑，幽默——他怎么会不想和你在一起呢？”她摇了摇头，微笑着望着我，“你的确是缺了点儿自信，但是，恐怕十六岁的姑娘们普遍都有这个缺点——抱歉，是十七岁。”

“那你的意思是？”

“我认为你还没把整个事情想透彻。你之前说你需要一个朋友，这我同意，所以我同意让特雷来陪陪你。我当时怕极了你会陷入抑郁，毕竟哈利和黛博拉都从你的生活中……消失了。”她顿了顿，“但如果你最终成功修复了时间线，你的父母都会回来，我们都会回到和之前一样的生活。而特雷呢，照你之前所说的来看，那时候他肯定不会在布莱尔坡高中读书。你说过他是取代了你的名额才能入学的，对吗？那时的特雷不会对现在发生的事有任何印象。他不会记得你，凯特。”

我想起了我和特雷相遇的第一天晚上，他在门廊上说过的话——他说我只要随便脱下一只袜子或摘下一只耳环扔到地上，让他眼看着东西消失，他就会再一次相信我的话。放在几个星期前我们才认识一天的时候，那是再好不过的法子了。可事到如今呢？我会记得我们所有在一起的时光，特雷却不会。即使我到时候能够想方设法找到他，一切也再回不到过去了。现在想到这一点，比我当初刚意识到这个道理的时候要揪心几百倍。

“我穿越的时候让他留在这里不就行了吗？”我问，“就像我之前短途穿越试验的时候一样？那他就会受到这屋子的保护界保护，就像科纳和你一样。那他就能保有记忆了，对吗？”

“没错。”凯瑟琳答道，“那样的话他会记得一切。但出于两个原因，我不能允许你们那么做，凯特。首先，这违反了时研会的规章，”她抬起一只手示意我先别反驳，“请先听我说完。时研会不允许以那样的方式扰乱时间线。我们现在是要修复索尔对时间线所动的手脚。而就因为你允许自己跟特雷产生了亲近感，就要改变时间线，这是我所无法允许的。”

我眯起了眼睛。凯瑟琳这话说得仿佛特雷只是一只没人要的野猫。“你说还有一个原因？”我问道，努力保持语调平稳。

凯瑟琳点点头。“哪怕你不同意我所说的第一个原因，但你要是真在乎这个男孩，那你是会理解我接下来要说的话的。无论如何，特雷最终还是得走出这幢房子。而自他出门的那一刻起，他的脑子里就需要消化两段完全不同的记忆。这对我们这些拥有时研会基因的人来说都够痛苦了，”凯瑟琳摇着头说道，“你说过他目睹你爸爸的照片凭空消失后有些不知所措，而那还只是一段极小的记忆矛盾。你真的希望他承受比这严重百倍、千倍的记忆矛盾吗？到时候他将面临千千万万段不重合的记忆——我和科纳真的不知道这会对那孩子造成怎样的影响。这很可能会对他造成永久性的心理创伤。”

我的心一下子沉了下去。我完全没想过这一切可能对特雷造成的影响。

“我不是要你立刻和特雷断了关系，凯特。你还有几天的时间，好好珍惜和享受这段感情吧，同时也要学会接受这段关系的必然结局。若是什么心理准备都不做的话，当这段关系走到尽头之时，你会徒然背负许多原本可以避免的痛苦。无论如何，这段关系必然会走到尽头。”

第十六章

1893 年 9 月号的《潮流图样》杂志里有一个发型栏目，教读者如何打造一个时髦发髻。尽管有分步教学图示做参考，可我怎么也没法把自己的头发弄得像杂志上画的那般光滑而优雅。我上学的时候也会将头发扎成一个丸子头，可显然那对 19 世纪 80 年代的女性们来说太方便了，因此算不上时髦。一个时髦的发型需要先编几根小辫，然后将它们互相盘绕起来，最终用一把梳子全部定型。也没准还需要别的什么辅助工具吧，天知道要打造一个忤逆重力定律的冲天髻要多大工夫。我最终还是垂头丧气地败下了阵来，满头的乱发依旧散落在肩头。

然而脖子以下的部分，我已经穿戴齐全了。下午的时候，我们的裁缝送来了完工的裙子和内衣。几个小时后，凯瑟琳之前在网上一家戏服商店订购的鞋子也送到了。我帮凯瑟琳和科纳一起在内衣、裙子和鞋子的夹层里缝进了几个银色的迷你信号接收器。这样一来，我就不用担心将它们脱下后它们会瞬间消失了。这些接收器能够增强时研会钥匙发出的信号，就跟科纳装在我们的屋子周围的装备是一个道理，只不过效果相对来说要弱一些。这解答了几周以来一直在困扰着我的问题：要是某个时研会学者在考察的时候偷了张毕加索的手稿，或是塞了一大袋金币在行李中带回去该怎么办？这不只是违反时研会规章制度的问题，原来这个学者根本无法把偷来的东西卖出去。赃物一旦离开圆挂件的保护界就会自动消失，赃物的买家最终会发现自己购入的只是一个空包裹。

我的鞋子由柔软的白色动物皮制成。凯瑟琳管这材质叫小山羊皮。自从得知那皮是从小羊羔身上剥下来的之后，我不得不在穿鞋时一个劲地克制住自己不去想象制作的细节。鞋子的大小刚好，可安在鞋子上的纽扣似乎永远也扣不完，即使用上科纳做的纽扣钩也得花好长时间。

这还没完，我们还得对付裙子后背上的纽扣串。“你知道怎么做能使大家都轻松点儿吗？”我嘀咕道，“只要我去某个发明博览会上往谁的袋子里偷偷塞一条尼龙搭扣。”我从近来所读的书中了解到，自动洗碗机、果味口香糖等等发明都是在各种博览会上流传开来的。“我只消找到那个在展会上展示世界上第一条拉链的人，偷偷塞给他一包尼龙搭扣就行了。他一定很乐意改良一下自己的产品。”

科纳闻言挑起了一根眉毛。“你这话可别让凯瑟琳听到。她保准会觉得你和你外公一个德行，不该派你去执行时研会的任务。”他的嘴角抽动了一下，仿佛在命令自己别笑出来，“历史是神圣的，就像是一场远足。‘除了足迹，什么都别留下；除了记忆，什么都别带走。’”他说这话的语气既像凯瑟琳，又令人联想起博物馆的解说员。

我刚开始扣第二只鞋子上的扣子，门铃声和达芙妮的叫声同时响了起来，看来是特雷来了。穿戴完毕后，我踩着造型奇特的鞋子摇摇晃晃地走出了图书室，开始小心地下楼。特雷坐在沙发上，正在翻阅英国文学课的作业。

他看到我后表情一亮。“哦，下午好，斯嘉丽小姐。”

我低头看了看自己的裙子。裙子是绿色的丝绸制成的，难怪他会那么说。但比起斯嘉丽在电影《飘》中所穿的窗帘裁成的绿裙子来说，我的这条颜色更饱满，接近深翡翠绿。我的裙子下摆也更窄一些——对这一点我还算满意，因为它意味着我可以少穿几层又热又黏的衬裙。上身的胸衣很贴身，领口处是方的，手肘以上部分是鼓起的泡袖，手肘以下的袖子部分则紧贴着前臂，袖口镶着白色蕾丝花边。

“你把时间弄错了四十年，科尔曼先生。”我努力模仿着南方口音答道，假装拿出扇子半遮住脸，“但奉承一下女士准是没错的。”

他走到楼梯旁来迎接我。“说真的，凯特，你看上去很美。这条裙子刚好衬出了你的眼睛的颜色。”他低头瞥了一眼学校要求穿的卡其裤，“你让我都觉得穿这身来参加舞会也太随便了。”

舞会。这个词又一次提醒我还有外边的世界。现在正值学年的尾声，特雷提到过几次期末考的事，但我压根忘了校园舞会的事。在过去，我对学校举办的各种舞会避之不及，可认识了特雷之后，穿着盛装、与他在闪烁的灯光以及彩色的绉纸下共舞一曲似乎也不坏。“布莱尔坡中学的舞会……”我开口道。

“就在上周六。”特雷接过了话头。

上周六。上周六晚我所做的最刺激的事就是玩了一盘拼字游戏，和特雷组队对抗凯瑟琳和科纳。

“别摆出那种表情，”他说，“我没认识你之前，本来也没打算去舞会。虽然要是能跟你一起去舞会的话我会很开心的，可比起没有你的舞会，我在这儿过得更快乐，因为这儿有你。”

我在沙发边上坐下，耳边响起了前不久和凯瑟琳的那场谈话：“埃斯特拉和你爸爸一定在埋怨我了，为了陪我，你哪儿都不去就待在这儿，更别提我还害得你没去成舞会。”

“那个舞会我之前就没打算去。刚开始埃斯特拉是有些埋怨我，她说我嫌她丢人，不肯把女朋友介绍给她……但后来你来我家大吃了一顿后她就满意了。至于我爸，他只是一个劲地朝我坏笑，时不时无奈地摇摇头。”特雷大笑道，“你懂的，就是那种‘你们陷入爱河的年轻人’的表情……”他的声音轻了下去，我们两个一时都有些尴尬。

“总之，”他说，“等你穿着斯嘉丽·奥哈拉的裙子拯救了世界之后，我们就到外头去尽情地玩，好吗？你会跳舞吧，我猜？”

我用手肘轻轻戳了他一下。“我当然会跳舞，不过穿这裙子我可不敢。这裙子不是用来参加舞会的——不管你信不信，它其实是日常便服。”我看了看自己身上这长及脚踝的裙摆和怪里怪气的鞋子，摇摇头说道，“要拯救世界，我宁愿穿着神奇女侠的装束——蝙蝠女的也行。”

“哦哦——那我真想有机会能看一看。”特雷笑着说，“我完全能想象你像蝙蝠女一样朝反派的脑袋上飞来一踢。可要真穿成她那样，1893 年的百姓估计得把你送进警局。”

“我只要别离开大道乐园就没事，”我答道，“那里头都是奇装异服。”昨天下午我们翻看了不少芝加哥展会上拍的照片，也就是所谓的“1893 年哥伦比亚世博会”。虽然博览会上大多数展品都走传统路线，规规矩矩不出格，还带点儿教育意义，可最赚钱的还要属与会场相邻的那条一英里长的“大道乐园”。凯瑟琳之前日记里提到的那个巨型摩天轮也是在大道乐园里，除此之外还有不少娱乐项目。不用说，其中还包括了不少并非老少咸宜的节目——有一位名叫“小埃及”的肚皮舞女就出现在了不少照片里。这些颇具异域风情的舞女们一到晚上便开始表演，吸引了大批游客前来观看。

“没错，大道乐园会欢迎你的。”特雷附和道，“而且我相信那儿也更有趣。但照你之前说的，凯瑟琳那天可没在集市里和肚皮舞女们作伴。所以……你准备什么时候穿越？你也在担心这个事儿吧？”

我耸了耸肩。“很快就要出发了，现在就差我的软帽还没到呢。”软帽，这个词从我的嘴里说出来感觉真奇怪，“我得上楼换衣服去，这身打扮弄得我快窒息了，下次得让凯瑟琳松一松我的束腹。”

“束腹？”特雷大笑了起来。

“不——准——笑。”我向他发出警告，“我在这身裙子里头穿的衣服，比我平时一星期穿的加起来还多。”

特雷带了一张 DVD 来，是乔纳·希尔[①]最近的一部电影。我套上了牛仔短裤，穿上特雷在生日时送的一件 T 恤，上面印着“自己拯救自己的公主”字样——特雷说这穿在我身上很应景。我们下楼做了几个花生酱三明治，又拿了一大包爆米花在看电影的时候吃。我很高兴能够从十九世纪末的繁文缛节中暂时逃离出来，过上几个小时的二十一世纪新生活。我也暗暗庆幸能有个借口暂时将即将到来的行动抛到脑后，不再烦恼今后可能发生的事。或许凯瑟琳说的没错，我应当珍惜当下，权当是今朝有酒今朝醉。没有必要和特雷讨论这段终将结束的感情，那只会把他的情绪也搞成一团糟，而那又能改变什么呢？

特雷的英国文学课作业要求写一篇关于阿道司·赫胥黎的论文，于是刚过了傍晚时分，他就起身准备回家了。“我晚些时候会上网来找你，”他说，“你说你读过《美丽新世界》了，对吧？”

我点点头。

---

① 乔纳·希尔：美国喜剧演员、制作人。

“太好了。等我写完论文后，你得帮我看一下我写得像不像样。”他有些担心地看着我，“你今晚比平时话少，凯特。累了吗？”

“有点儿吧。”我答道，低头看着自己的脚。

“那我现在回去正好，你也能早点儿休息。”他在门廊上给了我深深一吻。我看着他朝人行道走去，他的车就停在那儿。“明天见。”

我微笑着目送特雷离开，仍然在回味刚才那个甜蜜的长吻。我关上门，正准备上楼去图书室，却看见他的文学课本还在桌子上放着。我拿起书，仔细确认了圆挂件确实挂在脖子上，然后冲出家门。我跑出大门的时候特雷的车刚开走。我挥舞着书大声喊他的名字。车尾的刹车灯闪了一下，我以为他听到了我的叫声或者从后视镜里看到了我，却发现他只是在转弯的时候减缓了速度。

我刚要进屋给他打电话，突然有人出现在了我身后，仿佛是从空气中冒出来一般。他抓住我的左臂，猛地向后抬起反按在我的背上，我感到一阵生疼。我的第一反应是进行自卫，就像训练时一样扭过身朝他一踢，趁他失去平衡之际拿起厚厚的课本砸他的头——但我紧接着感到他的另一只手伸进了我的 T 恤里，他的手指牢牢钳住了时研会钥匙。我身体一僵，不敢再动弹。

“丢掉书，把你外婆喊出来。”我立刻听出了声音的主人——西蒙，地铁上的那个小胖。

达芙妮在门后发狂般地叫了起来。她要么是闻到了西蒙的气味，要么是听到了他的声音。鉴于西蒙身上的味道闻起来仿佛自那次地铁遭遇后再没有洗过澡，我猜前者的可能性比较大。

“我可没时间跟你开玩笑，凯特。快按我说的做！”

“凯瑟琳，小心！”我出了声，同时将课本扔到了路旁的草丛里。我的嗓音沙哑而低沉。“走近点儿，狗叫声那么响，不走近的话凯瑟琳没法听到我的声音。”我原指望能够走到那棵枫树的附近，从那里开始就进入了保护界的范围。可西蒙威胁般地扯了扯我的圆挂件。我浑身一颤，半是因为恐惧，半是因为他的胳膊直接触碰我肌肤所带来的作呕感。

达芙妮已经开始用爪子挠门了，几秒钟后，凯瑟琳打开了门。我看到她的另一只手在身后飞快地做了个手势，朝上指了两次。接着，她将达芙妮赶回门厅，独自走上了门廊，并关上了身后的门。

“你是谁？想做什么？”她问道。

“你觉得我还能想做什么？把你身上的挂件拿过来，我就放开凯特的这块。她可以爱干什么就干什么去，只要洗澡的时候别不小心将挂件摘下来就行了。”讲到“洗澡”二字的时候，他的手臂在我的肚子上来回蹭了几下，我竭尽全力不让自己干呕出来。

凯瑟琳从脖子上取下时研会钥匙，钥匙的蓝光从她握拢着的手指缝隙间透了出来。此时她距枫树还有一英尺的距离，仍处于保护界之内。“她把圆挂件摘下来了，”我说道，“我们过去拿吧。”我试着朝凯瑟琳的方向走去，却被西蒙拉了回来。

“不行，”他说，“让她自己送过来。就现在，凯瑟琳。”我不知道西蒙这么做是因为已经知道了保护界的存在，还是单纯的顽固。根据他之前所说我不能在洗澡时把圆挂件摘下来的话来看，他应该还不知道屋子周围有保护界。但不管怎样，他站在原地一动都不肯动。

凯瑟琳向前走了一步。“我怎么知道你到时候会放她走？”

我能感到西蒙在我背后耸了耸肩。“赛勒斯弟兄就说要把你干掉。还有基尔南，他可对这妞情有独钟呢。”他靠过来，脸颊在我的头顶蹭了蹭。“我倒也不是不理解。”我尽可能地将脸别开，只听他笑了起来，“不到万不得已，我可不想去惹基尔南。”

凯瑟琳朝四周看了看，似乎在寻找救兵。西蒙见她不动，便朝前走了一步，用满不在乎的语气开了口："我现在就能扯掉她的钥匙，然后再来抢你的。你可跑不过我，而且你也知道没人会听到你们的叫声的，我大可以在这里放心干我的事。"为了使他的威胁更有力，他又扯了扯我的圆挂件，另一只手将我被按在身后的胳膊提得更高了一点。

我咬紧牙关没叫出声。"他在撒谎，凯瑟琳。他不会放我走的。"

凯瑟琳深深地望了我一眼，露出了悲伤的笑容。接着，她走向我们，伸出握着圆挂件的手。

在接下来的一瞬间，同时发生了好几件事情。要接过凯瑟琳的圆挂件，西蒙要么选择松开我那被抵在背上的胳膊，要么就得放开我的圆挂件。他做出了错误的选择，率先松开了我的胳膊。我迅速收回胳膊将他的另一只手按在我胸前，脚朝后一跨，同时身体前屈。我的计划是让他失去平衡，使出背摔，然后将身子压倒在他身上将他制服，全程尽量保持与圆挂件的接触。

令我惊讶的是，我的计划成功了——谁知却晚了一步。就在我抓紧西蒙的胳膊向前弯腰的同时，只见凯瑟琳手上的圆挂件已落到了西蒙的手中。倒地的瞬间，我从眼角的余光看到凯瑟琳消失在了空气中。

"不！"我尖叫了起来，西蒙趁机将我翻过身来，拿他的膝盖抵住了我的腹部。我听到了达芙妮在屋内狂吠——她那原本已惊慌不已的叫声此刻一下子升高了八度。

"抱歉啊，大美妞儿。"西蒙奸笑着将凯瑟琳的圆挂件塞进了自己口袋，然后伸手来取我脖子上的那块。"其实我也得把你的时研会钥匙一并带回去，你外婆藏在屋里的那几把钥匙也不会漏下。"我拼命挣扎，想拖着他一起爬到枫树附近的保护界内。接着，我感到身上圆挂件松了开来，于是改变策略，转而去抓西蒙自己挂着的那块，可我的手指怎么也揪不住他的衣领。

他的膝盖施了更大的力，我的呼吸也因此变成了剧烈的喘息。“要不这样吧，我可以把你也一起带走。基尔南最近干涉了我们的行动，赛勒斯绝不会再允许他那种叛徒拥有你。但你和我，咱们俩能好好相处一番……”他暗示性地抚摸着我的大腿内侧。他的嘴距离我的只有几寸之隔，他的吐气扑面而来，我感觉全身被恐惧所攫取。我的视线开始模糊，极力扭动着想要呼吸进哪怕一丝空气也好。门廊上的灯就在我的头顶正上方，灯光一明一灭，仿佛在给我的挣扎配上节拍。

“砰”的一声重击响起，西蒙的脑袋向后一仰，身子蜷缩着滚到了我的左侧。一道红色的血迹从他的右太阳穴处流了下来。西蒙的手里仍握着我的圆挂件，随着他的倒下，圆挂件的蓝光在暮色中划出一道弧形光痕。特雷出现在了他的身后，手中拿着一根撬胎棒。我静静地等着和凯瑟琳一样消失在空气中，心里只是高兴，在离开这个世界前所见的最后场景是特雷的面孔，而不是西蒙的丑陋冷笑。

第十七章

然而什么也没有发生。特雷弯下身来，从西蒙手中夺回了我的圆挂件。“没事吧？”他问。他用脚踩住撬胎棒，倾下身来将圆挂件套到了我的脖子上。“凯特？”

我点点头，仍然没能正常呼吸，更别提出声讲话了。特雷用胳膊支起我，将我扶到了门廊的扶栏上，只听西蒙呜咽了一声。特雷闻声咬紧了牙关，转身向他走去。从特雷脸上的表情看，他八成准备捡起地上的撬胎棒结果了那混蛋的性命。不管他是不是真那么想，总之他没能那么做。西蒙仍然摊在草坪上，但他的手摸到了圆挂件。还没等特雷走近几步，他就消失不见了。

特雷对着西蒙几秒钟前还瘫躺着的地方盯了一会儿，又走回我的身边。他看上去一脸震惊。“他伤到你了吗？”

我摇了摇头，眼泪涌了上来。特雷在我身旁坐下，搂过我的身子。我呼吸着他身上的味道，尽力憋回了泪水。“凯瑟琳她……”

“我知道。我想起我的课本还放在咖啡桌上，正要下车，就看到她……”他迟疑了一下，难以置信地摇着头，“看到了那场面之后我就去找来了撬胎棒。”

我朝路缘处看了看，透过院子的篱笆我能看到他车前的保险杠。“我都没听见你停车的声音。”

特雷耸了耸肩。“达芙妮的叫声刚好掩护了我。还好他也没听到我靠近。”他将嘴唇靠近我的头发，陪我静静地坐了一会儿，在脑中细细消化方才几分钟内所发生的一切。“我不理解为什么凯瑟琳不肯等一等——她明明看到我的车朝这边开了过来。”

门廊上的灯又灭了下去，不一会儿又亮了起来。只听啪的一声，灯泡碎了，把我俩惊得站了起来。“一会儿提醒我问科纳要一个电灯泡。”我小声说道。

特雷点点头。“好。这倒提醒我了，科纳他人在哪儿呢？”

“我不知道。我看到凯瑟琳在走出门的时候对他做了个手势，我们去找找他吧。”

我推开房门，立马看见了楼梯顶端的科纳和达芙妮。科纳正将头埋在手里，达芙妮的鼻子则陷在两只爪子之间，完美诠释了什么叫万念俱灰。听到开门声，他俩不约而同地抬起了头，科纳的脸上露出了困惑的表情。“凯特？我以为——哦！谢天谢地！我以为，我看到凯瑟琳……不见了……等我再从图书室的窗子里望出去的时候，你也不见了。”

“你知道凯特在和那个男人搏斗，为什么不想着帮她一把呢？”特雷质问道。科纳正要下楼，听到特雷声音中透出的怒气后怔住了。“还有凯瑟琳呢？为什么不帮她？关键时刻你究竟去哪儿了？”

我将手按在了特雷胳膊上，轻轻摇了摇头。“别这样，特雷。是凯瑟琳让他回图书室的。对吗，科纳？”

科纳点点头，在达芙妮的陪伴下继续沿着楼梯走下来。“我们从门上的猫眼里看到你走出了保护界。凯瑟琳认为发挥第三块圆挂件的力量来扩大我们的保护界是最佳选择，可那行不通。我还是没弄明白要怎么才能不让那该死的东西弄得整个系统超载。”

我想起了在同西蒙的挣扎中头顶那忽明忽灭的廊灯，以及之后破裂的灯泡。我有些悲哀地朝科纳笑了笑。“你成功了，不然我现在也不可能还站在这里。可惜差了一小会儿，没来得及救下凯瑟琳……”

我们在客厅的沙发上坐下，我蜷在特雷身边。我忽然觉得自己全身冰凉，估计是受了惊吓的缘故。我们所有人，包括达芙妮，心里都有些迷惘，还没从刚刚发生的一连串事件中回过神来。客厅一时间安静了下来。

最终，是我打破了沉默：“我能弥补这一切吗？我是说，如果我能在芝加哥世博会上成功确保她不被谋杀，等我回来的时候就能在这里又看到凯瑟琳了吧？”

科纳有些迟疑地看着我，但还是点了点头。“我想是这样的。只要她能穿越到 1969 年的纽约，那么从那个时点起接下来的所有事件都会正常展开了。那意味着她在新的时间线里还活着，也就无所谓圆挂件是否被抢走了。”

“那就这么办，事不宜迟。我们还有几件事情需要理清，准备时间应该不会超过几个小时。”

让我有些惊讶的是，科纳竟然没有表示反对。“或许你是对的。目前最难办的就是如何既保护凯瑟琳，又不向她透露索尔的事。”

“为什么凯特不能跟他说索尔的事？”特雷插进来问道，“要杀凯瑟琳的人不正是他吗？”

“不是他直接杀的，”科纳答道，“肯定有别人来替他下黑手。索尔和凯瑟琳一样，根本用不来圆挂件。1893 年那个跟凯瑟琳同行的索尔，虽然无疑已经是个彻头彻尾的恶人了，但应该还没想过要对凯瑟琳下毒手。而且你觉得凯瑟琳一旦知道了索尔的真面目，还会愿意继续跟他在一起行动吗？”

“在这一点上我也拿不定主意。”我说，“虽然我知道自己不该多嘴多舌，可我心里还是想劝凯瑟琳赶快逃离索尔身边，毕竟我亲眼看见了那一晚索尔把她的脸弄成了什么惨样。”科纳抬起头，眼里充满了震惊和怒火。我意识到凯瑟琳应该没对科纳具体描述过索尔的残暴行径。“可我要是真向她发出警告，”我接着说了下去，“就可能导致很多事情发生改变。我妈妈不会存在，至少 1970 年凯瑟琳是不会产下孩子了，因而也就没有我。除此之外，新的时间线里还会发生许多改变，所以我不能把真相告诉凯瑟琳，但又得告诉她一部分，以使她逃过谋杀。”

“然后呢？”特雷问，“你以为他不会挑个别的日子，再一次杀了凯瑟琳吗？”

“我们只能一步步来，”我答道，“我们现在首先要将凯瑟琳找回来才行。最终，我们得想个法子阻止索尔，将赛勒斯国际教会扼杀在摇篮里。在这次穿越中，我会注意搜集能对付赛勒斯教的线索。但我要是一门心思想着这件事，就无法集中对付当务之急了。”

“所以说，即使你这趟穿越成功了，你还是处在危险之中吧？这叫我怎么能够放心？”

看得出来我们的谈话正朝着越来越私人的话题前进，我于是拉起特雷的手朝楼梯走去。科纳的眼睛红红的有些湿润，一只手漫不经心地顺着达芙妮身上的毛。我想他大概也需要一点私人空间来消化自己的感情吧。比起我，他和凯瑟琳更亲近，而现在的他比之前更孤独了。我一下子为他深深难过了起来。我在走过他身边的时候用力捏了捏他的肩膀给他鼓劲，“休息一下好吗，科纳？明天一早，我们打起精神来讨论具体细节。”

我和特雷上楼去了我的房间，坐在窗旁的沙发上。透过窗外层层的树叶正好能看到窗外的月亮，看样子已经接近满月。我侧过身将两腿搁到了特雷的大腿上，光着脚丫踩在沙发上。我细细端详着他，用手指抚摸他僵硬的下颚，然后倾身吻他脖子的一侧。我的舌尖在他的皮肤上画着小圈——从我们过去的相处中，我知道他喜欢我那么做。特雷突然抱紧了我。

“我没有别的选择，特雷，”我轻声说道，“你理解的，对吗？我会尽量小心的，这我保证。”

他有一阵子没说话。“我只是觉得……有点走投无路，凯特。不是指你让我走进了困境，不是那样的，我是觉得被整个事态给束缚住了。你面对的是危险至极的状况，可我却没法帮上一点忙。”

我有些不高兴地叹了口气。“特雷，你刚才还拿铁棍给西蒙的脑袋砸开了道缝呢。”我低头看着自己T恤上“自己拯救自己的公主”的字样，“这回我可没能拯救自己呐，是吧？要不是有你，我可能早就没命了，或者更糟，要受他那双脏手的折磨。”一想到西蒙那抵在我皮肤上的手臂，我就不禁打了个激灵，特雷的身子也变得有些僵硬。

我抬头再次吻了他。那是一个漫长的吻，缓慢到足以将这段不好的记忆从我们两个的心头都抹去。“谢谢你。”

特雷的身子稍微放松了些。他的右手放在我的脚上，手指小心翼翼地抚摸着我涂上了深红色指甲油的脚趾。“令我最难受的事，凯特，就是我无法知道你最终是成功了还是失败了。明天你一出发，这段……我们两个之间……我们之间就结束了，对吗？”他苦涩地笑了起来，“不管你是否成功营救了凯瑟琳，还是你们两个都死于非命，我都只会过上另一个版本的日常生活。不管是在布莱尔坡中学，还是别的什么地方，我都不会记得你——我不会记得我爱你。”

之前我们两个谁都不曾把这句话说出来过。此刻，我的心仿佛窜到了喉咙口——不管现在是什么状况，能够把自己的心意说出来，互相坦白，这依然让我觉得很幸福。“我也爱你，特雷。”他露出一个大大的微笑，可愁云随即又回到了他的脸上。

“你是什么时候发现的？”我问，“我不是指，呃，你爱我的这件事，而是指……”

他耸了耸肩。“那天晚上在你的生日会上，凯瑟琳的神情总让我心里有些异样。而今天我开车离开的时候，突然间就想通了。我掉头回来的时候压根还没想起那本愚蠢的课本呢。”

“我可没你那么聪明，”我答道，“非得凯瑟琳把事情跟我摊开了说了之后，我才意识到会有这样的后果。我当时还试图反驳她——为什么不能让你待在这儿呢？为什么不能让你记住所有的一切呢？”

“是啊，为什么不呢？”他问我，语气中多了一丝希望，“何况现在你们又少了一个人，我还能在一旁帮帮科纳。”

我摇摇头。“首先是因为时研会的规定。我们是要修复时间线，而把你留下的话又会造成新的变动。”

“哈！谁在乎什么时研会规定呢？”

“我也是这么跟凯瑟琳说的，”我接下去说道，不禁意识到我在两次谈话中立场的转变。特雷的反应跟我当时一模一样——愤怒、否认、抵触，而我却在对着他重复凯瑟琳的回答。

“还有一个更严重的问题。那么做会……会伤害到你，特雷。”我低下头看着他的手指，它们此刻正与我自己的手指交织在一起，“你还记得你看到我的照片消失的时候是什么感受吗？那是由于你的大脑在强行消化两个自相矛盾的记忆版本。如果你明天待在这儿，你需要面对的矛盾记忆是那时的千万倍。总有一天，你不得不走出这个屋子的保护界，凯瑟琳说她不知道到时候你身上会发生什么，你的精神、心理又会受到怎样的冲击。”

“我不在乎。”他答道。

“不管你在不在乎，但我在乎。”

我们彼此瞪视了对方好一阵子，仿佛固执地在比谁能坚持地久一点。最终是我先坚持不住，任凭眼泪流了下来。“要是心里一直担心你会受伤，我根本不可能把该做的事情做好，特雷。”

“现在你终于理解我一直以来是什么感受了。该死的，凯特……”他的眼睛里也涌起了泪水。他抱着我过了很久，再次开口说道，“我能再问你一个问题吗？”

我点了点头。

“基尔南是谁？”我的脸红了，没有回答他，“我的意思是，我知道他是科纳的曾祖父什么的，科纳给我看过那两张家族照片。但我刚才停车靠边的时候，西蒙对凯瑟琳提到了基尔南的名字。后来，当西蒙他……压在你身上的时候，又提起了他。基尔南对你来说究竟是什么人，凯特？”

“他对我来说没有任何意义，特雷。”我的心里有个小小的声音在控诉我是个撒谎精，可我没理会。我决心尽可能把真相都告诉特雷，至少是我所能理解的真相。“那天在地铁上是基尔南告诉我赶快跑的，他那么做可以说是救了我一命。而且我……我曾在圆挂件里看到过他。他说我们在别的时间线里认识彼此。”

“对了，他还吻过我，”我在心里想道。可我要是把这话说出来，不仅不会使特雷的心情好转，只会让他觉得更不好。而且并不是我主动要基尔南吻我的。我喜欢那个吻吗？没错。可我要他那么做了吗？没有。

“按刚才的情况来看，他对你的关心显然连他周围的人都感觉到了。”特雷闷闷不乐地说道，带着一丝受伤的语气，“西蒙说索尔现在再也不会同意基尔南和你在一起了……”

我捧起他的脸正对着我，用力盯着他的眼睛。“不管基尔南心里的那个人是谁，那都是属于另一条时间线的人。特雷，那个人不是我。至于谁能拥有我，那也不是索尔·兰德或者西蒙能够决定的。做决定的人是我。我来选择我爱的人，我想要的人。谁也不能夺走我的权利。”

我将身子向他挪近，手指伸进了他的上衣，抚摸着他的胸口。“我爱的是你，特雷。我想要的人是你。”我犹豫了一会儿，斟酌该如何开口，“我从没有……跟别的人……但我想拥有你……”

于是他的双唇覆了上来，急切而用力。他的双手自下而上地抚摸着我身体的两侧，我不假思索地向上弓起了身。有那么几分钟，周围的一切仿佛都从世界上消失了，只剩我们两人互相依偎——直到他突然抽开身子坐了起来，眼睛瞪着地毯的某一点。

“怎么了？”我试着想将他拉回身边，可他摇了摇头。

我朝他虚弱地笑了笑。“达芙妮不在这儿呢，放心，今天没有监视人。”

他没有答话。我此刻陷入了彻底的尴尬，心里懊悔没等他先采取主动。我咬住自己的嘴唇想要控制住颤抖的身体，然后挪到了沙发的另一边抱住双膝，眼睛盯着地毯上的另一点。

过了一会儿，我感觉到他正用手轻抚我的小腿一侧。我没有抬头。

“凯特，凯特？看我一眼好吗？”一滴泪从特雷看不到的那一侧脸颊上滑落。我紧紧闭上了眼睛，希望另一只眼睛别那么不争气。他从沙发上起身，弯腰蹲在了我面前，用拇指内侧擦去了我脸上的泪滴。“看看我，好吗？”

见我抬起了眼，他继续道：“你肯定能感觉到我有多么想拥有你。”他软软地笑了，“你瞧，凯特，我还能表现得更明显吗？”

我没有回答，虽然心里知道他说的没错。

“此时此刻，”他说道，直视我的眼睛，“我在这个世界上最想拥有的就是你。可我们心里都清楚，过了今天，或者明天之后，我会将今晚忘得一干二净。你可能会记得这一夜，但我不能。凯特，如果我们共度了初夜，那么我希望将它永远铭刻在记忆中。”

特雷一直待到将近半夜才回去。我不知道他最终有没有写完那篇赫胥黎的论文。我猜没有，因为他第二天缺席了大部分的课，刚过中午就出现在了我们的门前，手上提着从奥马利买来的午餐——数不清的洋葱圈和三个大得惊人的三明治。他没有剃须，看上去和我一样昨夜几乎没怎么睡。

“又翘课了吗，科尔曼同学？”我微笑着问道。

“我的女朋友就要出发改变时间线了，到时候又有谁会知道我上了一节课就早退了呢？”

说的有道理。

“你父母会怎么说？埃斯特拉呢？”

“我告诉他们昨天你外婆的情况恶化了，我得陪着你。这可不是撒谎，”他又说道，“我猜我爸让我订的鲜花就快送来了。”

我们和科纳一起坐了下来吃午餐。腌牛肉黑麦面包是科纳的最爱，可他今天看起来却没什么胃口。吃完午饭，我们三个总结了一下整个行动计划。“你尽量跟着她，”科纳说，“但也要准备一个后备计划。凯瑟琳混进人群后你可能会找不到她，这不是不可能发生。”

科纳说得对。世博会自五月开幕至十月闭幕期间，平均每天接待十二万访客，相当于一座迪士尼乐园每日游客数的三倍。相比之下，世博会的面积还比迪士尼要小得多。在这样的情况下，我能牢牢盯住凯瑟琳的概率实在不高。

“我会尽量不跟丢，”我说，“但若是出了什么闪失，我知道她会在十点十五分的时候随市长带领的代表团去登摩天轮。午餐后，她会进城开会，那个会场在世博会期间承办了很多大型会议——也就是现在芝加哥艺术学院的前身。”

“没错，”科纳接道，“那个地方被称为附楼大会堂。但要去那儿你就不得不利用芝加哥当时的公交交通。我知道你已经读了不少时研会关于那个时代的资料，但我还是希望你别离开恒定点太远。万一真的发生了什么不测，你还能回来一趟再重新出发。”

他说的有道理——我们的机会不止一次。如果我跟丢了凯瑟琳，怎么也找不到她，倒不如回到恒定点再重新试一次。不过，二次穿越也意味着会有两个版本的我在会场上走来走去，那会使事情更加复杂。我不希望将这个任务拖得太久，科纳和特雷也是同样的看法。目前来说，凯瑟琳的这座房子还处于良好的保安系统警戒之下，可我们之中谁也没持有什么防身武器。我本人是坚决的控枪派，但一想到西蒙以及索尔的其他走狗们都揣着枪行动，我们却手无寸铁，这多少令人不安。更别说特雷的父亲曾经说过，赛勒斯教里不乏一些有权有势的人物。

我和科纳整个上午都在反复翻阅凯瑟琳在 10 月 28 日那天的考

察日记，希望从一些细节中推断出她所下榻的酒店以及当天的行程安排。等特雷到来的时候，我们已经放弃了努力——凯瑟琳没有提到特定的酒店名称，只是说起住的地方离会场很近。我们知道她首次来到芝加哥考察时住在帕尔默酒店，可光知道这个并不管用，毕竟被杀的是第二趟来考察的那个凯瑟琳。除此之外，我们还想知道一些别的信息，我暗暗埋怨自己没有趁她在的时候及时问她。

我刚拿起一片熏牛肉，突然想到我可以穿越回昨天去问问凯瑟琳这些问题。但科纳却断然否决了我的提案："你能保证你不会提醒她那天将会发生什么吗？"

我本想撒个谎，但最终还是说了实话："我不能保证，科纳。但那又怎么样呢？我为什么不能警告她？或者我为什么不能警告自己别出门去？现在的时间线已经那么糟糕了，我稍微改动一下又如何呢？再说我也不介意稍微承受一点矛盾记忆。"

科纳生气地摇了摇脑袋。"你以为凯瑟琳当时为什么让我上楼去，凯特？不管发生什么事，你才是我们的优先保护对象。看到凯瑟琳消失，我心里会好受吗？可至少我还能安慰自己这不是最后的结局——至少等我看到你走进屋里后，我知道我们还有反击的机会，"他继续说道，语气稍稍温和了些，"这就是我的重点。就算我们想办法躲过了昨天的一劫，接下来他们估计就直接冲进屋里来了。如果我们提醒了凯瑟琳，她幸存了下来，但你却出了什么意外的话——凯特，没有你，我们就没有让一杆[①]的机会。然后凯瑟琳会死，兰德会赢得最后的胜利，我们剩下的人只能无能为力地眼看着索尔任意篡改这个世界。"

---

① 让一杆：高尔夫球术语，指重新发球，在发球台上因第一杆打得不好而重挥第二杆，这在正式比赛中一般不被允许。

我不太懂“让一杆”具体是什么意思，但特雷在一旁点点头。“嗯，这就解释了为什么她当时明明看到我开车回来了，还是将圆挂件递给了西蒙。她怕我还没赶到，西蒙就把凯特的那块圆挂件给扯下来了。她是在帮你拖延时间，这样你就有可能扩大保护界了。”

“而且她也为你创造了去找根铁棒来的时间，虽然她当时应该还没想那么远，”科纳补充道，“我真心希望那个脏兮兮的混蛋今天脑袋痛得打滚。”

下午晚些时候，特雷爸爸预订的花束送到了。花束很美——白色的百合、淡紫色的玫瑰、深紫色的六出花，还点缀着灿烂的满天星。我希望凯瑟琳到时候也能欣赏到这样的美好，也很高兴至少在这个屋子里还能留下一样东西，作为我和特雷之间感情的纪念。虽然每一件小小的纪念品都会令我触景生悲，可这远不及特雷所要面对的未来——完全的失忆。

就在花束寄来不久，我的大帽盒也送到了。帽盒里头是一顶做工精细的绿色女士软帽，一想到要戴着它走来走去，我就有些头疼。但既然装备已经齐全，我们便将最终的出发时间确定为下午六点。在那之前，我们三个开始做最后的行前准备。

我的床上放着一把翡翠绿的洋伞，旁边则是一只黑色手提包。手提包正是凯瑟琳最后一次穿越时随身携带的那只。虽然在1893年的人们看来，这只包已经过时近四十年了，可我们没别的选择。包里设计了不少暗袋夹层，用起来相当方便。我到达的地点是在会场某处，周围没有任何酒店，因此无法带大型的行李箱过去。因此，我在包里装了可能会用到的现金（都是1893年前生产的，硬币收藏家可能会对此很感兴趣）、一本日志、一张描绘了世博会的老地图、一把梳子、牙刷牙膏、小型医用急救组合装、一瓶水，以及四条能量棒。

科纳有几次仿佛凯瑟琳上身，从我的手提包里翻出了好几样东西，正确地指出它们都不属于那个时代。可我这次并不是什么常规的考察任务，因此可能没有时间和机会混在人群中一起排长队买吃的。我于是找了几只超市的棕色购物纸袋，将它们裁成正方形，将能量棒包裹了起来。这么做能量棒可能会变硬，可总比挨饿要好。另外，由于不排除要过夜的可能性，我坚决要带一根牙刷去——哪怕我的牙刷是由亮闪闪的粉色塑料制成的。

五点多，我进浴室换好了内衣。特雷在门外等着，以便帮我束好紧身胸衣。走回卧室的时候，我不知怎么有些害羞。明明我平时都习惯了穿露胳膊露腿的短裤背心，可在白色丝绸和蕾丝的层层包裹下，我却感到更加不自在。

特雷看到我的双肩后微微笑起来，满意地抬了抬眉毛。他让我转过身，开始帮我缚蕾丝带。他缚得比凯瑟琳要松些，但对外裙来说穿上足够合身了。他缚完蕾丝带后把我的头发拢到一侧的肩膀上，将嘴唇贴在我的后颈上，沿着我的背一路轻吻，直至触到了内衣的蕾丝边。他的温暖呼吸通过我的肌肤传递开来，我紧紧抵着自己的双膝，以免腿一软融化到地板上。

“向我保证，”特雷转过我的身子，沉着嗓子说道，“有一天我能亲手解开这胸衣。我看得出来为什么你受不了这装束，但慢慢拆封一件期待已久的礼物对我来说可是一种享受。”

我满怀期望地冲他笑着说：“要不你现在就将它拆开来？”

“这可不行，我的凯特。”他摇了摇头，坐到床的边缘，将我拉到他的腿上，“你还有任务在身。首先，我要你别靠近高大神秘的陌生男子，特别是会穿越时空的那种。”我听出了他指的是基尔南，脸上一红，但还是点了点头。“我也希望你别去招惹那个经营世博会酒店的连环杀人犯。”

“这你大可放心。”我说，“我光是要阻止一起谋杀就够忙活的了，哪有时间去管什么连环杀人犯。如果不得已要在那里过夜，我就像凯瑟琳一样叫辆马车去帕尔默酒店住。”

“行。我要你做的另一件事就是救出凯瑟琳后立马回来。最终，得由你来找到我。即使我不在布莱尔坡中学读书，你也应该不难找到我。”

滚烫的泪珠盈上了我的眼睛，我尽力将它们忍了回去。“我动作再快也无济于事，特雷。你到时候都不记得我了。”

“确实，”他答道，同时冲我灿烂一笑。

“那你为什么在笑？”

“因为我知道了一件你不知道的事。”

“什么事？”我也忍不住想笑——他套用了《公主新娘》里的台词，而我居然想都没想就接过了这个梗。“‘我早就知道你不是左撇子了。’”

“是这样的，”他继续道，收起了嘴角的笑容，眼里却始终露着笑意，“我认真回想了我们相识以来的这几周。我可以确定地说，自从看到你在三角课教室的地板上睁开眼睛的那一刻起，我就爱上了你。所以，其他的一切又有什么关系呢？你放心去 1893 年完成你的任务，然后由你来找到我。我可不会去想你要是失败的话会如何，因为你肯定能成功。”

“那等我找到你后，该怎么向你开口呢，特雷·科尔曼？”

他笑了起来。“什么都别说，或者就像你当时一样，简单地说一声‘走错了教室’。朝我微笑，拿出你的看家本领把我摔到地上，然后给我一个吻——凯特，我可是个大男生啊。即使我失去了关于你的任何记忆，也不会忍心拒绝你的。”

“你也许不会拒绝我……但你肯定觉得我是疯了。”

他耸耸肩，吻了我的鼻子。“第一天遇见你的时候，我也觉得你是疯了。可我现在还是在这儿，不是吗？”

我没法否认。哪怕我能想出什么反驳的理由，也不忍心将他眼里闪烁着的小小希望给抹去。

备用的时研会圆挂件在床头柜上散发着耀眼的蓝光，我将它塞进了衬裙里。接着，在特雷的帮助下，我穿上了墨绿色的裙子和那双麻烦的鞋子。我们还超水平发挥，竟然捣鼓出了一个即使说不上精致、但至少也算整齐的女式发髻。拾掇完毕，我在发髻上小心翼翼地戴上了软帽。

整个造型在我看来有些滑稽。

特雷自然一个劲地说我看上去完美极了——尽管他的某些眼神告诉我，他眼前看到的还是刚才那个穿着白色内衣和衬裙的我。他将凯瑟琳留给我的手链戴到我的手腕上。手链上的挂坠与我的裙子正好相称——象牙白的蕾丝、绿色的丝绸与珍珠翡翠制成的沙漏默契呼应。

我们下楼的时候，科纳正坐在厨房里。从今天早上到现在，他对这次穿越的担忧似乎也越积越多。从我们走进厨房时他脸上的神色来看，他准备了一大堆临时注意事项要叮嘱给我。他瞥了一眼我的装束，点点头，似乎在宣布审查合格。接着，他转向特雷。

“你介不介意我和凯特私下谈谈？不会花太多时间的。我知道这样问不太礼貌，但……”

特雷虽然面露担心的神色，但还是点了点头。“没关系，科纳。达芙妮就在门廊上呢，我陪她去玩一会儿。”他倾身在我面颊上轻吻了一下，便朝后门走去。

科纳看着他离去的背影。“他的心情好像比昨晚好了不少。”

“应该是吧。你怎么了？”科纳有一阵子没有说话。我不知道他是不是在等我给他解释特雷的情绪为什么会变好，但我没出声，只是抬起眉毛疑惑地等他开口。

“凯特，你不是非冒这趟险不可。我们可以另找出路。你这趟穿越万事难料，就这么让你一个人去有些……说不过去。”

我朝他微笑了一下，向咖啡壶走去。壶里的咖啡余温尚存，我给自己倒了一杯。“我说科纳，这么体贴的一番话，你还不如在我开始扣脚上这双麻烦的鞋子之前说呢，至少也是在我开始捣鼓这个发髻之前说，省得我——”

“我没在跟你开玩笑，凯特。”

我坐到他的身旁，握了握他的手。“我知道你这番话是真心的，科纳。可我们还能有什么选择呢？我可不想就这样失去我的亲人们。”

他用头向后院的方向示意了一下。“那么特雷呢？谁都看得出来你们两个之间的感情，凯特。自从你把他带进这屋里的第一天起，他就毫无怨言地什么都为你做了。你愿意放弃他吗？”

今天大半天的时间里，我不是在流泪就是在努力憋回眼泪。此刻眼泪再度涌上眼眶，我已丝毫不感到吃惊了。“还是那句话，我还能有什么选择呢，科纳？也许特雷说的有道理。他相信他即使失忆了也没有关系——我会找到他，最终我们还是会在一起，只不过我的记忆中比他多了一小部分。”

“我不是想再给你什么打击，凯特。只是——”他截住话头，低头盯着木桌，指甲沿着桌角上的一条纹路移来移去。“凯瑟琳跟你说过我孩子们的事情吧？”

我点点头。

“我始终希望自己当时能预见到将会发生什么。即使我没办法阻止一切的发生，但至少我可以有所准备，比如和孩子们好好道别，你懂吗？”他露出了无奈的微笑，“可我却没有那样的机会。”

他叹了口气，从口袋里掏出一个信封。“别怪特雷，他只是透露了你的地址，他也不知道有这封信。是凯瑟琳决定不把信给你看的，她说没必要让你再次受到伤害。也许她说的有道理，可是，或许该让你知道……”他将信封推给我。

信上的文字是电脑打印的，但我立刻认出了末尾的手写署名。

凯特：

我记得你给我看的学生证上写着布莱尔坡中学。我想不起来你同行的那位朋友的姓了，但好在布莱尔坡只有一名叫特雷的学生。我认识那儿的一位数学老师，他帮我找到了特雷。特雷给了我你的地址，但明确提醒我别再让你伤心一次。

我绝不是故意要让你伤心的，凯特。我希望你能理解我当时的反应。你告诉我的那些事情实在太难以置信了，可我的确相信你是我的女儿——或者说我要是遇见了你妈妈的话，你会是我们的女儿。

如果你决定了想继续生活在目前这条时间线，请给我打个电话吧。你需要什么帮助吗？你需要钱，或是住的地方吗？我想让你明白的是，不管怎么样，我们至少可以做朋友吧？

给我打个电话吧，写信也行。我不知道该怎么把你的事向埃米莉和孩子们解释，但我们可以一起想办法。

看到结尾处，泪珠已在我的脸颊上串成线流淌了下来。在署名的部分，看得出他最初想写的是“哈利”，可字母却被划去了。取而代之的那个签名，是我每年都会在他送我的生日贺卡上看到的那两个字——爸爸。

科纳看上去有些坐立不安：“我很抱歉，凯特。也许我不该给你看这个的，我只是……”

特雷的笑声从后院传来，他在夸达芙妮接了个好球。我心里一度犹豫是不是该将这封信看做一个暗示，重新思考一下是否要继续这次的行动。但我最终摇了摇头。

“不，科纳。你给我看这封信是对的，谢谢你。知道爸爸无论在哪条时间线里都是个好人，这让我很欣慰。其实我之前已经有所感觉了，我知道他那天并无意伤害我。但我还是很高兴他想……他想帮帮我，至少在他的能力范围内那么做。”

我朝后靠到椅背上，摇了摇头。“但这封信没有改变任何事，科纳——这你也清楚。哪怕索尔现在收手，也不再派人追杀我，但我只要一出这门，走到哪儿都得带一块圆挂件在身上。你也是。我妈妈还是不存在这个世界上，凯瑟琳和你的孩子们也一样不会回来。哈利仍然不是我的爸爸。他是我的生父，的确——但不是我爸爸。我记得我们一起共度的所有时光，可他却……”

科纳看了一眼后门，又很快将视线转回了自己的脚上。他什么也没说，但我看出了他的心理活动——我和特雷的关系就将会是那样的结局。

“我懂，科纳。可我和特雷只相处了一个月，和爸爸却一起生活了十七年。而且特雷好像觉得我到时候只需给他一个吻，我们就能魔法般地重新回到过去的我们了。”

“听上去像是男版的睡美人啊。”他朝我挤出了一个笑容，“唯一的问题时，你似乎不像特雷一样那么乐观。”

“嗯。可即便告诉他我的想法，也不会使我俩中任何一个好受一点，不是吗？”我瞥了一眼时钟，现在是 5 点 48 分。虽然我们之前定了六点出发，但稍微拖延一点也不见得有什么问题，因为我无论如何都会穿越到 1893 年 10 月 28 日的清晨时分。然而，随着时间一分一秒过去，我觉得自己迟早要失去镇定和勇气。

“我十分钟后在图书室等你，好吗？”我不安地朝他一笑，将信揣进口袋，朝后门走了出去。

特雷正背对着我，坐在门廊周围铺着的矮石头上。达芙妮趴在他的脚边，一脸惬意地嚼着玩具飞盘的亮绿色塑料边。夕阳斜斜地挂在天边，透过眼角未干的泪滴，我似乎在他的周身看到一道金色的光环。我在他身后站了一分钟，只是静静地凝视着他，想将这个画面牢牢嵌入记忆中去。他转身看到了我，微微一笑，我不得不尽力忍住涌上来的又一波泪水。

我弯下腰呼唤达芙妮，故意拖着不去直视特雷。“好姑娘达芙妮，你先好好照顾科纳一段时间，等我去把凯瑟琳找回来，好吗？”与其说我是和达芙妮道别，不如说是和自己道别。毕竟如果一切顺利的话，在达芙妮的心里，我不过是离开了几分钟时间。她抬起脑袋，嗅了嗅我脸上的泪痕，轻轻舔了我一下便继续专心对付眼前的玩具了。

“他跟你说什么了？”特雷问，朝厨房的方向示意了一下。

我坐到他身边，从口袋里拿出爸爸的信给他看。他读完后正要开口，我却对他轻轻笑了笑，摇摇头说道：“我没事，特雷。虽然我很抱歉打扰了他的生活，但还是很高兴能读到这封信。那天去见他的时候他看上去是那么幸福——可我爸爸当时和莎拉在一起也很幸福，和我也是。”

我握起他的手，与他十指相扣。“况且我们也不清楚时间线究竟是怎么运作的。凯瑟琳说直到她的那个时代里，人们还在讨论是不是每改变一个历史细节，就会衍生出一条新的时间线……是不是宇宙中实际上有无数时间线，有无数个平行空间。她说或许现在这条时间线也会继续前进，而在这条时间线里我爸爸还是会——”

“不，”特雷打断道，语气坚决，“不，我不相信这种说法。这条时间线会就此终止。”我突然意识到，虽然这个平行宇宙的理论对我来说很完美，能够安慰我：或许爸爸和他可爱的儿子们还能继续存在于某个世界，可对特雷来说却有完全不同的意味。

他摇摇头，握紧了我的手。“只要有一条时间线里我不能和你在一起，我就不接受所谓的平行宇宙的说法。你一定要回来修正这个世界的时间线，让我们两个重新在一起。一切都会顺利的。埃斯特拉总是跟我说，一定要有信念才能活下去——我不知道我有没有她所指的那种信念，但我相信你。我相信我们两个之间的感情。”

他拉我站了起来，把我推到离他身前几英寸的距离，眼里闪着调皮的神色。“你还记得维斯特雷对少女布卡特[①]说过的话吗？‘这是真爱——你觉得那是随便能够遇到的吗？’”

“我只希望你能陪我一起踏上这次冒险。”

“我也希望，”他坦白道，“但你不会有问题的，我相信你。”

等到我们在前门最后道别的时候，他的乐观才有些动摇。他吻我的时候，眼里闪着泪光。“我爱你，凯特。一定要来找我，好吗？”说完他便离开了。我将前额抵在门上，甚至有些希望他会再一次打开

① 少女布卡特：电影《公主新娘》中的角色。

门，给我个改变主意的理由。

不久，我听到了汽车引擎的启动声，知道他已离开。科纳出现在了我的身后，握了握我的肩膀。“振作起来，凯特。打定主意要行动的话，不如尽早完事。”

我颤颤巍巍地朝他笑了笑：“你说的倒是容易。我离开后两分钟，你就知道我是否成功了。而我却得一整天在芝加哥追着凯瑟琳到处跑。”

“你知道，我倒是很愿意跟你交换……”他开口道。

“我明白，科纳。”我说，“我只是开个玩笑。我想我也没什么再等下去的必要了……”

于是我走进了图书室。5 点 58 分，我一只手拿着手提包和洋伞，另一只手握着时研会钥匙。达芙妮在楼下的厨房里叫着，兴许是看到了老冤家麻雀。特雷正驾车走在回家的路上。科纳站在我的面前，看上去像是马上要改变主意劝我别去冒险，再想想别的办法。我走上前亲了一下他的脸颊，然后不再多踌躇一秒，设置好目的时间，闭上了双眼。

第十八章

再睁开眼睛时，我看到的是湛蓝的晨空，十月的凉风吹得我的脸有些发颤。之前通过日志观察这个恒定点的时候，我已经对周围茂盛的树木记得相当熟悉了。但亲身站在这里，体验视觉以外的其他感官刺激仍然令我觉得有些陌生。这个小岛本身很清静，只有鸟儿和不时发出鸣声的昆虫。我隐隐听到远方传来人群的声音。空气中除了明显的泥土气息，似乎还隐约荡漾着烤花生的香气。

现在是当地时间 8 点 03 分，距凯瑟琳和索尔到达此地仅过了一分钟。世博会的大门 8 点才正式开放，所以现在距离众游客抵达这位于会场中心的茂林岛还有些时间。我朝周围迅速环视了一圈。不远处有个深色头发的小男孩，大约七八岁的模样，正精神饱满地清扫着一个简陋小木屋。往右边眺望过去，我看见了索尔和凯瑟琳渐渐远去的身影。

之前，每回通过圆挂件观察他俩到达时的样子时，我都会注意到索尔伸手扶着凯瑟琳的胳膊肘，帮她跨上那掩护他们的突然现身的小坡。这动作在当时的我看来虽然风度十足，却没什么必要。可当我此刻真的站在这湿漉泥泞的岛上，又穿着一身笨拙的装束，我发现通往人行道的路还真比想象得要艰难。

我叹了口气，将时研会钥匙塞进了裙子上身的暗袋里。我单手提起裙角，拄着尚未撑开的洋伞向坡上走去。谁知土壤并不像看上去那样坚实，洋伞一下子陷进了六英寸之下的泥泞松土中，弄得我一时失去了平衡。我险些摔个面朝下，但还好及时稳住了自己——可弄出的动静却引起了正在清扫木屋的孩子的注意。

我的洋伞现在已经沾满了泥巴，手套也脏了——看来淑女风范是保持不住了。我脱下手套，将它们塞进了包里，然后用颤抖不已的手尽可能地将泥渍和枯树叶从收着的伞面上掸去。

颤抖的双手让我想到了我唯一一次登台表演的经历。那是五年级时在学校表演一场话剧的时候，我当时紧张得不行，就怕帷幕一拉开，我会在几十双眼睛的注视下忘掉自己仅有的两句话台词。此时此刻注视着我的只有木屋前那男孩的一双眼睛，可我还是感受到了与当年一样的紧张。我深呼吸一口让自己镇定下来，然后朝那男孩高傲地看了一眼，希望向他传递“别多管闲事”的讯息。我转身向索尔和凯瑟琳的方向赶去，他们现在已经走到了岛边架着的连接桥上，正往世博会主会场前进。

等我走到桥上时，他们的身影还清晰可见。凯瑟琳身穿灰色的裙子，头戴紫色软帽，上面插着一根淡紫色羽毛，在高大的索尔边上显得很是娇小。一切都跟我在圆挂件里所看到过的一模一样。

我加快了脚步，仍然打算按最初的计划行动，牢牢跟着他们。严格地说，我并不是非得那么做，毕竟我知道他们在 10 点 15 分时会去摩天轮附近。即使有什么意外致使我没能在摩天轮处接近凯瑟琳，我也大可以跟着他们进市区。凯瑟琳大半个下午都会一个人待在市内。话虽如此，即便我面前的这个凯瑟琳比我所熟悉的外婆年轻了将近半个世纪，即便这个时期的她压根不认得我是谁，我还是感觉要一直盯着那傻里傻气的淡紫色羽毛才会安心一点。

不幸的是，我的原计划从一开始就遇到了阻碍。待我踉踉跄跄地爬上坡后，他俩早已比我计划中走得更远了。原本快走几步就能赶上的距离，此刻却遭遇了半路阻挠。凯瑟琳和索尔的确是仅有的两个正在朝茂林岛外走的人，可距他们前方五十码外却已聚集了几千名按常规方式从六十七街的入口进入会场的游客。我们四周的游客越来越多，除非索尔和凯瑟琳突然左转或右转，沿着环岛的河道继续行走，否则没等我赶上他们，人群就会很快将他俩吞没。

祸不单行，我听到有人从后面朝我跑来，追到了桥上。我转头向后一瞥，发现来人是木屋前的那个小男孩。

“小姐，您把这个掉地上啦！”他气喘吁吁地说道。他脏兮兮的小手上拿着一个叠好的信封，另一只手上则攥着块湿抹布。“让我给您抹下那把伞呗。留着泥巴不抹掉的话，伞面可就要遭殃咯。”

我立马认出了那信封，心脏瞬间提到了嗓子眼。那是爸爸写给我的信，给特雷看完后我就将它随手塞进了口袋。一定是我刚才摇摇晃晃爬上坡的时候把它给不小心弄地上了。

信纸被马虎地塞在了信封里，再加上男孩疑惑的眼神，我怀疑他多少瞟到了一眼里头的内容。不过看他如此匆匆追到了桥上，一路上应该还没来得及细读过，况且我也不知道这个时代里像他这般大的孩子究竟识不识字。信封上的邮戳很清晰，他即使看到了上面的日期，也只会觉得是哪里弄错了吧？

男孩举起拿着信的手，拉过我的洋伞，想要抹掉伞尖上的泥渍。我从他手上接过信封，迅速塞进了包里，随他拿过伞擦拭。

“谢谢你，我可不想丢了这个。”我在零钱包里摸索了一阵子，不确定给多少小费合适。

“真有趣的邮票呐，”他说道，“寄一封信居然要44分那么贵，一定是从老远的地方给寄来的哈。我可从没见过上头印着老虎的邮票，那老虎跟大道乐园上展示的几只可像了！邮票的颜色也亮堂堂的。您能把邮票给我收藏吗？”

我摇摇头，回头看了一眼，凯瑟琳已经完全不见踪影了。“我非常抱歉，可我姐姐也集邮。这封信是我们的爸爸寄来的，邮票得归她。”

他擦好了伞（很难说伞面有了什么改观，污渍的面积倒是扩大了），递回给我，耸耸肩：“没事儿，小姐。就是觉得邮票挺特别的，所以……”

“拿着这个，”我说道，朝他尽可能地灿烂一笑，“收下吧，谢谢你把信还给我，还给我擦伞。”我给了他五十美分的硬币，希望将他的注意力从邮票上转移开去。“这下我真得走了，我已经耽误了不少时间。总之，谢谢你。”

他的深色眼睛睁得老大，这让我意识到自己可能出手过于大方了。五美分或十美分的硬币显然比较合适。我在心里算了一下，才发现这个年代的五十美分相当于现代社会的十二美元——我刚给了这孩子十二美元的小费。

“不不，太感谢您了，小姐，”他说着将硬币放进了口袋，跟在我后头走了起来，“您首先想去看啥？带地图了吗？如果没有的话……”他在自己的口袋里摸索了半天，终于抽出一份皱巴巴的世博会地图，显然打算再从眼前这个出手阔绰的大小姐身上赚一笔小财。

“不了，谢谢你，我自己带了地图。”我一边说着加快了脚步。我从包里掏出一份兰德·麦克纳利出版的官方世博会地图，伸长了脖子寻找凯瑟琳的淡紫色羽毛。我看到了那根羽毛，就在距离我几英尺外的人群里。

那孩子还跟着我，一步都没落下。“你不用回去干活吗？”我问，心里隐隐觉得对一个看起来年纪相当于三年级的孩子这么问有些古怪。

“没事儿，今天的活全干完了，离下一份工作开始还有段时间。”他蹦了几步走到我前面，然后转身倒着走，一边看着我。“您手上那地图可不好用呐。为了能及时印刷出来，那图上有一大半在园区还没建成前就画好了，结果后来有些展位都换了位置也没给改过来。您需要一个向导带您走路。而且一位体面的年轻小姐哪能没人陪着自个儿在场地上转悠呢。”

我不以为然地朝他抬起了眉毛：“我可见了不少没有男人陪伴的妇女逛世博会呢。”

“成群结队的当然不打紧，”他承认道，“可您没见有小姐一个人晃悠的吧？我可以当您的向导——我已经干了九回了，有一次领了一群伦敦来的夫人们。这展会上可没有我不知晓的事儿，因为园区在建的时候爸爸就在这儿工作。”

他顿了顿，深呼吸一口接着说道：“两美元，我就带您看遍这地方的好玩景点，还省得跟其他人挤。还能带您去”，他的脸稍稍红了，“带您去夫人小姐们方便的地方……”

我刚想问什么是方便的地方，但见他脸红的样子，心里也有了数。

“所以，您看怎么着吧，小姐？”他很快说了下去，“您一个人走真不好。园里有些地方不适合年轻小姐去，有坏人可是瞄准了掉队的小姐们想占便宜呐。”

我们已经走到了矿业大厦和电力大厦中间的大道上。行政大楼的金色穹顶就在前方不远处，可凯瑟琳的淡紫色羽毛却已无处可寻。

我叹了口气后看了看四周，发现他说的没错——成群结队的妇女不少，可我的确没看到有单独行动的女性。不得不承认，我身边要是多一个同伴，能少招些不必要的注意。

况且，这孩子还看到了我的信。我尚不确定他究竟读了多少，因此还是先管住他比较保险。只要保证还会给他小费，他一定不会轻易离开我身边的。

他看出来我正在心里考虑，便不出声地站在一边等着，背挺得笔直，双手收在身后——像个脏乎乎的小士兵正在等待检阅。然而对他来说，要纹丝不动显然要求太高了，特别是考虑到眼前有做一笔大生意的机会，与生俱来的活泼天性让他忍不住直踮脚，仿佛安了弹簧的跳跳杆似的。

“你不是说还有一份工作嘛？”

“那要再过好久才开工呐，”他说着摇了摇头，“也就是晚上帮妈妈一起看摊子。她要是知道我能赚点儿额外的钱回去才更乐意呢。我家条件不好，自从爸爸……”去世？离家？他没说下去，表情也变得有些暗淡，于是我也不再追问。

男孩体型偏瘦，身上的衣服也很破旧，我相信他说他妈妈希望他赚点儿外快回去的话不是骗人。他看上去也很机灵——这就不好说是不是对我有利了，毕竟他已经看到了我到达时的情景。他那深色的眼睛里透着些调皮的神色，但整张脸看上去倒是显得诚实而坦率。

“你叫什么名字？”我问。

“嗯，大家一般管我爸叫米克，管我叫小米奇，因为我们都是爱尔兰来的。可他现在不在了，我也不小了，所以您就喊我米克吧。”

“行，米克——你多大了？”

“十二岁，小姐。”他不假思索地答道。

我怀疑地挑起一根眉毛。“说实话，你几岁了？我不会因为你年纪小就不雇你的，就是想了解一下。”

“将近九岁了。”他说。

“我不信。”

“是真的，到下一个八月就是九岁。”他忙不迭说道。

鉴于现在还是十月，他所谓的“将近”可有点夸张，但这话至少听上去不假。我试着编出一个能骗过八岁小孩的幌子，在我动身穿越回去之前都能让他牢牢跟在我身边。我想起了初中的时候曾读过一个名叫妮莉·布莱的少女记者的著名故事，她在 19 世纪 90 年代花了七十二天的时间独自环游世界一圈。她刚开始做记者的时候就跟我现在差不多年纪。

“好吧，”我说着弯下腰，与他的视线齐平，“米克，那我来讲讲我对你的要求，这你可别想着讨价还价。我叫凯特，是一名记者、写手……为东部的一家报纸做事。我采访的时候一般会带上一名搭档，也就是我的摄影师，可他今天路上出了点事迟到了。我的确需要一名助手，但你一定要严格按我的吩咐做事——不准乱问问题，也别跟任何人说起我的工作，好吗？我可是在写一条独家呢。”

我话说到最后的时候，米克稍稍皱起了眉，估计是没明白“独家”是什么，又不好意思开口问。“一名记者？您在跟踪那两个人？就是在您之前走出来的那对男女？他是谁，罪犯？他看着鬼鬼祟祟的，还——”

我严肃地望了他一眼，打断了他的话：“我说不准乱问问题，记得吗？我今天会付你五美元的报酬，”我继续说道，“我可能今天就回去，也有可能明天还得来，这要看能搜集到多少新闻素材。你也不用担心开销的问题，比如伙食之类的。我们的第一站是男士们方便的地方，你去那儿好好清洗一下自己——我的助手一定要衣冠整洁、上得厅堂才行。接着，你得在十点前带我去大道乐园。”

他又点点头，拉起我的胳膊向左边示意，那儿有一座巨大的白色喷泉。“朝这儿走，呃……什么小姐来着？”

“我叫凯特。”我重复道。

“朝这儿走，凯特小姐。我带您走最好的路线。”

赶路途中，米克切换到了导游模式，滔滔不绝地介绍了起来。显然，他之前称自己对园区无所不知的话并不假。他对世博会确实了解得很详细，对各种建筑物和展览的细节讲解得头头是道。

“这地方，”我们走到了一座大池子前，池子的一头有一组雕塑喷泉系列，“就是大家口中的‘大脸盆’。”我们沿着池子继续向前走，米克指着最中央的一个传统船只造型的喷泉解说道：“那叫哥伦比亚喷泉，设计它的人叫麦克莫尼。他说那喷泉是一个标志，意思是自从哥伦布到达美洲后，咱们国家取得了很大进步。船上划桨的人们代表艺术——艺术，您懂的，就是音乐啊画画啥的。后面那大个子男人，他叫时间之父，推动着这条船向未来前进，手里持着一把大……”他停下话头想了想，“妈妈总管那东西叫‘撅子[①]’——用英语怎么说来着？就是用来砍稻草的大刀？”

“镰刀吗？”我问。

“啊，没错！”他应道，眼疾手快地拉过险些撞上一群中年妇女

① 原文为爱尔兰语。

游客的我。她们跟我一样正抬头专心注视着雕塑，丝毫没有注意眼前的路。“就是镰刀。船前头的那女人是谁我不记得了，也说不出四周的小天使是啥意思，可能只是些装饰呗。”

“您看那边的建筑，”他又说，“那是这世上最大的房子，叫制造大楼。还记得咱们刚走过的那边一幢楼么？那是电力大厦，里头有些东西您亲眼看到了都不敢相信。我有个朋友在里头扫地，说是里面有台机子可神奇了，叫做电报传真机。要是有人在东部寄了张图片过来，那机子可以把图片给咱们这边的人画出来，就好比是将图片拍了份电报送过来。他还说爱迪生先生发明了一样新东西，能让图片动起来。您只要盯着一个小小的箱子往里看，就会看到一个人打喷嚏的样子！还有还有，您晚上等着瞧吧，那地方会发光——保管您这辈子没见过那么漂亮的景象。好像有一百万盏小灯笼点了起来，可我白天的时候仔细研究过那些东西——只是空心玻璃球，里头除了一条细线啥也没有。”

我心里觉得很神奇，因为米克指给我看的这些华楼广厦都只是临时建筑，所用的材料没比混凝纸坚固多少。待展会闭幕几个月后，这些建筑都会被拆除，里面的展品也会被移送，只有没几幢会被保存下来。园区的花园也不会被拆除，鉴于这地方在一年之前还只是一片沼泽，这几座花园可是立了大功。

我们走到了茂林岛周围的小河旁，河边上停了几艘五颜六色的贡多拉，正在运送今天的第一批客人。我抬眼向对岸望去，透过岛上层层树木，日本茶屋在远处隐约可见。

一路上，大多数时候，我们都走在人行道上，途中经过了美国政府大楼和渔业大厦。米克在渔业大厦前兴高采烈地向我描绘了一番里头正在展览的大鲨鱼的模样，他的描述活泼有趣，让我也暗暗直乐。

接着，他领着我抄近路横穿了危地马拉馆和厄瓜多尔馆前的草坪，我不得不踮起脚尖跟在他后头小步走，免得鞋子陷进潮湿的泥里。

我的右脚跟已经被磨起了一个水泡，有些怀疑米克口中“最好的路线”并不是通往大道的直线路径。摩天轮就在远处矗立着，而我们却似乎径直走过了理当转弯的地方。

“您说得对，”当我向米克指了指摩天轮的位置时，他答道，“但我保管您不想去那儿的方便室，那地方可不适合淑女们。上回伦敦来的几位女士们一个劲地夸艺术宫的方便室。艺术宫就快到了，就是旁边这幢。她们说那是她们用过的最整洁的方便室。”

“可是我是要你去，呃，‘方便室’，让你清理一下自己啊。我现在可没那个需要。”一想到要穿着这身打扮上洗手间我就不寒而栗，因此我早已决定今天尽量少喝水。

“噢……对不起，”他说，“我倒是可以去大道那儿的方便室解决，那儿还不用付费，可……我还以为您是想……您也知道，有些夫人小姐她们只是不好意思说出。当时有位伦敦来的小姐怎么也不肯开口，结果差点——”

“我们女记者可不会扭扭捏捏，”我对他说道，稍稍一笑，“我们怎么想就怎么说。如果我有需要，我就会直说。”我看了一眼大楼前装饰精美的柱廊，“既然已经到这儿了，不妨就进去看看。我在大厅等你。”

我们和男盥洗室前的侍应生发生了一点小摩擦。那侍应翘起长鼻子向下瞥了一眼米克的着装，要他另找别处方便。米克不肯，跟他争执了起来，最终由我靠一枚二十五分的硬币摆平了事端——这可比五美分一次的盥洗室使用费要多得多。侍应立马转变了态度，但还是紧跟着男孩进了里头，好像担心米克会偷了毛巾就跑似的。

我在一把包裹了黑色软垫的长椅上坐下，开始打量四周。大厅里陈列着各种各样的雕塑作品，有大理石雕、石膏像，以及铜器等。圆形的大厅内还有一具时钟，表盘显示现在才刚过九点。虽说时间充裕，但我心里还是有些忐忑，便起身参观陈列品转移注意力。一尊男子塑像看上去颇具传奇色彩，那男人仿佛正要向袭击他的雄鹰挥拳。不远处是一尊稍小一些的铜像，铜像的名字是法文，描绘的是一个坐在河岸边的小孩。铜像对细节的刻画惟妙惟肖，我有些惊讶地注意到创作这件作品的竟是一个来自波士顿的少女，名叫西奥朵拉·爱丽丝·拉各斯。

几分钟后，米克从盥洗室里走了出来，面孔和胳膊上的污渍还真被洗掉了不少。他的袖口湿漉漉的，虽然看得出拿自来水擦洗的痕迹，但也比之前有了明显改善。盥洗室里免费赠送的用品显然也被他好好利用了一番——米克的头发梳成了清爽的中分，还涂上了闻起来像是香柠檬油般的东西。这味道令我想起伯爵红茶的香气，进而又回忆起小时候的周末时光，我总是睡眼惺忪地坐在爸爸的腿上，爸爸则一边啜着清晨第一杯热茶，一边读报。

男孩此刻又摆出了接受检阅的站姿，我于是朝他利落地点了点头。“很体面，先生。我想你已经有资格成为我的新闻调查助手了。”

他朝我咧嘴一笑，跟着我向艺术宫的出口走去。往外走的路上，米克反常地对身边的各种雕塑和油画只字不评，显然对这一带不太熟悉。可正当我们左拐走上人行道的时候，他又抬起了头。

“凯特小姐，大道离茂林岛那么近，您怎么晓得他们会十点才到？而且他俩在猎人营地附近做啥？我之前见过那男人，看到好几次了，总从灌木丛里突然跑出来……想到最近总有小姐失踪，我差点去找警察说这事儿。可我又发现他每次都跟同一位夫人一起行动，那夫人经常来这儿参观。他俩在做什么偷偷摸摸的事吗？”

我没有说话，他抬头看了看我。“嗨，对啦，您说过别乱问问题。妈妈总说哪天我学会了管住自己嘴巴就算是真的长大咯。”

“我妈妈也跟我那么说，”我笑了起来，“我也不总是乖乖听她的话。但这话或许道理没错。”

他耸耸肩。“可爸爸说过，知识是问出来的。管住嘴巴可就学不到新知识了。总之，我看得出来您跟踪的那人是个坏家伙。他长着坏家伙的眼睛，每次走上山坡后就恶毒地瞪我。和您今天早上瞪我的眼神差不多，可我知道您那是心里害怕，不是真坏。”

“我可没有害怕。”我说。

“您肯定是害怕了，”他摆出一副实话实说的样子，“您头一回来这儿，还在跟踪一个坏家伙。但别怕，您现在有了最棒的向导，您会写出一篇好文章让您老板开心的，好不？”

跟一个八岁男孩争论似乎没什么意义，特别是当他说的话基本上都是事实的时候。于是我管住了自己的嘴巴，跟上了他的脚步。

上午九点半，大道乐园内已是熙熙攘攘、人声嘈杂。园内的建筑不如主会场里的那些规模大，但设计更别致，色彩更明艳。我们走了几个街区，沿途就见识了各种各样的复制建筑——一个早期美洲小木屋、一座爱尔兰城堡、一片亚洲风格的棚屋群，以及缩小版的土耳其清真寺。

穿过德国村后，我在一个小摊前买了两杯柠檬汁。又走了一会儿后，我们终于在一些大楼前找到一张没人的长凳。

与清一色白人游客的世博会其他园区不同，大道乐园更有现代都市的风范，可以看到各种肤色与国籍的人往来穿梭。我朝大街尽头望了望，只见一名穿着阿拉伯国家服饰的男子正牵着一头骆驼沿着主街向我们这边走来。骆驼背上侧坐着一名中年妇女，她正紧紧抓着驼峰边缘，那脸色看上去似乎巴不得重新回到平地上。

米克顺着我的视线看了过去。“那是开罗街，就那条路。今天下午那街上会表演阿拉伯婚礼，您应当回来看看。那真是——”

“遗憾的是，我应该没什么时间到处观光了，米克，”我答道，“我来这儿是有任务在身，我的时间可不多。”

说着，我有些惊讶地意识到自己是真心遗憾不能好好游览这里的各种景点。要是我这一趟是来玩的，这乐园大道里有许多我愿意走近细看的地方。我不由嫉妒起凯瑟琳，她过去的工作不就是尽可能了解这里的一切吗？

“那真可惜，”米克答道，“这地方花一礼拜的时间都玩不够呐。不过即使您想在这里玩一礼拜也不成，世博会马上就要闭幕了。等大伙儿都散了，在这里到处走走会很棒的——这里还在建的时候我就是那样。我一点也不喜欢这么多人挤来挤去的。等世博会结束后，我猜这地方就要被拆掉了，然后大家伙儿各回各家。”

“你家是哪儿的呢，米克？我是指在你们来美国之前。”

“克莱尔郡，在爱尔兰，”他答道，“一个叫都林的小镇。妈妈说那是个漂亮地方，但除了打鱼没别的活儿可干。我三四岁的时候就来到这儿了，对船上的那段日子还有点印象，对爱尔兰可就完全不记得咯。”

“那你们之后去哪儿呢？”我问，“很快世博会就要闭幕了，你和你妈妈在这儿也找不到什么工作做了吧？”

他点点头，有些苦涩地动了动嘴角。“教会里有位夫人正在劝妈妈搬回大农场，我们刚到美国时就是在那儿工作的。看得出来妈妈在考虑回去。”

“可你不想去？”

他摇了摇头。“那儿挺干净，住的地方大些，在露天干活也棒极了，但我还是不想回去。爸爸当时就不想在那里待下去，他不相信那帮人，我也是。我宁可留在大城市里去给工厂帮工，一整天被关在车间里也受得了。”

“你不打算上学吗？”我问，透过一根长长的纸吸管喝了一口柠檬汁。柠檬汁凉凉的，酸度正好。

“学校已经上够了。”米克答道，用鞋子在覆着尘土的地上蹭出了一道痕迹，“世博会开始前，我们还住在农场的时候也上了两年学。后来爸爸死了。我现在照样能读能写，算术也没什么大不了的。要是有想学的知识，我都可以自个儿学。我长大了，已经能帮妈妈赚点儿钱了。”

他说着自豪地抬起了下巴，我看出了他拼命想做出一副大人的样子。“你爸爸是什么时候……”我犹豫地开口问道。

“七月的时候，”他说，“世博会开始后，建筑工作就结束了，爸爸又找了份灭火的工作。这一带的餐厅啊、电力大楼啥的经常起个小火。有一天冷藏馆生起了一场大火——里头放了好多冰还能起火，这不奇怪嘛？不知怎么起的火，但火势可吓人了。所有世博会上的消防员都在那场大火中死了，还有一批从城里赶来帮忙的也没能活着回去。灭火花了好久好久，但最终还是把火给浇灭了，所以其他的大楼都没事儿。”

“我为你爸爸感到遗憾，米克。”

“嗯，我也是。我好想爸爸。”他有一会儿没说话，然后一口气喝完了柠檬汁。他用吸管在剩下的冰块中戳来戳去，想把最后几滴汁水也给吸上来，吸管发出了响亮的“嗖嗖”声。

“我其实不是很渴。”我说。这不算实话——此刻的空气灰蒙蒙的，要不是担心穿着这长及脚踝的裙子和厚衬裙去上洗手间会麻烦透顶，我一定不假思索就把剩下的半杯柠檬汁给喝了。“你愿意的话就把我的也喝了吧。”

听了这话，米克又向我露出了一个大大的笑容。“您比我的另一个主人好。她只有一次给了我一颗薄荷糖，因为她说我口气闻起来像洋葱。不过话倒是没错。”

他很快喝完了我瓶里最后一点果汁，然后将两个瓶子送回了铺子。

我们继续朝摩天轮前进，走近了才逐渐意识到这一设施的规模之大。比起我去年在县游园会上坐过的摩天轮，眼前的摩天轮至少高了四倍，相当一部分的大道乐园都被收进它所投下的阴影里。在附近一座馆的拐角处有一把无人长椅，我满心欢喜地坐了下来，正好能清楚地看到摩天轮登舱的等待处。脚跟上的水泡越来越疼，我可不想站着等凯瑟琳一行人来。

“那咱们就坐在这儿等他们来？我能帮您盯着点儿，等他们从摩天轮上下来后，要跟踪他们吗？还是怎么？”

米克似乎越来越按捺不住自己的好奇心了，我思考了一下，觉得把最基本的计划告诉他也没什么害处。“事实上，我需要去接近那名女子——也就是你说的那男人身边的女子，记得吗？他们会跟着一大群人一起来，总共大概有一百个人，市长也在其中，所以应该很显眼。”

“哦，”他煞有介事地点点头，“原来您写的是政治新闻啊。那个坏家伙想要贿赂市长，对吗？”

“不不，”我摇头道，“我不是要报道市长。我只需要跟那名女子交谈几分钟就行，避开你所谓的那个‘坏家伙’，别让他听到我们的谈话。”

“行，这事儿够简单。”他说，“我让保利把我们安排到他们的小车里。”

“他们的……什么？”我问，“再说谁是保利？”

“就是摩天轮上吊着的小车呗。”他答道。此刻游客们正在排着队上摩天轮，他朝那个方向努了努嘴。“您刚才说那群人有一百个？那其中至少有二十个胆小鬼不敢上去，等着瞧吧。每个小车可以上六十个人，我们只要看准了小车跟上去就行。”

我抬头望了望摩天轮的最顶端，心想米克说会有很多人不敢坐的话估计没有夸张。一想到过会儿就要被一台造于 19 世纪 90 年代的大家伙托到那么高的空中，我的胃也不禁一紧。这个年代的摩天轮旁边可不会立着叫人安心的标语，向游客宣告“娱乐器械已通过安全检验”。

“至于保利，”米克接着说道，“我和他很熟——他只要把我们跟那伙人赶进同一个小车就行了。先生老爷们会请夫人小姐们先上一辆小车，这样他们就能走后面抽会儿烟了。可要是大家都上了同一辆，那我就把坏家伙引开，您尽管去找那位夫人聊。”

“那群人里头应该不会有小孩吧，”我说，“团里都是各地的市长及他们的亲眷……”

他不以为意地耸了耸肩。“没事儿，”他语气里透着一丝调皮，“我整天不买票溜上去玩。很多孩子都这样——只要找准几个穿着大裙子的夫人，挤进她们中间就行了。只要不被人发现，保利也懒得管我。大多数时候，即使被夫人们发现了也没关系，只要做出一副从没上来玩过的样子，她们就不忍心赶你出去。哪怕她们真生气了，保利就在下车的时候骂骂咧咧地喊几声，或者朝我扔点东西，这样他就不会被炒鱿鱼。”

“好吧，”我大笑道，“至少这一次你不用蹭票了。”我递给他一美元和二十五美分，“给我俩买两张票，再把这二十五美分当作小费给保利，谢谢他帮我们忙。”

“好嘞。”他从长椅上跳了起来，“您脚还疼呐，坐在这儿别动，我去去就回。”

我不得不承认这孩子的确很有洞察力。我明明对水泡的事只字未提，更别说还被裙子裹得严严实实的，他竟还是看出了我走路时有些摇摇晃晃。

米克跑到了售票处，排队等着买票。保利是个跟我年纪相仿的男孩，米克停下来跟他交谈了几句。他俩同时向我这边看来，保利朝我轻轻招了招手，米克于是走了回来。

“都成啦，”他笑着说，“如果您确定他们是十点十五到，那就只剩五分钟时间啦。一会儿您看到市长朝这边走来，我们就走上去，您想办法排到队伍的后头。要是没别的小孩在，那我就先等在一旁，等您上去的时候贴着您一道走。”

我没看出这计划有什么缺点。“即使有人发现我们和市长一行人不是一起的，”我说，“一旦摩天轮转动起来，他们也没法赶我们下去了吧？”

“我猜市长先生不会大惊小怪的，”米克应道，“他可喜欢小孩子了。他还想让展会上的老板们免费把穷孩子放进来玩，可那些老板们没同意。”

“但水牛比尔不同，”他又说道，朝大道的末端点点头示意，“水牛比尔可跟那些老板们不一样。您看到那边的几个帐篷了吗？那是狂野西部秀的场子。他同意了市长的想法，专门弄了个流浪儿之日，所有孩子们都能免费来看表演，免费吃糖和冰淇淋。那一天简直像做梦一样。当然了，”米克换上了一副严肃的神情，“狂野西部秀也赚翻了——我猜办展会的大老板们肯定后悔没把这秀引进大道乐园，他们当时嫌它‘品位低俗’。可世博会上也有印第安表演之类的，只是都比不过狂野西部秀！”

接着他就不再讲话了，一会儿在长椅上坐坐，每隔三十秒钟左右就跳起来走到建筑物的拐角处探头张望。

来回跑了三四趟之后，他坐回我身边，悄悄向我挪了过来。“有一大群人刚走过那家卖柠檬汁的小摊，就是他们没错了。大家总是一眼就认出市长先生，他块头大大的，还带着那顶帽子——您一会儿就能看见了。”

两分钟后，我确实看到了市长一行人出现在拐角处。他是个有些发福的高个子，头上戴着顶松松垮垮的黑帽子，正往售票亭走去。米克说的没错，他身穿职业西装，内搭一件平凡无奇的西装背心，怀里揣着怀表——但卡特·亨利·哈里森仍然称得上打扮自成一派。在场的男士们都戴着帽子，有各种各样的圆顶帽、平顶硬草帽，以及大礼帽——可哈里森市长头上的那顶却看上去有些邋遢，像是牛仔们所戴。说实话，他的帽子让我想起了《夺宝奇兵》中印第安纳·琼斯的软呢帽。

市长朝他身后的大规模代表团挥了挥手，又停下来听其中一名女子讲话。那名女子有一头浅棕色的头发，其中夹杂着些许银丝，身穿一条浅蓝色裙子和白色蕾丝上衣。她的五官很漂亮，带着一副金丝眼镜，身材体型与我差不多。市长先生听了她的话后哈哈直笑，拍了拍她的手臂，然后转身面对大家。

“如果各位和我们的绍特尔夫人一样有些顾虑，那请容许我向大家担保，这摩天轮非常安全。费里斯先生在发明并造好摩天轮后，第一个邀请的乘客就是他的夫人。诸位可别想多了，咱们的大发明家可不是想要甩掉自家老婆呐。”

人群中发出了礼貌的笑声，哈里森接着说道：“各位稍安勿躁，待我与这边这位好先生商量一下如何安排座位。然后，”他夸张地朝摩天轮顶端示意了一下，“天空就是我们的最后界限。”

不少妇女顺着他的手势向上望了望，其中一名头戴浅粉色女帽的中年胖妇人发出了响亮的惊呼。不知她是这才认真打量了一下摩天轮，还是突然对它的高度产生了实感，总之她赶忙从同伴的臂弯里抽出了手。“我很抱歉，哈里埃特。我知道我说过要跟你一道上去，可我真没法踏进这钢铁怪物的里头一步。”她夸张地打了一个激灵，摇摇头，“我还是在下面等你吧。”大街的另一侧已经聚集了十几名妇女和两名男性，此刻正准备旁观勇敢的伙伴们踏上冒险征途。浅粉色帽子的妇女朝他们那边走去。几秒钟后，她的同伴也仰头打量了一番摩天轮，最终带着一脸不甘的表情加入了不挑战组。

我的视线不停在人群中搜索。最先映入眼帘的是索尔，他与一大群男人们站在一道。过了不一会儿，我找到了凯瑟琳帽子上的羽毛，她就站在刚才与市长讲话的那位蓝白裙子的女士正后方。仔细一看，代表团的成员们基本按照性别分成了两堆，妇女们立在搭乘平台的一端，男士们则聚在另一端。只有凯瑟琳和金丝眼镜的女士例外，她们若无其事地站在两堆人中央的位置。妇女中有几个人正死死盯着这两个妇女叛徒，她们紧抿着的嘴唇清清楚楚地展现着不满情绪。

我用胳膊肘轻轻戳了一下米克，“我要找的就是她，但我不知道那位在跟她说话的人是谁。可能是受邀而来的一位女市长……”这是我所能做出的最合情合理的推测，不过眼前这位绍特尔夫人看上去精力旺盛、意气风发，一点也不符合凯瑟琳所形容的“温顺弱势”。

“女市长，那可了不得了！”米克眯缝起了眼睛，想要看得更仔细些。可我们和她们所占的位置之间隔了一群男士，挡住了我们的视线。“我现在先到保利那儿去，您只要跟着她上同一辆小车就行了，我在后头跟着。”

我朝着男女两组的交界处慢慢走去，假装在包里找什么东西。男士们颇有风度地站到一边，请女士们先上。在男士们低沉的交谈间，我能轻易辨别出凯瑟琳高亢的嗓音。她正和身边那名女子聊着些什么，但我听不清谈话的具体内容。见她们并没有加入妇女组一同搭乘的意思，我于是也在后头磨蹭着不往前走。

第一间包厢的门关上了，里头几名女子呵呵笑着朝外边的先生们挥了挥戴着手套的手。我开始慢慢向平台另一端挪去，几乎走到了队列的末尾。几名男士有些不满地等着凯瑟琳和她的同伴，还有一名在我朝“男士”车厢走去时，也用鼻子对着我哼了一声。看来米克说的没错，他们本想好好抽支烟，而包厢里有女人在，则意味着他们得向我们请求抽烟许可，这令他们老大不乐意。

我朝搭乘平台四周瞅了瞅，想让米克赶紧躲到我裙子边上来，结果发现他早已进去了。我刚踏进包厢，就听他痛得发出一声尖叫——只见那名穿着蓝白衣裙的女子正拽着米克的耳朵，大步从车厢后头冲出来。看米克脸上痛苦的表情，她的手一定揪得很用力。女子奋力地挤到了还在外头排队等待进包厢的男士们面前说道：“我们这儿混进了一个逃票的。”她的语气冷冰冰的，米克被她提着耳朵，不得不拼命踮起脚尖。“各位先生麻烦借过，我好把这孩子扔出去。”

我深呼吸一口，希望自己没做出错误的选择："他不是逃票的，女士。我这儿有他的票。"

我举起两张票根，包括凯瑟琳在内的所有人都将视线转到了我身上。凯瑟琳直直地盯着我举在半空中的手腕，一下子注意到了她在我生日时送我的沙漏挂坠。我与她对视了一小会儿，接着将目光重新转向那把名米克拽得生疼的女人。

这是我第一次有机会能近距离看她，我瞬间认出了她。她换了发色，与赛勒斯教堂上的彩绘看上去略有些不同，但我们之间还是很相像。而且细看之下，可以发现她那双隐藏在金丝眼镜后的绿眼睛实际上是蓝灰色的。我向下望去，想看她手上的赛勒斯教徽纹身。但她手上戴着手套——这不奇怪，我要是顺利爬上茂林岛小坡的话此刻估计也戴着手套。

这可不是我想象中和失踪已久的姨妈重逢的场景。在我印象中，普鲁登斯应当是和我妈妈一个年纪，因此看到眼前如此年轻的她让我有些不适应。或许对一般人来说，她头上的银发会让她看起来像是上了年纪，但我细察之下却怀疑眼前的姨妈最多不过二十五岁。此刻普鲁登斯脸上的表情告诉我，她也认出了我是谁。她的眼睛飞快地眨了眨，然后重新找回了自己扮演的角色，一个令人不悦的小小笑容在她脸上慢慢绽开。

哈里森市长站了出来："谢谢您，绍特尔夫人。但既然这孩子买了票，或许我们还是……"

普鲁登斯放开了米克，将他推向我。"有意思啊，"她开口道，眯缝起了眼睛盯着我，"我怎么不记得你是我们代表团里的呢？"

"我不是，"我答道，"我们今早买了摩天轮的票，并不知道这节车厢被你们包了下来。"我朝米克点了点头示意，"他是我的助手，我在为……为我所就职的报纸写一篇报道。”

她哼了一声，挑起一根眉毛。“你说他是你的助手，就算是那样吧，但你可不是在给报纸写什么报道。哈里森市长，我建议您把保安唤来，把他俩给赶出会场。今天早上我进会场的时候恰巧看到他们想对一位绅士的口袋下手。这位年轻小姐正跟那位绅士说话，企图分散他的注意力，而这小流浪汉就趁机下手。幸好我赶忙拿洋伞的柄拍了一下那绅士的后背，要不然这两人早就摸了他的钱包溜之大吉了。”

“你说谎，”我恶狠狠地回敬，“根本没那回事，你自己心里清楚。”

然而她的故事对于在座的大多数人来说很容易产生共鸣，我明显感觉到厢内的气氛变化。有几个人之前看起来还有些同情我们，而此刻连哈里森市长看着我的眼神都带了一丝怀疑。

“那你为什么那时候不叫保安？”我问，“要是你真觉得我们做了违法的事——”

我身后一个温柔的声音打断了我的话：“您为哪家报社写稿，小姐？”

我满脸惊恐地转向凯瑟琳，磕磕巴巴地说出了脑子里想到的第一个名字：“罗……《罗切斯特工人报》，只是一个小周刊，我们写的都是些劳工问题。”

“哦，我知道那份报纸。”她答道，走上前来站在我身边，“你们的编辑前段时间写了篇很棒的探讨童工问题的社论。上个月的《妇女志》刚刊登了那篇社论的节选。您是来这儿采访世博会上的年轻工人吗？”

“没错。”我赶忙应道，朝她露出了感激的微笑，心里感慨她高超的随机应变能力。我只讲了那么一点信息，她却立刻编出一个令人信服的故事。“米克认识这里的很多年轻工人，帮了我一个大忙。于是我就带他来坐摩天轮作为奖励。”

“我总是梦想着能坐一回这大轮子，”米克补充道，可怜巴巴地看着自己的鞋子，“但我赚来的钱都要给妈妈贴补家用。”他朝大家看了一圈，又望向我。他有一双褐色的大眼睛，黑黑长长的睫毛准能在几年后俘获无数少女芳心。刚才被捏耳朵时疼出来的泪珠还在他眼里荡漾，这使他委屈的眼神有了更大的杀伤力。“但是我没关系的，凯特小姐。我不想连累您……”

米克是个浑然天成的小演员，周围的人们渐渐放松了警惕，厢内的气氛再一次发生了逆转。有些男士此刻将责怪的眼神对准了普鲁登斯。但我不由地注意到，刚才她和凯瑟琳走进“男士”车厢时收获的不快眼神同样也来自他们。

“朵拉，”凯瑟琳身体略略前倾，对普鲁登斯说道，“会不会是你今早看错了？或许你误会了当时的情况——在到处都是人的拥挤情况下，要搞清楚状况真是太难了。我看这位小姐无论是言谈还是衣着都不像是个扒手……”

哈里森市长此时出面了：“要不，您和您的……助手，是否愿意坐下一节车厢呢？绍特尔夫人，这一切似乎是个单纯的误会。而且他们的确买了票，您也看到了。”

普鲁登斯意识到大势已去，恼怒地瞪了凯瑟琳一眼，就气势汹汹地回到了车厢后部。我装作将票塞进钱包，趁机从嘴角对凯瑟琳悄悄说道：“我们需要单独谈一谈，今天。还有，那人不是朵拉·绍特尔。”

凯瑟琳的眉毛难以察觉地抬了一下，微微点了点头。我拉起米克，转身向厢门走去。我朝还在外头排着队的男士们抱歉地笑了笑，走下了车厢，包括索尔在内的代表团里的男士们则陆续走了进去。看来凯瑟琳曾经说索尔恐高的话并没有夸张，此刻的他已是脸色苍白，眼神不时瞟向选择等在下边的那群人，好像随时准备放弃搭乘。保利关上了厢门，转动控制杆，等余下的游客进入后面的几节车厢。

“还是谢谢你，保利。”等我们跟在另一批游客后头走进下一节车厢时，米克对保利说道。我们挤到了车厢最后头，米克垂头丧气地靠在了厢壁上，一脸难过。

“别在意，米克，”我说道，“我只跟她说上了几秒钟的话，但她已经知道我稍后会去找她详谈的。”

见他仍然没有应声，我稍稍弯下腰去看着他的眼睛。“你做得很棒，非常棒！要不是你及时插进话来，他们可能还在怀疑我们……”

米克摇了摇头。“不是那样的，凯特小姐。现在我可有麻烦了。”有一阵他闭上了眼睛，用手指揉了揉太阳穴。这个动作很像大人，而且给我一种熟悉感，可我想不起曾在哪儿见过。

我静静等了一会儿，看他会不会进一步解释。可等他再次睁开双眼后，却只是呆呆地看着窗外的巨大铁臂。几秒钟后，我们的包厢也升到半空中，地面上的游客们开始走进后一节车厢。

眼前这个小小的男孩此刻仿佛承受着全世界的所有负担，我看着心中隐隐作痛。“跟我说说吧，也许我能帮上忙。”

他看上去更愁眉苦脸了，然后耸耸肩。“妈妈一定会发火的，您也会讨厌我。您要是讨厌我，我也不会埋怨您。但我真心喜欢您，再也不喜欢她了。”

“不喜欢你妈？”我问。

“不是，”他连忙否认，显然被这个想法吓了一跳，“不，我当然爱我妈。我说的是那个拎我耳朵的坏夫人。她染了头发，看上去老了很多，所以我一开始没认出来。但就是那个人，她就是我的另一个主人。”

第十九章

我惊讶得掉了下巴："你的主人？你是说小屋那儿的？茂林岛的那个？"

"是的，"他答道，用乞求的眼神看着我，"我很抱歉，凯特小姐。我本该告诉您的，可这个工作得保密，爸爸也是那么告诉我的。要干的活跟您差不多，就是等那俩人出现的时候通知她。我当时觉得没准可以两份活儿可以一起干，您懂的，事半功倍呗。"

"可你究竟为什么要监视他们呢？"我问，"具体做些什么？"

"我……"他摇摇头，长长地出了一口气，"说出来您可能不信，凯特小姐。有那么一本书，是我爸爸的。用这本书可以向她发消息。书是爷爷死前传给爸爸的，一道传下来的还有一个圆圆的东西。用手一碰，那东西周围就会升起字啊图画啊什么的，世博会上任何一件展品都比不上它厉害。"

显然，索尔自创了日记的新用法，连凯瑟琳和科纳都没想到这一招。男孩抬头看了看我，我努力保持表情镇定，点点头示意他说下去。

"早上看到您从小坡上走出来的时候，我刚完工，给她发了信息。然后就看见您的信掉了，于是……”他的声音低了下去。已载满客的摩天轮开始转动了起来，伴随着机械的撞击声，我们渐渐升上了大道乐园的半空。

“你所说的这个主人，就是你之前提到的那位教会的夫人吗？”

他点点头，但并没有说话。我于是追问道：“你为什么不相信她，米克？”

“因为爸爸不相信她，”他气冲冲地答道，“所以我们离开了农场。是教会的人出钱让我们一路坐船从爱尔兰到这里来的，所以他们肯定想让我们在农场工作更久，继续上他们的赛勒斯课。但爸爸说了，我们会另找法子还他们的钱。当初我们离开的时候和那里的人吵了好大一架，爸爸说我们从此跟他们一刀两断。他后来去当了建筑工人，妈妈也找到工作，我也在一旁打打零工。离开农场后，我们又回到了正常生活。

“但等这里各种大楼都盖好了以后，家里手头又有些紧。”他的眼睛透过眼角小心翼翼地看着我，声音低得几乎听不见。随着车厢逐渐向高处攀登，人群愈发兴奋，说话声也愈发响亮，我不得不弯下腰才能听清他的话。“普鲁姊妹，她来这儿找到了咱们，说她原谅爸爸离开农场，也不计较他说过的关于赛勒斯教的坏话。她找关系给爸爸介绍了消防员的活儿，后来——后来的事我已经跟您说了。”

他的嘴角略带敌意地抽动了一下。“妈妈说她不可能料到爸爸会死，我也明白这一点，”他说道，拍了拍自己的头，“虽然明白妈妈说的没错。但我这儿，”他又用手拍了拍自己的胸膛，接着说道，“我心里就觉得她早就知道会发生什么，然后找了个好法子让爸爸闭嘴。”

他的下唇颤抖了起来，我则愤怒地咬紧了牙关。虽不能说普鲁登斯一定早就知道冷藏馆会起大火，米克的爸爸会因此而丧生，可她绝对有能力去了解这件事。

“我知道这么想很傻，但就是管不住自己不去那么想。我也不想在她手下干活儿，不过，”他虚弱地笑了笑，“估计现在我也别想给她干活儿了。只是，哎，妈妈一定会气坏了的。该死的！”

在他吐出最后两个字的那一瞬间，我终于恍然大悟，一下子意识到为什么刚才他在揉太阳穴时我会觉得似曾相识。我本来早该认出那双眼睛的，可无论是从圆挂件里还是在地铁上，我所注视的那双眼睛里所燃烧的激情是眼前这个小男孩所缺乏的——他还要再过几年后才会理解那种感情。

他误以为我是出于责备才露出一脸震惊的表情。“抱歉，凯特小姐。我不该说那个词儿的。妈妈要是知道我说了脏话，还是当着一位小姐的面，那该更生气了……”

我朝他微笑了一下。“不，没关系的，我说真的。我跟你说了，我可不扭扭捏捏。”他看上去还不信我的话，我于是靠近他的耳边轻轻说道，“该死的，该死该死该死。”

他的嘴角忍不住向上动了动，最后终于肯抬起头看我的眼睛，嘴角绽开了一个微笑。

我深吸了一口气，心里思量着该怎么做。我朝外头看了一眼，大道上的建筑物现在看起来已像是脚下的迷你模型，我的胃不由得紧缩了一下。可至今为止的种种遭遇早已弄得我五脏六腑都紧张得绞成了一团，此刻倒也没觉得有什么格外不适。我该把事实告诉他多少？我能够告诉他多少，同时不至于引发这条时间线更多的混乱？万一正是我现在采取了什么行动，才使他那天赶来地铁上警告我呢？可万一我现在采取了什么行动，反倒使他不会来地铁上警告我了呢？他说的没错，眼下这情况的确该死。

过了一会儿，我蹲下身与他的视线齐平，松开上衣里的小口袋，露出了时研会钥匙的一小部分。他的双眼瞪得老大，脸上流露出了复杂的表情——得知我相信他的话使他如释重负，可其中似乎又夹杂着一丝害怕。我意识到在他心中，圆挂件就象征着赛勒斯教。

“我不是名赛勒斯教徒，”我赶紧告诉他，同时握起他的小手，“我也不喜欢那些人，而且要我说，你不信任他们是很聪明的做法。”

“你的真名叫什么？”我问，虽然心里早已对他即将给出的答案确信不疑。

“基尔南，”他说，“基尔南·邓恩，跟爸爸名字一样。”

“基尔南，”我重复道，“这是个好名字，或者你还是希望我叫你米克？”

“不，”他答道，“我不怎么喜欢米克这个名字，但我身边很多人懒得管我真名叫什么。‘米克’对他们来说喊起来简单一些，所以我也不去计较。您真的叫凯特吗？”他问，嘴角露出一丝怀疑。

我点了点头，心想根据他并不喜欢我的姨妈普鲁登斯这一点，还是别告诉他凯特其实是我的中间名。“你看到的这块挂件是什么颜色的，基尔南？在我眼中它是蓝色的，非常亮眼的蓝色，比你所见过的任何天空都更蓝。”

“我看到的是绿色的，凯特小姐。是漂亮的墨绿色，就像……”他脸上泛起一片红晕，然后重新抬头看我，“就像您的眼睛。”

“你这话说得真甜，基尔南。”我答道，又捏了捏他的小手，然后重新将圆挂件放回了口袋内，“告诉我，你知道这圆挂件是做什么的吗？”

“它会让您消失，至少农场里有几个人能那么做。赛勒斯教徒们把它当作圣物，还说我和爸爸不一般，因为我们能看到挂件在发光，还能在他们的书本上写字。普鲁姊妹想让我天天练习，但那东西总弄得我头疼不舒服。农场上好些人看不到那光，妈妈就从没见着过。大家管那挂件叫做‘钥匙’，只有几个人来农场的时候是带着钥匙来的。而且除了爸爸，他们都把钥匙交给普鲁姊妹或其他头儿们了。”

“普鲁姊妹就是因为这样才跟你爸爸争吵的吗？”我问，“因为你爸爸不肯交出钥匙？”

他摇摇头。“应该不是。她也没想过问我要回去，爸爸死后她还要我好好保管这钥匙。”

摩天轮猛地晃了一下，又继续转动。此刻正处于轮子最顶端的那节车厢里的人们发出了几声尖叫，站在他们的位置上感受晃动一定更吓人。我盯着基尔南看了好一阵子，心里揣摩着他告诉我的种种信息，想将它们拼凑起来明白个大概。然而我摸不清任何头绪，最终决定还是相信自己的直觉，只把最基本的情况告诉他。

“不要因为之前没跟我完全说实话就心里过不去，”我说道，“毕竟我也不算百分之百跟你说了实话。我的确名叫凯特，确实是在跟踪与你所跟踪的同样的两人，那个男人也确实是个坏人——这些都是真的。但我不是一名报社记者。从某种程度上说，你可以把我看作是个通风报信的信使。正如你之前所说，跟那男人同行的女子遇上了危险，我就是来这里提醒她这一点的。但我一定要谨慎行事。”

他点点头，又将小脑袋弯向一边。“所以那位戴紫帽子的夫人……既然您不是记者，为什么她会走出来帮您说话呢？难道您说的那家报纸，真的有那回事儿？”

“不，”我答道，“那是我瞎编的。她只是……”我从手腕上摘下手链，将挂着的小沙漏拿给他看。“她应该是认出了这个挂坠，她认识给我这挂坠的那个人。”

“噢，这东西就像是你们的接头暗号？”

“没错。”我说着站起身。就在这时，我们的车厢在最高处兀地停了下来，在半空中晃晃悠悠。我在稳住自己平衡的同时不由痛得倒吸了一口气——脚上的水泡越来越难忍了，更何况这车厢里还没有座席。“目前暂且还是别去靠近她的好，因为你的主人普鲁登斯一直待在她身边。但好在我知道那位女士今天下午要去哪里，你能继续做我的向导吗？”

他露出了微笑，如释重负地发现自己并没有一下子丢掉两个饭碗。“遵命，凯特小姐，我一定好好带路。”

我捏了捏他的肩膀。“那我们就好好享受摩天轮之旅吧，好吗？”我说，“等一下去找个安静的地方坐下来，好好想想下一步该怎么做。或许你能找到一个地方，好让我把这双该死的鞋子脱掉休息一会儿？”

基尔南领我去的地方静谧而不引人注意——正位于通往茂林岛的诸多连接桥中的一座之下，那儿有一小片草坪。在这儿，我不仅能把鞋子给脱下来，还能在河里好好浸会儿脚。河水看上去很干净，双脚浸在里头十分凉快。如我所料，我的脚跟上被磨出了一个大水泡。我不得不靠理智反复提醒自己附近可没有卖舒适便鞋的连锁店，才忍住没把这双可恶的鞋子扔进河里。

我朝后一仰，靠到堤岸上，想要放松精神，心里庆幸多亏穿了绿色的裙子，免得担心裙子沾上草地的印记。基尔南自告奋勇去买些午餐回来，我正好乐得轻松。现在还不到中午，可我在穿越之前没吃晚饭——在中午吃了奥马利家的巨大汉堡后，谁还吃得下晚饭呢？结果就是此刻的我肚子咕咕直叫。

十分钟后，基尔南带着热狗、水果和新的柠檬汁回来了。我们在历史课上读过厄普顿·辛克莱[①]的《屠宰场》，因此对于十九世纪九十年代的芝加哥街头热狗怀有巨大的心理阴影。但为了不让基尔南觉得我娇里娇气，我还是咬了几口烤肠外包着的面包。他欢喜地让我用剩下的热狗交换了他手中的苹果。吃完后，我拆开手提包里的牛皮纸，从里头拿出一条能量棒，掰了一块分给基尔南。

"味道不坏，"他评论道，"甜甜的，还有嚼劲。这东西在纽约有卖吗？"

我点点头，就着柠檬汁将口中的食物咽了下去。科纳可不是在纽约买的这些能量棒，但我敢说不只是纽约，全国各地都能买到这种能量棒，只是不在1893年罢了。我不知道基尔南在赛勒斯农场期间究竟对时研会钥匙了解了多少，心里想象着如果告诉他，他现在吃的食物是他的曾曾孙子买来的时候，他会有什么反应。

吃完午饭，我满心不情愿地从河里抽出脚，搁到一块大石头上好让太阳晒干。

"凯特小姐！"基尔南惊叫了起来，指着我的脚，"您脚趾这是怎么了？"

"嗯？"我朝下瞥了一眼，做好心理准备会看到脚上附了一只水蛭、刮了一道划痕、或是受了别的什么了不起的重伤。然而什么也没有。"你在说什么呢？"

"您的脚指甲，它们是红色的——好像在流血！"

---

① 厄普顿·辛克莱：美国现实主义小说家。于1906年发表后文所提的《屠宰场》。该小说描写大企业对工人的压榨和芝加哥屠宰场的不卫生情况，揭露屠宰场老板把腐烂臭肉制成罐头销售的事实。小说出版后反响巨大，美国政府被迫通过了一系列食品卫生法案。

“噢！”我大笑了起来，“那只是美甲而已，虽然有些地方被磨掉了。”

“看起来像是颜料涂上去的。”基尔南不以为然地哼着说道。

我叹了口气，真希望我在准备出发的时候有凯瑟琳在一边帮我检查。十九世纪九十年代的小姐们都不在指甲上涂指甲油吗？要是凯瑟琳当时还在的话，一定会告诫我这是不符合年代的。说到底，或许指甲油在这个年代还没被发明出来吧？我无从得知。

“事实上，可以说这确实是颜料。”我说道。

“妈妈说……”他摇摇头，没有说下去。

“你妈妈是怎么说的，基尔南？”他没答话。

“没事，真的，我可不会生气。她说什么啦？”

“她讲只有妓女才涂颜料，”他答道，低头盯着地上的小草，“但她们是在脸上涂颜料，我从没听说过能拿颜料涂脚指甲。”

“哎，”我答道，“可能在爱尔兰，甚至芝加哥，你妈妈说的都是事实。我不知道，毕竟我是头一次来芝加哥呢。可在纽约，最最尊贵的夫人小姐们都会做美甲，无论是手上还是脚上，有的人还拿胶水将闪光的小碎石贴到指甲中央呢。”

“真的吗？”他问道，身子朝堤岸下滑了一点儿，仔细端详起了我的脚趾，“这颜料看上去像还没干似的，我能摸摸吗？”

“当然，”我笑着说，将一只脚伸向他，“指甲油已经干了，我是好几天前涂上去的。”

他小心翼翼地伸出一只手指，碰了碰我大脚趾上的指甲。我突然想起了凯瑟琳消失之后，特雷坐在我房间的沙发上时抚摸我脚趾轮廓的样子。我感到一丝内疚——我向他保证过在展会上要远离高大陌生的神秘男子。现在的基尔南自然还远远称不上高大，他对我脚指甲产生的兴趣也单纯得毫无浪漫可言，但我心里还是清楚，特雷要是知道这件事后会不高兴。于是我等了一小会儿，就将脚端端正正地藏进了裙子里头。

我手上没戴表，而且既然基尔南早已知道时研会钥匙的存在，我在环顾四周确定没人后，就握住圆挂件，召出显示界面。此时正午刚过。市长率领的代表团按计划将于一点差一刻时离开世博会会场，搭乘列车前往市区，前往附楼大会堂所在地。我从包里拿出世博会地图，将它在草地上摊开，打算好好研究一番。

“别管这地图啦，”基尔南说，“您要去啥展馆我都能找到。”

“那芝加哥市内的地方呢？”我问。

他朝我露出了调皮的微笑。“没准呢。我去市里三回了，还去了最最中心的地方呢。我家离这会场近些，但去年春天爸爸找工作的时候我陪他跑了几趟。”

“那你知道附楼大会堂怎么走吗？”

“小菜一碟，”他说道，“我已经去过一次啦。上次接待的伦敦来的夫人们就要去那儿参加世界妇女大会啥的，要去听演讲。她们去那儿别的啥也没做，就看到有人站起来去台上讲话，过一阵子换个人上去讲，一点也没意思。不过，那戴紫色羽毛的夫人也要去那儿？”

“猜的没错，”我说，“但我想还是尽可能避免进城的好。我们最好在她坐上列车前把她给拦下来，但要是没能找到跟她单独说话的最佳时机，我们就得继续跟着她。”

“可这儿有许多列车站点，尽管……”

“他们会去第六大道上的那个站，那儿离他们中午用餐的地方最近。”

眼看他正要开口问我是怎么知道这种情报的，我赶忙岔开了话题。

“你知道附近有垃圾桶吗？”我问，一边将食物的包装纸、香蕉皮以及午餐吃剩的各种东西递给他。“我得在这儿试试能不能把脚挤进这双该死的、讨厌的、可恶的、烦人的鞋子里，”我补充道，每讲一个形容词就用手狠狠敲一下鞋子，“你真不想跟我交换鞋子吗？虽然你的鞋子可能小一点儿，但我敢说肯定比我这双舒服。”

他咯咯笑了起来，摇摇头。“不了，凯特小姐。估计连我妈都不愿意同您换。您这鞋子看着漂亮，要是您整天坐着肯定没事，可干活或走路的时候可不舒服。”

“说得太对了，孩子。”

“那您为什么要买这双鞋子呢？”他问我。

我想起和妈妈一起去和凯瑟琳吃饭的那晚，我也用类似的语气问过她为什么要买脚上的高跟鞋，心中隐隐作痛。那一晚距离今天也不过一个月多一点，可仿佛却历经了一整个世纪。

“这是别人送我的礼物，我宁愿穿自己的斯凯奇。”我答道，及时抬手将他下一个问题给堵在了喉咙口，“没错，斯凯奇也是在纽约才能买到的东西。”

我等他跑远去后，从包里拿出一小管消毒药膏和创可贴（这两样东西可不属于 1893 年，就连纽约也不卖）。护理完脚后，我重新穿上长筒袜，系好鞋子。没有了科纳自制的纽扣钩帮忙，鞋子更难穿了，穿上去之后也还是很不舒适。但刚才在河里泡脚似乎有些效果，我的脚没那么肿了。试走两步之后，我确信自己已经将疼痛控制在了可承受范围之内。

我们现在所在的河岸距离大道乐园很近，离第六大道车站只需走几分钟路程。我们到达时比代表团的预定出发时间 12 点 45 分略早一些，于是我们像之前一样找了个不引人注意的地方静候凯瑟琳一行人的出现。我打发基尔南先兑好了几个列车币，以免到时候真得跟着上车，然后找了一张两个人坐的长椅。

之后，我还走了一个街区，去了一趟来的时候看到过的“方便室”。所谓的“公共休息中心”比我之前想象的要现代不少，空间也很宽敞——当然，层层叠叠的裙子仍然是个大问题。

正当我在洗手池上方的镜子前调整帽子时，我感到有人轻拍了一下我的手肘。那人不是别人，正是凯瑟琳。她抓起我的胳膊，将我拉向角落。

“我隐约看到你朝这边走来了，”她低语道，“绍特尔夫人——或者不管她是谁，一直在跟着我。现在她也进来了。”她转了转头，向其中一个包间示意了一下，“你要是真想跟我谈一谈，那咱们现在就得快走——时间可不多了。我怎么也甩不掉那女人。”

我们朝外跑去。街对面是各州的展示馆，由每个州各自出资建造，展示本州的发展成果、历史、农业以及工业。我跟着凯瑟琳冲进了正对着洗手间大门的加利福尼亚馆，穿过门厅，来到了一座完全由橘子做成的巨塔之下。不得不承认，这座橘子塔比我之前在黑白照片中看到的要震撼多了。然而这巨型展品放置的时间显然超过了保质期，空气中都弥漫着酸腐的果味。

在确保别人从大门望进来无法看到我们后，凯瑟琳抬起我的手腕，将我的手链与她自己手上的相比较。虽然我俩的链子不同，可两个挂坠却一模一样——翡翠和珍珠制成的沙漏，边上缺口的位置如出一辙。“告诉我你是谁，从哪儿拿到的手链，以及你为什么在这儿。”她对我说道。

“我不能告诉你第一个问题的答案，”我答道，“至于第二个问题，这手链是你给我的。我来这儿是为了通知你尽快回时研会总部，直接回到小屋附近的那个恒定点。我会找个人去通知索尔——”

“为什么？这可不是标准流程！”她说，“不管考察任务有没有完成，我都会在预定的时间穿越回去。哪怕我们的家人出了什么紧急事故，时研会都不会临时介入我们的任务之中。”

“那么当一名历史学家陷入人身危险时，标准流程又是怎样的呢？”我问，“你处于危险之中，虽然总部目前还没意识到。”

她没有应声，我于是直视着她的双眼继续说了下去。“听清楚了，我只能尽量把我所能告诉你的事情透露给你。要是把一切都跟你说了，那就会——你明白我的意思，对吧？”

“你是想避免打乱其余的时间线。”

“没错。跟总部说你病了，然后取消下一次的考察任务。”她又想打断我，但我抬起一只手打住了她的反驳。“你很擅长随机应变，总会想出个借口的。就你最近的情况来说，胃病或许是个好幌子。对了，预约好的妇产科医生还是要去见一面的，好吗？”

她瞪大了双眼，我则继续说了下去。“你对索尔的怀疑是正确的，”我说道，又停下来想了想，在不改变她未来行动的前提下究竟能告诉她多少。“他的确把你们时代的药带到了这个年代。但是你不可以立马就拿这件事向他当面对质，必须等到他下一趟从波士顿穿越回来之后——也就是你要请假的那趟穿越。”

“我为什么不能去那一趟？”她问。

“因为我可不想穿越到那个地方，然后去找你，再把你救出去！”我有些不耐烦地答道，“回到你自己的时代后，你就静静地等待几天。”

我强迫自己深深地呼吸了一口冷静下来，又继续说道：“等索尔从波士顿回来后，劝他去和安格罗谈谈——但别把孩子的事告诉他，好吗？你下周安排了一次单人考察任务，对吗？”

她点点头。“去波士顿，1853 年。”

“那一趟你得去。你会……”我犹豫了一下，“你会没事的。”我这话在我自己听来都不太令人信服。凯瑟琳在与索尔大吵一架后的那张伤痕累累的面孔此时浮现在我眼前，她曾经描述过的安格罗和希埃拉死时的惨状也在我耳边回响，可我还是继续讲了下去。“这一点很重要。”

“就这些吗？”她问。

“还有，比如尽量躲着绍特尔夫人？”

“按你的说法，那个人并不是绍特尔夫人。容我再加一句，那女人跟你长得可像了，即使她发色不同、戴着眼镜，可我也能看得出来。她是谁？是她让我陷入危险的吗？”

我摇了摇头。“根据我导师的说法，我该向你透露多少信息取决于你需要知道多少，而——”

“而我不需要知道这个问题的答案。真巧，这也是我的导师也曾经说过的话。”

“嗯……”我耸了耸肩，“这是句经典的座右铭。我只能说，要是你能甩开她独自前往恒定点，那一定是百利而无一害。”

“你说得倒简单。”她说着眯缝起了眼睛，看得出来仍未决定是否要相信我，“那你告诉我，这挂坠上的缺口是怎么弄来的？”

“据我了解，是时研会的迷妹学者在追星时不小心将手夹到了车门。道格拉斯先生此刻正在海地馆，你最好躲着他一点——免得他想起来上次的事，来向你讨回他的手帕。”

凯瑟琳冷静地盯着我。“我是唯一知道这件事的人，所以一定是我本人告诉你的，可我实在不相信我居然会让你这样干扰考察行动，那完全违反……”

“没错，”我挤出一丝小小的微笑，“我知道，完全违反时研会规章。”

她又一次长长地盯了我一眼，然后重重地叹了一口气。“好吧，”她说，“我去跟索尔说我要先走了，我会编个借口。他可能会提出陪我一起回去，可从他最近的行为来看，让我一个人走的可能性比较大。”

“记得别让他知道你的真实理由。”

“我懂，”凯瑟琳答道，“我会严格遵守你的指令：跳过下一次考察、去看妇产科医生、26 日前避免跟索尔谈起我对他行踪的怀疑——我得提醒你，我只是怀疑而已。然后我会照常进行 27 日的穿越。我只希望你，或者现在该说‘我们’，这么做是正确的。”

我想起了科纳几周前说过的话。“我也但愿如此。可正如我的一位好朋友——实际上，是我们共同的好朋友最近所说，我很确定我们是在为我们所希望的目标而奋斗。有时候，我们所希望的未必是最正确的事。”

她看上去仍有些顾虑，但还是点点头朝出口处走去。刚走几步她又回过头：“我们分头离开这儿吧，免得碰上那个假绍特尔夫人。她好像特别讨厌你和你那位小朋友。”

我点头同意，凯瑟琳于是继续向门口走去。不知是出于不祥的预感，还是我本身就有些紧张，大概距凯瑟琳离开二十秒钟后，我就向着她离开的那个出口走了出去。倒霉的是，一大群游客正从外头进来，几乎个个年纪在六十岁以上。我在人群中逆流而行，一边不停地喊着抱歉，一边踮起脚尖越过人头搜寻凯瑟琳的踪影。我推搡着与最后几名游客擦身而过，开始朝馆前的台阶走去，一位老妇人突然拿拐杖敲了一下我的腿。鉴于我刚才差点把她推倒，这也怪不得她。

“抱歉，夫人，我没——”我的道歉戛然而止，只见有人将老妇人整个身子猛地向我推来。我在第一级台阶上摇晃了一下，险些没接着向地上摔去的老妇人。正当我忙着扶起颤颤巍巍的老人时，她身后的那个身影伸出手往我胸口用力一推。

我从最后两级台阶上滑了下去，毫无形象地摔了个面朝天。罪魁祸首的那名男子穿了一身西装，我起先没认出来，因为我过去只见过他穿邋遢T恤和牛仔裤。他右边的太阳穴上有个新添的疤痕，看上去像是被人用撬胎棒给打的。他还试图留了几根不成形的八字胡，可他的脸我此刻已认得一清二楚。最近那次叫人作呕的近距离接触实在令我无法不印象深刻。

“嗨，凯特宝贝。”西蒙两眼发光地盯着我，“没想到会在这儿见到你，稍后可要好好聊聊，好么？”

说完，他加紧步伐向第十六大道车站走去。刚才的人群中有几名游客此时赶过来扶我起身，还有一位少说也有八十岁的老绅士向西蒙离去的方向颤颤巍巍地追了几步，一边在空气中挥舞着拳头，一边嚷着什么。

等我重新站起来时，西蒙已经走了一半路程。凯瑟琳就在不远处，显然没能成功摆脱掉普鲁登斯。市长一行人正在聚在一起等待列车，她们两人也正向月台走去，列车即将靠站。我拉起裙角想试着跑上前去，可马上意识到我根本无法赶在西蒙之前跑到凯瑟琳那里。

我只好祈祷自己的声音比脚下的步子管用。我深吸了一口气，手直直地指着西蒙的背影大喊道：“他身上有枪！拉住他——他有枪！”

几秒钟内，我的喊声传遍了周围的人群。我不知道代表团的人是否听到了我的喊声，或是听到了其他游客们“有枪！”的尖叫声，总之市长一行人统统往我这边看了过来。西蒙回头张望了一下，然后转回身继续向月台前进，手仍旧没有从兜里掏出来。而普鲁登斯此刻宛如一名守方的橄榄球线卫一般，飞身一扑，将凯瑟琳擒抱在地。

两人都向前倒去，凯瑟琳的袖子勾到了木头栅栏，手肘以上的袖管都被撕了下来，她的头则磕到了站台的边缘。列车进站刹车的轰鸣声与人群的尖叫声交织在一起，现场一片混乱。索尔蹲在凯瑟琳身旁，普鲁登斯则猛地站起身，飞快地扫视着车站里的一张张面孔。

我在人群中推搡着前进，想要追上西蒙，可却不见他的身影。一方面，我估计他还不至于不管不顾到在如此光天化日之下进行穿越，可又想起当时他抢了我日记之后可就毫不犹豫地在车厢里启动了时研会钥匙，谁知道他这一回打算怎么做呢？

两名穿着相同制服的男子正大步向市长走去，他们的肩上都佩戴着“哥伦比亚世博会保安”徽章。“警报解除，是误报，各位！是这位小姐看错了，现在一切尽在我们的掌控之中。”

哈里森市长也走向两人，一边说话一边与他们握了握手，又拍了拍两人的肩膀。我不禁考虑起这段插曲会对他的命运产生怎样的影响。再过几个小时，就会有一名刺客来到他家登门拜访，要求和他说几句话。经过这件事，他还会毫无顾忌地让陌生人进屋吗？会不会要求来人接受简单的搜身？又或者，在这个不比“狂野西部”多平静几分的芝加哥，人们对如此场面已是见怪不怪？

我又转了个身，继续寻找西蒙，可他仍不见踪影。索尔正拿着一块手帕贴在凯瑟琳的头部，白色的手帕上有些血迹，但她看上去伤得不重。

基尔南发现了我，此刻正朝着站台跑来。我抬起一只手，示意他先在长椅上等着——我最不想看到的，就是将他也卷进这一切之中。他点了点头，又一脸担心地将视线转向我的身后。

我转回身望向站台，随即明白了基尔南那副表情的含义。普鲁登斯就站在我正前方，眼里的怒火似乎要冲破金丝眼镜的镜片将我灼伤似的。“我本来已经可以搞定了，凯特。”她低声道，一把抓过我的手臂，狠狠地掐了下去，“凯瑟琳本来可以毫发无损，事情也不会闹那么大。你什么都不懂还瞎掺和。”

我强忍住一阵想大笑的冲动，她说话像是《史酷比》某一集里的大坏蛋。“你说本来可以搞定，是什么意思？”我问，“我就是要将凯瑟琳从你手里救出来——从你和你手下那个赛勒斯小混混手里救出来。我要去找他。”

“别多费心思了，你这蠢丫头，”她说，“西蒙已经走了。”她甩头向我示意了一下市长身边的那两名保安，“我已经派人潜伏在这儿等着抓那个白痴了。他根本无法靠近凯瑟琳，而按照计划凯瑟琳现在早该回到了她的时代。索尔不会察觉到什么异样的，没准我还能有机会把西蒙钓到我这一边。”

我这下完全搞不明白了：“你是想要救凯瑟琳？可你们组织……”

“你觉得我救她是为了她好？”普鲁登斯冷酷地笑了起来，“噢，不。这是个人私利。索尔当真以为我会给他那么大的掌控权吗？让他能随意操纵我？现在他只要一扯掉我身上这块该死的圆挂件，我就会像凯瑟琳一样灰飞烟灭了。”

“那你愿意跟我们一起对抗他们了？”我问。普鲁登斯的加入对我们来说是重大利好，而且我能想象凯瑟琳和妈妈脸上的喜悦，如果……

她的嘴唇拧成了一个讥笑，一下子把我的幻想砸得粉碎。“我可没在对抗赛勒斯教，”她说道，“我本身即是赛勒斯教，没有我就没有赛勒斯国际教会。我也不是不愿意跟我父亲分享权力，但他要是以为能把我轻易推到一边，那就天真得离谱了。我在这里就要了结了他的花招。

“亲爱的小外甥女，你给我听好了，”她说道，锋利的眼神再一次直刺向我的瞳孔深处，“我今天让你走只为了一个原因——你妈妈。黛博拉跟这一切都没有关系，而且她对你的死活估计比我妈对我的死活要关心得多，所以……”

“不是那样的，普鲁登斯。凯瑟琳想来找你的，但她和索尔一样用不了那块圆挂件。”

在普鲁登斯开口前，我就从她脸上的表情看出她根本不买账。“别说好听话了，凯特。我知道她跟索尔做了什么交易。好笑的是，我倒是捡了便宜。可怜的黛博拉，只好留下来跟她过。”

普鲁登斯朝身后瞥了一眼。列车正要启动，里面几名乘客还在使劲向窗外探脖子张望，唯恐错过这场好戏的终幕。凯瑟琳已经站了起来，正由索尔牵着走出站台，向会场内走回去。这么一来倒也比之前计划的更为方便，凯瑟琳可以利用这个小伤作为借口顺理成章地中止考察了。

普鲁登斯松开了我的胳膊。“真要命，”她说，“我得走了，我还没机会和她讲上话。”

“等等，”我喊道，跟着她跑了几步，“别费心思了，她已经知道了——她正要回总部呢。”

普鲁登斯转身看我，我继续道：“凯瑟琳不会参加下一次考察的，”我说，“她知道接下来的几个星期内该怎么做、不该怎么做，以确保不搅乱时间线。”

普鲁登斯抬起了眉毛。“好吧，看来你也不完全是个废物。”她说，“但愿你没闯什么祸——你在这儿这么大闹了一场，要是还得回来修复时间线就该麻烦死了。我本来只打算不动声色地救出凯瑟琳，你却跟开坦克似的跑到这个年代来东闯西撞，天知道会在这条时间线里引发什么样的连锁反应。”

普鲁登斯这话可真是够装模作样的了。自己明明在酝酿着彻底颠覆历史的阴谋，却趾高气扬地教育我要维护时间线，但我想她自己并没有意识到这一点。我无心跟她继续纠缠，转身向正在站外等着的基尔南走去。

普鲁登斯再一次扯过我的胳膊，将我拉回去面向她。我心里涌起一股将她一把背摔到地上的冲动，想看看四脚朝天的她还敢不敢那么蛮横。可我咬了咬牙，只是拿眼神瞪了回去。

“我还没说完，”她说，“我会确保西蒙或其他人在接下来几次穿越中都无法动凯瑟琳一根毫毛，所以我、黛博拉，还有你的性命都能保住。但是——别再招惹我，凯特。你也不想站错历史的阵营吧。放聪明点儿，我就保证你的小日子过得舒舒坦坦。未来属于赛勒斯教，你又有操作这些器材的好天赋——”

“不。”我开口想再反驳几句，却发现没有任何可说的了。于是我仅仅摇了摇头，又重复了一遍：“不。”

“随你的便，”她答道，毫不在意地耸了耸肩，“你一个人可对付不了赛勒斯教，凯特。你要么选择做选定之人，要么和剩下的小羊羔一起等着剥皮活宰了吧。”

我深信她的前一个论点没错，但她在提到非“选定之人”的毁灭时轻描淡写的语气令我的胃一阵抽搐。这也坚定了我的决心。一个能用如此草率的态度说出这番话的人，无论如何都不该握有掌控历史的大权。

然而在此地跟她纠缠不休也没有好处。“说完了吗？”我从牙缝中挤出几个字。

“还有一个小提醒，”她答道，同时眯缝起了眼睛，“别招惹基尔南。他将会成为选定之人，他也会成为我的人。”

我瞥了一眼正坐在远处的长椅上紧张地望着我们的那个男孩。“老天，他才八岁啊！”

“现在是八岁没错，但我当初认识他的时候他可不是这个年纪。你认识他的时候也一样。”她得意地笑了起来，“但你的记忆恐怕已经在时间转移时被抹去了，对吧？现在的你不再是那个他所——所被蛊惑住的凯特了，我会确保这就是事情的最终版本。”

普鲁登斯还记得一个我永远无从知晓的自己——我努力掩饰这一事实令我多么的心烦意乱。凯瑟琳说过，如果她提早六个月就开始训练我，那么那个凯特就不会是现在的我。我在一定程度上理解她的意思，可我的心里总有个解不开的疑惑。如果我对科纳所说的改变时间线的理论理解没错的话，除我之外应该不存在另一个凯特。不过在哪个版本的时间线里，凯瑟琳的癌症都是个不会变的常数，既然如此，我只可能在六个月之后才开始接受训练。那么我应当不会从任何人口中听到还有另一个不羁的凯特在什么我不记得的地方冒险的故事。

然而，我确实在圆挂件里窥见了另一个凯特的生活。还有基尔南——地铁上那个已长大成年的基尔南，他在扯下我头发上的头绳并套到自己手腕上时，心中所惦记的也是那一个凯特。

想起他当时看我时的表情，我突然产生了一种共鸣。当你望向所爱之人的眼眸，明知那个人也曾深爱着你，此刻却再找不到对方眼里一丝熟悉、一丝爱意，那是一种什么滋味？假使我完成任务回到自己的时代，马上我就能在找到特雷后亲身体验那种感受。

我回头去看基尔南。列车要每半小时一班，站台附近的人群已经散得差不多了，只有售票停后头还有位年长的黑人清洁工正拿着大扫把在清扫灰尘。基尔南仍然一脸紧张地等在那里，手指插在长椅椅面上的木头板条之间。年幼的他已经经历了太多焦虑和痛苦。

虽然打定主意尽量不要激怒普鲁登斯，有一件事我还是无法不过问。“那他的爸爸呢？”我脱口而出，“基尔南说你从中——”

“基尔南现在还只是个充满想象力的小鬼，”她毫不留情地打断道，“他不是真的相信我跟他父亲的死有什么关联，他妈妈就更不会那么想了。等到基尔南长大了，”她顿了顿，给了我一个充满暗示意味的笑容，“有了成熟的品位，他会心甘情愿地追随我重回赛勒斯教会，或者任何我想要他去的地方。”

普鲁登斯将手伸进领子里，掏出一条金色的粗链子，上面挂着一把时研会钥匙。她迅速扫了一眼周围，然后召出了控制面板。“离基尔南远点儿，也别来碍我的事。记住这两条小守则，就让你好好过日子。”

“噢，还有，别忘了好好待你妈妈。”她又加了一句。接着，她便低头注视时研会钥匙，不一会儿就消失了。

第二十章

木头长椅上空无一人。基尔南刚才一直在密切注视着我们这边，普鲁登斯消失后，我立刻扭头去看他的反应。可他已经不在那儿。他在那儿耐心地等了那么久，结果却一声不吭地跑了，这怎么想也有些奇怪。

唯一一个从始至终都在的人就是那名清洁工人，他扫下的灰尘已在售票亭门外堆积成一座小丘。

“打扰一下，”我上前问道，“刚才这儿有个小男孩坐在长椅上等我，您看到他去哪儿了吗？”

“是啊，”他略一抬头，又将视线转回地面，“你说小米克，嗯？”

我点点头，心里好奇这孩子在世博会上究竟认识多少人。

“他估摸一分钟前跑走啦，小姐，”老人答道，歪歪头向大道乐园的方向示意了一下，“有一先生从马路对面跑来，就是州展馆那儿，小米克就跟上去咯。”

我的心眼提到了嗓子口。“您记得那男人长什么样吗？这很重要。”

“呃，我倒是好好瞅了一眼呐，小姐——我一直在这儿扫地，”他回忆着皱起了眉毛，“他看上去很年轻，估摸着跟您一个岁数。白得跟张纸片儿似的，多半不在外头工作。而且依我看，他这辈子可没落下过一顿饭，您懂我意思嘛？”他低低地笑了几声，“米克要赶上那家伙不成问题，他可是个小机灵蛋，这我敢打保票！”

“谢谢您！”我有些颤抖地朝他微笑了一下，便朝大道乐园的入口跑去。

神秘男子的描述和西蒙太像了，这不可能是巧合。基尔南和他是一伙的吗？长大后的他曾和西蒙一起出现在地铁上，而且根据西蒙在凯瑟琳家门前袭击我之前所说的话推测，两人显然一度是朋友，至少也是同伴。

然而我很难相信基尔南和这一切有关联。更有可能的推测是，这男孩意识到了我在喊：“他有枪！”时所指的人就是西蒙，他自觉作为我的助手应当赶紧追上去，帮我留意着他。

不管怎样，他的失踪都令我心神不安。可更令我不解的是，西蒙为什么会往大道乐园的方向走呢？我唯一能想到的合理解释是，他想另找机会谋杀凯瑟琳。可他为什么不回茂林岛的恒定点，而是朝反方向走呢？

突然间，我明白了——今天世博园里有两个凯瑟琳在活动。她第一趟的考察也记载在西蒙抢走的那本日记之中。而如今，在车站暗杀凯瑟琳的计划已经失败，他自然要去猎杀下一个目标。

科纳的声音在我耳边响起，敦促我赶快回恒定点穿越回家，然后花点时间另立行动方案。可我要是那么做的话，再回到这里之后就得一边追踪西蒙，一边注意别被我今天所有遇见过的人们以及我自己看到。与其如此，还不如就趁此时此地在大道乐园内行动。况且，他现在还不至于跑得太远，我落后他顶多一分钟左右。

我只希望基尔南没在他身边。我真心不觉得这孩子是西蒙的帮手，这也太不像他会做的事了——但我也不得不承认我对基尔南还没有熟悉到可以完全信任他的程度。而如果他只是单纯地在跟踪西蒙，但愿他懂得小心行事，因为我毫不怀疑西蒙会对他狠下毒手——或者用他当作诱饵。

此时的大道乐园人山人海，比早些时候要热闹得多。人行道上排着长长的队伍，人们正等着进入海根贝克动物训练中心观看一点钟开始的表演，我为了避让长队，不得不走到了大街上。训练中心的入口处挂着五彩的横幅，上面印着几匹大象、狮子和老虎——动物们站在金字塔形的台子上，正看向在一边挥舞着鞭子的指挥人。现在的气温较早上升高了不少，训练中心周围弥漫着的酸腐气息令我想起小时候参加过的一个蹩脚小马戏团。但难闻的空气显然没有影响排队人们的心情。对于这个年代的大多数人来说，这些异域动物过去只出现在图画和黑白相片中吧。

我轮流扫视着这宽阔的大街的两侧，希望能看到西蒙或者基尔南的踪迹，同时在心里努力回想凯瑟琳是否提起过关于第一次考察的话题，而我自己又在日记里读到过哪些有用的信息。我们在准备这次营救的时候将全部精力都投入到研究第二趟考察中。关于前一次的考察，我只是在为了熟悉世博会本身的背景信息时大略扫过几眼相关记录。凯瑟琳说过她这次的任务与自己的研究方向关系不大，主要是来观察世博会在临近闭幕前的状况，以及哈里森市长遇害后的舆论反应，同时也帮其他时研会同事搜集一些信息。

我隐约记得她提到过照相机、非洲展以及啤酒花园。非洲展一定指的是位于大道另一头的达荷美村。啤酒花园则就在前方不远处的德国村里头，可我不知道她究竟会在哪一天前往哪一个地方。

我放弃了在脑内搜索记忆碎片的尝试，走到附近一座高架桥下头的阴影区域，从包里掏出 1893 年工作日记的副本。查找了几分钟后，我找到了 10 月 28 日的记录并迅速浏览了起来。当天早上大部分时间，凯瑟琳都在同国际时尚馆里头的年轻女子们交流。国际时尚馆里正在举办类似全球时尚展的活动，因而备受瞩目。我从那个馆前经过两次，每一次都见馆前排着长队，而且男性游客的人数几乎不输于前来观摩最新潮流趋势的女性游客——我怀疑他们的主要目的只是来一睹来自世界各地的美女。到了中午，凯瑟琳步行回到了主会场采访那儿的工人——等不久后这场盛会结束，那些工人们又得另谋生计。

我在下一篇日记中找到了我想要的信息。她在第二天下午三点去了德国村，可是没待多久。她是去找那里头一名几周前失踪的酒吧女侍应的一位朋友谈谈，而那位朋友要到六点才来上班，于是凯瑟琳决定晚上再来一趟。

我将身子向后靠到高架桥的砖壁上，思索着下一步该怎么做。西蒙手上也只有这么一本日记，所以他跟我一样也不知道从正午到下午三点之间凯瑟琳究竟在哪里。无论是我还是他，要找到凯瑟琳的最佳途径就是在德国村的各个入口之间轮番守候。

从我现在站着的地方能看到其中一个入口，但不知从那里进去能否通到啤酒花园。我将日记塞回包里，准备先进德国村探探情况。

从大道另一侧的爪哇展区走来三个手牵着手、穿着土著服饰的爪哇女孩。由于基尔南似乎在这一带跟每个人混得很熟，我琢磨着去向她们打听一下有没有见到“小米克”。我刚要向她们走去，却见她们的表情齐刷刷变了色。一个女孩猛地抬起她的棕色手臂，仿佛想要警告我什么。

我有些惊讶地意识到原来她们并非女孩子，而是三名身材娇小的老妇人。同时，我感到上臂被一支针头扎了一下，那三人脸上惊恐的表情是我意识清醒之际所记得的最后一件事。接着，大道乐园变成了一个万花筒，由随机的面孔与肢体组成拼凑而成。我隐隐瞟见一名戴着圆礼帽、唇上蓄须的男子，还有五颜六色的织锦爪哇服饰。我膝盖一软，低头又看到一双磨损的小鞋子。再然后，世界只剩下了形状和色彩。终于，一切都汇成了漆黑一片。

清醒后的几秒钟内，我以为自己回到了拜访爸爸养父母在特拉华州的家时所住的那间温馨小客房。空气中微微有一丝霉味。随着我眼睛渐渐适应室内的昏暗，我看清了床头柜上布艺装饰垫的图样。我伸手去摸索柜子上的小台灯，手却撞到了一个烛台，一小半截蜡烛应声掉到了地上。蜡烛在地上滚出几英尺开外后停了下来，我定睛一看，竟是撞上了一只痰盂。

这里可不是凯勒外婆的小客房。

我掀开身上的薄毯，昨晚不知是谁细心地将它严严实实地盖在了我身上。我的绿裙子不见了，身上只剩下曾被特雷夸奖过的白色内衣与衬裙。我的右手臂格外僵硬，上臂有块小小的红肿，正是曾被针头插入的地方。凯瑟琳给我的手链已不见踪影，取而代之的是手臂内侧一道红色的抓痕。

在昏暗的房间里，一切都看上去都有些古怪，估计昨天被注射的不明药物的药效仍未消尽。墙的最上方有一个跟我的脚差不多大小的窗口，一丝微弱的阳光从满是污垢的破烂小窗中艰难地透了进来。小窗下方几英尺处有一扇拉上了窗帘的大窗。我将身子向小床的一侧挪去，伸手去拉窗帘，希望能看看清楚我现在所处的场所。

然而窗帘后头并没有什么窗户。涂了漆的砖块整整齐齐地砌到了墙缝，两面墙壁在接缝处形成了一个角度诡异的墙角。除了这不必要的窗帘和床头柜上的装饰垫之外，整个房里再没有任何装饰或花样。门的上方钻了三个洞，前两个的直径不足一英寸，第三个洞处于中央位置，大小是前两个洞的两倍左右。

我坐回床上，收起腿让膝盖靠在胸口。这个动作触发了我的另一段记忆，那是在凯瑟琳家中我的房间内，我以同样的坐姿和特雷一起看了一部电影。我又看了一眼那假窗户和门上方的三个洞，心脏咚咚地猛跳了起来。我想说服自己别急着下结论，眼下还没有证据，但我心里已经明白了。

我现在正处于凶案连发的世博会酒店内，这意味着我又打破了另一条对特雷的承诺——当然，我眼下根本顾不上担心这个。

霍尔姆斯在这个房间里谋杀了多少女人？又有多少人在这张床上垂死挣扎的时候，被他从门洞里窥得一清二楚？

想到这里，我全身竖起了鸡皮疙瘩，赶忙从床上站了起来。我正犹豫着要不要试着去开房门，那门便慢慢地……呃，滑向了地面。我咽回一声尖叫，意识到门还好好地关着，不禁失笑了一声。原来是我的裙子从门后的衣帽钩上脱落，落到了地上。

我小心翼翼地向前迈了一步，将裙子捡起，差点被放在它下面的鞋子给绊倒。能找回裙子我很高兴，可与鞋子的再会却让我的心情有些矛盾。

我眼角又捕捉到了什么动静。有那么一瞬间，对面的角落里似乎有一道光闪过。我惊恐地想到是不是有人在监视我，赶紧扭头看过去，可仍然只看到一片漆黑，空无一人。在阴暗的光线下，我只能隐约看到一把椅子的轮廓。

我坐回床沿，揉了揉自己的眼睛，希望体内的药效能尽快过去。

我将裙子在床上摊开，摸了摸紧身胸衣内的暗袋。时研会的钥匙不在里头，虽然我也没指望过能摸到它。这使我确信，霍尔姆斯把我抓到这里来可不是因为偶然盯上了我这只形单影只的猎物。这不符合他的一贯做法——哪怕不靠光天化日之下绑架单身女子这种伎俩，他身边也不缺被他所蛊惑的年轻猎物。

一定是某人说服他冒这个小险，而我毫不怀疑这个某人就是西蒙。可不是嘛，有个现成的连环杀手在场，或许只要稍稍付他一点小钱，他就能满心乐意地把我给解决了，还需要西蒙亲自动手吗？

我正替西蒙打着如意算盘，门突然开了，走廊上安置着的煤气灯向屋内透入一线黄色暖光。我紧张起来，做好了搏斗的心理准备，却发现进门的人并非霍尔姆斯。一名身材高挑的年轻女子出现在了玄关前，亚麻色的头发呈波浪状披在肩头。见我僵硬地站在房内，她那姣好的瓜子脸上露出了担忧的神色。

“噢，不！”她喊道，连忙将手中的盘子放到床头柜上，“你现在还太虚弱，千万别站起来。来，我扶你回床上去歇着。”

“别，”我说，“我的东西呢？现在是什么时间？我得赶快走……”

“你哪儿都别去。我叫米妮，现在是晚饭时间，所以我给你带了些可口的炖粥。”

米妮扶住我的肩，不容分说地就把我领回了床上。她一定是被霍尔姆斯蛊惑的众多妻子或情妇中的一个，殊不知死亡已离自己不远。

“你在大道上昏倒了，”她说，在我身后垫了几个羽绒枕头，让我靠上去，“还好你失去知觉的时候我丈夫正巧经过，是他把你带了回来。

“他是位医生，”她有些自豪地补充道，“他说你需要静养。”

“至于你的东西，”她用头示意了一下墙角，“你的帽子在椅子上。我丈夫把你带过来的时候你身上就剩这么些东西了。希望你没在会场上遇到什么扒手，这一阵子的犯罪活动实在是太猖獗了。”

这话没错，但她却还没有意识到这一阵子的种种劣迹多半都和她丈夫脱不了干系。

我的第一反应是劝她赶快逃出芝加哥，别落得和其他女人一样被弃尸地下室的结局。然而，那么做并不会使我自己从这里顺利逃走。房间内的光线依然昏暗，但足以让我清楚地看到她在提到自己的医生丈夫时脸上的神气表情。显然她已经被霍尔姆斯迷得神魂颠倒，我要是跟她讲什么石灰坑、活板门或是尸骨之类的事，她必定不会想到去找证据验证我的话，而是直接去找霍尔姆斯告状。

“霍尔姆斯医生在哪儿？”我问。她正把我的裙子从床上收起来，打算重新挂到门后那不牢靠的衣帽钩上去。

听了我的问话，她的背僵住了。“我丈夫正在楼下和生意伙伴谈正事，所以我才决定上来看看你。我不知道你和他认识。”她的语气发生了明显的转变，眼神也不如刚才友好。她上上下下打量了我一眼，转身准备离开。

“我不认识他，”我答道，“你刚刚说是霍尔姆斯医生把我从大道乐园带到了这里，所以我就……”

“是吗？”她眯缝起了眼睛，“我可从不直呼他的名字。你好好在床上躺着，把粥喝完。等一下我们两个会一起上楼来看你。”

嗯，看来她对霍尔姆斯也并非完全信任。看她的神情，她至少也察觉到了自己的丈夫并不安分，而这让她万分懊恼。

房门猛地关上了，我听到了门闩从外头被插上的声音。我不由奇怪为何会有人愿意入住客房能从门外反锁的酒店呢？不过照那三个门洞来看，这里显然是霍尔姆斯特别打造的毒气室，一般的住客应该不会看到这个房间。

我又一次陷入几乎全黑的环境中。房内既没台灯也没蜡烛，天晓得那女人为什么觉得我能够摸黑喝粥。不过那倒无所谓，反正我根本没打算动一口这儿的食物。

等米妮的脚步声在走廊上逐渐远去，我掀开被子，用手指摸索着衬裙的内侧。有一小阵子我什么也没摸到，不由得慌了神，可最终我的手指触到了藏在暗袋里的金属薄片。

备用的时研会钥匙被系在一条银色细链上，一同藏着的还有一点现金。米妮说的没错，我很幸运。当然不是指在大道乐园碰上了霍尔姆斯——那可跟运气扯不上一丁点关系，但有米妮在霍尔姆斯身旁，可以说是救了我一命。有个嫉妒心重的妻子在一旁监视着自己，乖张暴戾如霍尔姆斯，也不至于当着她的面彻底搜查一个昏迷女孩的内衣吧。

我从衣帽钩上取下裙子，搭在手臂上，犹豫了一下后还是抓起了鞋子。我没打算把这些都穿在身上再回去（科纳还见过我穿背心短裤呢），可之后我得穿得整整齐齐地回来收拾这场残局。但是眼下，我得想办法先回去。要是附近有恒定点固然好，但是看普鲁登斯和西蒙来无影去无踪的，我便知道凯瑟琳的顾虑显然是多余的。再者说，被关在黑漆漆的酒店房间内，地底下还堆着几十具尸体，这怎么也算是必须灵活变通的场合了。

我握住时研会钥匙，将手指放在挂件中央，召出控制面板的显示界面，集中精神将目的地调到图书室里的恒定点。我正要闭眼，走廊里传来一阵跑步声打断了我的注意力，显示界面波动了几下后随即消失。

脚步声停了下来，我听见门闩被拉开的声响。现在已经没有时间重新召出控制面板了，我于是将裙子扔回床上，把圆挂件塞进了内衣深处，跑到门后以备发起反击。根据我过去见过的照片看，霍尔姆斯不算一个大块头，只要他没带武器，我确信能够制服他。即使他随身带着武器，我也不准备乖乖束手就擒。

这么想着，我险些一脚踹在我亲外婆的肚子上。就在我踢出去的那一瞬，余光瞥到的裙影让我意识到，来者并非霍尔姆斯。为了抵御我的攻击，她连忙双手举起手提包一挡，那手提包与我之前随身携带的那只一模一样。

然而我还是愣了好几秒才认出眼前的不速之客竟是凯瑟琳本人。她以前说过时研会的化妆道具部实力不可小觑，我此刻才算真正领会了这句话。要是在人来人往的大道乐园里，我估计压根儿认不出她。化妆使她比实际年龄看起来苍老了大约二十五岁，我第一反应是想起了妈妈——这倒新鲜，我之前从没觉得两人之间有丝毫的相似。

我俩同时开口想要说话，我于是示意她先讲。“你是谁？”她压低了声音问道，眼睛望向我胸前。我胸前圆挂件的亮光隔着布料隐隐地透了出来。“是总部派你来的？”

我决定还是实话实说最方便。“不是，”我答道，“我叫凯特——你的外孙女。我们得赶快离开这儿。可你是怎么找到我的？霍尔姆斯没有拦住你吗？”

她有些迷惑，眼神在我的脸上扫来扫去。我不知道她从中看到了什么，但她显然找到了信任我的理由。“我来这酒店考察过两次了，里面只有两间房可以用来囚禁人。”她说，“我给霍尔姆斯制造了一点小麻烦，向他的众多债主之一透露了他现在用的化名。然后我就趁乱溜进来了。”她紧张地瞟了一眼身后，然后转回头来伸出自己的右手。“这东西你是从哪里得来的？”她问。

她摊开的手掌上放着的正是我的手链。链子部分虽然已经断了，沙漏挂坠却和她左手腕上悬着的那只一模一样。“是你给我的，”我答道，“你给我的生日礼物。我知道它有个缺口，缺口的由来跟苏珊·安东尼、弗雷德里克·道格拉斯和索琼娜·特鲁斯有关。你下车的时候正忙着看他们，被车门给夹到了手。时间是19世纪60年代左右。”

凯瑟琳沉默了一会，然后给了我一个小小的苦笑。“好吧，我相信你。那件事我连对索尔都没说过。”她又一次端详起了我的脸，或许是想猜测我的外公是不是索尔。但她什么也没问。

“我看到有个女人从你房里走了出来，是米妮还是乔治亚娜？他的伴侣换的可勤了，”她说，“总之，我当时以为关在里头的人是我自己，推测可能是未来的某一次考察出了问题，或者霍尔姆斯听到风声我正在调查他杀害的女人们，所以把我抓了起来。”

“可你怎么知道霍尔姆斯……”我开口问道。

“一个小孩在大道乐园里找到了我，说有个戴着这条手链的小姐被带到了世博会酒店，他一直跟着你到了这里。他要我一定来救你。”

是基尔南。我突然想起了我昏倒前隐约看到的那双破旧的小鞋子。一定是他趁人们纷纷围上来的混乱之际取下了我的手链。我告诉自己如果能顺利从这里逃出去，一定将我身上的每一个铜板都送给他，然后在他的小脸上亲个遍。

“我本可以先回总部通报，再回来轻轻松松地把事情解决了，”她说，“酒店三楼有一个恒定点。可那小鬼一个劲地缠着我，我差一点就把他捆起来或是打昏了。然后我记起了玛杰特——也就是霍尔姆斯，他和世博会主办方里的一位先生有财务纠葛。”

凯瑟琳撇了撇嘴。“我好不容易才让那男孩相信，我暂时离开真的是为了支开霍尔默斯，我还花了整整五分钟的时间劝他先回家，最后他勉强同意在小巷里等着。那孩子本想直接冲进来找你，我怎么跟他解释那很危险他都听不进去。

“他给了我这个，”凯瑟琳继续说道，给我看她手上的包，“还有一把脏兮兮的洋伞，那已经被我扔了。这包是我的，可除了里头的钥匙和日记，余下的东西可跟时研会都没什么关系吧，嗯？一支粉红色的塑料牙刷？”

“没错，它们都和时研会无关。”我叹了口气，“我当时走得很匆忙，凯瑟琳。”

“为什么？如果你不是时研会的人，怎么会使用钥匙呢？而且你怎么会有两把钥匙？没人会被分配到两把钥匙。”

“情况比较复杂。”我答道。

从一开始情况就够复杂了，而现在我更难以判断该告诉凯瑟琳多少信息。我不知道西蒙又回去追杀凯瑟琳是不是意味着普鲁登斯没能遵守她之前的保证，保护凯瑟琳今后的安全；又或者这次只是特例，普鲁登斯还没来得及向西蒙施压。我但愿自己能够相信普鲁登斯愿意并且有能力信守她的诺言，可我办不到。不可控的因素实在是太多了。

凯瑟琳是从时研会总部穿越到这里的，这意味着她必须回到来时的恒定点才能穿越回去。直到亲眼确认她回到了自己的时代，否则我放不下心让她独自行动。事到如今，我是没法穿着一身内衣平安快捷地回家去了。我叹了口气，将裙子扔到地上，人站到中央，将裙子拎起来拉上了肩头。我面对凯瑟琳背过身，指了指背上的蕾丝带。“介意帮我系上吗？”

我深呼吸一口，她猛地抽紧了蕾丝带。“我得把你从这里送出去，”我说，“霍尔姆斯没在追杀你，追杀你的另有其人——那个人身上还带着时研会钥匙。你得立即回总部。不过——凯瑟琳，你不能跟总部报告我的事。相信我。这是最最重要的一点。别把这里发生的事写进日记里，也别和任何人提起，甚至索尔也不行。说服安格罗取消你接下来几个月的考察安排，给自己放个假，或者请个学术假，随你怎么做。”

“我可不知道那么做可不可能，”凯瑟琳一边给我扣纽扣，一边答道，“我不能在时研会说了算，甚至安格罗也无法说了算。而且我也无法控制他人的行为，只能管好自己。相信我，我试过管他人闲事好几次了，现在才悟出了这个道理。”

她显然想到了索尔。我在脑子里使劲回忆，她是什么时候开始对索尔起疑的?

“我懂，凯瑟琳。但我也知道你很善于随机应变，你会说服他们的。”她帮我扣上了最后一颗纽扣，我转回身面对她。

“至于你担心的那些事？你怀疑索尔没有严格遵守时研会规章，还不太信任他那些客观主义者俱乐部的朋友们？等他从波士顿回来后去翻翻他的包。但是，绝对不要在 4 月 26 日之前去找他当面对质。你们到时候会发生争执。那时候你就给安格罗和理查德留个讯息，跟他们说出你的担心。注意，你务必要参加第二天的那次穿越，也就是 27 号。”

我每发出一道指示，她的表情就变得越来越怀疑。凯瑟琳是时研会历史学家，她的演技必定不差，但她真的能够搞定这一切吗？如果她犯了什么失误，最终没有穿越到 1969 年呢？等我穿越回家后将面对怎样的场景？甚至，我究竟还能不能回到自己的时间?

“噢，还有，呃……你怀孕了。”我抱歉地朝她笑了笑，然后坐到床边开始穿鞋。“你现在应该还没发觉，你是在新年聚会的那一夜怀上的。”

提到那一夜，凯瑟琳看上去有些尴尬，我也假装将注意力都集中在鞋子上。

“你不能把怀孕的事告诉索尔，”我说，“你先把你的发现——你在他包里发现到的东西，先告诉他试探他的反应。”

我怎么也系不好鞋子上的纽扣，不由小声咒骂了一句，

“但你已经知道他会怎么反应了。”凯瑟琳说，然后从头上取下一个发夹。她熟练地在发夹上拗了几下，然后将成品递给我——一个临时的纽扣钩。“我还不至于迟钝到无法将你说的各种事情联系起来。索尔的反应一定不理智。可你把这些都告诉了我，还指望我回到总部，若无其事地度过接下来的……多少时间？将近两个月？肚子里还怀着我没打算要的孩子？在孕期的这个阶段我可以轻而易举地把孩子打掉。”

“我很抱歉，”我答道，弯下腰继续对付鞋子，“我知道这一切对你来说很难。但你要是没能一步一步严格按我说的去做，我毫不怀疑历史会被大规模改写。别的我不能多说，但我保证你不会赞同那种改写。”

“我不会赞同任何形式的改写历史，”她说，紧抿着嘴，走到假窗前的靠背椅上拿过我的帽子，“所以我才很难相信你的话。”

“可你破了一次例。至少，我所认识的那个凯瑟琳破了一次例，”我牢牢地盯着她的眼睛答道，“实际上，那个凯瑟琳过去二十年来一直在精心策划那起例外，甚至不惜将我父母凑到一起，好让他们把我生下来。而现在的你得跟她做出一样的选择，否则百万人——不，我

还是实话实说吧，亿万人都会迎来不速之死。”

我们盯着彼此看了好久，最终她颤抖着叹出了一口气。“好吧，如果真是你说的那样，那我们最好赶快行动，我的外孙女。”

第二十一章

我们本可以神不知鬼不觉地溜出酒店，只要：一、基尔南当时听了凯瑟琳的话乖乖地待在路边等我们；二、我们在第二条走廊里拐对了弯，没有撞上霍尔姆斯设计的充满残忍恶趣味的死胡同。只要满足了两者之中任意一个条件，我们就能趁霍尔姆斯在酒店另一端的办公室里忙活的空档溜之大吉。

然而这两件事都没能如愿发生。凯瑟琳找来的债主正在楼下大声和米妮争执，米妮则坚持要他在客厅里耐心等霍尔姆斯回来。霍尔姆斯本人则立于二楼楼梯的拐角处，一手拿着枪，一手从后头拎着基尔南的衣领。

“晚上好，女士们。”霍尔姆斯露出了愉快的微笑，明亮的蓝眼睛中透着幽默的神色，仿佛刚好闲下来要和我们聊聊天气。“两位有谁认得这名小伙子吗？”他问。

在我回答“认识”的同时，凯瑟琳给出了“不认识”的答案。

“他是我的助手，”我说，然后恼怒地瞪了凯瑟琳一眼，“我是《罗切斯特工人报》的记者，来报道世博会的活动。您妻子说我在大道乐园里昏倒了，是您好心把我救了回来。真谢谢您。”

“很好，”霍尔姆斯说，“他也是这么跟我说的。”

我虽然向来对唇上蓄须的男人没什么好感，但也看得出霍尔姆斯为何能迷倒如此之多的女人。他的眼睛仿佛具有催眠效果，眼周还分布着几丝亲切的小细纹——我爸爸称之为笑纹。

我将视线从霍尔姆斯脸上移开，低头看小小的基尔南。只见他脸色苍白，深色的眼睛因为忧虑而睁得大大的。他默默地对我比了个“对不起”的嘴形，我摇摇头，向他投以同情的眼神。这并不是他的错。

我再抬起头时，发现霍尔姆斯还在微笑着。他朝凯瑟琳的方向点了点头。“那么这位好夫人又是谁呢？”

“她是我母亲，”我答道，“她跟我一起来的。”

凯瑟琳心领神会，轻轻上前一步，显然准备像我一样与面前这个和颜悦色的绅士“正常”交谈，假装没看到他手里的枪。“没错，先生，”她接道，“我们对您表示衷心感谢。要不是有您，真不知道我女儿会怎么样……”

“区区小事不用在意，夫人。实际上，我感到万分荣幸。现在，不知您和您的‘女儿’是否介意往后退几步呢？”他微微挥了挥手中的枪，我们沉默着向后挪了几步。接着，他一把将基尔南夹到了胳膊底下，朝着我们所在的二楼走上来。

“我倒是想和两位在这儿多聊会儿天，”霍尔姆斯走上了最后一级台阶，“可我的……妻子此刻正跟我的一位气急败坏的生意伙伴待在一起，她可不太擅长应付那种场面。所以还得请两位先回房，等我处理完事情后，今晚咱们可得好好谈一番。”

他又挥了挥手中的枪，我和凯瑟琳只好一步一步地退回走廊。

“两位可能会发现，转过身正着走路效率更高。”他说。

我们犹豫了片刻，最终还是回过身，沿着来时的路返回。转过几个弯后，我们再一次立在了那扇门闩外置的客房前。

霍尔姆斯将基尔南一把甩到我的脚边，仿佛在扔一袋土豆。他扶着门，看着我们挨个进入房内。

“大家稍安勿躁，我保证尽快回来。”

他一脸微笑地关好门，门外随即传来门闩被插上的声音。

早些时候透过小窗射进来的一小撮阳光现在也已消失。我能感觉到基尔南小小的身子正在我身边发抖，但在一片漆黑中我无法看清他是不是在哭。

“我很抱歉，凯特小姐，”他说，“我就应该在巷子里等的。”

凯瑟琳用鼻子轻哼了一声，在床边上坐下，显然对他的忏悔没有异议。

“不，基尔南，”我立刻反驳道，同时恶狠狠瞪了凯瑟琳一眼（虽然我知道她看不到），“你做的已经很棒了，我简直不敢相信你竟然能从霍尔姆斯的鼻子底下把我的东西收起来，还搬来了救兵。可你是怎么找到凯瑟琳的？我还以为你会连她的样子都认不出来。”

他耸耸肩。“她只是化妆成那样罢了。在大道乐园上待久了谁都能掌握窍门。她走路的样子和说话的声音都和之前没差。今年我在这一带看到她好几回了，手上挂着跟您一样的链子。您不是还说，那是你俩的接头暗号嘛。”

“别看你一个八岁孩子，洞察力真是不一般啊，”我说，“你确定你不是化妆成了小孩的大人吗？”

虽然只是一句生硬的冷笑话，但基尔南还是配合地笑了笑。我给了他一个大大的拥抱，又在他额头上亲了一下。“知道吗，你救了我一命。”

“要我说，这话可言之过早。”凯瑟琳说，“也不看看现在我们是什么情况。”

她从裙子的口袋内掏出了什么东西。几秒钟后，她面前出现了一个发光的显示界面，光线照亮了她身前摊开的时研会日记。

“你在做什么？”我问。

“我在请求总部紧急支援。他们可以穿越到酒店三楼的恒定点，然后——”

“别。”我一把抓过日记。

“你还有更好的办法吗？”她质问道，想从我手里抢回日记，“霍尔姆斯等下还会再来，你以为他真的是来跟我们闲聊找乐子的吗？”

“我跟你说过绝不能让时研会的人知道这里的一切，凯瑟琳。你想过你把总部的人喊来后，我会怎么样吗？基尔南呢？你以为在基尔南听了看了那么多之后，他们会轻易放他走吗？”

“他只看到我打开了一本日记、听到了一场他根本理解不了的对话而已，凯特。只要你现在闭嘴然后把日记还给我，我们就能结束这段对话，他也就——”

“我不是第一次看到这种东西了，凯特小姐。”基尔南打断道，“爸爸也有差不多的，我用它来传——”

我赶紧拉了拉他的胳膊，他心领神会地截住了话头。可惜那已经太迟了。凯瑟琳将手伸进手提包里，拿出我之前挂着的时研会钥匙。钥匙发出的淡蓝色光芒照亮了整个房间，我暗暗后悔之前怎么没想到把它当作手电筒来使。

“这是什么颜色的？”凯瑟琳拿起圆挂件，凑近基尔南的脸问道。

“房间太暗了，我看不见，夫人。”他答道，一脸紧张地抬头看我。

凯瑟琳立马挑起了眉。“你这小鬼倒是挺会说谎，但别想蒙过我。”她抓起基尔南的手，按在圆挂件的中央。圆挂件的反应并不明显，只是波动了几下，偶尔有文字或按钮的图像闪过——但这对凯瑟琳来说已经足够了。

“为什么会这样？”她问我，“他是怎么做到的？时研会可不会训练这么小的孩子。”

“我不能告诉你原因，”我说，“但这也是我们想要修正的一部分。”

这是句厚颜无耻的谎话，我只希望自己摆出的扑克脸比基尔南的看起来更可信，至少在昏暗的光线下不至于被识破。事实的真相是，我现在想让她做的就是回到总部，触发一系列连锁反应的第一环，最终导致基尔南、我，以及天知道还有多少人天生就具备使用时研会设备的能力。然而这是我唯一所知的可能性，也是在我看来有希望阻止赛勒斯教阴谋的唯一选择——不论那个希望有多么渺茫。

“那你说怎么办，凯特？”她问我，一边将圆挂件塞回了裙子里头，“我不认为有什么办法能从这间屋子里逃出去，只能干坐在这儿等霍尔姆斯回来。到时候就是我们三对一，可我们中一个还是小孩，更别说他手上那把枪可以顶我们十个人了。”

“有一个方法能使我们从这里逃出去，”我说，“只要有一个人能从外边把门闩打开就能救出大家。我知道你要回总部必须得先回茂林岛的恒定点，但我用不着。我可以从这里穿越到任何一个恒定点。你刚才说三楼有一个？”

“是的，可你怎么会——”

“我不能再解释更多了，凯瑟琳。”不得不承认，如今轮到我来告诉她什么需要知道、什么不需要知道，这让我有些得意。但与此同时，我的确没有时间坐下来跟她细讲事情的来龙去脉了。而且我每向她透露一点信息，就意味着增添一个致使她做出异常举动的机会，以至于最终扰乱接下来几个月将要发生的事件。

“我只记住了世博会场内以及入口附近的几个恒定点，”我说着将时研会钥匙从暗袋里掏了出来递给她，“我知道除此之外还有别的恒定点，但……但我没有充分的准备时间。你先将钥匙里储存的那个恒定点的图像召出来让我看到，再由我来接手，然后我按理就能穿到那里，在几分钟之内赶回来开锁。问题是，霍尔姆斯和米妮就在楼下，我想不出出了这房间后要怎么从酒店的前门逃出去。”

“凯特小姐？”基尔南拉了拉我的胳膊，“也许咱们不用走那个楼梯，走梯子行吗？”

“什么梯子？逃生梯吗？”我压根没想过还有这种可能性。说真的，一个变态杀人狂在设计他的施虐城堡时竟然还会想到要装防火的逃生梯？

“算不算逃生梯不好说，可顶楼的一个窗子外真的有架梯子通到隔壁楼的楼顶。我在巷子里等着的时候看到的，因为我那时候没乖乖回家。”

他最后一句话里透着的暗讽让我不禁失笑。不知凯瑟琳有没听出个中意味，总之她没做出任何反应，只是拉过我的手，将已激活的圆挂件放在了我的掌心。

“你离开期间，我会和这孩子好好讨论一下，”她说，“最好能搞明白究竟是哪个房间窗外有梯子。”

她调整了一下姿势，以便我们两人都能看到清晰的界面，然后用视线在控制面板的各个恒定点之间翻找，最终定格在一个黑漆漆的画面前。

“你确定是这里吗？”我问，“这可是一片黑啊。”

“是的，”她有些不耐烦地答道，“它就是个大衣橱，现在还是晚上，你还指望能看到什么？”

“我只是不懂你是怎么把这个衣橱和刚才翻过去的几个衣橱区别开来的。你一不小心，我可能就穿越到得梅因[①]去了。”

“我从没去过得梅因，但我来过这儿。从大衣橱里出来后在第一个拐角左转，直走，再到第二个拐角处左转，就能找到楼梯。从那里开始你按我们刚才进来的路线走，就能走到我们房前了。”

我点点头，等凯瑟琳挪开手后将自己的手指放到圆挂件中央。显示界面不稳定地抖了几下，随即消失了。

凯瑟琳懊恼地用鼻子哼了一声，重新召出控制面板。“这一次记得集中注意力，好吗？”

“遵命，”我回敬道，“我还是喜欢你变成老太太之后的样子，你需要时间成熟起来。”话虽没错，但我提醒自己她今天一天内也承受了很多。她刚得知自己已怀有身孕，而孩子爸爸的真面目或许与她迄今为止所知的不同。她足够聪明，显然意识到了自己的人生将会迎来巨变。要接受这一切本身已经够呛，更别提半路还杀出一个连环杀手。

凯瑟琳与我交接圆挂件时，界面又稍稍闪了闪，但这一次我稳住了画面。

“搞定了，谢谢，凯瑟琳。”

“基尔南，”我说道，视线没有离开显示屏，“我去去就回，只

① 得梅因：美国中部城市，艾奥瓦州首府。

需要几分钟时间。凯瑟琳的心眼其实不坏，放心。”

“我没事的，”他答道，“小心点儿，凯特小姐。”

“凯瑟琳？”我压低了声音又问道，“如果真的出了什么事，向我保证你一定会把他从这儿带出去。我可以明确地告诉你，他的性命不该在这家酒店里结束。你一定要说服时研会他什么也没看到、什么也不知道。”

“天哪，凯特，你以为我是有多恶毒？”她不满地抱怨道，“虽然这孩子烦了我一整天，但我也不会把他丢给那个恶魔不管。”

“那我就当你是做下承诺了？如果我没回来，一定要尽你所能保护他的安全，好吗？”

“你最好回得来。按你之前说的，不是整个世界都要靠你去拯救嘛？行，我向你承诺。现在你可以动身了吗？”

我集中注意力凝视四方形黑色画面的中央位置，也就是凯瑟琳声称的三楼大衣橱，然后眨了眨眼睛。

我本就不喜欢狭窄黑暗的空间，因而很庆幸圆挂件发出的蓝光点亮了衣橱内大部分空间。可是为时研会工作的多半都是些瘦得跟竹竿儿似的学者，就连身形单薄的我待在这衣橱里头都觉得有些局促。我艰难地转了个身，肩膀便撞上了一个架子，一大堆床单从架子上掉到了地上。一股药味扑面而来，其间还隐隐夹杂着刺激性的泥土臭。

我下意识地弯下腰去捡地上的床单。可越靠近地面，恶臭就越浓。我强忍住一阵恶心，我当即决定还是不要去看床单下是什么东西为好。我于是推了推右边的门，门没有动静，上面也没有安把手。

我朝后退了两步，想腾出空间一脚踢开橱门。就在这时，我感到某个又圆又硬的东西戳到了我的脊梁。

我硬生生地将嗓子里的尖叫咽了回去，一动不动地静等了几秒钟，可什么也没发生。我朝后一瞥，发现“袭击”我的，是另一扇更大一些的门上安的把手。我松了一口气，立刻开门从衣橱里逃了出去。我仍不知道那第一扇门里头是什么，而且那一边的酸腐臭似乎更重。谢天谢地，我不需要在这一点上深究。

三楼走廊上的煤气灯没有亮着，于是圆挂件又再一次充当起了我的手电筒。三楼的走廊错综复杂，幸好我现在至少不用摸着黑贴墙走了。整层楼似乎都被荒废已久，可我却无法不记得某些门后曾发生过何等恐怖的场景。

天不助我，凯瑟琳的路线指示被证明是错误的。我在第一个拐角处左转后，的确来到了一条主廊上，可接下来在第二个路口左转时，等待我的却是霍尔姆斯设计的又一条恶趣味死胡同。

在赶回大厅的途中，我经过一道门闩外置的门，就跟凯瑟琳和基尔南此刻所处的那个二楼房间一样。

我拉开门闩，推开了门。我知道要是让凯瑟琳知道这事儿，她一定会不依不饶地责备我不该破坏时间线，因为所有被关在这里头的人照理都无法逃脱——在这一点上她毫无疑问是正确的。可对于时研会在道德方面所制定的规章，我本就不太认可。

房内传来一些窸窸窣窣的声音，但也可能只是一只老鼠弄出的动静。我没有时间停下来深究。“里面有人的话听我说，门是开着的，”我低语道。“但霍尔姆斯手上有枪，行事小心点儿。”

我没等任何人回答就继续赶路，右转回到主廊，然后试了试在第一个拐角处就左转。谢天谢地，这回终于找到了楼梯。

走到楼梯口时我停下来听了听，楼下传来隐约的争吵声，但听起来不像是来找霍尔姆斯讨债的那位银行家的声音。

“……不会让你和……留在……”这明显是米妮在说话。我无法听到另一个人是怎么回答的，但那个声音听上去低沉而冷静，不用说便知道是霍尔姆斯。我轻手轻脚地朝楼梯下走去，听到了“回公寓”“生意”这两个词。

一到达二楼，我立刻朝走廊奔去。这一次没走弯路，走廊上点着的煤气灯也比时研会钥匙的照明效果要好得多。虽然整层楼的结构错综复杂，我还是在几分钟后顺利找到了那扇房门。我拉开门闩，凯瑟琳和基尔南带着一脸如释重负的表情从房里冲了出来。

我们朝楼梯跑去。我一边跑一边将手提包里所有能找到的现金都拿了出来，然后将它们塞进基尔南的上衣里。这比我们事先说好的要给他的报酬至少多了十倍，基尔南开口想要拒绝。

“这是你应得的，孩子。而且，”我温柔地答道，“如果我们到时候走散了，我还要给你分配一项工作。把凯瑟琳护送回茂林岛上去，到小屋附近的那个地方。”

“我知道怎么回去，凯特，”凯瑟琳插话道，“我来这儿不是一次两次了。”

“没错，但你肯定不如这孩子熟悉回去的路线。而且据我目前所见，他跟会场里近一半的工作人员都相熟，我打赌他们会在需要的时候帮助他的，而且不会多问一个字。

“基尔南，”我又补充道，“带凯瑟琳抄小路，尽量避人耳目。同时注意躲着你之前跟踪过的那个胖胖的男人，他还在搜寻凯瑟琳，现在可能就在大道乐园里。”

“那你呢？”他问。

“我不会有事的——我能从这儿直接穿越回家。但我跟你们两个都要隔上好久才会见面了。”

走在前头的凯瑟琳已经走过了拐角处。我拉住基尔南的胳膊，等凯瑟琳稍稍走远后才开始说话。

“你一旦逃出去后，绝对别再回来了，懂吗？我不会有事的。”我指了指挂在胸前的圆挂件，加快语速，“你的挂件在小屋里？”

他点点头。经过一番犹豫，我将备用的圆挂件套到了他的脖子上，并塞进衣领中。“永远别把它摘下来，好吗？永远别摘。普鲁登斯总有一天会要你交出你爸爸的钥匙，一旦她拿到钥匙，你多半会失去所有关于这一切的记忆。你甚至会忘记你不信任她的理由，那样的话对你来说就太不公平了，你说呢？”

他严肃地看着我。“没错，凯特小姐，要是那样的话就太不厚道了。”圆挂件的链子挂在他身上显得特别长，几乎垂到了他的肚子上。我们经过拐角处时他调整了一下链子，将挂件塞进裤腰里。

我再一次产生了一种正被人监视的古怪感觉。我立即回头查看刚刚走过的走廊，可那里连个人影都没有，只有煤气灯投射下的影子在静静颤动。

凯瑟琳已经走到了楼梯边，正不耐烦地回头看着我们。我转头面向基尔南，将食指放在嘴唇上，朝凯瑟琳的方向眨了眨眼，想向他传达两重意思：既是要他注意保持安静，又暗示不要把我们的小小谈话告诉凯瑟琳。他点点头，露出了一个会心的微笑。

楼梯里一片寂静。有的地方仍然亮着灯，但霍尔姆斯的办公室里则一片漆黑。我暗暗祈祷他是为了送妻子回家而出门招呼马车去了，但心中仍升起了不祥的预感。

我领着基尔南沿楼梯内侧向上攀登，朝着黑漆漆的酒店三楼进发。爬上楼梯顶端后，我轻轻捏了捏基尔南的肩膀，带着他跑到凯瑟琳的前面。

“你们在做什么？”她用轻得几乎听不见的语气问道，“我可是认路的那个人。”

“你接受过武术训练吗？”我回敬道，“要是没有的话，最好让我在前面挡着以防万一。你垫后，基尔南在中间。只要我们行动时挨得紧些，你在需要转弯的时候轻轻碰我一下就行了。”

她扮了个小小的鬼脸，但还是点点头同意让我先走。“应该是第二个拐角处左转。”

有了上回的经验，我很想问问她这回是不是真的确定该在“第二个拐角处”左转，但最终决定还是少弄出多余的声响为好。

我们穿过走廊到了另一侧，正要拐弯时，身后传来两声枪响。我们三个一惊，赶忙跑过拐角一齐蹲了下来。然而枪响明显是从楼下传来的。好消息是，霍尔姆斯现在所处的位置离我们很远。坏消息是，现在可以确定他还在酒店内。从我们听到的动静声来看，处于一楼或二楼的某人此刻正面临的坏消息比我们的要严重得多。

“快走，”我说，“至少我们现在知道他还在这幢楼里，但离我们很远。我们只要赶快找到那扇窗户就行。”

“但他今晚本不该杀人的。”凯瑟琳说。

“你确定？”我问，嗓子有些发紧，“他在这儿杀的人可不少。”

“但愿他没有因为我们的缘故而杀了什么人，”她答道，“但愿他没杀什么本不该死的人。”

“我也但愿如此，”我说，“但我们现在什么也改变不了，不是吗？我们得赶紧继续行动。”

我听到身后传来一声敲击声，便立马举起圆挂件朝身后的走廊一照，转身的时候撞上了跟在后头的基尔南。有那么一瞬间，我看到走廊的正中央立着一个高高的人影，可那人影一眨眼就消失了。

“你看到了吗？”我问凯瑟琳。

“没有啊，”她答道，“你在说什么？”

“我以为……”我摇了摇脑袋。那人显然不是霍尔姆斯，而且我已经四十八个小时没好好睡一觉了，或许只是犯了迷糊，“没什么，我大概太紧张了。”

接着，我们又走过了两条走廊，包括我之前停下来拔门闩的那条。那扇门现在比我离开时打开的缝隙要大一些，我不禁担心里头的人是否从这虎穴逃出去后反而直扑了虎口。

几乎就在同时，我嗅到了烟味。

第二十二章

我不知道我们在这错综复杂的一道道走廊里兜转了多少时间。或许还不到十分钟，但那毫无疑问是我生命中最漫长的十分钟。这个地方正如它的设计师所期望的那样，是一座真正的迷宫，毫不留情地折磨着不幸被困其中的可怜猎物。

到目前为止，我们已经两次路过我之前停下来开的那扇门、两次回到被当作恒定点的那个衣橱前。每碰上一条死路，我们就不得不原路返回，时刻担心着会与赶来的霍尔姆斯撞个满怀。而越来越浓重的烟味更使得形势变得越来越严峻。

“我明明看到这儿有扇窗的，凯特小姐。就在大楼的这一边儿。”我们又一次走到了这条走廊的尽头，基尔南的小脸上此刻已泪如雨下。

“可这一边既没窗也没客房啊。”凯瑟琳不客气地质疑道。

我迟疑了片刻。“除非……这里有暗门？他在酒店里安了活板门，不是吗？我记得在什么地方读到过他在送来的家具周围砌了一圈墙，然后对外声称根本没收到货，拒绝付款。或许……”

“那我们怎么办？”凯瑟琳反问，“把这儿的墙一道道敲过来？”

我没理会她，径直沿着走廊尽头走去，又回到了大衣橱前。我强迫自己不去对里头的熏天恶臭做出任何反应，侧着身子抬起脚对衣橱里面的那扇门用力一踹。门被踹开了一道缝，我不得不拿胳膊捂住嘴才不至于吐出来。

我又踢了一脚，努力不去想门后挡着的是什么东西。踢了三次后，门内传来“砰”的一声轻响，小门向内打开了。

我弯下腰朝里面探望，里头是一个狭长的空间，足有我们身后的走廊那么长，在这密室的另一端隐约可见一扇窗户。窗外的月亮似乎被云雾给遮住了，只有极其微弱的一缕银光透过窗玻璃照了进来。我没有看到窗外的梯子，但按照基尔南的说法，逃生梯紧贴在外窗框下方，所以我们从里面看不到梯子也并不值得奇怪。

我转身面向还站在大衣橱外的凯瑟琳和基尔南。“基尔南，你说的没错。我们要找的窗户一定就是这扇了。”

“这恶心的气味是什么？”凯瑟琳问。

“我想我们都清楚这问题的答案，”我答道，“看来霍尔姆斯没能把所有受害者都运到地下室的石灰坑里。尽量屏住呼吸吧，这门很矮，进来的时候小心头。”

我举起时研会钥匙当作手电筒，希望它有限的光亮能助我们在不撞上尸体的前提下顺利抵达密室另一头的窗子。我开始从门口向室内挪步，忽然感觉裙角似乎碰到了什么硬物。我不想知道那硬物究竟是什么，于是加快了步子向前进。

“你还好吗，基尔南？”我问道，把手伸向后头。

“我没事，凯特小姐，”他答道，但还是抓住了我伸出去的手。“咱们得赶紧的。您瞧，要是他点的火，他可能也会往这里逃生。”

我凭着时研会钥匙的光亮，摸索着加快了前进的步伐。这间密室里空荡荡的，只有偶尔几处摆着不配套的家具单件。可密室的宽度却很窄，只比刚才的衣橱宽了约四尺。

左边的墙前挂着几个状似吊床的黑影，第二张床边还垂着一条又细又长的黑影，如果我没猜错的话，那是一条人类的手臂。几秒钟后，我听到凯瑟琳倒抽了一口凉气。我低头去看基尔南，只见他双眼紧闭，只是牢牢抓着我的手，随我领着他向前走。

我们刚接着走了五码左右的距离，就听到身后响起了脚步声。我向后迅速瞥了一眼，什么也没有。我安慰自己那或许只是刚才踢开的门后的尸体滑到地上的声响，或者只是老鼠什么的。要是放在平时，无论这两个想法中的哪一个都足够把我吓得半死，可现在它们却成了我用来宽慰自己的理由。

然而那声音再一次响起。要不就是门后的尸体在跟着我们，要不就是房里有一只巨型老鼠。但最有可能的是，来者是霍尔姆斯。

他肯定知道我们在里头。既然我能听出后头有一个人在走路的动静，他自然听得出前方有三个人在走路的声响。而且从他没点亮灯这一点来看，他一定是在进密室前就知道我们在这儿了。但我们还有一丁点优势——他看不到我们用来照明的时研会钥匙的光线。而另一方面，亲手设计这个噩梦般的密室的人正是他，因此他比我们更熟悉此处的构造。

“继续走，”我没停下脚步，轻声说道，“低下身子靠边走，免得把影子映到窗户上。如果打不开窗户就把它砸开。无论发生什么也别停下来，你俩都知道从这里逃出去后该怎么做。将来总有一天我们会再见的。”

基尔南靠着我，好一阵子握着我的手不放。我正担心他不肯听话，但他却答应了下来。“再见，凯特小姐。小心！”

我在他额头上迅速亲了一下，然后看着他俩从我面前经过。我尽可能地贴紧墙面，想要分辨出在我右方的凯瑟琳和基尔南发出的声音，以及在我左方的、更不易察觉的霍尔姆斯的动静。

我悄悄挪了几步，站到先前经过的两张吊床的对面位置。密室最多不过六尺宽，再加上另一侧有吊床挡着，霍尔姆斯想要到达窗前就必定会经过我的正前方。我克制住想把圆挂件收进口袋的冲动——自然，霍尔姆斯不可能看得到它的亮光，但在我眼里那淡蓝色的光芒仿佛一个夜光的路标，将我暴露在敌人面前。

我缓缓地深吸了一口气，想要稳住自己的心跳，然后瞥了一眼凯瑟琳和基尔南。两人的身影已看不太清晰，只有凯瑟琳的圆挂件在约莫十至十五码的距离处闪着光。上帝啊，求求你，拜托那扇窗外真的有梯子，我心想。

霍尔姆斯仍在我的左侧行进，但很难估摸出他的具体位置。他的呼吸有点喘，好像刚刚跑过步，或者肺里吸入了很浓的烟雾。

我又瞥了一眼窗户，蓝光已消失不见，凯瑟琳应该是将钥匙收了回去。

我正要转开眼，却见远处的窗框松动了一下，发出巨大的咯吱声。接着，窗框发出的声音迅速被枪响盖过。

霍尔姆斯连开了两枪。我不知道第一发子弹落到了哪里，但第二发却将窗玻璃的一处击得粉碎。我蹲下身向他挪去。就在此时，霍尔姆斯第三次扣动扳机，我终于看清他所处的方位——几乎就在我的正上方。事实上，要不是他一心盯着前面的窗户，不然他一定会从子弹射出瞬间发出的火光中瞥见我的身影。

我站起身，背部紧贴着墙壁。圆挂件发出的蓝光照得霍尔姆斯的面孔格外诡异，加上他手中紧握的长管左轮手枪，整个人看上去更显得丧心病狂。趁他停下来瞄准目标的当口，我朝上猛地一踢。我的目标本是他胸前握着左轮手枪的胳膊，但窄小的裙摆限制住了我抬腿的高度，结果这一击只踢到了他外套腰带的下部。

霍尔姆斯弯下了腰，同时手指钩紧了枪上的扳机。我的脚底传来一阵震动，看来他这一发是打到了地板上。我连忙稳住身体，抬起膝盖狠狠朝他脸上撞去。我听到一声脆响，但他没有屈服，转而伸出手使劲一拉我立着的那只脚。

摔倒的瞬间，我在窗框中看到了基尔南上半身的身影。凯瑟琳已不见踪影，她或许是为了避免被当作活靶子而躲进了阴影内，也可能已经爬到了逃生梯上。

接着，我的头重重地磕到了地上。我赶快挣扎着坐起来，背靠着墙，可脑子里却一片混乱。睁开眼时，我仿佛看到了几十盏蓝色的小灯在黑暗中扑闪，心想原来这就是所谓的“眼冒金星”。

我听到左边传来什么声响，于是勾起腿向那个方向又踹了一脚。这一击似乎碰到了霍尔姆斯的膝盖，然而没对准要害位置，力道不够。

“你一个姑娘腿劲确实厉害，”他开口道，“可惜和我的枪没法比。”他的左手在兜里摸索着什么，另一只手端着枪从一侧瞄准到另一侧。

枪口扫过我所蜷缩着的位置时，怦怦的心跳声仿佛要冲破我的耳膜。他看不见你，凯特，他看不见你的，我一遍遍提醒自己。他已经用掉了六发子弹——楼下两发，密室里四发。我对枪没什么特别研究，但根据我看西部片所积累的经验来看，他手中的这把是“六连发式左轮手枪”。这意味着他手中的这把枪此刻弹巢内是空的。当然，如果他在进入大衣橱前曾补充过弹药的话又另当别论。

他的左手终于从口袋里伸出来，手中正握着一颗子弹。这下我知道了他刚才没有补充过弹药，然而此刻这已无关紧要了。

趁他装弹的间隙，我侧过身，拿胳膊抵着墙壁来遏止住手掌的颤抖，然后将圆挂件放在手心，开始在控制面板上调取凯瑟琳家厨房的画面。

霍尔姆斯似乎是想找个更开阔的瞄准视角，只见他向后退了几步，左手在身后摸着路。他撞上一张吊床，膝盖一弯，接着传来玻璃撞击的声音。霍尔姆斯轻声咒骂起来，又突然打住，开始放声狂笑。

我不知道自己为什么下意识地闪身去躲这笑声。我本来最多再花一两秒就能设好穿越时间了，但那一躲意味着将视线从圆挂件上移开。然而，如果我没能及时闪身，他泼来的液体恐怕早已直直地落到了我的脸上。

酸液如真正的火焰般在我的脖子和头皮上灼烧。我尖叫了起来——虽然知道叫声会暴露我的位置，可我却无论如何也忍受不住这钻心的刺痛。我屏住呼吸，等待枪声响起，却听到了另一种声响。他似乎被吊床给绊了一下，但又立刻起身，继续朝我的方向走来。

他是想保证万无一失，我想道。只剩一发子弹了，他一定是想确保能一击毙命。我尽可能快地朝背离他的方向爬去，想回到大衣橱内。每动弹一下，我头上的灼痛就加重一分，光是要将嗓子眼里的呻吟声憋回去就耗尽了我全身力气。

火烧的烟味现在更浓烈了，与我前方那具尸体所散发的腐臭互相交杂。霍尔姆斯现在要想逃出生天就只有消防逃生梯这一个选择。按理说，他会以为我也只有那一条出路，运气好的话，我祈祷道，或许他会把我丢在这大楼的熊熊火焰内任我自生自灭。那样一来，只要我继续爬动且坚持住不昏过去，就能从这间密室里出去，然后找个地方集中精力激活时研会钥匙。

出口一定就在不远处。为了移动得更快，我摇摇晃晃地站了起来。可我的眼前仍然冒着一片闪闪的蓝光，只好扶住墙小心地迈出步子。我看不到霍尔姆斯，但能够听到身后有动静。

我的手终于摸索到了墙上开着的门，我于是低头向前走了几步，进入了衣橱内。我一把推开通往走廊的门，深吸了一口外面的空气。空气中烟雾浓重，但至少没有陈尸的酸腐味。我尽全力朝楼梯的方向跑去。由于太过慌张，我那笨重的鞋跟在拐弯时踩到了裙裾。布料撕裂的声音在整个走廊上回响，仿佛在大声招呼霍尔姆斯往这边来。

我闪身躲进了右边第三条走廊，又穿到走廊的对侧，在下一个岔口左拐，暗暗希望追来的霍尔姆斯会理所当然地以为我拐向了更为顺手的右边。他此刻已经点亮了一盏灯，因此他跑来的时候我能通过墙上的影子看到他的动静。

我跑到这条走廊上的第三个房间前，抱着侥幸的心理转了转门把，然而门把纹丝不动。霍尔姆斯的脚步声越来越响，我将身体紧靠在门上，深呼吸一口，然后将手指放到圆挂件中央。

我知道现在没有足够的时间浏览恒定点并设置时间，只是打算随便选个地方，眨眨眼离开这里。科纳曾警告我那么做有可能直接穿越到某条高速道路的正中央，然而此刻，比起被一个一手左轮手枪、一手强酸的连环杀人犯逮住，撞上一辆小卡车倒像是让我捡了便宜。

我尝试着稳住颤抖的手，以最快的速度召出控制面板，可无论如何也集中不了注意力。显示界面晃了晃，消失了。

我正要尝试第二次，眼角却映入了一丝微光。霍尔姆斯先是拐进了右边的走廊，可又拿灯照了照身后，然后掉头大步向我走来。

就在这时，我身后的门猛地打开了。向后倒去的瞬间，一只大手伸过来捂住了我的嘴，将我嗓子口的尖叫硬生生地堵了回去。而另一只手则拿着一块叠好的白布，慢慢向我的脸逼近。

第二十三章

身后的男人把我拉到了玄关右侧。他将冷水渗透的白布贴在我面颊的一侧，用胳膊环着我。

“凯特！”一个熟悉的声音在我耳边响起。他那温柔而迫切的语调慢慢驱散了我脑中的恐惧。我抬头去看这个男人的面孔。我俩的圆挂件都在黑暗中发光，透过蓝光看出去的景象虽然有些奇怪，但我认得那双透着焦虑的深色瞳孔——就在几分钟前，我还望着它们。

“基尔南？怎么会——”

“凯特，先冷静，你得集中注意力。我已经选定了一个恒定点，亲爱的。”显示界面上映着一个狭小昏暗的房间，角落里堆着一叠毯子，“把你的手指移过来，然后就出发。我也会马上穿过去的。相信我。”

不知是因为他的声音给了我安慰，或者仅仅是因为知道自己不是孤身一人的缘故，总之神奇的事情发生了——我一拿起时研会钥匙，手就停止了颤抖。显示界面只是难以察觉地摇晃了一下，又迅速变得清晰了。我眨了眨眼睛，最后深吸了一口无烟的新鲜空气，终于倒在了布满灰尘的地板上。

接下来的一段时间内，我时而昏睡时而清醒。基尔南的说话声有几次将我拉回了现实，可不久我又会昏迷过去。印象最深刻的部分，是源源不断的水沿着我的脖子向下流的感觉。虽然流水弄得我皮肤生疼，然而流水停止时的疼痛却要剧烈好几倍。有一次，基尔南小心地扶住我，坚持要我坐起来。我吞下几颗胶囊，又闭上了眼睛，再次陷入了无边的黑暗之中。

等我意识完全清醒的时候已是白天。首先映入眼帘的是基尔南的睡颜，他略长的黑发正湿漉漉地贴在皮肤上，整个人靠着墙坐在小屋的角落里。我的身上被包裹了一层毯子，头枕在他的大腿上，手指被扣在了他的十指之间。他的衣服上还残留着刺鼻的烟味。我用另一只手摸了摸右颈，那里似乎用胶带粘着一大块纱布。

我们的四周散落着各种药膏的瓶瓶罐罐，不远处的壁炉里还有些未烧尽的余灰。我的绿裙子皱巴巴地团在地上，透过裙子上被强酸腐蚀掉的洞眼还能看见潮湿的脏地板。

我觉得身子有些僵硬，想要调整一下姿势。我不想吵醒基尔南，只是小心地动了动身子，但他立刻睁开了眼睛。“凯特？你怎么样？”

我想向他点点头，可又怕疼，于是作罢，只是勉强挤出了一个微笑。“我没事。身体还疼，但没什么大碍。我们现在在茂林岛上的小屋里，对吗？可现在是什么时间？”

“估计是早上五点左右吧，就是紧接着昨晚的第二天，”他答道，“现在这里一个人也没有，一整天都不会有多少人来。由于市长遇刺，世博会的闭幕式被取消了。而且来这里照顾你对我来说也容易一些，长距离穿越对我的体力消耗很大。短距离的旅程要容易些，但我最近穿越得太频繁了，所以……我不想把你送得太远，免得我可能会需要步行过来找你。”

“霍尔姆斯呢？还有凯瑟琳，她……”

“霍尔姆斯逃走了，本来就该如此。他今天可能就会坐上去科罗拉多的火车。酒店的大火本该在几个礼拜之后才发生的，但我想提前一些并不会影响他最后被捕以及审判的结果。还有，没错，我和凯瑟琳成功回到了恒定点。我带她走了小路，一路上没碰到什么意外。”

我安心地叹了口气，至少计划的一大半是成功了。“那么你是怎么知道的，基尔南？为什么你会回来？又怎么知道我是在那个房间的门前？”

他注视了我良久才回答。“凯特，我花了很久才悟出了事情的真相。随着一年一年过去，我的内心深处一直没有忘记你，但从不知道后来你究竟从酒店里逃出去了没有。那天晚上，我将凯瑟琳送到茂林岛后又回到了酒店，结果发现整个地方都烧了起来——来救火的消防员说，里面不可能还有一个活人。我没有别的选择，只好回家了。

“我听了你的话，从没摘下过圆挂件，连洗澡的时候都攥在手里。我妈妈后来病了，我们没什么别的选择，只能又搬回了赛勒斯农场。我接受了他们的训练，开始学习使用时研会钥匙。不少人都学得比我快，但普鲁登斯可不管那些，”他苦笑了一声，继续说道，“而至于谁能多得些好处，那基本都由普鲁登斯说了算。”

“她不会……”我没说下去，不知道该不该把我心里的怀疑说出来，“你当时那么小。”

“哦，不。不是那样的。她在农场的大部分时候都没比我大几岁。我第一次见到她的时候，她跟你现在差不多年纪。而我那年只有十六岁。十六岁的男孩可没那个勇气拒绝一位投怀送抱的姑娘啊。”

“你当时还记得她……呃，你还记得你小时候跟成人后的她之间的事吗？你小时候……”我摇了摇头，结果被伤口与纱布之间的摩擦痛得打了个激灵，“我是说，你当时好像确信她跟你爸爸的死有关系。”

“是啊……但那是普鲁长大后的事了，不是吗？我不知道她后来究竟做了什么，哪怕到现在我也没有任何证据。但无论如何，十八岁那年的她还和那一切都没有关系。”

“老天，你说得我头晕。”我说，“你不觉得晕吗？你记得小时候和成年的普鲁登斯之间的事，而等你长大后又和少女时期的她在一起，你不会混乱吗？”

“我总是忘了你还是个——你们怎么说来着——菜鸟？”基尔南露出了坏笑，“不过你马上就会习惯这种思考方式的。十八岁的普鲁只是个懵懂的孩子，她不确定索尔要她做什么，也不知道自己能发挥什么作用。就我当时所看到的而言，她并不是个坏人。于是一段时间后，我决定不该要求少女时期的普鲁对另一个她所做的事负责——至少，当时的普鲁还没变成另一个她。这么说你能懂吗？”

“我不懂，”我答道，“我能够理解你说的意思，但我还是不懂，这一切对我来说都难以理喻。”

“我并不是对那段关系感到多么自豪，”他接着说道，“我不会说自己利用了普鲁，至少没比她对我所做的要过分。只是，我的感情受到了之前经历的影响。我是说，要不是我一开始就注意到了她的眼睛……她让我想起你。我跟你在这里相遇的时候还是个小孩，但我从那之后再没有忘记过你，凯特。”他停住了话头，用手指轻轻抚摸着我的下唇。我的全身一颤。不行，凯特，我想道，不行不行不行。你只是累了，很感激他，而且……该死的，我真的没法不被他吸引。但是绝对不行。

“一年后，我十七岁，然后你来了，凯特。不是指现在的你，而是另一个凯特，我的凯特。她比你年纪稍大一点，美得惊人，又那么努力地劝说我跟她一起反抗赛勒斯教。我们当时深爱着彼此，但她却不记得八岁的我，对世博会也完全没有印象。这一点我一直没想通。

“而如今，即便我已经明白了其中道理，却还是很难接受你已经不再是你的事实，也不想承认你对我们共度的那段时光完全没有印象。那一年里，比起生活在你自己的时代，我想你更多的心思都放在1905年的波士顿。你没有因为频繁穿越而耗尽精力简直是个奇迹——有时候你会跟凯瑟琳说你要下楼冲杯咖啡，然后穿越过来跟我共度一整天，再回到你离开的十秒钟后。时空穿越对你来说总是那么简单，可我却总被弄得精疲力竭……而且我们还要注意别被普鲁登斯发现。”

“你那时还……还和普鲁登斯在一起？”我问，坐起身的时候疼得畏缩了一下。我心里升起了一股不明所以的嫉妒，虽然尽量没在语气中表现出来，但显然还是被基尔南看穿了，他的嘴角露出了满意的微笑。

“不，凯特，那是不可能的。遇到你之后那就不可能再发生了。”他坐在我面前，握住了我的手。

“我们的事被发现后，普鲁怒不可遏，她也是在那时拿走了我爸的钥匙。当然不是她直接来抢，她派了三个赛勒斯小喽啰才把钥匙从我手里抢了过去。但他们都不知道你给了我另一块圆挂件的事。几个月后，他们按计划完成了历史修改，普鲁将圆挂件又还给我。我顺势装作什么都不知道的样子，她始终不知道我其实还记得一切。”

“可是后来，你不再出现了，”他说，“我终于意识到不论你在哪里，你失去了圆挂件的保护。过去已经被修改了，我们费尽千辛万苦在组建的反抗队伍变得从一开始就不存在。于是我开始静观其变，等待时机。他们派我和西蒙一组来监视你——我猜那是普鲁开的小玩笑。她以为我已经不记得你了，故意把我派到你身边，而在你眼里我只是个陌生人。”

我打了个哆嗦，于是拉紧了身上的毯子，想理清头绪。“我想那些可能都不是她自己的主意，基尔南。或者一开始她有参与，但后来改变了主意。”我把之前和普鲁登斯的对话向他简单复述了一遍，普鲁登斯认为谋杀凯瑟琳其实是索尔针对她的争权阴谋。

基尔南笑了起来。“看来她总算想明白了。我不知道索尔的具体计划，但他的确认为自己没必要遵守普通的道德观念。而普鲁登斯想要掌权也不是一天两天了，索尔可能已经开始觉得她没有利用价值了。”

“你见到过索尔了？”

“哦，当然，有几回了。”基尔南扶着我将背靠在墙上，拿起水壶往玻璃杯里倒了点水。他往手上倒了两颗外形看上去很摩登的药片，然后递给我。

“普鲁对我们要去的地方总是神秘兮兮的，她有时会先在我的圆挂件上设好目的地，再交还给我，不透露时间或地点；而索尔则会召集几个他和普鲁视为‘心腹’的教徒一起开会。不过我估计他是不会再邀请我了。他还不知道我把你从霍尔姆斯手上救出来的事，但他晓得我那天在地铁上给了你警告。”

我想起了西蒙曾提到过基尔南的那次擅自行动。“他们很生气，是不是？他们会来找你的吧？”

他耸了耸肩。“可能吧，但我很擅长混入人群。他们可能知道我大致去了什么年代，但不会知道具体的位置。”

“对不起，基尔南。你会被卷进来都是因为你选择帮我。”

他有一阵子没有回答，然后深吸了一口气才重新望向我。“这不是什么选择，凯特。我根本没有别的选项。你还记得我在地铁上第一次看到你的那天吗？你当时想毁了那本日记。”

“我没想毁了日记，”我说，“只是想弄清它究竟是什么东西。”

基尔南露出了微笑，眼睛里却流露着与那天在地铁上时同样的悲伤。“我们还没进入地铁前我就明白，”他说，嗓音微微有些沙哑，“明白你与以前不同了。我了解关于我的凯特的一切，我了解她的灵魂。她也一样。我们之间没有秘密。而当你抬头看我，我在你眼神里却找不到一丝表情的那一刻——我知道你不再懂我了。那段经历对你来说从来不存在，你也不是我的凯特——可你仍然是凯特。我仍然……爱着你。我必须得保护你，你能理解吗？”

“我懂。”我答道，再一次想起了特雷。等我下一次再见到他，他仍是特雷，可却不再会是我的特雷。无论我们之间今后会发生什么，我都不会再见到从前的那个他了。“我真的理解，基尔南。我也很遗憾。”

他叹了口气，挪过来与我并排靠在墙上，小心翼翼地用胳膊搂住我，生怕把我弄疼。“然而更惊人的还在后头，”他继续说道，“等我得知了他们谋杀凯瑟琳的计划，才真正意识到命运有多么讽刺。原来你也是我所知的那个凯特，是我第一次遇见的凯特——脚上涂着颜料、给了我圆挂件，不顾自己的安危也要把八岁的我平安送出酒店的那个凯特。再然后，我想起我并不知道那一晚后来究竟发生了什么，所以我必须弄清事情的真相。”

“所以你今晚才来的吗？来看看究竟发生了什么？”

基尔南咬了咬牙关。顶着黑眼圈的他看上去精疲力尽，似乎也已好几天没有剃须。可颓废不羁的样子竟然很适合他，我强迫自己克制住了用手指抚摸他脸廓的冲动。

“我进入那家酒店几十次了，凯特。过去一个月，我把所能支配的每一分钟都花在了那个阴森的迷宫里。我观察了它的每一个角落，走遍了每一个可以看到它的方位，看遍了它的每一个角度。”他将我搂得更紧了些，“我一度想直接把霍尔姆斯给干掉，就在黑暗中勒死他，然后把他的尸体从楼上的弃物槽里扔到地下室的石灰坑里，就像他对待那些女人们一样。可你，我的另一个你，过去总是坚持说我们只能改变被索尔和赛勒斯教所颠覆的那一小部分历史。而霍尔姆斯最终的庭审是世人皆知的，我要是杀了他，谁知道会引起怎样的后果呢？

“而我能行动的时间只有短短几秒，”他接着说道，“我只要走错一步就无法反悔——只能在已经酿成的事实之上添加动作。我的意思是，如果我一开始就将他绊倒，他慌乱中一开枪射中了你，那么我没有任何方法可以抹消已经发生的事，只能穿越回更早些时候，吸取教训不在那一时刻绊倒他。而且在凯瑟琳完全爬到窗外之前，我也不敢贸然行动。”

他长长地叹了一口气，然后闭上了眼睛。“我看着你一次又一次死去，凯特。我眼看着他从正面开枪射了你十四次，才想出了一个救你的方法。”

“那些亮光！”我惊得挺直了背，“哦天啊，那是你？我还以为……我摔得太重，一时眼花缭乱了。我还以为一闪一闪的蓝色光点是我的错觉，没想到是你！”

他点点头。“我最终还是绊住了他，好拖他的后腿，谁知他还有酸液这一招。我本以为他的酸液是从墙边的吊床里拿来的——我站的位置离其中一张吊床很近，我敢说他对床上的那具女尸用过同样的酸。可那瓶酸是从他的大衣口袋里掏出来的。我一度怀疑是他被绊后脚碰到玻璃发出的撞击声让他想起来自己怀里还有酸液，所以我也试过事先把那些瓶子挪开，可不管用。我猜他只是因为曾经在同一地点使用过同一手段，于是自然而然地想起来可以使用酸液。所以我能做的就只有掐准时机行动。前四次我绊倒他的时候你还面朝着他，酸液直接冲着你的脸泼了过去，其中有两次你的眼睛是睁着的。”

我浑身一颤，心有余悸地想起了酸液在我脖子上灼烧的刺痛感，意识到事态本来会比那还糟糕一百倍。

“我很抱歉，”他说，“我也曾想一直试下去，直到我能掐到最完美的时机，让你毫发无伤地离开那间密室。但……我没有体力继续了。我猜你脖子上会留下一道疤，但应该不至于太严重。我已经在你被烧伤的部位涂了一种先进的液体凝胶，又放了三管在你的包里。”

“我的包！”我愣了一下，向四周张望，“我没有拿……”

“你是没有拿，”他答道，“你摔倒时把包给丢了，但我帮你带了过来。里面的凝胶管来自 2038 年，你在你的那个时代配不到比这更好的药。只可惜你在密室的时候没把头发披下来，不然那还能帮你稍稍挡着脖子不被酸液泼到。”

我想起他在地铁上扯下我的头绳时的样子，轻轻地笑了起来。“我要是没记错的话，你总是希望我把头发披下来。”

“难以否认啊，”他说，“那样会让我想起我们在……”

基尔南说话的声音轻了下去，然后闭上双眼，慢慢摇着头。又过了半晌，他再一次睁开眼睛，努力挤出了一个明朗的笑容。“所以，那个叫特雷的人究竟是谁呢？”

“特雷？”我垂下头，不敢正视他的眼睛，“他是我的朋友，或者曾是我的朋友……”

“凯特。”基尔南的声音软了下来，宽慰的语气令泪水再一次涌上了我的眼眶，“你连睡梦中都在喊他的名字，我猜他可不是你的某个普通朋友。”

为什么我会有种背叛了基尔南的感觉？这么想对我来说根本不公平。可我无法遏制住自己的内疚感。

他微微抬起了我的下巴，让我望向他的双眼。他的眼里与我一样有些湿润。“你骗不过自己的心，凯特，你没办法掌控感情的去向。遗憾的是，我也掌控不了我的心。”

他将我搂入怀中，吻了下去。他的吻起初很温柔，可其中的感情却逐渐膨胀，慢慢地，我的世界开始天摇地晃。我仿佛又回到了那片麦田，眼前的景象如第一次望进圆挂件里一般清晰。我们两人之间至少隔着两条毯子，更别提各自的衣服了，可麦田里那一吻的记忆如此逼真，此刻的我几乎觉得自己正触摸着他的肌肤。一朵朵迷离的火花在我的体内绽放开来——我吻了回去，双手伸进了他的黑色长发。

我不知道是谁先抽离了那个吻，但我想那个人并不是我。我转过身，闭上眼呆呆地坐了好几分钟，满面通红。震惊、不解和愤怒充斥着我的胸膛，我对自己感到愤怒，对特雷感到愤怒，对基尔南也满腔怒火；与此同时，我还不得不抵御住将基尔南的嘴唇拉到我跟前的诱惑——我只想再一次体验那种忘却一切的感觉，哪怕能再陷入其中一小会儿也好。

我知道他正在望着我，但我无法正视他。最后，他在我的头上吻了一下，然后保持同样的姿势没有动。“啊，凯特，”他低语道，温暖的呼吸穿杂在凉丝丝的晨意中，吹拂着我的头皮，“是我太自私了。你得回去，你还需要休息。昨晚我真怕你会一睡不醒。我把火升得很旺，就差没把这屋子给点燃了。我自己也不能在这里久待，我的体力已经到极限了，哪怕这种小范围的穿越都很耗精力。”

我知道他说的没错。我的理智在拼命催促我赶快回去，看看一切都变得怎么样了：凯瑟琳回来了没，爸爸妈妈在不在，特雷又在什么地方。可我身体中的另一个自己却惧于面对后果。可能发生的偏差有一百种，我不知道自己还有多少勇气去面对又一个意外。至少此时此地，我什么也不用担心，像是暴风雨过后的难得平静。回去之后，我所要面对的是一片未知。

“你确定你能平安回去吗？”我问，“你之前对再做一次穿越好像有点顾虑……”

“我不会有事的，亲爱的，”他答道，“如果我一时回不去，就在这里再歇一会儿。穿越回去总是比穿越去其他的地方要容易些，我猜这是生理上的某种……导航在牵引着我回家。”

“那么我也该走了。”自我们接吻后，我第一次正眼望向他，同时试着挤出一个微笑，“可是——你说到了抵抗组织。你还是其中的一员吗？我是说，即使普鲁登斯成功让索尔收手，不再追杀凯瑟琳，赛勒斯教的整个阴谋也并没有结束。我不知道他们究竟在计划着什么。”

“我倒知道不少，”基尔南背靠着小屋的木墙答道，“他们把整个行动称作‘弱者猎杀’，说是为了拯救人类和地球所必须采取的行动。它会被伪装成自然灾难的形式，至于具体方式，借助空气或水道传播都有人提议，所以我不知道究竟会是哪一个。

“就我所知他们也还未制定确切的日期，只是计划等掌握了全球人口的四分之一后再开始行动。而他们会用尽一切手段扭曲篡改时间线，来达到这四分之一人口的目标。赛勒斯教徒们——或者说至少有很大一部分教徒们会拿到解药。另外，如果他们的专家认为某人的技能对于重建世界来说至关重要，那么解药也会分配给少数教外的人。

“所以，就如他们在教堂里所诵的教义那样，”我说，“‘人类未能守护这个星球，这个星球便要自救。’只不过地球的角色将由赛勒斯教来扮演，将他们觉得毫无价值的人全部清理掉？”

“是的，”他答道，“但先别急着一口否定他们所传达的讯息。从受益人的角度来说，这个提议还是很诱人的。曾经有段时期，我也被索尔的设想打动过。对于一个生在我那个年代的孩子来说，你先教他学会使用时研会钥匙，然后给他展示一系列经过可以挑选的未来图景。就拿2150年左右的时代来说吧，让他看看核武器造成了怎样的灾难；告诉他在未来的社会里，人的一生打从娘胎里就决定了，他的将来都被刻在了他的DNA里，根本没有改变的余地；再让他见识一下现代战争的惨况和人与人之间互相残害的极限——与种种这些相比，赛勒斯式的处理方法也显得不那么邪恶了。”

“所以你认为他们的做法有一定道理？”我问。

“你不觉得吗？”

我半晌没有答话。“好吧，有点儿道理，”我最终承认道，“在疯狂的外衣下的确还藏着一点点的道理。但是你刚才所举的例子都是……累积而成的罪恶，这么说不知你是不是能明白我的意思。那是一个又一个时代的人们犯下的错误逐渐叠加起来，最终才形成了一个大家都不愿看到的社会的模样。而索尔在酝酿的是超大型的、有预谋的邪恶计划。且不论道德层面，单从逻辑上说，如此纯粹的邪恶最终真能带来一个更好的世界吗？在我看来，赛勒斯教所吸引的正是最为贪婪、最渴望权势的那一部分人。在所谓的新世界中，他们又怎么可能甘于和平共处呢？普鲁登斯就是这个‘美丽新世界’的总设计师之一，而她本人亲口警告过我——要么加入她的阵营，要么和剩下的小羊羔一起等着被剥皮活宰。”

基尔南听罢用鼻子哼了一声。“她倒是也想想怎么创新啊。那句台词是从她爸爸那里直接引述来的。不过你说的没错，赛勒斯教对于选择不信教的人们态度极其草率粗暴，我爸正是看不惯这一点才决定带我们离开的。”一时间，他似乎又变回了那个八岁的小男孩——他说“我爸”时的语气和曾经一模一样，话语间透着同样的怒意。

“所以，如果你问我是不是你们这一边的？”他说，“当然是，我会尽我所能摧毁他们。但就像我之前所说，我现在能力有限。我已经比几年前弱了不少，特别是最近频繁使用钥匙，估计接下来至少一个月内我都没法做一次正经的穿越了，甚至一个月的休养都不够。”

“但你比我们知道的要多得多，基尔南。你能向我们提供如何开始行动的头绪。告诉我怎么才能联系到你，”我握紧了他的手，说道，“你哪儿都不用去，我会来找你。”

我感到他的身体僵硬了片刻。我没注意自己具体说了什么，但能猜到是我的话让他想起了过去的那个凯特。

“我会帮助你们的，”隔了半晌，他答道，“波士顿有个恒定点，你有需要的时候可以穿越到那里。恒定点位于法尼尔广场附近一家烟草店的后屋，从 1901 年到 1910 年期间都可以使用。我一会儿就会回到 1905 年 7 月 17 日，再迟一点的话，杰斯就会知道我去哪儿了。杰斯是我的一个朋友，一个人照看着那家烟草店。要是看到你从店里的储藏间出来他也不会太吃惊——这样的事过去你可做过不少。你可以在他那里给我留个口信，等我回去找到落脚的地方后，我也会把我的位置告诉他。”

“所以，我们之前有制订好什么计划吗？我是说以前的那个我。”

“没错，”他答道，“事实上，直到你消失之前，我们还取得了一点进展。计划说起来并不复杂，穿越到过去，说服时研会的历史学家们交出他们的钥匙，要他们别搭理索尔和普鲁登斯。”

“如果他们不愿意呢？”

“那就只好背着他们把钥匙带走了，”他坏笑着答道，“到目前为止，你光明正大地拿到了两个，私自偷了两个。”

我也不由轻笑了一下。“原来我扮演的是‘追讨员’[①]的角色？太棒了！”

“你以前说过你要买件 T 恤，在胸前印上‘时研会追讨员’的字样。”

“可怜你了，基尔南。在你眼里现在的我一定就像我爸的亲戚大伯一样——没完没了地重复同一个笑话。”

“我可不介意，”他说，“能看到你的另一个，呃，角度，我倒觉得很有趣。不过我们的主要工作比起追讨钥匙，更多的是一些侦查工作。一开始要找到几把钥匙很容易，因为凯瑟琳已经知道了那些历史学家穿越去的具体位置和年代。”

“为什么你记得所有这一切，凯瑟琳却没有印象呢？”我问。

“那你得问她了，”基尔南答道，“但我想唯一合乎逻辑的解释就是，在她没受到圆挂件保护的时候出了什么事。”

“在另一条时间线里，我十八岁时，她还活着吗？”

“是的，”他答道，“除了冬天时她的关节炎会发作，平时的她挺精神的。”

“这可有点——”我有些疑惑。

“有点奇怪，”基尔南接道，“我明白。虽然我们都以为凯瑟琳的癌症不管在哪条时间线里都是定数，但似乎并非如此。这又是一个

---

① 出自 1984 年美国科幻犯罪喜剧《追讨员》。影片讲述一个洛杉矶小混混协助一个思想极为顽固的老头追讨、贩卖旧汽车，从而引发了一连串离奇事件的故事。

需要琢磨的问题，不妨等我们回去好好休息一番后再细想吧。”

我点点头，想要起身，但基尔南拉住了我。“你现在还是别忙着起身的好，亲爱的。我给你服下的药药效很强，而你估计又很久没进食了。让我来帮你收拾东西吧。”

他说的没错。哪怕只是方才那么小幅度的动作，我也觉得有些眩晕。于是我重新靠到了身后的墙壁上。基尔南走到摊在地上的那一堆衣服前，拎起来给我看。曾被我当作裙子穿在身上的那块布料现在已是千疮百孔、四处褶皱，显然没办法补救了，我朝它皱了皱鼻子示意放弃。“但我得把科纳缝在裙子口袋和踏边里的迷你信号增强器都给带走，我猜他能想点办法对它们进行再利用。”基尔南于是从衣服里掏出了几个银色的小方片，将它们塞进了我的包里。

“还有别的吗？”他问。

我摇摇头。“如果我走后这条裙子没有消失，就把它扔进火堆里处理掉。”

令人遗憾的是，那双鞋子似乎原封不动地幸存了下来。他将鞋子和手提包放到我的腿上，然后在我面前蹲了下来。“抱歉，我知道你还有一顶软帽，可我没找到它。”

“别在意那顶傻帽子，”我笑了起来，“你当时可是忙着把我从恶魔酒店里给救出去。我好像还没有正式向你道过谢呢。”

他歪着嘴坏笑了一下，握紧了我的手。“别那么说，亲爱的。我想就在几分钟前，你已经认真地向我表达过谢意了——当然你想象那样道谢一次的话，我也不会拒绝。”

我的脸颊刷地红了，我低头望向手提包，躲开了他的视线。我从包里找出时研会钥匙，刚召出控制面板，他突然握住了我的手腕，分散了我的注意力。

“你所说的那个特雷，”基尔南有些粗暴地问道，“他对你好吗？他爱你吗？”

“是的……至少他曾经是那样。”我改口道，嘴角露出半分苦笑。“他好像深信我们还能再从头来过。他觉得我只要再向他微笑一下，或是随便做些什么，我们就又能回到过去了。”

“但你不是那么想的？”他问。

我摇摇头，抬眼望他。“那样美好的魔法，还能再现第二次吗？我不敢说。”

基尔南盯了我良久，最终倾过身在我嘴角边轻轻吻了一下。“但你还是要努力试试，不是吗？暂别了，我心爱的人。[①]”

我不知道他最后说了什么，但显然是在道别。他又一次握紧了我的手，我低头凝视钥匙，然后闭上了眼睛。

① 原文为爱尔兰语。

第二十四章

科纳看到我的瞬间大惊失色。这也难怪，我在他发现我之前就在电脑屏幕上瞥到了一眼自己的影子，我本人也吓得不轻。我右半边整个脖子上都缠了纱布，发际线附近贴了两块红色的膏药，肩上零星散布着红色的印记，甚至连衬裙上都破了几个洞。

科纳瞪着我看了好一会儿，然后下唇开始颤抖了起来。我不知道他是想大笑或是嚎哭，或许他本人也不知道。

“看来以后可不能再放你穿着新衣裳跑出去玩了啊，凯特？”他终于开口道，“你究竟出了什么事？你——”

不管他接下去要说什么，话头都被楼下传来的一阵突如其来的狗叫声给打断了。紧接着，传来了门铃的声响。

“你别动，”他命令道，“乖乖在这儿待着。”

还没等科纳走到门边，我就猜到了门外的是凯瑟琳。达芙妮的叫声不是面对陌生人时的狂吠，而是包含着一丝想念的哽咽，是欢迎主人归来时的欢叫。

凯瑟琳的声音飘上了楼梯。“我怎么会在院子里，还丢了时研会钥匙，科纳？说到这个，我连房门钥匙也没拿？”

我躺回地板上，闭起了眼睛。

我再一次睁开眼睛时，已经躺在了自己的床上。特雷为凯瑟琳订购的花篮就放在我的梳妆台上。我们离别时的场景仿佛是几个世纪以前的记忆了，可这些花却仍和当初送来时一样鲜活美丽。达芙妮正趴在我床边的毯子上，凯瑟琳则坐在窗边的沙发上，读着一本像是历史言情小说的书——妈妈管这类封面的书叫“胸衣撕裂指南”或者“大胸诱惑”。这是我第一次看到凯瑟琳在读一本时研会日记以外的书。

过了一会儿，她向我这边望了一眼。“噢，凯特，你终于醒了！你再睡下去我可就要开始担心了。”

“是那些蓝色的小药丸的作用，”我说道，头仍然晕晕的，“它们在我包里。它们的药效真是……挺棒的。”

“原来如此，”凯瑟琳答道，嘴边露出了一丝小小的笑意，在我床边坐了下来。“你又是从哪儿弄来这些神奇的蓝色小药丸的呢？科纳把你离开前一天发生的事告诉了我，我也告诉了他我们在世博会上的冒险——我现在算是想起来了。但我俩谁都不知道在我爬出那扇窗后你遭遇了什么。”

我渴得厉害，于是先要了一杯水。喝了几口后，我将玻璃杯放回了床头柜上。“是基尔南，”我说，“他给我服了药，也是他把我带出了酒店。”

“这怎么可能呢？”她问，“他是个机灵的小男孩没错，可等他从茂林岛赶回去的时候，那座酒店应该早已被烧得一干二净了吧？我读了很多关于那场火灾的记述——”

“他曾经是个机灵的小男孩，”我打断道，“而长大后他成了一名机智的青年。”

我将后来发生的事向她做了简要说明，途中时不时得停下来强迫自己别分神。我的精神仿佛还陷在云里雾里，总是找不到合适的词来表达，说出来的话也有些词不达意。说着说着，我一定是睡过去了几分钟，当我再次睁开眼时，凯瑟琳已经坐回了窗边的沙发，又读起了那本书。

“我讲到哪儿了？”我问。

“你在解释基尔南的计划，还是其实是你的计划？你正说到你们打算回收所有的时研会钥匙，然后就睡了过去，”她答道，将手里的书放到沙发上，“你在过去几天里经历了那么多，我原本有些担心你会决定从此与我们分道扬镳。你原来的生活大部分都已经被修复了，普鲁登斯似乎也给了你一定程度的，呃，豁免权。所以你要知道，你现在罢手也并非不可。”

我之前并没有想到这一点，经她一提醒，我才惊讶地意识到自己竟还有这个选择。我可以重新过上遇见凯瑟琳和她的圆挂件之前的生活了。妈妈回来了，爸爸又成了我的爸爸……

“夏琳呢？”我问。

凯瑟琳一时间没反应过来，然后摇了摇头。“我还没查过，但我想她那边应该没发生什么变化。”

我请她帮我把电脑拿过来，然后在网上查了查夏琳的信息。那张婚礼上的合影仍然在，赛勒斯教徽在夏琳黝黑的皮肤上清晰可见。将凯瑟琳救出来后，我找回了自己的生活，可夏琳一家的生活却丝毫没有改变。

我把电脑推到一边，重新望向凯瑟琳：“科纳的孩子们呢？还是没有回来，对不对？”

她点点头。

“那么你就想错了——退出行动并不是我的选择。”事实是，哪怕我关心的人在这条时间线里都过上了正常的生活，我知道自己也无法袖手旁观，眼看着赛勒斯教不断扩张，一步步接近大屠杀的目标。在我面前根本就没有退路。

“那么——你自己呢？”我又问道，在床上微微挪了一挪身子。药效正在散去，我不知该喜还是忧——我吐字变得清楚了，但疼痛也逐渐明显了起来。“你还记得时间转移后的事吗，西蒙闯来的那天？”

“我记得自己把圆挂件递给了那个肮脏的蠢货。特雷他……”她停了下来，悲伤地朝我微笑了一下，又继续道，“特雷的车刚靠了边。我不知道除了选择相信你们外还能怎么做。我只能选择相信特雷会不顾一切把你从西蒙手上救出来，相信科纳能够及时扩大保护界的范围，相信你能够成功修复时间线。我从不擅长寄希望于别人，也不习惯将控制权交给别人，但这一次，我想我是做到了。”

“可你也记得在酒店里躲避霍尔姆斯的事，以及那晚发生的所有事情。这样一来你就有了两种记忆，那不会混乱吗？”

“感觉的确挺古怪的，”她说道，“但那都是老早以前的事了。我的确记得在黛博拉和普鲁登斯小的时候猜测过你究竟是谁的女儿。你和普鲁登斯长得像，我当时猜她是你妈妈，直到她失踪后才意识到我猜错了。”

凯瑟琳沉默了一会儿，开口问道：“普鲁登斯跟这一切没有关系，对不对？她不是想要救我吗？”

我犹豫着要不要照顾她的感情撒个谎，但也知道那么做并没有什么好处。“凯瑟琳，她救你是为了保护她自己，或许也有一部分原因是为了我妈妈。但她那么做绝不是出于对你的感情。我感觉在她的认知里，你是和索尔做了交易，把她给交了出去。但我相信她能保证今后没人再来要你的性命——至少在被她发现我仍然打算摧毁赛勒斯教之前，她不会打你的注意。”

凯瑟琳咬紧了嘴唇，但还是点了点头。“这也就是说，我们今后的行动得倍加谨慎。”

“是啊。”我附和道。

我有一阵子没有说话，不知该怎么把心底的一丝质疑表达出来。最终，我选择了直话直说。“两个版本的记忆，你承受住了，不是吗？那你为什么那么确定特雷就不能承受住呢？”我厌恶自己说这话时透出的任性语气，可却无法不感觉到有种被欺骗的滋味。

“我不能百分之百确定任何事，”她承认道，“但特雷不具备时研会的基因。而且就我的情况来说，我需要应付的不是发生在最近的记忆冲突。在火烧的酒店被连环杀人犯追杀确实是令人很难忘却的经历，但随着时间的流逝记忆终究也会渐渐消退，所以这跟同时拥有两段印象清晰又截然不同的记忆冲突没有可比性。我的感觉更像是在读一本过去的日记，想起了一些本已遗忘的经历；也可以说像是既记得事情的真相，但因为你在那件事上反复对很多人说了谎，结果在自己心中谎言已经变得和真相差不多真实了。你能理解我的意思吗？”

“不能，”我老实答道，“很难理解。但我已经习惯想不通很多事情了，我发现在这种情况下要保持理智的唯一方法就是顺其自然。”

“恐怕要适应过去这一个月的记忆要比适应遥远过去的记忆难得多。我和科纳也一直在讨论如何最好地调整我们自己的时间线。而你最好穿越回上一次时间转移发生的那一天——否则你的爸爸妈妈现在该担心疯了。”

爸爸，妈妈。这两个词让我的心一下子雀跃了起来，我意识到自己终于回到了一个双亲健在的世界。

“在这条时间线里，你已经消失一个月了，至少从他们的角度来说是如此。你穿越回去的话，也就省得他们担心痛苦那么久了。”凯瑟琳用手指抚摸着我脖子上的纱布边缘，“我趁你睡着的时候看了看你的伤口，在你头皮上的那两处伤口上又抹了点凝胶。你脖子上的伤很深，但我想再过几个星期后疤痕不会特别明显。幸好基尔南准备了药物，不然结果可就不一样了。你想好该怎么向你父母解释这些伤了吗？”

我考虑了一会儿。“要不就说是某个笨蛋在地铁上把热咖啡洒到了我身上？我可以跟妈妈说我当时来不及去学校找爸爸，于是叫了辆出租车到你这儿来处理伤口，然后你把我带到了急救中心？”

“等你的伤口再痊愈一两天，他们应该会相信这个解释，”她说，“等你们安定下来后，我和科纳在接下来一段时间内会尽量少和你们碰面。这对你和我们来说都有好处，免得再制造新的记忆矛盾。我们会跟哈利和黛博拉说我们要去欧洲做一个试验性的药物治疗。”

“我打算把一切都跟爸爸坦白，凯瑟琳。你瞧，他到时候要住在这里，那我就得总是对他撒谎。但我实在不擅长撒谎，所以对妈妈我们可以编个借口搪塞过去，但……”

我突然打住了话头。我这时才意识到她刚才提到了药物治疗的事，这让我想起了基尔南说过的话。“你在另一条时间线里没有患上癌症，凯瑟琳。基尔南很确定地告诉过我这一点。你能想出什么原因使你在这条时间线里得了病，在另一条时间线里却平安无事吗？我知道有些环境因素的确会致癌，但这病也不是一天两天养成的，不是吗？像癌症这样的疾病不是多年发展形成的吗？”

“理应如此，”她同意道，看上去有些惊讶，“普鲁登斯失踪之后，我只有一次脱离了圆挂件的保护。在我住院期间做了一次活组织检查，我当时坚称圆挂件是一种宗教信物，要他们无论什么时候都别从我身上摘下来。但等我醒来后，圆挂件却和我的其他物品一起被装在了塑封袋里。”

她沉默了一会儿，又摇摇头，好像在告诉自己暂时别去想这些。“等科纳和我开始我们的‘小度假’后，我再琢磨一下这事儿。你能替我们照顾达芙妮一段时间吗？”

听到自己的名字，达芙妮摇了摇尾巴，接着又继续打她的瞌睡去了。我笑了起来。“这不好说，凯瑟琳，谁叫她那么难管。不过当然了，我们会好好看着她的。我去妈妈家住的时候，爸爸应该也愿意待在这里。有他在，厨房终于能真正派上用场了。”

一提到食物，我的胃就咕咕叫了起来。“说到吃的，我可饿坏了。现在有什么可吃的吗？”

“我看到有个大号三明治还剩了一半，你想吃吗？”

“可以，”我答道，心想从奥马利买来的食物居然只剩下半个三明治了，科纳一定已经把冰箱给扫荡了一遍。“听上去特别诱人。要是再来点薯片、一只香蕉，或者任何你能找到的食物都行。我至少有二十四小时没吃上一口饭了。”

凯瑟琳起身朝门边走去，途中又转身折回了沙发。她翻开刚才在读的书，从里面取出一张光盘。光盘被封存在白色的保护袋内，袋外写着由大写字母拼成的我的名字。

“我在门廊上发现的这个，就放在门边。我猜这是特雷留下的？”她又走到我身旁，将光盘搁在了我的电脑上，“特雷的事我真的很遗憾，凯特。但我还是觉得你那么做对大家都好。”

我闭上了眼睛，直到听到房门被关上的声音，然后拿起了光盘。虽然确信光盘里只是特雷爸爸保证过会给他看的赛勒斯教的财务情报，可我还是将它触在唇前迟迟不肯挪开。接着，我用微微颤抖的手拆开保护袋，将光盘塞入驱动器。我以为会看到一个文件目录，可静等了几秒钟后，特雷的面孔在屏幕中弹了出来，我不由屏住了呼吸。他身上穿着和前一晚一样的T恤，灰色的瞳孔周围略有些发红，看上去疲惫不堪。但他却在对着摄像头微笑。

“嘿，小美女。如果你看到了这个视频，那说明你已经成功拯救世界了——我就知道你可以的。但是同样的，你看到这个视频时也意味着虽然我此刻就在离你不远的地方，却完全不记得我曾录了这个视频，也不知道这世界上最美丽的姑娘正在看这个视频。但我想念你，凯特。即使我自己还没有意识到，但我的确是在想念你。”

他有些不稳地深呼吸了一口，盯着键盘打了几个字，然后继续说道：“接下来，是一个关于特雷和凯特精彩瞬间的小短片。你还记得我以前晚上回家后，又接着在家里跟你用视频聊天，还能聊上个半小时多的事儿吗？我把那些聊天视频都保存了下来——除了第一次，那时我还没装录制软件。我自己也不知道为什么要把它们保存下来，毕竟我总是跟在你的身边，哪会有时间去回放呢？但我还是将这些视频都存在了自己的硬盘里。我要把它们都刻到光盘上，再加一些我手机拍的视频以及你生日那天我们用摄像机记录下来的片段。对了，你查一查光盘目录，会看到我爸之前答应过给我看的资料。

“刻光盘是科纳给出的主意。所以如果这一招真能成功，我们可真要好好答谢他。他告诉我留在你那儿的东西都可以被保存下来，就像图书室里的那些书。等你穿越回来后，你得在之后的时间线里为这张光盘做一个副本，或者我该说是过去的时间线？这你得问科纳，他比我解释得要清楚。我觉得这方法行得通，凯特。这光盘里的内容要伪造起来可不简单。你想啊……我怎么可能迟钝到从自己亲手录制的视频中都感受不到共鸣呢？”

“就决定这么做了。劳伦斯·爱尔玛·科尔曼三世，也就是特雷，你听好了：如果你现在还怀疑正在对你说话的是不是你本人，就让我来证明一下吧。你十三岁时某个周六下午，爸爸妈妈和埃斯特拉去参加了R街的画廊开幕式，我知道你在那段时间里做了什么。这事儿你可从没跟任何人说过，对吧？”

我笑了起来，提醒自己下回记得问问他那个周六到底发生了什么。

“把这张光盘给你的女孩叫普鲁登斯·凯瑟琳·皮尔斯–凯勒，又名‘时空穿越忍者凯特’。她记着一些你俩之间的故事，你却不记得了。这张光盘里头的视频或许可以给你一点帮助。但说真的，你只要记住下面这几点就行了——她拥有世界上最漂亮的绿眼睛，脚特别怕痒。她喜欢的东西包括《公主新娘》里的台词、奥马利家的洋葱圈，以及咖啡（科纳做的不算）。还有一点，你很爱她，爱到无法想象没有她的生活。

“现在轮到你了，凯特，”特雷接着说道，“找到我，给我一个吻，确保我能拿到这张光盘。按我说的顺序做，赶快行动，好吗？我爱你——从现在起我已经开始想你了。”

他的双眼一直盯着摄像头，直到这个视频渐渐消退，被一个网聊视频的界面取代。我的脸出现在屏幕的正中央，右上角的小窗里则显示着特雷的面孔。我们并没有在聊什么有意义的话题，只是想找个借口在睡前再多和对方共度几分钟。我快进着依次浏览了所有视频，心里知道今后自己会将每一个视频翻来覆去地看上好几遍。所有的视频几乎都在，按照时间的先后顺序排列，里面包含了我所能记起的每一段对话，每一个愚蠢的小玩笑；还有我一边和他说话一边往脚趾上涂指甲油的样子，特雷想隔着屏幕喂我吃冰淇淋，却把巧克力酱滴到镜头上的样子。

我正流着泪笑个不停，忽然听到一阵轻轻的敲门声。

门开了一道缝，科纳走了进来，手上端着一个大托盘。“要我等会儿再来吗？”他问。

“不用。我看到你手上有食物，”我答道，“千万别走。”我将电脑放到床的另一侧，挪了挪身子给他腾出坐的空间。“我马上就要开始往嘴里猛塞食物，到时候再跟你说话就不礼貌了，所以你先听我道一声谢吧。我要感谢你的事有很多，但首先要谢谢您把光盘的这个主意告诉特雷。就是因为这样他才同意放手的，对吗？就是因为这样，他才没坚持要在我穿越期间留在这里不走，对吗？”

“我要是不跟他说这个法子，估计到时候就得靠暴力手段将他驱逐出去了。即便那样，他可能还是会赖在门廊上不走。”科纳笑着摇了摇头，“我以为他会事先把这主意跟你说的，但或许他怕多说一句就会招来什么坏运气吧。等你回到上一次时间转移之前的时间线后，你得复刻一份这光盘里的内容。只要在这个房子里复刻应该就没有问题。内容还是现在这条时间线的内容，但光盘本身是来自和特雷到时候所在的同一条时间线，所以，你应该可以把东西完好地交给他。”

我已经拆开了三明治的包装纸吃了起来。“它不会消失吗？或者会不会变成一张空白盘？”我嘴里塞满了食物，嘟嘟囔囔地问道。

“只要你到时候再复刻一份就没问题。”他答道，“我不能完全肯定，但没有行不通的道理啊。那些日记本不都还好好的吗？”

我低头看了一眼手中的三明治。“算你走运，我现在心情好得懒得来生你的气，”我又咬了一口说道，“这是特雷的烤牛肉三明治。你把我的熏牛肉给吃了？”

“谁知道你会不会回得来，”他说，“我可不想白白糟蹋一个美味的三明治。”

接下来的几天里，除了睡觉吃饭，我记录下了过去一个月里我所能记起的每一件事。我将记录存进了时研会日记后交给了凯瑟琳和科纳，又复刻到了一张光盘上以便向爸爸解释这一切，也但愿有一天能拿给妈妈看。

到了第三天，我脖子上被灼伤的伤口小了不少，到了说是被咖啡烫伤也不足为奇的程度。我从衣柜里翻出了布莱尔坡中学的校服穿上，小心翼翼地扎起头发，注意遮住了后颈上的几个小伤痕。

我又从梳妆台里拿出了卡套——里面少了两张照片。日后我会放进爸爸和妈妈的新照片，但现在，我塞进了一张科纳拍的我和特雷在后院与达芙妮在一起的照片，以及一张与夏琳的合影——我们正穿着白色的道服庆祝通过空手道的升段考核，我系着茶带，她系着蓝带，两个人咧着嘴冲着镜头笑得开心。

一旦离开时研会保护界，这两张照片就会消失。按照科纳所说的，我今后可以给它们做几个副本。而且在某些场合，会消失的照片倒是很派得上用场。但不管怎样，从今往后，我得永远把时研会钥匙戴在身上了。这有点恼人，毕竟最初驱使我踏上那场疯狂冒险的原因之一，就是因为我不想整天担惊受怕，唯恐一离开圆挂件就会发生什么意想不到的事件。然而在经历了过去几周的种种后，随身带一块奇特的饰品来确保自己不会凭空消失倒也没那么难以接受了，何况在紧急时刻还能靠它逃生。

另外还有几样我无法丢掉的东西，比如特雷送我的项链和 T 恤。虽然我知道除非把它们穿戴在身上，否则一出这屋子它们就会化为乌有。我把项链和T恤、《先知之书》，以及特雷的光盘一起塞进了凯瑟琳的手提包里。

虽然明知几分钟后又能相见，但我在同凯瑟琳和科纳道别时还是不免有些伤感。再相见时，他们已不是此刻的他们，我们之间的关系还得再重新建构起来——我敢说他们在与我道别时心里也想着同样的事。我分别亲吻了他俩，又拍了拍达芙妮的脑袋。只有达芙妮，我至少能够肯定再见到她时，只要给她点吃的，再在她肚皮上挠上几分钟，我们的关系又能回到同过去一模一样了。

接着，我在时研会钥匙上调出了凯瑟琳家门厅的恒定点，把时间调到四月七日早上九点，然后闭上眼，穿越回了自己的生活。

看到我毫无预兆地出现在了门厅，科纳被吓了一大跳。他刚从厨房走出来，身上穿着格子衬衫和牛仔裤，就跟那天跑到院子里帮丢了书包的我付出租车费时一模一样。他喊来了凯瑟琳，后者穿着红色的浴袍急匆匆跑下了楼梯。等我们都在沙发上坐下后，科纳煮了难喝的咖啡。与之前不同的是，这一次负责讲述情况的不是凯瑟琳，而是我。我在允许的范围内把各种细节都告诉了他们，以便他们在接下来的几天内能够按计划行动。这一次，科纳将一整盒姜饼都递给了我，而不像上回那样只给我留了可怜兮兮的三小块。

我用凯瑟琳的电话给妈妈打了个电话，向她汇报了地铁上的“事故”。“不是特别严重，”我说，“只是被烫出了一个伤口，在混乱中又不小心把书包给弄丢了。”自然，我一听到电话那头妈妈的声音后就激动地哭了出来，可她却以为我是在担心丢失的书包。

“凯特，乖，没什么大不了的。我会把你的信用卡冻结住，再给你买新的手机和iPod。丢了的课本也能再买新的。我一点都没生你的气，别难过了，好吗？”

“我知道，妈妈。我爱你。”

“你需要我现在过来吗，凯特？你听上去好像特别难过。”

“不不，我没事了，妈妈。明天见。”

我又打电话到布莱尔坡的教师办公室，请他们帮我给爸爸捎个口信——我碰上了一点小事故，没法去上三角学的课，但我会在小屋里等他回来。

稍后，科纳开车把我带到了小屋。将钥匙插进门孔时，我的手有些颤抖，就跟特雷在一旁等着的那天一样。门开了，屋里没有印着“外婆最棒”字样的茶杯。爸爸的文件跟平常一样放在储藏柜上的老地方。我冲过去打开冰箱门，什锦菜好端端地放在二层架子上。

等爸爸下课回来，我有足够的时间把一切原原本本地告诉他。而此刻，我瘫坐在沙发上，闭上了眼睛，静静享受家的感觉。

把事情的来龙去脉跟爸爸解释清楚并不是件简单的事。再加上我一见到他就控制不住地开始飙泪，这就把一切弄得更复杂了。最终，爸爸在跟凯瑟琳和科纳长聊了一番，外加我利用时研会钥匙给他表演了几个小戏法后，他终于弄明白了基本状况。我们两个一致同意，暂时先别把这件事情告诉妈妈比较好。结果到了周三晚上，下了课走进家门的妈妈被我夺眶而出的眼泪和漫长的拥抱给弄得一头雾水。想想我们过去的互动从来不走这种煽情路线，我敢说她已经开始考虑再给我安排一次心理咨询了。在我的恳求下，她带我去了奥马利吃晚餐。我点了大份的洋葱圈。

接下来几天内，我原本的生活如拼图般一片一片地归了位。我的生活轨迹也回到了妈妈家、爸爸家和学校三点一线。不过有两个主要的变化：其一，我们开始准备搬到凯瑟琳家的行李；其二，我不时地提醒自己，在这条时间线里，夏琳并不在我身边。

然而我却拖延着一件曾承诺过要最先做的事。

复刻好的新光盘就在我的书包里。为了保险起见，我扫描了我们两个的合照，因为我很确定只要我把卡套里的那张照片一拿出来给他看，照片就会消失不见。光盘里的内容我已反复看了几十遍，还在周五早上去上学前留了一份在爸爸家厨房的吧台上。我放学回来的时候，光盘仍在老地方，插进电脑后跳出来迎接我的也仍然是特雷的面孔。这证明了即使离开我手里，光盘既不会消失，里面的内容也不会被抹去。我无法从逻辑上解释自己为什么将这件事一拖再拖，只是一想到特雷会以打量一个陌生人的眼神看我，我就不寒而栗。

周日下午，我们吃了美味的菠菜千层面。正收拾餐具的时候，爸爸提议去杜邦广场附近的里奇餐厅吃点儿意式冰淇淋作甜点。那儿距离卡罗拉玛只有几个街区，走几分钟就能到特雷家门前。我的心沉了下去。

爸爸注视了我一会儿，然后摇摇头。“你不能总把这事拖着，凯特。你说过你曾经向他做过承诺。即使你们之间再也回不到和曾经一模一样的关系，但你不去试试的话，这对特雷或是你自己都说不过去。再说了，”他笑了起来，“我都听烦了你一遍遍播放那张光盘。你们两个难道从来不聊些有意义的话题吗？”

我抓起抹布，作势要朝爸爸丢去，可却没有反驳。他说的没错。我很想念特雷。如果我连鼓起勇气迈出第一步都无法做到的话，又怎么可能重新找回我的特雷呢？

我坐在门前的台阶上，望着屋前草坪与人行道的交界处发愣。身后传来开门的动静时，我才意识到自己又开始啃手指了。我连忙把手放到牛仔裤下，将手指上的咬痕藏了起来。傍晚的微风送来了一丝熟悉的气息，那是他常用的洗发水的淡淡香味。于是不用回头看，我就知道身后的人是谁了。我转过身，抬头望向那双漂亮的灰色眼睛，以及瞳孔周围的蓝色小斑点。他的脸上挂着友好而不设防的微笑，正如第一天他执意跟着我穿过足球场时的表情一模一样。突然间，我的紧张消散了。这就是特雷呀，是我的特雷，他只是现在还没有意识到这一点而已。

“你叫凯特，对吧？”他一边问，一边跟我并排在台阶上坐下，“埃斯特拉说你是布莱尔坡中学新生欢迎会的成员？我叫特雷，不过你应该已经知道我的名字了。”

“嗨，特雷。”我说道。

然后我履行了之前的承诺。我朝前倾去，在他唇上留下了一个长长的吻。他一开始有些吃惊，可并没有抽身——我敢说他绝对回吻了我。和我们之前那个害羞而扭捏的初吻不同，这一次，我对他已经了若指掌，便投其所好地将自己所知的一切都倾入了这一吻里。

“哇哦，为什么那么做？”等我终于抽开身时，他问道。

“说话算话而已。”我答道。

“好吧。”他看上去有些发懵，但还是朝我露出了微笑，“我想我还是挺喜欢布莱尔坡的新生欢迎方式的。”

“哎，我的确是在布莱尔坡上学没错。但刚才的只是我的私人欢迎方式。”我说道，同时拿出那张照片，放在了他的手上。照片上的男孩很明显是特雷，而男孩胳膊里搂着的女孩，则很明显是我。我迟迟没将手指从照片上移开，直到他定眼看清楚了上面的内容，眼底不出意料地露出了疑问的神色，我这才挪开手，冷静地看着照片在空气中化为乌有。

我抓起特雷的手放到时研会钥匙上，又在他的手和挂件外裹上了自己的双手。他的脸色如同上一次一样苍白痛苦。“抱歉，”我说，“我知道你会有一阵子觉得不舒服，但……”我又在他的嘴边轻轻地吻了一下。

“你到底是谁？”他问。

“我是凯特。我爱你，劳伦斯·爱尔玛·科尔曼三世。别把我当做什么疯疯癫癫的跟踪狂。这个信封里有张光盘，里面有你录制的视频，它们会解答你所有的疑问——比如照片为什么会消失？我为什么要把你的手摁在这块古怪的挂件上？等等。你现在感觉好些了吗？”

他点点头，但没有应声。我凝视了他的眼睛好一会儿。那双眼睛里有困惑，有怀疑，以及其他所有我曾预料过会看到的反应，可在这一切的背后，我瞥到了一缕熟悉的光芒。那光芒不是爱，也不是记忆，但也绝不是来自陌生人的空洞眼神。我们之间还有一丝纽带，这让我心中蹿起了希望的火苗。特雷说的没错，应该相信希望，相信我们能够重建曾经的我们。

“这张光盘会向你解释一切。”我说着，将淡褐色信封搁在了他的大腿上。然后再一次俯下身亲吻了他。“再见，特雷。”

快走到人行道时，他从身后叫住了我：“凯特，别走！我要怎么才能联系到你？”

我回过头朝他微笑：“拆开信封你就知道了。”

版权合同登记号：图字：11-2016-291 号

图书在版编目（CIP）数据

穿梭时间的女孩/（美）瑞萨·沃克著；钱仪雯译. — 杭州：浙江文艺出版社，2017. 8
ISBN 978 - 7 - 5339 - 4926 - 6

Ⅰ. ①穿…　Ⅱ. ①瑞…　②钱…　Ⅲ. ①长篇小说—美国—现代　Ⅳ. ① I712.45

中国版本图书馆 CIP 数据核字（2017）第 140266 号

责任编辑：曹元勇　李　灿
封面设计：山川设计事务所
责任印制：吴春娟

穿梭时间的女孩
［美］瑞萨·沃克　著
钱仪雯　译

出版发行：浙江文艺出版社
地址：杭州市体育场路 347 号　邮编：310006
网址：www.zjwycbs.cn
经销：浙江省新华书店集团有限公司
印刷：浙江新华数码印务有限公司
开本：880 毫米 ×1230 毫米　1/32
字数：275 千字
印张：11.5
插页：2
版次：2017 年 8 月第 1 版　2017 年 8 月第 1 次印刷
书号：ISBN 978 - 7 - 5339 - 4926 - 6
定价：37.00 元